世界华文文学研究文库 第2辑

世界华文文学研究文库编委会 编

边缘的寻觅

曹惠民选集

曹惠民 著

China World Association for Chinese Literatures

南方出版传媒
花城出版社
中国·广州

图书在版编目（CIP）数据

边缘的寻觅：曹惠民选集 / 曹惠民著. -- 广州：花城出版社，2014.11（2021.7重印）
（世界华文文学研究文库. 第2辑）
ISBN 978-7-5360-7309-8

Ⅰ. ①边… Ⅱ. ①曹… Ⅲ. ①华文文学－文学研究－世界－文集 Ⅳ. ①I106-53

中国版本图书馆CIP数据核字（2014）第247546号

出 版 人：肖延兵
责任编辑：李　谓　李加联　杜小烨
技术编辑：薛伟民　凌春梅
装帧设计：林露茜

书　　名　边缘的寻觅：曹惠民选集
BIANYUAN DE XUNMI CAO HUIMIN XUANJI
出版发行　花城出版社
（广州市环市东路水荫路 11 号）
经　　销　全国新华书店
印　　刷　北京一鑫印务有限责任公司
（北京市顺义区北务镇政府西 200 米）
开　　本　880 毫米×1230 毫米　32 开
印　　张　11.25　2 插页
字　　数　300,000 字
版　　次　2014 年 11 月第 1 版　2021 年 7 月第 2 次印刷
定　　价　49.80 元

如发现印装质量问题，请直接与印刷厂联系调换。
购书热线：020－37604658　37602954
花城出版社网站：http://www.fcph.com.cn

出版说明

有海水的地方就有华人，有华人的地方就有中华文化的流播，也就伴随有华文文学在世界各地绽放奇葩，并由此构成一道趋异与共生的独特风景线。当今世界，中华文化对全球的影响力不断扩大，无疑为我们寻找华文文学创作与研究的世界性坐标，提供了有利的条件和新的机遇。

改革开放三十多年来，中国大陆华文文学研究界的老中青学人，回应历经沧桑的世界华文文学创作，孜孜矻矻地进行了由浅入深、由少到多的观察与探悉，取得了相当丰硕的研究成果。为了汇集这一学科领域的创获，为了增进世界格局中中华文化和不同文化之间的交流与对话，为了加强以汉语为载体的华文文学在世界文坛的地位，也为了给予持续发展中的世界华文文学以学理与学术的有力支持，中国世界华文文学学会与花城出版社联手合作，决定编辑出版“世界华文文学研究文库”。

这套“文库”，计划用大约五年的时间出版约50种系列图书。

“文库”拟分为四个系列：自选集系列、编选集系列、优秀专著系列，博士论文系列。分辑出版，每辑推出8至10种。其中包括：自选集——当代著名学者选集，入选学者的代表作；编选集——已故学人的精选集，由编委会整理集纳其主要研究成果辑录成册；优秀专著——世界华文文学研究领域的最新学术专著，由编委会评选推出；博士论文——世界华文文学研究的博士论文，由编委会遴选胜出。

"世界华文文学研究文库"将以系统性、权威性的编选形式，成就华文文学研究领域的大典。其意义，一是展示中国世界华文文学研究的整体性学术成果；二是抢救已故学人的研究力作；三是弥补此一研究领域的空缺，以新视界做出新的开拓；四是凸显典藏性，有较高的历史价值与人文价值。

"文库"在编辑过程中，参考并选用了前贤及今人的不少研究成果，在此谨向众多方家深表谢忱。由于时间仓促，遗珠之憾和疏漏错差定然不免，尚祈广大读者多加赐教。

花城出版社

2012年10月

目　录

第一辑　文学史视野下的文学现象研究

第二辑　整体与比较视野下的台港作家研究

第三辑　全球视野下的各国华语文学研究

第四辑　学术史视野下的批评研究

诗一首（代序）

——题赠曹惠民教授

曾敏之

纵笔勤探海峡情，撷珠辨璞见评真。
培修绛帐菁莪秀，共仰黉宫德才纯。
远聘友邦驰美誉，默耕长卷证良箴。①
华文载体传寰宇，为有干城献至诚。

（2012年3月）

[曾敏之，1917年10月生，祖籍广东梅县，当代著名作家、学者，香港作家联会创会会长、世界华文文学联会（香港）会长、中国世界华文文学学会名誉会长，已出版散文、随笔、游记文学、古典诗词研究等著述30多种，曾获全国优秀散文、杂文创作奖等多项，2003年获香港特区政府颁授荣誉勋章。]

---

① “远聘友邦”：曹教授曾应聘赴韩国任客座教授，颇得称誉，实至名归；“默耕长卷”：曹教授主编之《台港澳文学教程新编》，即将由复旦大学出版社出版，以诗为贺。

草色入帘青（代自序）

曹惠民

阅读台港—海外华文文学作品的经历，可以追溯到三十多年前——1979年，那时我刚到上海华东师范大学，师从许杰、钱谷融先生攻读研究生，专业是现代文学，方向是做“五四”文学流派研究。当年在北京的《当代》和上海的《上海文学》上发表的《永远的尹雪艳》（白先勇）、《谭教授的一天》（李黎），是大陆最先刊载的境外华文作品、也便是最早进入我阅读视野的台港—海外华文文学作品。尽管这两位作家其时都身在美国，可不知为什么，那时大家都是把他们看作台湾作家的——那时还没有“世界华文文学”这一说。

初读之下，不禁暗自惊讶：境外海外原来竟也有如此高水平的华文作品！不由便慢慢地把台港、海外的华文作家作品纳入了自己的专业阅读范围之内，倒并不是随便看看消遣的。导师许杰先生（华东师范大学中文系第一任系主任）是“五四”时期“文学研究会”的元老，五十多年前就在吉隆坡主编华文报纸的文学副刊，我师从他读研时，常听他讲起当年在南洋的往事。记得那时上海有一位名记者（谷苇）采访复出后的许先生，说到许先生不仅是“五四”老人，也是20年代在吉隆坡主编《益群日报》及其文艺副刊《枯岛》、在东南亚最早播下华文文学种子的先行者之一；还说如果许先生几个研究生中，有一个人研究海外华文文学，那多好！这话，大家听过也就罢了，并没往心里去——虽然平日向许师请益时，听他回忆起当年在南洋的经历时对南洋也有不少的想象……

想不到若干年后，谷苇先生这话竟一语成真。许先生的学生中，竟真"有一个人"做起华文文学研究来了。这人不是别人，居然就是在下鄙人。

或许这真是要归结为一个"缘"字了。我与华文文学结缘，最早大约应该追溯到这份师生情缘。所谓"缘"者，我想，大概就是偶然与必然邂逅而生的宁馨儿吧!

毕业后到苏州教书，对台港—海外华文文学的阅读习惯虽还是持续着，却并没有动念把它引进自己的研究和教学范畴。又是老同学和新学生的二重因缘，再次将我和华文文学连接了起来：读大学本科时的北京师范大学同窗、侨生涂乃贤15年前已经变身为香港作家"陶然"(现为《香港文学》总编辑)，那两年重又恢复联络，并不断寄来作品；1986年的某天晚上，有几个中文系的同学到舍下来玩，海阔天空的闲聊中，她们异口同声地向我推荐起了三毛，说："老师，您看过三毛吗？没有书的话，我们那里就有啊，什么时候借给您看?"她们告知了同学们当下阅读的热点，还说不少女生甚至都成了"金(庸)迷"，说来说去，最终的目的就是希望我能开设有关的选修课。

现在回想起来，1988年我终于下决心在苏州大学开讲有关的课程，把学术视野拓至境外海外，就主观方面而言，确是缘于导师、同窗、学生的三重情。

古人云："学然后知不足，教然后知困。"如此地既读又教，研究遂渐显必要。很自然地，一篇篇有关香港、台湾和海外华文文学的论文写了出来，专著也出版了几种。

身处江南，研究台湾—香港—海外华文文学，并无地缘之利，若要写史，在我，似无可行性：私心以为，倘若不能亲自把第一手的原始史料遍读一过，爬梳剔抉一番，岂可轻言写史？文学史书写之类的"宏大叙事"是我不敢问津的。故所作以研读作家文本、观察文学现象为主，兼及对研究方法的思考。倘若有所感有所得，便写点东西，长短不论，务必要有心得（或新得），否则不写也罢。为学谨以“四不一没有”自励：不哗众取宠，不人云亦云，不信口开河，不故步自封；没有感悟、心得绝不动笔。几十年来祖国大陆的风风雨雨曾经亲历，“文革”中的闭门读禁书，仍自历历在目；在南北两所最好的师范大学曾亲闻謦咳的师长（如北京师大的穆木天、李长之、陆宗达、启功、俞敏等，华东师大的许杰、施蛰存、徐中玉、王元化、钱谷融等）几乎都曾遭遇过不公平批判和非人磨难的经历，给我的问学之路、治学之思刻下了深重的印记：任何时候都要有自己的坚守，趋时附势不为，批判文章不写，敬畏学术，把文学的还给文学，与其被意识形态所左右，莫如为情而造文。

从私人的角度说起来，台港、海外本与我的家族和个人素无因缘，在那里，本可谓既无亲眷，亦少挚友。但自从阅读了那些文学作品以后，竟从心底里对境外海外那些地方平生出一份亲近感来，让我自己也不禁暗自称奇。后来因缘际会，还真结识了不少台港、海外的朋友——多是学界中人，彼此相处甚洽；18 年间，又四到台湾（两度客座），九抵港澳，十多次出访东南亚和美加诸国，还在韩国担任过一年客座教授，如此读、行、观、思，相激相荡，互动并进，我和台港、海外华文文学之间的情分，就用得着几句古人的诗了：“却顾所来径，苍苍横翠微。”（李白）“我看青山多妩媚，料青山、见我应如是。”（辛弃疾）“相看两不厌，只有敬亭山。”（李白）

回想这 30 多年，在我的阅读经验和情感经验中，台港、海外华文文学以及由此派生而来的种种，真可算是我无日无时不在心中追寻的一份“爱”。再重看 25 年来写下的有关文字，油然想起的，居然又是辛弃疾的那几句绝妙好词：“众里寻她千百度，蓦然回首，那人却在，灯火阑珊处。”

如今的我，择居于姑苏城东南隅始建于元代的古觅渡桥畔，日常仍埋首于我爱读的诗文之中，不时常作如此之想：即使今天，台港与海外华文文学研究在大陆仍被认为是边缘之学，然则我甘居边缘，乐此不疲，仍愿寻觅不止，觅渡觅渡，乐多于苦；仍以“淡泊明志，宁静致远”自励，踵武前贤刘禹锡，每日但见“苔痕上阶绿，草色入帘青”，不亦悦哉？

（原载加拿大《世界日报》2013年6月28日［华章］版）

附：

《台港澳文学教程新编》出版，2月1日得书。感慨无端，口占一绝，以示同侪并致谢忱。

诗一首

手抚新编墨色浓，十年磨砺求精工。

书香见证情和志，吾与诸君心会通。

惠民　2013年2月4日晨

第一辑　文学史视野下的文学现象研究

多元共生的现代中华文学

回首百年，20 世纪的中国文学，流派纷呈，名家辈出，繁富多姿，熠熠生辉。它正挟带着一个世纪的沉重、探索和辉煌，走向未来。

20 世纪即将过去，“二十世纪中国文学”学科格局的建构确立，正面临着新世纪的呼唤。世纪末的中国学者和跨世纪的新一代学人，无可回避地必须应对这个挑战。

一、问题的缘起

1985 年，北京大学黄子平、陈平原、钱理群三位学者在“中国现代文学创新座谈会”上最早提出了“二十世纪中国文学”① 的新构想，从而引发了“中国现（当）代文学”学科建设的重大突破。

之后不久，复旦大学陈思和、华东师范大学王晓明两位学者在《上海文论》主持专栏，② 建言“重写文学史”，也激起了学术界的强烈反响。

---

① 黄子平、陈平原、钱理群：《论二十世纪中国文学》，《文学评论》1985 年5 期；另，人民文学出版社1988 年出版了《“二十世纪中国文学”三人谈》一书。

② 《重写文学史》专栏始自《上海文论》1988 年第4 期，止于1989 年第6 期。

尽管南北两地的这些学者，切入问题的思路或有不同，根据新的观念和构想撰著问世的一批著作论文，在同行中也有褒贬不一的评价，但是，对于“中国现代文学史”既定秩序的消解与重构的吁求，已然呼之欲出。

既往的“现代”与“当代”概念的模糊性与不确定性以及二者之间的人为划分，依据某种评判标准所进行的对于一些作家作品的价值评判和文学史定位，以及凌驾于其上而附丽于社会政治尺度的文学史观念，似乎一下子都面临着新的学术时代的选择和再认识、再评价。

新构想的启示意义与贡献，今天看来，已经是无可置疑的了。当然，随着十多年来学术研究的展拓与掘深，随着学科格局的静悄悄的调整，一些新问题又提了出来。

不能仅仅把新的构想只看成时限的上移（“二十世纪中国文学”可追溯到上一个世纪末来叙述），或者两个时段（1949 年前、后）的接续、“打通”，但这个构想在“时间观”上的大幅度刷新，也确实是太引人注目了。

那么，从“空间观”上来思考，“二十世纪中国文学”中的“中国”，包容着怎样的内涵，似乎就语焉不详了。最直截了当的质疑是：台湾、香港、澳门（且不谈“海外”）地区用中文书写的文学，该置于何地？

再有，在“二十世纪中国文学”的概念出现之前，人们可以追溯到的它的“前身”，就有：中国现（当）代文学——中国现代文学——中国新文学。其中，“新文学”的特指含义，是行内人都了解的：它与“旧文学”相对而言，而“旧文学”则包括了像“鸳鸯蝴蝶派”一类的“通俗文学”在内。“二十世纪中国文学”中的“文学”，是否包容（或准备包容）“通俗文学”在内？在重写的文学史著作中，“通俗文学”有没有它的生存空间？

更困难的也更重要的是，倘使台、港、澳地区的中文文学，和祖国大陆及台港澳地区的通俗文学，加入了将被重新写出的“20 世纪中国文学史”的时空格局，那么，文学史家们该选择什么样的叙述策略来圆满地整合分隔已久、看起来各行其是的地域空间与审美空间呢？

这显然是一个十分棘手、眼下似乎还没有出现理想答案的苗头的难题。

但历史从来不会提出没有答案的问题。

让我们的探索从这里出发：

“20世纪中国文学”应当涵盖下列文学空间：

1. 20世纪祖国大陆“新文学”（或曰严肃文学、纯文学）；

2. 20世纪祖国大陆“通俗文学”（以及民间文学、俗文学）；

3. 20世纪台湾、香港、澳门“新文学”；

4. 20世纪台湾、香港、澳门“通俗文学”（或曰“流行文学”）；

5. 20世纪中国少数民族文学；

甚至也不妨容涵一个特殊的、或可称为中国文学版图上“飞地”的部分：

6. 20世纪海外华文文学。

从这样的“20世纪中国文学”的时空观出发，我们确认，所谓“20世纪中国文学”，研究的是，自19世纪末以来到2000年前后，在中国（内地、台湾、香港、澳门）存在的、包含“新文学”和“通俗文学”、文人文学和民间文学、汉民族文学和其他少数民族文学这些不同形态文学在内的、用现代中文书写的中国文学。此一时期中国本土以外的海外华文文学可视为“二十世纪中国文学”的特殊组成部分。①

“20世纪中国文学”就是这样一种多元共生的现代中华文学。

---

① “本土”是指祖国大陆、台湾、香港、澳门。“海外华文文学”是指生活在海外的华人（及其后裔）以现代中文（华文、汉语、国语）写作的文学。

二、从对峙到并存："通俗文学"与"新文学"

以往的"中国现代文学史"，几乎清一色的都是一部"新文学"（或称严肃文学、高雅文学、纯文学）的发展流变史，丝毫没有"通俗文学"（它曾被认为是"旧文学"之一种）的容身之地：它被打入了"另册"，甚至是被革出高雅的文学殿堂之外的。这种文学史观念的核心，是以"新文学"为正统、以"通俗文学"为异端。

如此相沿成习所写出的"现代文学史"，只是"半壁江山"，未可称为本世纪中国文学的全璧。因为它从根本上无视"通俗文学"在20世纪中国文学进程中的客观存在。

这种反历史的文学观导致了一个重大的失误：恰恰抹掉了"20世纪中国文学"之所以为"20世纪"中国文学的历史性特征。

文学的"雅"、"俗"之争，古已有之，而于今为烈。进入20世纪以来，中国文学中的"雅"与"俗"，形成了此起彼伏、相激相荡的空前激烈的竞争局面。加之特定的社会环境的要求和一定的文学生态环境的制约，以至形成了互相隔绝、壁垒分明的两大阵营，并各自建构了判然有异的两种不同的文学话语系统，形成了20世纪中国文学对传统文学的移位，呈现出文学新世纪的现代景观。

"雅"与"俗"，在20世纪，划出了从对峙到并存的历史轨迹，这是"20世纪中国文学"的基本特征之一。

19世纪、20世纪之交，一方面是上承明清通俗小说的余绪，继续涌现出大量通俗小说，另一方面是因应社会变革的时势，有梁启超、章士钊等人的"新小说"、"政治小说"的提倡和问世。后者显示出有别于传统观念（小说出于俚俗的街谈巷语，为迎合市民娱悦之需）的对于小说功能的新理解，开始形成小说领域内两种不同话语系统的对峙。

"五四"文学革命发生，鲁迅在"为人生"的观念指导下创作的《狂人日记》等凸现出崇高使命感的"新文学"小说，进一步强化了小说的改良社会、教化人生的功能；同时，对自晚清民初以来充斥于书肆的“鸳鸯蝴蝶”式的流行小说，新文学阵营展开了不遗余力的猛烈抨击，从游戏的、消遣的、金钱主义的文艺观到红男绿女、狐仙侠盗、黑幕秘闻的创作文本，统统给以彻底的否定。“为人生”派以社会使命感相号召，“鸳鸯蝴蝶”派以迎合市民的消费需要为招徕，形成两军对垒、互不相让的局面。

通俗小说阵营缺乏理论家，不能对新文学阵营作理论上的申辩或反攻，但是这却丝毫也不影响它自有其相当广阔的读者市场，从而支持它能维持着与新文学阵营的抗衡，历三十年之久而不衰。自新文学运动发生到新中国的成立，这几十年间，“雅”“俗”对峙，成了这一阶段中国文学的基本存在方式。

但是，只是满足于这一观察，就很可能是肤浅的和皮相的。像世界上任何事物、任何矛盾一样，互相联系、互相依存、互相渗透的情形，所在多有。需要强调的正是“雅”“俗”之间，不仅有对抗、对立，也有彼此时相消长、彼此隐然相通、甚至彼此趋近的迹象和事实。

首先，20 世纪中国文学既是传统中国文学自身发展的必然结果，也确实受惠于西方文学的刺激、影响。“新文学”的一代元老如鲁迅、胡适、周作人、郁达夫、郭沫若等人与外国文学的种种关系，研究多多，兹不赘言。而被他们斥为“封建旧文艺”的通俗小说家们，于外国文学的译介也不无贡献。《礼拜六》的台柱周瘦鹃早在 1917 年就翻译出版了三卷本的《欧美名家短篇小说丛刻》，被鲁迅赞为“昏夜之微光，鸡群之鸣鹤”，“足为近年译事之光”。① 而颇有意味的是，鲁迅当时是以教育部佥事兼“通俗教育研究会”小说股主任的身份褒奖周瘦鹃的。包天笑也译过《世纪末日记》、《写真帖》、《六号室》、《天方夜谭》等不少西洋小说，他早在 1901 年与杨紫麟译的《迦因小传》，更是继林译《巴黎茶花女遗事》之后最为风行的外国

① 载《教育公报》1917 年 11 月 30 日。

小说。其他不少通俗小说家也或多或少翻译过外国小说。看过或学步的，恐怕就更多。说通俗小说家也受到过外国文学的洗礼或在译介外国作品方面与新文学作家取同一方向，是有事实为根据的。

第二，也因此之故，通俗小说家在擢拔小说的文学地位时，既受到过域外文学观念的影响，也与他们的对手——新文学小说家尊崇小说、乃至视其为正宗的看法不谋而合。通俗文学在相当长的时间里，其书写形式主要是叙事文体的小说，是个令人瞩目也值得深究的现象。小说因其对情节的注重、讲究，语言也较易于以通俗易懂的长处为读者所乐于接受，又比诗歌、散文更有趣味，成了 20 世纪读者的宠儿。虽然“雅”“俗”两方面对于小说功能的理解各有倾侧，对于小说世界的营造各有规范，但在客观上却联手构筑了 20 世纪中国小说的建筑群落。

第三，通俗小说中有不少表现了反对封建专制、揭露军阀恶行、坚持反帝抗日、关注国运民瘼的主题和意识的作品，除了武侠、言情小说等类别，也有“问题小说”（如张舍我的某些小说）、“讽刺小说”（如程瞻庐的某些小说）、“国难小说”（如张恨水的某些小说），触及时代和社会的现实；在《八十一梦》（张恨水）和《升官图》（陈白尘）之间、在《秋海棠》（秦瘦鸥）和《鼓书艺人》（老舍）、《风雪夜归人》（吴祖光）之间、在《春明外史》（张恨水）和《家》（巴金）之间……也并不是没有这样的或那样的相通、相近之处。既然置身于同一的时空之中，通俗文学作家与新文学作家有着从民族意识到价值观念上的趋同倾向，是情理中事，也十分自然。深浅不同，纯杂有异，则并不能苛求。

第四，通俗文学家在新文学的批评里受到冲击，又从读者的不断变化的要求中获得启发，在创作手法上也越来越多地从外国文学（远处）或新文学（近处）借鉴、学习一些技巧，一则是丰富了通俗文学的表现方式，二则也是缩短了与新文学乃至与世界文学潮流的差距，虽有“赶时髦”（这本是他们的特长）之嫌，然而“雅”、“俗”趋同的意向和实践，总是顺应潮流与民心的明智之举。而在新文学那方面，也曾经几次热烈地探讨过“大众化”的路径。在四十年代的解放区更推出了像赵树理这样的典范，透露了向民间文学和通俗文学汲取新生机的动向，也是为“新文学”（纯文学）寻求更多的读者和市场的明智之举。“雅”、“俗”文学的接近与趋同，在40年代一度出现了喜人的态势。

“雅”、“俗”之间在对峙中的平衡局面和趋同态势，是在四五十年代之交被彻底打破、中止的。这种情况主要的并非由于某一方的强势存在或读者群“一边倒”的选择所致（他们是既看鲁迅、巴金，也看张恨水、刘云若、还珠楼主的）。政局的改变，文化秩序的重建，新政权文艺政策的意识形态化，是导致通俗文学一下子“销声匿迹”、“纯文学”得以一统天下的根本原因。

通俗文学这一回可真的要“浪迹江湖”了。然则“三十年河东，三十年河西”。50年代以后它在祖国大陆几无立锥之地，却赖中国之大（也许是冥冥之中一只“看不见的手”网开一面），在海峡对岸的台湾和香港地区找到了继续存活的“土壤”，以另一种方式维持几近失衡的文学生态。

从50年代到70年代，在祖国大陆，“通俗文学”经历了另一个三十年的低迷和空白。严肃文学则一步步地经由新民主主义的文学到社会主义的文学，甚至还出现了“高”、“大”、“全”的阴谋文艺，走上了一条越走越窄的小路甚至“死胡同”，酿成了自身的危机。

而在台、港、澳地区，自二三十年代起，当年在大陆出产的通俗文学作品就陆续在社会上流播（就规模而言，在香港甚于台湾），至五六十年代，台湾、香港与祖国大陆分隔的政治现实已基本呈现，海峡彼岸的文学生态在中华文化版图中开始随之出现一些与祖国大陆本土不同的色彩，其表现之一，就是通俗文学的易地勃兴、走红，恰与大陆的低迷、空白形成强烈的反差和对比。

80年代的“改革开放”为通俗文学重返大陆文坛提供了契机。对通俗文学的认真、冷静的阅读和研究，逐步改变了人们对通俗文学歧视、误解的心态。台港通俗文学作品打入大陆市场，民国通俗小说

"重出江湖"，加之新出现的一些当代通俗小说，合力形成了对严肃文学的有力冲击。文艺政策的开明，读者的多方面需求，传播管道的多元化，都使通俗文学得以与纯文学共享流通空间。对峙被共存所代替。祖国大陆的这种情况与海峡对岸的文学生态出现了越来越大的趋同性，台湾当局政治上的变动也对文学的多元发展更为有利。香港文学在80年代也有了纯文学更多的空间，一批面向香港现实的作品陆续问世，也呈现出空前的发展。

从中国港澳台地区的中华文学的当代呈现来说，在20世纪的总体格局中，还从来没有过像80年代这样，通俗文学与纯文学在如此广大的空间共存共荣，这是经历了几十年曲折与艰辛的探索以后，才出现的难得的文学生态的平衡，弥足珍贵。

三、从分流到整合："台港文学"与"大陆文学"

中华民族是带着国土分隔的历史伤痛走进20世纪的：1895年一纸《马关条约》，使台湾沦为日本的殖民地，直到1945年；1949年以后由于国共内战的结局，又延续了台海两岸隔绝几十年的局面；而香港、澳门也在上世纪末相继被割让给英、葡殖民帝国，疏离于祖国大陆本体。

这样的历史与因循而致的现实，当然深刻地规定了20世纪中国文学的格局和面貌，同一文化母体被生生切割成若干板块，呈现出同中有异的体相。如何认识台湾、港澳的文学发展造成的与大陆文学有异的"殊相"，如何确定它们在现代中华文学历史发展中的价值与地位，便成了确立20世纪中国文学这一整体观念必须解决的问题。

一方面是源于同一文化母体，同一历史传统；另一方面是半个世纪乃至上百年的分隔、分流，由同源分流而造成同质异相，这正是20世纪中国文学不同于历史上中国古代文学的又一特殊之处，也是它的个别性与复杂性所在。

台、港、澳地区之有文学，其历史要比中原短得多，它的萌生是中原文化延伸的自然结果。明朝末年宦游台湾的文人徐孚远、沈光文留下了现今所知台湾最早的文人创作；港澳地区开埠甚晚，更要到本世纪初才渐有文人文事之出。

“五四”新文学运动在北京、上海等地倡导不久，它的影响就很快越过海峡。20 年代，台湾、香港相偕出现了对“五四”新文化运动的呼应。

1915 年，《青年杂志》在上海创刊（后改为《新青年》，迁往北京，标志着新文化运动的开始）。1916 年，胡适在美国酝酿“文学改良”。1917 年，胡适、陈独秀接踵发表《文学改良刍议》、《文学革命论》，树起了“新文学”的大旗。

1920 年，林献堂、蔡惠如等留学日本的青年学生，在东京组织新民会，创办《台湾青年》杂志，提倡新文学。1923—1924 年，胡适、陈独秀的《文学改良刍议》、《中国五十年来之文学》和《文学革命论》、《敬告青年》就被介绍到了台湾。20 年代中期在北京师范大学求学的台湾青年张我军亲受新文学运动的熏陶，还曾拜访鲁迅并得到勉励。① 他在 1926 年出版的《乱都之恋》是台湾文学史上第一部新诗集，其地位类似胡适的《尝试集》。至于台湾报刊上发表的有关鼓吹新文学的文章，更形成了一股热潮。此后，台湾新文学虽屡遭日本殖民当局的摧残、压制，但终究没有被消灭。

香港新文学的发动要稍晚一些。1927 年鲁迅应邀从广州去香港，他的《老调子已经唱完》和《无声的中国》两篇演讲，在沉闷的香港文坛播下了新文学的火种。次年，张稚庐等创办《伴侣》，被誉为“香港新文坛的第一燕”，带动了一批新文艺期刊的出土。继而又有第一个新文学社团《岛上社》的成立，黄天石、谢晨光、侣伦等是主要成员。香港新文学的起步由此开始。在当时，香港作家最早接触并受到一定影响的是创造社同人的创作，如郁达夫的《沉沦》，郭沫

① 参见刘登翰等主编：《台湾文学史》（上卷），福州：海峡文艺出版社，1991 年版。

若的《漂流三部曲》以及田汉的剧作等。至于民初以来的“鸳鸯蝴蝶”派小说，在当时的香港，也有一些学步者，创作过一批小说，显示了和大陆文学的另一层联系。①

人员的交往是文学交流的直接方式之一。在日据时期，祖国大陆到过台湾的作家只有梁启超、章太炎、郁达夫和本就在台湾出生的许地山等少数人，而有大陆经验的台湾籍作家则更少（如张我军、钟理和、林海音等人）。1945 年日本投降，台湾回到祖国怀抱，当时以推广国语为主要目的赴台的有许寿裳、李霁野、台静农、李何林、黎烈文、雷石榆等。1949 年国民党政府迁台后，陆续到台湾定居而接续了台湾文学和“五四”新文学血脉的还有胡适、罗家伦、傅斯年、苏雪林、林语堂、谢冰莹、胡秋原、钟鼎文、纪弦、梁实秋等，他们的教学和文学活动，在意识和无意识间，扩大了“五四”新文学的影响。一大批出生于大陆、相继在大陆和台湾完成了中高等教育、以后渐有文名的作家如琦君、吴鲁芹、余光中、张晓风、张腾蛟则带着童、少年时代大陆生活给他们刻下的文化烙印，传承着中华文学的香火。大陆和台湾之间作家的交往在 50 年代到 80 年代中期几乎完全停止，直到 80 年代后期，台湾当局开放“探亲”，这才有了较大的改观，两地作家的作品也很快有了在彼岸出版的可能与现实管道。分隔已久的局面正在一步步松动。

大陆和香港之间的情况有所不同。半个多世纪以来，祖国大陆作家有过三次“南下潮”，第一次是抗日战争开始以后的 1938—1939 年，第二次是国共内战至新中国成立的四、五十年代之交，第三次是大陆“改革开放”的七八十年代之交，都是中国社会发生较大变动之际。第一次南下者，“过客”多，定居者少，有茅盾、郭沫若、许地山、巴金、萧红、夏衍、戴望舒、端木蕻良、萧乾、陈残云、徐迟、胡风、骆宾基、施蛰存、周而复、杨刚、楼适夷、黄药眠、叶君

---

① 参见王剑丛：《香港文学史》，南昌：百花洲文艺出版社，1995 年版。

健、欧阳予倩、叶灵凤等。其中有人在香港创作了重要作品，有人在香港走完了人生和文学的长途跋涉。第二次南下者，人数少于第一次而多为定居者，如徐讦、李辉英、曹聚仁、徐速、唐人、司马长风、高旅、刘以鬯、金庸等。第三次南下者，人数甚多且基本上是定居者，如曾敏之、陶然、陈浩泉、白洛、颜纯钩、梅子、周蜜蜜、璧华、汉闻、张诗剑、陈娟、杨明显、古剑、傅天虹、夏捷、舒非、东瑞、黄河浪、陈少华、王一桃等（此一时期还有从台湾或东南亚到香港的，如施叔青、余光中、戴天、钟玲、犁青等人）。三代南来作家对香港文学促进作用之大，几乎胜过本土作家。因此，尽管香港处于英国殖民统治之下、中西文化交汇的要冲，但香港文学与中国文学之间却一直维系着相当紧密的交流。

然而，台湾文学和港澳文学毕竟是在不同于大陆的社会空间、政治空间中存在和发展的。在抉发它们与中国（大陆）文学之间不可分割的血缘联系的同时，也不能不正视它们独特的一面：独特的面貌体相和独特的发展轨迹。台港文学的这种“异相”在五十年代以后表现得较为突出和明显。

日据时期的台湾文学是在反对殖民统治、反对封建专制的轨道上行进的，与祖国大陆“五四”新文学反帝反封建的方向正取同一步调；虽然它有自己相当特殊的选材和不同的社会背景，一度还受到过“皇民文化”的干扰。到了五十年代，大批大陆籍作家的流入，相当程度上改变了台湾文坛作家队伍的构成。国民党政府吸取在大陆失败的教训（官方认为没能掌握好文化人是失败的原因之一），加强了对文艺的控制，大力倡导所谓“战斗文艺”、“反共文艺”，使文艺完全臣服于它的政治需要，极大地损害了台湾文学的整体面貌，但未能持久。从五十年代中期开始，先是在诗歌界，现代诗社、蓝星诗社和创世纪诗社相继举起现代主义的旗帜，表现出对“战斗文艺”的离弃和新方向的求索，接着以台大外文系为大本营，小说家们也转向内心世界的开掘。《现代文学》同仁的追求，影响了一时风气。戏剧创作和文艺批评也引入了西方现代派的观念和方法。现代主义文艺思潮在

50年代中期到60年代在台湾文艺界几乎成了主导的思潮。这有着社会、政治、文艺、心理等多方面的原因。70年代在台湾文坛上发生了关于“乡土文学”的激烈论争，本土意识抬头，写实为主的乡土文学极一时之盛，与五六十年代的潮流方向有异。到80年代，则出现了无主流的多元发展的新局面，这是几十年来台湾文学历经数度变迁，集乡土、传统与现代多种文化精神汇于一体的文学新时期。

香港文学在50年代开始呈现它相对独立的区域文学风貌，但初时颇受“绿背文化”（美元文化）的渗透，“左”、“右”两方面的政治影响有短兵相接之势。50年代还先于台湾地区出现了现代派文艺的提倡，通俗小说的创作也较台湾地区为先占领了相当大的读者市场，并达到较高的水准。60年代以后，随着香港经济的快速发展和在世界经济版图上地位的提升，都市化程度越来越快。文学的大众消费日益成为主导需求，与台湾相比，似乎更少纯文学的空间，以至于有“香港是文化沙漠”的说法。70年代以后，随着大量南来作家的崛起，香港文学出现了越来越多的纯文学作品，尽管不敌流行文学雄霸市场之势，却显示着香港文学格局的某种调整。到了八九十年代，“香港无文学”论已不攻自破，在这个世界著名的“自由港”，各种倾向与风格的文学也正在自由地舒展、成长。

很显然，台港文学近几十年的发展变迁与大陆同一时期文学的变迁，并不是一种一体叠合的关系。50年代以后，大陆文学界较少真正的文艺论争，而充斥着连绵不断的“大批判”、或是政治定性，到“文革”爆发，几乎切断了传统文学的血脉。“物极必反”，八十年代以来，祖国大陆的文学进入了历史上从来没有过的健康发展的好时代：现代主义赢得了正常的席位，通俗文学摘掉了帽子，外国各流派的文学理论、文学创作被大量介绍，老、中、青三代作家的各种艺术探索并行不悖，台港文学也被客观、公正地、全面地介绍和认识……全方位地构建健全的现代中华文学大厦正成为中华民族炎黄子孙共同的欲求，整合曾经分流的中华文学作为一种历史的必然被提上了日程。

20世纪中国文学的历史性书写期盼着一个圆满的句号。

四、叙述视角与策略

20世纪中国文学的历史存在是一回事，对这段文学史的叙述与书写又是一回事。后者的实现固然必须建立在对前者明晰认知的基础上，也必须采用适宜的叙述策略才能透达历史的底蕴。简单地拼合式的架构不可能揭示不同地区各异文学现象之间的内在因缘，也无法解释源于同一文化母体何以会出现某些不平衡或相互扞格的史实，更难以把握作为中华现代文学的一部分与整体之间的分合聚散的深层脉动。拘限于某一局部、或某一些文学现象、某一时期的特殊形态等等，都可能导致对文学史大背景的忽视，而陷入作茧自缚的尴尬境地。

中华文化渊源流长的传统与千姿百态的现实呈现，应是考察现代中华文学的基本参照系。从文化与文学关系的视角看来，20世纪中国港澳台地区的文学从其走上新里程开始，事实上就是现代文化在其一定历史过程中的一种美丽的呈示。“五四”文学革命是在新文化运动中萌生的，台湾文学和香港文学不可能自外于中华文化的历史沉积而横空出世。中国港澳台地区文学的相互关系，其“合”非由某种人为的力量所致，其“分”也不以人的意志为转移。中华文化历几千年雪雨风霜形成的强大凝聚力，不管是否被意识到，其作用力其实从未稍息、稍减，这是超越于政治、社会、意识形态、乃至时间空间的深植于民族心灵的神奇力量。只要是在中国这块土地上，只要是在中华文化教育下读书写字创作，一个黄皮肤黑眼睛的中国作家就根本无法拒绝自己所属的民族的“集体无意识”。即使是对外国文学的借鉴、引进，他用的也是中国人的眼睛，他的思维方式与选择方式也是中国式的。他也会很自然地注意到异域奇珍与民族文化历史上的宝藏之间的某种相似相近。他从共同的文化遗产中吸取滋养，他面对共同的大中国的时空。在题材的选择、主题的表达、方法的采用上，不同地区中国作家或有所差异、有所先后、有所衍变，但这正是泱泱大国汇纳百川、有容乃大的民族性格的自然表现，也是走向现代化进程的必然路径。“定于一尊”、“一枝独秀”、“一统天下”、“从一而终”都是短暂的、不稳固的、不正常的、不符合历史发展方向的。多元、杂色、众声喧哗、百花齐放，是中国这个有着辽阔疆域、悠久历史、众多民族的国度繁荣兴盛、文化繁荣兴盛、文学繁荣兴盛的根本动力。共同的唯一，是有的，那就是中华民族的文化。

除了某些用少数民族文字写成的现代作品，[①] 现代中华文学基本都以方块汉字（作为白话文的载体）为书写符号。文学作为一种语言的艺术，它的内在蕴含与外在表现形式有着互相依存的深层关系。把二十世纪中国文学放在世界文学的总体格局中来考察，方块汉字的“外貌”是它区别于其他语种的各国文学的最明显的美学特征。语种文学的视角只有在这样宏阔深邃的文学大视野中，才会显出它的独特意义。中国港澳台地区的现代中华文学都用现代汉语（白话文）来负载其思想、意念、情感与技巧。如果从中国文学几千年的自身发展来看，这不过是一种历史的自然延续（顶多是白话文取代了文言文），然而放在世界各民族森罗万象的文学之林里看，却正是它最醒目、最独特的体态、肤色和声音。考察中华文学藉由汉字表意系统的传达方式，它所引发的意象体系、它所具有的区别于西方语言的音韵之美，甚至它所蕴含的民族文化心理的积淀，以及繁富多彩的方言俗语的特殊魅力，所有这些都深烙着中华民族的特殊印记。对世界而言，这是一种殊相，对中国港澳台地区而言，则是一种共相。由此再深探，当能切近中国文学与世界他国文学之异和中华文学自身之同。广而言之，从语种文学的视角研究散见于世界各地的华文文学，也能既窥其与他国（包括所在国）文学之异，又见其与中华文学之同，对它的归属就较易取得共识了。

---

① 少数民族文学是现代中华文学的成分之一，有关申述未便展开，有待做专门的研究。

20世纪中国文学是20世纪的——是20世纪世界文学的一部分；20世纪中国文学又是中国的——是几千年中国文学的一段落。在横向的世界文学大背景和纵向的中国文学的大格局中，“20世纪中国文学”占有确定的坐标点，而“现代化”和“民族化”既是其标的，又是其品格。几千年中国文学在进入20世纪以后，方开始了现代化的进程。换言之，20世纪中国文学以“现代性”区别于传统的中国文学；而在20世纪的世界文学中，它又以“民族性”区别于其他国家的文学，这种民族性也就是中华神韵。因此，我们也乐意于把“20世纪中国文学”称之为“现代中华文学”，以彰显其特征。

同时，“现代化”和“民族化”也可以作为评估中国港澳台地区文学的基本尺度，而二者的完美结合，应是现代中华文学精品的必备品格。鲁迅、郁达夫、余光中、白先勇、金庸、刘以鬯等作家，可能在政治态度、文学观念、写作题材、艺术风格上各有不同，但其作品在“现代化”和“民族化”的结合上都达到了相当高或很高的水平，就应该获得基本肯定的文学史定位和较高的审美评价。对于一个作家是如此，对于一个社团、一场争论、一种主张乃至一部作品，也应当如此。必须强调，所谓“现代化”、“民族化”，当然已经包括了内涵与形式、思想与艺术两个侧面。

在众多的“中国现代文学史”、“台湾文学史”、“香港文学史”、“通俗文学史”的写作之后，视野宏阔、立意高远、评论精当、架构科学的现代中华文学史将会应运而生，对此，我们应抱有乐观的信念。

1997年5月

（原载《多元共生的现代中华文学》，1997年11月，中国华侨出版社）

颠覆之美

——20世纪80年代以来台湾文学之走向

很多论者都认为，近半个多世纪以来的台湾文学，大体上可以分为这样几个阶段：（1）50年代："反共文学"为主导；（2）60年代：现代主义文学成为主流；（3）70年代：乡土文学为主轴。这三个"十年"，文学发展的大趋势，似乎比较清晰，大体上十来年有一变，能比较清晰地看到此阶段与前后时段的区别；（4）但到了80年代，特别是取消党禁报禁、开放赴大陆探亲、台湾社会"民主化"程度大幅度提高以后，文学的实时状态与发展趋势，已不再如此前三个十年那样，更迭有序，主流鲜明，似乎进入了一个相对无序而又多元发展的时期，也很难找到一种主导性的、或堪称主流的文学思潮。这种情况在90年代更形突出，似乎文学的发展脱出了原先的轨道。

现在要问的是：80年代以来，台湾文学的发展是否无脉络可寻？是否真的杂乱无序，而无法为其定位？80年代以来的文学与50～70年代的文学之间究竟是什么关系？近二十五年来的台湾文学可以以怎样的面貌进入文学史？

80年代以来，台湾文学的地理版图上，确实出现了一些文学新地景，颇多新人耳目之处。这些文学新地景（比如：原住民文学、自然写作、政治小说［含牢狱小说、选举小说、"二二八"小说之属］、同志文学、酷儿写作、旅行文学、饮食文学等）究竟是怎样萌生发展的？它们是否已形成了文学创作的新文体或次文类？它们和前此的乡土文学、"反共"文学、现代派文学、环保文学、游记小品……是什么关系？

台湾文学新地景延展了台湾文学发展的脉络，应是无可置疑的一种基本体认；同时，它们又更鲜明地呈现出对台湾文学此前发展脉络的颠覆与写作路向的别择，也是不争的事实。

颠覆，成为80年代以来台湾文学发展的主要走向。原住民文学、自然写作、女性主义文学、“同志”文学、酷儿写作、政治文学、旅行文学、饮食文学、后现代文学、网络文学……一一形成了对乡土文学、报导文学、女性文学、情爱文学、游记小品、现代主义文学、流行文学等的强烈颠覆，表现出强劲的驱动力，为台湾文学的发展提供了颇多新异的次文类，呈现了二十多年来台湾文学的新的生态结构。

本文选择原住民文学、自然写作与“同志”文学—酷儿写作为考察场域，略论其发展及如何呈颠覆之能事，并初探未来之文学史当怎样书写，以为芹献。

一、原住民文学

长期致力于原住民文化振兴与推展的孙大川博士在为他主编的《台湾原住民族汉语文学选集》所写的《台湾原住民文学创世纪》一文中说了这样一番话：“1970年代中期引爆的乡土文学论战，固然高举本土的旗帜，但他们所谓的本土仍然是汉民族本位的本土：叙述的场景，从兰阳平原到嘉南平原，从渔港、茶山到田埂；依旧是平原、稻作民族的思维逻辑。相较于夏曼·蓝波安的海、田雅各的山、瓦历斯·诺干的岛屿，以及原住民文学中随处流露的神话和宇宙想象；汉人的本土是现实的、政治的，缺乏‘怒而飞，其翼若垂天之云’（《庄子·逍遥游》）的高拔之势。当然也无法真正理解、欣赏整个南岛民族辽阔的海洋心灵。”①

这段话被特别醒目地印刷在选集各册的封底上。孙大川的这段

① 孙大川：《台湾原住民文学创世纪》，孙氏主编：《台湾原住民族汉语文学选集》封底，台北：INK印刻出版有限公司，2003年3月版。

话，一方面把原住民文学与乡土文学联系起来，另一方面，又严为区隔（汉族）乡土文学与原住民文学，认为前者是平原、稻作民族的思维逻辑，后者是海洋、渔猎民族的思维逻辑。换言之，原住民文学不属于（不是）乡土文学。

笔者以为，此话颇有可议之处。所谓乡土文学，自然是以乡土为背景的文学，但这乡土，恐并非仅指乡村、土地（平原），也应该包含山林、海洋、岛屿等，都是广义的乡土，是一个人的生身之地、血亲之地的母土。除了平埔族（如凯达格兰、葛玛兰、西拉雅等生活在西部平原地带，19 世纪末已完全汉化）以外，台湾原住民主要生活散居于山地、海洋及海中的岛屿（如兰屿），他们祖居于此，产生与发展了自己民族的历史、文化、语言、信仰、习俗等；形成了有别于汉族（及平埔族）的种种外在与内在的族群质素，这是毋庸置疑的。如果以一种开阔、开放的观念来诠释“乡土文学”这中外文学史上重大的文学现象，那么，台湾原住民文学就是原住民的乡土文学，就应当把台湾原住民文学认作是乡土文学的组成部分。乡土文学以乡土（特别是故乡）为背景，写乡人乡语，叙乡景乡事，原住民文学（写原人原语，叙原景原事）与一般认为的（汉族）乡土文学并无二致。当然，台湾原住民文学确实又有不同于汉族作家写作的乡土文学的内涵和风格。除了自然背景的不同（汉族作家也有以山、海为背景的作品，如粟耘的山林散文、黄春明以宜兰苏澳海港为背景的小说等），最重要的区别在于，台湾自日据以来到 70 年代“乡土文学”大论战前后的乡土文学，始终与政治、国家（国族）议题有太多、太深的联系，处理的是社会性强、意识形态也比较明显的主题，从赖和、吴浊流……到陈映真、宋泽莱……莫不如此。而原住民文学则集中关注民族文化的基本面。虽在初起阶段，发出过相当激昂、高亢的政治抗争之声，但其基本关注还处于民族历史与文化的层面。70 年代开始的台湾原住民运动，直接催生了 80 年代中期原住民文学的发声，田雅各的《最后的猎人》、莫那能的《美丽的稻穗》、夏曼·蓝波安的《冷海情深》、《八代湾的神话》、《黑色的翅膀》、《海浪的记忆》、孙大川的《久久酒一次》、利格拉乐·阿娟《谁来穿我织的美丽衣裳》、瓦列斯·诺干《想念族人》、《伊能再踏查》等作品的出版，孙大川发起、主编的《山海文化》双月刊（1993年11月）的创刊、原住民文学奖的筹办、《台湾原住民族汉语文学选集》（共七册，孙大川主编）等作品的接踵问世，在在都说明，原住民文学历经二十年的建设，已成了台湾（乡土）文学写作中分外独特并具有丰富文化内涵的一种文学现象。它对于“传统”乡土文学（以汉民族为主、以平地乡村为主）也可以说是构成了一种颠覆，事实上，这正丰富了台湾乡土（本土）文学的色调。颠覆也是一种充实。

但时至今日，原住民文学研究仍然十分滞后．其在重要文学场合的屡屡缺席，在在证明着学者的失察与无力 。令人震撼的是，外国学者已经远远地走在了华人学者的前面，这是令人羞惭的事，岂能不急起直追？俄罗斯科学院通讯院士、世界文学研究所首席研究员李福清早在1992年即应台湾清华大学之邀，专门研究台湾原住民文学，后来还在英国牛津大学开了一门课——“台湾原住民民间文学研究”，并推出了一系列研究成果（如《神话与鬼话》，北京，社科文献出版社）。不管是从原住民文学与民间文学的关系，还是从它与乡土文学、写实文学的关系来看，出自“边缘”的原住民文学的“原”汁“原”味，正在改变并丰富着既往台湾文学史的色调与滋味。有眼光的文学史家应该给予台湾原住民文学以适宜的地位，“汉原溶融”的书写策略应是可行的愿景。

二、自然写作

目前在台湾写作界出版界颇为风行、在读书界也颇受欢迎与关注的“自然写作”，最早源自于80年代初以韩韩、马以工的《我们只有一个地球》为代表的环保文学思潮。但它与一般的环保文学不同的是，在环保文学中，社会人的身影以介入者的身份一直占有重要乃至主要的位置；而在自然写作中，社会人退居于隐蔽的观察者的位置，处理的基本上是自然界（包括山川、河流、地表、动植物……）的各种存在，较少或基本摒弃了环保文学“社会批判”的性格，转而形成了对“环保文学”这一报导文学次文类的颠覆。自然写作又比较侧重从正面展示自然万物原本的美好、可爱，而不像环保文学多是揭示其负面的社会影响（河流、海洋污染、空气污染、噪声、动物的滥捕、水土流失与植被的破坏等负面现象在报导文学中大量呈现）。自然写作更多关注人与自然的关系，追求与彰显二者和谐相处、协调发展的正面图景，重返“天人合一”（而不是“人定胜天”）的传统自然伦理，垦拓了自然写作在文学创作中的新地景。

从刘克襄的“鸟文学”（《随鸟走天涯》、《漂鸟的故乡》等）到吴明益为蝴蝶建构自身谱系的《迷蝶志》、《蝶道》，从徐仁修的自然观察记录（《思源垭口岁时记》、《猕猴与我》……）到王家祥的荒野保护系列（《文明荒野》、《四季的声音》等），都可以看到自然写作已呈现出的斑斓多彩的风貌。作为一种图文并茂的崭新文本，自然写作的文本基本上由三个部分构成：正文，图照，图说。文（正文、图说）与图（插图或照片）相得益彰、互为补充，不啻是另类的视觉飨宴。图照往往拍摄（绘制）精美可鉴，几达专业水平，给读者一种“悦读”的快感，也就令人油然而生对自然万物的关爱、呵护之情，远比一味呈现负面的丑鄙画面效果好许多，潜移默化、以美动人，自然写作的热卖、风行，也就不足为奇了。

南方朔曾把“自然写作”定位为“在文学、生活随笔、游记、科学、人生感思之间飘荡，散发着独特的人文和自然气息，并将这两者加以连缀”的文类。① 而简义明则认为“以作者的人文体验书写关于自然的行为，都可以称为‘自然写作’”。② 两位论者都特别强调了

① 南方朔语，转引自吴明益：《以书写解放自然》，台北：大安出版社，2004 年版，第 7 页。

② 简义明：《台湾“自然写作”研究——以 1981—1997 为范围》，硕士论文，台湾政治大学中文所，1998 年 6 月版，第 8 页。

自然写作的作者在书写“自然”的同时，必须具有的人文素养与人文体验。这就表明，在他们看来，所谓的“自然写作”尽管不以“人”为文本书写的中心，但有关自然的方方面面、色色种种的书写，必都浸透着作者发自内里的人文情怀、人文气息。从自然写作的那些优秀文本来看，也正是如此。

在自然写作中涉及的环境伦理、自然伦理、土地伦理、土地美学、生态殖民问题的展开，将对自然写作及其研究带来触动和互动，在这些方面，都还存在着阔大的探讨空间。前些年，在台湾一些大学里出现了一些以自然写作为研究课题的硕博士论文（作者许尤美、简义明、吴明益等），显示了自然写作的研究正走向学院的门墙。在这种情景下，自然写作进入台湾文学史已是时机的问题了。如果说自然写作已然造成对报导文学的颠覆，那么，应该说，历史的进程已呈现了这颠覆之美。只有厘清自然写作之缘起，弄清它与报导文学，甚至乡土文学、游记、生物观察报告等之间的互渗、迁衍、流变的关系，自然写作的文学史书写才具备学理的依据，并自能凸显其在此一文脉中的价值、地位与影响。

三、“同志”文学

“同志”文学是这一时期台湾文学诸种新现象中，最具颠覆性格、亦最引人瞩目的文学现象。从70年代隐现初潮到90年代蔚成风潮，这一文学写作方式呈现了逐渐明晰的美学追求，亦呈现了正负两面的现时效应与文学史影响。

台湾“同志书写”的滥觞，应追溯到60年代。始作俑者是白先勇、林怀民。《寂寞的十七岁》、《月梦》、《青春》、《满天里亮晶晶的星星》、《孤恋花》一起构成白先勇前期创作中似成系列的“同志书写”的成果。林怀民的中篇小说《安德烈·纪德的冬天》、《蝉》，白先勇的长篇小说《孽子》则以较大的规模展开了“男同志”的故事。

“同志书写”在60年代台湾的出现，既与文学界现代主义思潮的盛行休戚相关，也与社会发展中的女性主义思潮渐次流播，桴鼓相应。对于人类自身奥秘的不断追寻和追问，人本主义理念的不断冲击，都构成了台湾同志书写不可或缺的气候与土壤。而它在此一时期表现出的曲身求存姿态，也正是社会发展阶段性的必然派生。

到了70年代以后，现代、后现代、女性主义的思潮进一步强劲地刺激着社会的转型，“同志书写”亦随之进入常态的而非另类的生存状态。李昂、朱天心、马森、席德进、顾肇森等以各种姿态卷入“同志书写”的写作潮流，扩张了“同志书写”的视阈。随着民主政治的展开与女权思潮的浸漫，“同志书写”一步步走出往日的阴影与悲情，表现出欲与异性恋主流平分“春”色的挑战姿态，尤其是80年代解严以后，涉足同性恋题材写作的作家人数激增（有人统计，不下50个①），文学影响渐广。到了90年代，更俨然形成一股情欲书写的风潮，对台湾文学的生态布局造成了强劲冲激，尤其是对以异性恋为基本建构的情爱文学，构成正面挑战。杨丽玲、蓝玉湖、许佑生、林裕翼、陈雪等纷纷“出柜”。凌烟的《失声画眉》、朱天文的《荒人手记》、邱妙津的《鳄鱼手记》、苏伟贞的《沉默之岛》等接踵获得各种台湾文学大奖（或推荐奖，有的奖项奖金高达百万新台币），更为“同志书写”的风潮推波助澜。

“同志书写”的变异在90年代表现为“酷儿写作”的异军突起，“只为了宣称建构阳性的女同性恋身份，也异于大多数在态度上还是认为女同性恋（欲望身体、个体）都是负面的文本”，② “酷儿”那既非男同、亦非女同的怪异性别身份与更为异类的变种情欲，对男/

---

① 刘亮雅：《边缘发声——解严以来的台湾同志小说》，刘氏著《情色世纪末》，台北：九歌出版社有限公司，2001年9月版，第83页。

② 洪凌：《蕾丝与鞭子的交欢——从当代台湾小说注释女同性恋的欲望流动》，见林永福、林燿德主编：《当代情色文学论——蕾丝与鞭子的交欢》，台北：时报文化出版有限公司，1997年3月版，第101页。

男，女/女、无分男女，有“志”一“同”的“同志书写”构成的巨大冲撞，穿透人类隐秘感官世界的地层，使人们不得不随之调整认知它的角度与方式。“趋同型”与“逆反型”的异质同构被代之以难以厘清的缠绕与交汇，呈现出具有鲜明后现代性的拼贴特征。性别的无法确认、穿梭流动，彻底颠覆了男女二分（即便在同性恋中，也和异性恋一样的有男女两性的基本认知）的话语基础，形成了对文本诠释的最严重挑战。

《感官世界》（纪大伟）、《异端吸血鬼列传》（洪凌）、《恶女书》（陈雪）以激进的性相想象和感官描述，或者女同与男人之间的女/男/女（并非双性恋）关系，空前大胆地呈现了“酷儿”们对性别身份认同的解构与颠覆。主人公的性别身份具有暧昧性，从而构成作者与主人公之间既非一致亦非相反的、更形复杂的关系 。

此外，“吸血鬼”形象的凸显，非人异类的残酷性爱、玩虐与扮虐、异性恋情欲的畸零化身以及吸血鬼、生化人，科幻、梦幻世界的大幅度变异，都使这类书写突破了前此“同志书写”的旧范，不仅瓦解了主流异性恋话语与暗流同性恋密语二元对立的既有格局，也在同性恋的密语世界里发起了对男同/女同之自身建构的倾覆，其前卫性与试验性尤为强劲。

而西方“酷儿理论”的登陆与岛内实际操作的回应（如洪凌、纪大伟等的“岛屿边缘”专辑），以“同志书写”中异军突起的炫人态势指向岛内文学媒体与读众视野，令人瞠目结舌。台湾“同志书写”于焉登顶。

一些“同志书写”的文本与作者之间所存在的对应关系凸显了作品的某种自传性。从白先勇、林怀民、席德进、蒋勋、邱妙津、许佑生、吴继文等作者的某些作品，可以清楚地看到这一点。这些作品在“纪实”与“虚构”、摹写与想象之间存有的内在同一性（有些作者本人甚至也并不刻意回避谈论这一点），显示了“同志书写”文类的身份书写特征。但正如米兰·昆德拉所说，小说人物“不是对一个活人的仿真，他是一个想象出来的人，是一个实验性的自我”。[①] 这类作品还常常采用“手记”体，如《鳄鱼手记》（邱妙津）、《荒人手记》（朱天文）、《一位同性恋者的秘密手记》（舞鹤）、《人性手记》（白中黑）等，往往在作者与主人公之间建构一种似虚似实、非虚非实的连结，手记体、第一人称，叙事人＝作者？叙事人≠作者？可以有多种不同解读，正是在这种扑朔迷离的书写策略的运用中，作者的身份焦虑或身份认证与艺术的张力得以充分展现，读者的想象空间也随之阔大、更富弹性，也赋予作品更丰赡的内涵。

一些独特的自然空间，如“公园”（《孽子》）、“校园”（《鳄鱼手记》、《童女之舞》、《春风蝴蝶之事》）、“梨园”（《霸王别姬》、《失声画眉》）在“同志书写”中有其值得深入解读的意涵。三园（公园、校园、梨园）之外，军营、监狱、公共浴室、戏院、医院等空间，也是同性恋情演出的舞台。空间在“同志书写”中扮演了怎样的角色，它与人物之间形成了怎样的互动，都颇堪玩味。

一些令人目眩的意象，如鳄鱼、凤凰、蜥蜴（董启章《安卓珍尼》）、蝴蝶（朱天心《春风蝴蝶之事》、商晚筠《蝴蝶结》、陈雪《蝴蝶的记号》）、画眉、猫、龙、爬虫、兔子（《孽子》）、鸭子、吸血鬼等，在“同志书写”中的出现，也都各有同中之异、异中之同的意趣。参透这些同性恋意象之谜，也就能从另一个侧面接近作者性别想象的内蕴。同志书写中种种意象的登场，给文本的展开平添了广大的想象空间，成为作者表现隐秘情感意念的上佳手段，丰富了同性恋次文化的内涵，也为小说实验提供了鲜活颖异的经验。

台湾“同志书写”的不同性别想象与呈现方式，祛魅与复魅的繁复表演，其丰富、其怪异、其另类、其前卫、其酷炫，在在都令人眼花瞭乱，颇有目不暇接之感。

从“孽子”时代的自怜自恋，到“酷儿”时代的自傲自炫，台

---

① 米兰·昆德拉：《小说的艺术》，香港：牛津大学出版社，1993 年版，第 27 页。

湾“同志书写”从阴影中走向阳光下，男声（男同—孽子）、女声（女同—拉子）、混声（酷儿）三重合奏，众声喧哗，算是修成“正果”了。

台湾“同志书写”是近几十年来台湾文学发展中一个不可忽视的现象，也是台湾文学史写作中不容回避的话题。

但是，“同志书写”要能不断成就“经典”、继续前行，那么，冷静清醒的省思（而不是一味地自炫），当是必经之途。告别悲情、挣脱阴影、走出密柜见天日，不应成为“同志”与“同志书写”的终极标的。倘若有朝一日，“同志书写”不必像异性恋书写那样、“同志”作家不必像女作家那样特别地刻意地标明，“同志”的“特殊”性别身份得以淡化、甚至消解，而凸显其作为“人”（无分常态、异态，亦无分男/女、T/婆）的最基本身份，所藉以展开的性别思考能以深度对抗热度（流行之热度）高度（情感发泄之高度），拒绝把“同志书写”、“酷儿写作”误导为流行、时尚，总之，从“污名”（他人强加之名）到“吾名”（吾人自命之名）再到“无名”（毋需特指之名），由灿烂之极终归于平淡，那也许是“同志书写”真正成熟的时候。

总之，创作上的颠覆为理论的构建开辟了道路。80年代以来这些文学新地景的出现，已经到了加以学理的总结之时。我们期待着一部兼容并包、斑斓多彩的台湾文学史的出现。

（原载《常州工学院学报》2006年第1期）

出走的夏娃

——试论台湾女性写作叙述主体的建立

台湾女作家人数之多，可以百计。活跃于近二十年台湾文坛的女作家，大都是战后至60年代出生的；一些70年代出生的晚生代也已在90年代文坛崛起。1995年出版的《中华民国作家·作品目录新编》一书收录台湾作家共1353人，其中女作家475人，占总数的35%；475位女作家中，60年代出生者占同年龄段作家总数的54%（入书的81人中有44人，超过了半数）；比40年代、50年代出生者所占比例（36%、37%），竟增加了十七八个百分点。女作家的活跃，真是享尽了文坛风华，令人瞩目，不容你不正视。

但是并非凡女作家的创作，都能被纳入本文所指称的“女性写作”范畴。这里所谓的“女性写作”，是指女性作家以独特的观察视点和切入点，包含女性独特的生命体验、性别体验、情感体验，表现出鲜明的女性意识、自我意识和现代意识的写作实践与创作文本。

一

就台湾而言，直到五六十年代，台湾女作家创作的主流，还是以林海音、琦君、张秀亚等为代表，并未真正步出闺阁，颇多闺秀气或闺怨气，尚不脱“闺秀文学”的窠臼。从林海音的《城南旧事》、《金鲤鱼的百裥裙》、琦君的《髻》这类堪称五六十年代的文学名著中，可分明见出传统规范的重压，女作家们尚未摆脱男性话语及思维方式对其写作的拘囿，缺乏鲜亮夺目的女性色泽。此后崛起的聂华苓、於梨华、陈若曦等人，诚然比林海音们受到更多西方文化、价值观念的熏陶，在写作方向、意识观念上有了某种程度的调整，或为“无根的一代”造形，或为漂泊的游子寻梦，或为不同生存空间中的女性记录其求索的足迹，但女性意识仍然被社会意识所遮蔽，也还没有开辟出女性写作的新境，至于琼瑶一路的言情故事，其女性形象的传统意味，恐更为彰显。

台湾“女性写作”路向的真正确立，是在80年代以后。一批批女作家从前行代的写作模式中蝉蜕而出，以比母、姐辈别致得多的女性写作姿态，显示出创格、颖异与令人目眩的亮丽色泽。这种衍变倒并不首先表现为题材领域的大幅度转向，七八十年代出现的袁琼琼（1950— ）、廖辉英（1948— ）、萧飒（1953— ）等一批战后出生的作家，置身在传统与现代的夹缝之中，依旧站在家庭里，以“窗口的女人”观察“窗外”的世界，却已从女性的“铁屋”中探出头来，尝试着发出了独特的女性的声音，其突出表现是女性意识的觉醒与对男权社会秩序的疏离、对峙，并着意开拓女性写作“自己的天空”。

袁琼琼的小说《自己的天空》（1980）是对当时台湾女性奋斗、求存现实处境的一种书写，也是文学对于台湾社会转型的必然响应，暗合了无数已为人妇的女子的心声。当良三像“甩张旧报纸样的甩掉”静敏的时候，静敏却以毅然地提出离婚来回答良三分居的要求，第一次由女人（而不是男人）作出了关系男女双方命运的决定；同样地，后来成功周旋于生意场上的静敏，在结识了已有家室的贸易公司经理屈少节时，这回还是女人作出的决定：她“决定自己要他”。当再次见到良三时，她忽然怪异地感觉到有两个自己：“现在的自己”和“过去的自己”，“现在的自己”已确然“是个自主、有把握的女人”，才真正是“自己的自己”，过去的自己只是“他人（丈夫）的自己”。她正是在与“过去的自己”相比较时，才凸显其新的姿态的。她发现了“自己”，也发现了“女人”。现代女性自我意识、性别意识的自觉，于焉清晰浮现。这篇小说成了开拓台湾女性写作新空间的标志性作品。

与静敏差不多同时走到读者面前的，还有阿惠（廖辉英《油麻菜籽》）、丁素素（廖辉英《盲点》）、林欣华（朱秀娟《女强人》）、黎欣欣（廖辉英《红尘劫》）等新女性，她们构成了台湾文学史上一代新女性形象的群体。

廖辉英的《油麻菜籽》（1983）关心的是都市女性的生存境遇，为犹在茫然摸索中的现代女性，提供一面自省的镜子。走出闺阁、出入公众之间的现代女性，面临着比她们的前辈多得多的困惑与迷惘、诱惑与陷阱，也有更多精神上的无奈与痛苦。廖辉英的作品善于在男女两性的种种关系中，铺陈女性命运之路，相当成功地写出“现代男女必须饱受传统例行与现代专有的双重磨难之煎熬，无疑苦过从前那些世代的男男女女”的境况，廖辉英也因而被称为“最善掌握现代男女两造情境”的作家。在《油麻菜籽》中，廖辉英清醒地看到了身负传统价值观念十字架的现代女性的两难选择与尴尬情境。作品设计了“黑猫仔”（母亲）与阿惠（女儿）两代女性面对宿命的不同表现。“黑猫仔”以“女人的命就是油麻菜籽”的信条消极地生活，新一代的阿惠却不甘命运的安排，走上了完全不同的人生道路。

袁琼琼、朱秀娟（1936—）、廖辉英自有她们的贡献，但一些评论者对林欣华、丁素素等一类“女强人”形象在事业上的成功，一味肯定，加之作者本人在商业上的成功（如朱秀娟担任过董事长，廖辉英当过经理），似乎女性在商界的成功便等于女性的成功，这恐怕是一种误区。成功女性的职业色彩得以加强，固然是生存于其间的现代工商社会所使然，但并不能以此为准绳来形塑现代新女性的形象，更重要的是女性自身价值在心灵精神层面上的真正自立、自强。

二

如果说以《自己的天空》、《油麻菜籽》、《女强人》等为代表的作品已开始了向传统女性文学的冲击，推出了一批爱情上遭遇挫折、事业上却获得成功的“新女性”（或“女强人”），开拓出了女性写作的“自己的天空”；那么，以《杀夫》为代表的另一批作品，则将八九十年代的台湾女性写作带入了一个全新的境地。

所谓“新”，主要是指作者们打破了女性写作历来对“性”的有意的规避或无意的漠视，力图把笔触深探进女性自身的心理世界、精神世界乃至潜意识世界，深探进异性之间的各种心态、感觉、欲望，实证历来被男性话语所遮蔽的女性的自我存在，肯定女性生存状态中诸种既在形式，深具女性写作本体的丰富内涵，从而导引了女性写作未来发展的路向。这方面的代表是施家姐妹——施叔青（1945— ）、李昂（1952— ）。

施家姐妹都在17岁的同龄年代即分别以《壁虎》（施叔青）、《花季》（李昂）而引起瞩目。此后，施叔青的《倒放的天梯》、《常满姨的一日》、《愫细怨》直至《香港三部曲》，李昂的《爱情试验》、《暮春》、《杀夫》直至《暗夜》、《迷园》、《北港香炉人人插》等作，都相对淡化了女性的社会角色的叙写，以浓重的笔墨凸显女主人公自身的性别角色，从不同侧面和层面上营造女性话语构架，而各有斩获。从文学史的角度来看，则是有别于历来占主流的男性话语系统，呈示了此前女作家文本中所没有的写作状态，实乃一种完全意义上的女性书写。《花季》从女性成长的角度，写花季少女性意识的萌动和意欲，心理探析曲尽隐秘幽微之至，与《壁虎》的诡异，殊途同归。《常满姨的一日》写一个中年女子的性饥渴，《愫细怨》对愫细性意识的追索摹写，笔致深细，其探测之深邃、笔触之坦然，都令人讶异。

更为震撼性的演出是《杀夫》。

《杀夫》（1983）是李昂的惊世骇俗之作。在台湾女性写作史上，它挟带着诡异之美形成对性禁忌的挑战与突破，无疑具有界碑的意义。《杀夫》的中心情节，是林市不堪丈夫陈江水的虐待而被迫“杀夫”。小说所本虽然出自现实生活中的真实事件，而从小说文本考察，作者的构思有几处却别具深意：1．小说篇首在虚构的文本之前，摘录了两段报纸“新闻”，新闻本以真实为其生命，但其所述，例皆虚假、荒诞、无稽之语，全无新闻应有的品质（在艺术表现上，则颇有后设意味）；2. 新闻援引之法院处决杀夫犯人林市的判词，尤为荒谬绝伦。以上两点对貌似公正、真理的新闻媒体与法律，作了尖锐讽刺。3. 造成林市悲剧结局的重要原因之一，是阿罔官等同为女子的一班“看客”、闲人。阿罔官的设置与鲁迅《祝福》中祥林嫂遇到的柳妈有异曲同工之妙，表达了作家对“无主名的杀人团”（鲁迅语）的愤懑、挞伐，显示了对女性命运的深层审视与省思。从本质上来说，林市对陈江水肉体的肢解灭除，深挖出其间性/暴力/死亡的意涵，不啻宣告了野蛮男权的终结，将男性霸权推入了万劫不复的时光深渊之中，亦即意味着受够宰制、压抑的女性从男性霸权王国出走的实现。这固然是对男性行为和思想霸权的颠覆，也是对男性话语霸权、叙事霸权的消解，而女性叙述主体的话语规则也就自《杀夫》中得以矗立。作品并没有构设男权势力下妇女自立的因应之道——也许男女关系本来就没有特定答案。在李昂看来，女性的自觉对妇女是否迈向解放之道，有必然的关联，只有当妇女能提出质疑，不再断然地相信女人的命运完全被生理的、心理的、经济的情况所决定，妇女才算是走出了第一步。“质疑”本身就意味着自觉意识的苏醒。

在长篇小说《迷园》（1991）整体象征的构思中，灌注着李昂对台湾历史、文化的省思，这种省思建基于对新一代女性朱影红的形塑中。作者以文化古镇鹿港出生的天赋优势，浓墨重彩地铺陈了残存在历史遗痕中的台湾本土文化的魅力。朱影红作为一个女性的身份认同，正与作者试图借小说追寻其文化认同与国族认同的动机相契合。这种富有创意的构想，在其姐后出的煌煌大作《香港三部曲》中得到了更为淋漓尽致、也更为圆熟的演绎。

《香港三部曲》（1993—1998）借一个从东莞乡间被骗入香港青楼的农家少女黄得云的遭遇，追索百年香港的历史沧桑和文化内涵。在施氏姐妹笔下，台湾也好，香港也好，其一度被殖民，正与作为妓女的女性被占有，具有相同的后殖民叙述的价值指向。尝有论者以为，在女人与城市之间，有一种天然的盟约关系。李昂、施叔青这种把女人与特定的空间（朱影红—菡园—台湾，黄得云—云园—香港）叠合并置的艺术构思，迥异于袁琼琼、廖辉英、朱秀娟等人的思路，表现出对历史与社会中“女性”作为存在物的更新认知，并体现为一种新的定位，亦彰显出另类的阳刚之气。这就给新生代的女性写作，打开了一条面向历史的深邃通道，具有主题范式和叙述模式的重大美学价值。

然而，如果把李昂、施叔青等人的女性书写，视为80年代以来台湾女性写作的主流，则难免有以偏概全之虞。就连一向被认为是台湾女性主义批评代表的何春蕤也表示：“我们所抗争的对象，并不只是男人，而是一个事实上贫瘠且压抑的文化结构。”《杀夫》式的性反抗与性报复，绝不是女作家们唯一的或者最终的选择。

自80年代中期《骗局》出，“情色小说”大行其道。言“情色”，而非“色情”，自有其逆反、颠覆、重构的正面意涵在。进入90年代，情色、“同志”、女性与性别议题，俨然成为此一时期台湾文学创作、特别是女性写作的重头好戏。苏伟贞（1954— ）、朱天文（1956— ）、朱天心（1958— ）、平路（1953— ）等与更年轻的黄子音（1961— ）、朱少麟（1966— ）、成英姝（1968— ）、邱妙津（1969—1995）、陈雪（1970— ）、洪凌（1971— ）等相聚合，终止了女前辈们缠绵悱恻的古典书写，而更凸显其都市背景和女性自我意识、乃至世纪末情调，形成台湾女性写作在世纪末的最为诡奇的出演。

三

苏伟贞和朱氏姐妹在80年代初，就为文坛瞩目。前期的作品如《陪他一段》、《世间女子》（苏伟贞）、《小毕的故事》、《最想念的季节》（朱天文），《昨日当我年轻时》、《台大学生关琳的日记》（朱天心）等，差不多还没有构成一个新的阶梯，足以证明她们意欲创新的成功。这时期的作品虽然也有世间女子的爱恨嗔痴，却已涉笔疯癫、出走、梦游、失踪、死亡……很有几分森森鬼气，她们以幽怪、酷寂、狞厉取代温馨、清朗、纯情，写出她们勘探到的世间情爱三昧。指证这一点，其实正揭示了苏伟贞、朱天文这类作家（包括前述的李昂、施叔青）写作姿态之前卫，王德威对此曾有精彩的分析。

朱氏姐妹（天文、天心）与施氏姐妹（施叔青、李昂）都是近二十年女性写作场域中的佼佼者。也许是由于出身、背景的不同，年龄的差异，朱氏姐妹的写作路向的变化幅度更大，也呈现出了更新世代的价值与审美取向。而就她们自己的写作发展来说，与施氏姐妹也颇为不同。初出道时的朱氏姐妹，曾经有过一段“方舟”上的“三三”时期，还看不出她们从纯情小说中跳脱而出的可能。也不过就十来年的时间，朱天文这个在“悲情城市”的“恋恋风尘”中积累了丰富女性体验的“世间女子”，却以《炎夏之都》、《世纪末的华丽》、《肉身菩萨》、《荒人手记》等一连串的作品，令人刮目相看。

置身于即将逝去的世纪末，此时的朱天文在纷纷乱象中体味了万丈红尘的复杂滋味，那些光怪陆离的末世景象，那些令人眼花缭乱的颓废沉沦、狎情孽爱，在在都逼使作家不能不远离当年的清朗之境，在华丽的世纪末写尽世纪末的“华丽”——在这里，“华丽”其实是应该读作“苍凉”的。《世纪末的华丽》（1994）在女模特米亚身上，演绎了世纪末台北大都会的欲海浮世绘。而其妹朱天心的《威尼斯之死》、《古都》（1997），苦心经营其“老灵魂”形象，透露了她无可排遣的悲剧情怀。与此相类，朱少麟的《伤心咖啡店之歌》（1996）中的马蒂，以一杯咖啡的代价，经历了人生中最混乱丰富的旅程，她看到的是那些在孤独中挣扎着找寻生命意义的流浪者。“伤心咖啡店正是这群青年男女的现代大观园，似乎是台北污秽的红尘中的一方净土”。

90年代台湾女性情欲写作的一大热点，也是最能显示其女性话语特征的，是女性作家们对于女同性恋、雌雄同体的认同，肯定超性别倾向与自恋情结。“莱斯嫔”的倩影幽灵频频出现在90年代台湾女性作家的笔下，并不是匪夷所思的神话。这当然有其特定的时代原因、社会原因、心理原因等等，此处姑且不论，我想强调的是：这种边缘写作的路向与书写策略，在女性写作史上所具有的革命性意义，是不容低估的。正如杨照所说："世纪末的今天，我们赫然见到前方浮现出一块新的荒原，等待开垦——女人与女人的情欲探索、男人与男人的意乱情迷。"

1994 年，朱天文的《荒人手记》获第一届《中国时报》百万小说大奖，苏伟贞的《沉默之岛》同时获推荐奖。女性"情欲书写"之名由是成立，不胫而走。《荒人手记》、《鳄鱼手记》（邱妙津）都写女性特异的性遭遇、性体验，写台北都会世纪末症候群的一端，但向度有所不同。"荒人"者，指的是那些公然挑战道德规范，实证另一种性爱方式（女同性恋）的现实存在却又失败于自我内心的荒原的畸人、弃儿。"在自恋兼自嘲的叙述演出中，朱天文摩挲文字与欲望间的生克关系"，写女同性恋者内心世界的挣扎与追求，显示出其内在的悲凉。

《沉默之岛》的构思则极具原创性。苏伟贞在这里精心设计了同名为晨勉的两个角色（说是同一个角色的两面，似更为确切），两个晨勉的思与行并置发展（而一个在台湾，一个在海外）；与此同时，又相应地配置了两组具有对应性的人物：两个晨安都在美国留学，但一为台湾晨勉之弟，一为海外晨勉之妹；晨勉的两个男友——台湾晨勉的男友是旅美华人（名为祖），海外晨勉的男友是法国人（名为丹尼）。小说交叉错综地展开了两个晨勉相对应而又不同的性爱历程，一者反叛传统规范，一者谨守传统之边限，看似迥然异态，却都沉溺于性的热狂之中，无一例外——或许这正是作者故意之为。而小说中晨勉不止一次地企望"如果我雌雄同体就好了"，作品中的两个晨安，就正是一为男性（弟），一为女性（妹），却又是一个晨安（拥有共同的名字）。苏伟贞刻意垦拓的这个"岛屿"（女性的象征），是以"沉默"（缄默、自闭、自我完成、不藉外求）的姿态出现的，质言之，即是能够自我完成的雌雄双性同体的理想之念，做个"也是亚当，也是夏娃”（严歌苓小说书名）的“新人”。

不难看到，从李昂、施叔青等人在异性两造情景下，对女性隐秘性心理的袒露、女性性反抗的表现，到苏伟贞、朱天文等人对同性（女性或男性）之间异于“常态”（异性恋）心理的新探究，台湾女性写作的中心词已在一定程度上由“男/女”易为“女/女（男/男）”，令人不能不惊叹，衍变竟是如此之大，如此神速！新的书写姿态其惊世骇俗的程度，俨然已超越了反抗男性霸权的层面，而进到了无视男性存在、消解男性话语的崭新场域。这几乎改写了前此女性书写的所有因袭之规，它所造成的震撼之大，足以使《杀夫》式的话语反抗也显得相形见绌、黯然无光。

《荒人手记》（朱天文）、《沉默之岛》（苏伟贞）、《鳄鱼手记》、《蒙马特遗书》（邱妙津）、《恶女书》、《色情天使》（陈雪）、《春风蝴蝶之事》（朱天文）、《爱染》（杨丽玲，1963—　）等作，都致力于多角度地对此作深度书写，不仅表现了女性作者在挑战社会既成道德规范时的勇气，也披露了她们在这种畸异题材上所倾注的开发自我的人文精神和对社会弱势族群的现实关怀。年轻的陈雪以“酷儿”、“恶女”自命，更是出奇大胆地彻底颠覆了所有的法律、规范、道德、戒条、习惯、禁区……肆无忌惮地袒呈女体（包括性器）、写真做爱，以此诉诸读者最原始的感官，一派百无禁忌的架势，丝毫没有任何的自惭或畏葸。从陈雪这一型的“世纪末酷儿”的写作中，被人欲横流、颓废厌世、及时行乐的世纪末乱象所神魂颠倒的世纪末人群，看到了一幕幕最真实的现世相，也感受到了“一种深具反抗威权的边缘力量”。

黄子音曾被论者与张曼娟（1962—　）、吴淡如（1964—　）一起归为“都市罗曼司”的作者，其实，黄和张、吴有相当大的不同。黄子音的作品呈现出浓重的工商社会的背景，她纵身其中，尽情发掘、展露都市男女情的商业化气息，以探测人性的底蕴与变异，笔墨大胆恣肆，袒陈“邪”、“恶”，不避“情色”，远离道德，不再矜持，以至于同为新生代的林燿德，对她的观感也显得颇为复杂而矛盾：

"想必她不是处女，但比处女更纯洁。"她的《桃花游戏》、《爱情罐头》、《夜祭》等作，虽笔致极为直露出轨，但放纵的两性关系并没有成为一种低俗的色情展览，原因就在于黄子音有更深的寄意，又能揭示出现代都市男女在两性关系眼花缭乱的处理上所透露的深层心理动因，从而显出了她的清醒省思。

大胆、出轨的情欲写作，其实亦并非"新人类"、"晚生代"的专利。1992年，台北的不少书店里出现了一本名为《爱情私语》的小说，作者李元贞（1946— ）已是不再年轻的过来人。不甘寂寞的她，下笔竟也极为放肆，不知节制，可谓异数，不能不令人叹为观止。《爱情私语》在一个留学生的故事框架里，铺展出风光旖旎的女性私密空间，细致地描绘女体的结构或者做爱技巧、性爱感受。李元贞坦承，写作此书是缘于"女性性满足常见于淫妇身上"、"良家妇女排斥性"，故有此作，《爱情私语》也便有了"良家妇女的黄色小说"的别称，而王瑞香为《爱情私语》作的序，就题为《把性光明正大地还给女人》。也许这真是李元贞借女主人公何末名（未明）所要阐发的题旨？是为了争取女性对自己身体的控制权与发言权？还是"要性高潮，不要性骚扰"口号的坐实？而有的学者经过认真的分析认为，李元贞的性爱话语"不仅未能威胁父权制度，甚至反讽地成为父权的喉舌"，诚为切中要害之论。李元贞后来还有《婚姻私语》（1994）勉为续作，但已无甚反响了。看来，貌似相同的性话语，其实仍有不同的内涵、不同的价值，需作仔细的辨析，不可一概而论。

四

二十年来，台湾的女性写作以一种急剧多变的态势，令人目眩的声色光彩，经磨历劫，终成葳蕤茂盛之气象，极大地丰富、更新了这一时期台湾文学的内质，也为读者展示了阔大的想象与言说的空间。在小说、诗歌、散文、文学批评诸领域都有上佳表现。本文所论仅限于小说文本一端。大体而言，几个梯次的女性创作呈现出了三种主要指向：80年代初，袁琼琼、廖辉英、朱秀娟等人从五六十年代女性文学的闺阁中奔突而出，力证女性作为独立的社会人的身份认知，凸现出新女性明确的人生追求：至李昂出，则显示了男女两造情境中的性别角色的定位，呈现出反抗男性霸权的锐利锋芒，而苏伟贞、朱氏姐妹、陈雪等人的“情欲写作”、“酷儿写作”，则分陈女性心理剖解和欲情的展露……如此这般，划出了二十年来台湾女性写作从转型到颠覆到消解的演进路径。当然，三种指向不能截然分割，互相包容的情形所在多有；彼此间也并非后者取前者而代之的层递式关系，时有部分承接乃至叠合的状态出现，整体上则呈现出女性话语主体的多元叙述姿态，其繁盛之貌、其创新之功，在本世纪中国文学史上也是罕见其匹的。

从另一个侧面来考察，女性作家笔下的女性形象，则不再由闺秀文学中自怨自怜的怨妇或循规蹈矩的淑女占据主要地位，一群在现代社会中与男人一样成就事业、自立自强的“女强人”，浮出历史地表。几番风雨、几度春秋，人们又得识一群在内外交织的情感之网中挣扎求存的“魔女”、“逆女”乃至以自恋为尚的“恶女”，其衍变之快，也实在惊人。与此相应，80年代后期到90年代，性别论述与躯体写作成为女性作家的流行，作家们从致力于发出女性自己的声音（“女声”）到关注女性自己的身体（“女身”），从沉湎于男/女之间的雪月风花到醉心于女/女（男/男）之间的卿卿我我，更是一大异变；二十年前转型期的社会语型亦为世纪末的个人语型所置换，女性写作从社会的公共空间经由男女异性的两造空间突进至女性独自拥有的私密空间，一步步地逼近女性自我，走进女性自身。

是“色情文学”？“情色文学”？还是“器官文学”？成耶？败耶？是幸，是不幸？当下也真是一言难尽。

当“失乐园”的神话终结，从伊甸园出走的夏娃，是否会在大台北的万丈红尘中沦为新世纪的荡妇淫娃？也颇难断言。一切尚需时日。

但是无论是与前行代的女作家（林海音、琦君、聂华苓、於梨华、琼瑶等）相比，或是与祖国大陆、香港的女作家（张洁、王安忆、残雪、陈染、林白、卫慧；西西、亦舒、钟晓阳、梁凤仪、李碧华、黄碧云等）相比，还是与同时代的台湾男作家（黄凡、张大春、林燿德、陈裕盛、曾阳晴、纪大伟等）相比，台湾女性写作的几茬作者无疑都极富自己独特且卓特的艺术面貌与个性，是难以被时间之流所淹没的。也许，她们的写作还不脱“文字表演”的痕迹？也许她们自己也需要更多的自审与自省？女性自恋、自大的迷思是否也应当警惕？不管20年来台湾女性写作曾经有过、现在也许还有多少的不足与瑕疵，“演出者”们对文学与自己的真诚是毋庸置疑的。作为一种独具魅力的精神存在，她的丰厚的女性文化内涵和诡魅的审美风情，以其巨大的艺术张力，已经成为20世纪中华文学流程中值得观赏的一片风景。

在新世纪历史的前进路上，我们殷切期待着一路同行的台湾女作家更出色的表现。

（原载《香港文学》2000年8月）

台湾“同志书写”的性别想象

近四分之一个世纪以来的台湾文学，一改前此“十年一波”的既有运动轨迹，进入多元并存发展的时期，其基本走向，是对既往写作模式的颠覆。原住民文学、后现代文学、女性主义文学、“同志”文学—酷儿写作乃至自然写作、旅行文学、饮食文学……都从或一方面构成了对乡土文学、现代主义文学、女性文学、情爱文学、报导文学、游记小品等的强烈颠覆。

颠覆，是近二十五年来台湾文学发展的驱动之源。

“同志”文学则是这一时期台湾文学诸种新现象中，最具颠覆性格、亦最引人瞩目的文学现象。从70年代隐现初潮到90年代蔚成风潮，这一文学写作方式呈现了逐渐明晰的美学追求，亦呈现了正负两面的现时效应与文学史影响，需深入探究的空间甚大。

本论文所采用的“同志书写”这一语词，并非仅指“同性恋文学”，也涵盖“酷儿”写作这种与同性恋文学无法割断血脉因缘的文学现象。质言之，凡人群中有别于传统伦理规范之异性恋（主流的）、发生在人与人之间的种种恋情欲望（非主流的、边缘的）之书写〔如：男/男，女/女，男/男（?），女/女（?），男（?）/男（?），女（?）/女（?），男/男（?）/女，女/女（?）/男……多种变貌〕，均在此一语词所表述的概念范畴之中；此外，“同志书写”的另一种解读法，也还可以有两个侧面：即（1）关于“同志”的书写，（2）身为“同志”的书写。

一、孽子—拉子—酷儿三重奏

台湾“同志书写”的滥觞，应追溯到1960年代。始作俑者是白先勇、林怀民。短篇小说《寂寞的十七岁》（1961）与在此前后所写的《月梦》、《青春》、《满天里亮晶晶的星星》、《孤恋花》一起构成白先勇前期创作中似成系列的“同志书写”的成果。值得注意的是，白先勇在此类写作实践中两面开弓（笔涉男同、女同两型），清晰地表明了白先勇对同性恋议题的全面关怀，有学者乃称白先勇是“华文文学里的第一个同志‘作家’”。

林怀民的中篇小说《安德烈·纪德的冬天》（1968）则以较大的规模展开一个大学生与一个舞蹈家之间的男同恋情。大约十年之后，又有了更大规模的“同志书写”，这就是白先勇的长篇小说《孽子》。

在这些作品中，同性恋情一直处于社会“有色眼镜”的审视之下，自然显得“另类”，常常只能以隐蔽的形态存在。即使在当事人心中，也难脱强大的精神压力与自责感，作者的书写，不免流动于哀怨与祈求之间。这成为了初时台湾“同志书写”的一种基本存在形态。“孽子”形象的命名足以佐证，此一阶段“同志书写”者们的委曲求存、祈求接纳的卑躬心态。

“同志书写”在60年代台湾的出现，既与社会发展中的女性主义思潮渐次流播休戚相关，也与文学界现代主义思潮的盛行，桴鼓相应。对于人类自身奥秘的不断追寻和追问，人本主义理念的不断冲击，都构成了台湾同志书写不可或缺的气候与土壤。而它在此一时期表现出的曲身求存姿态，也正是社会发展阶段性的必然派生。

70年代以后，现代、后现代、女性主义的思潮进一步强劲地刺激着社会的转型，“同志书写”亦随之进入常态的而非另类的生存状态。李昂、朱天心、马森、席德进、顾肇森等以各种姿态卷入“同志书写”的写作潮流，扩张了“同志书写”的视阈。随着民主政治的展开与女权思潮的浸漫，“同志书写”一步步走出往日的阴影与悲情，表现出欲与异性恋主流平分“春”色的挑战姿态，尤其是80年代解严以后，涉足同性恋题材写作的作家人数激增（有人统计，不下50个），影响渐广。到了90年代，更俨然形成一股情欲书写的风潮，对台湾文学的生态布局造成了强劲冲击，对以异性恋为基本建构的情爱文学，构成正面挑战。杨丽玲、蓝玉湖、许佑生、林裕翼、陈雪等纷纷“出柜”。凌烟的《失声画眉》、朱天文的《荒人手记》、邱妙津的《鳄鱼手记》、苏伟贞的《沉默之岛》等接踵获得各种台湾文学大奖（或推荐奖，有的奖金高达百万新台币），更为“同志书写”的风潮推波助澜，而西方“酷儿理论”的登陆与岛内实际操作的回应（如洪凌、纪大伟等的“岛屿边缘”专辑），以“同志书写”中异军突起的炫人态势指向岛内文学媒体与读众视野，令人瞠目结舌。台湾“同志书写”于焉登顶。

从“孽子”时代的自怜自恋，到“酷儿”时代的自傲自炫，台湾“同志书写”从阴影中走向阳光下，男声（男同—孽子）、女声（女同—拉子）、混声（酷儿）三重合奏，众声喧哗，算是修成“正果”了。

台湾“同志书写”是近几十年来台湾文学发展中一个不可忽视的现象，也是台湾文学史写作中不容回避的话题。本文拟就以上梳理的基础，对台湾“同志书写”的内在特性与价值定位等侧面，试作论说，以就教于方家。

二、台湾“同志书写”的性别想象

性别，是“同志书写”话题的核心语词。若从作者性别身份与作品内涵的关系上来观察，四十多年间台湾“同志书写”紧紧扣住“性别”议题，大体上形成了三种不同的想象与书写方式：

（1）作者之性别与作品主人公性别一致（趋同型）

从早期的白先勇、林怀民到后来的蓝玉湖、曹丽娟、邱妙津再到近期的李昂、舞鹤，他们的这一类作品，表现了明晰的自我体认和鉴照观察的共同性。男作家写男同性恋，女作家写女同性恋，似是“同志书写”起步以来的正宗家法。《寂寞的十七岁》、《孽子》（白先勇）、《安德烈·纪德的冬天》、《蝉》（林怀民）应是作者累积自身之内心生活与性别感受，在骨鲠在喉、不吐不快的自我需求作用下，大胆挑起了不足为外人道、甚至是为外人不齿的情感生活、情欲世界的隐秘一角。《童女之舞》（曹丽娟）、《鳄鱼手记》（邱妙津）写校园里的姐妹情谊、T/婆关系，以另类姿态展示我身为女性而不知我心为何物的焦虑、迷茫，但又不失清晰的省思，为女性的自我体认显现了另一种叙述的可能。近期的《鬼儿与阿妖》（舞鹤）、《花间迷情》（李昂）、《遣悲怀》（骆以军），舞鹤、骆以军与李昂各自对男女两性的同性恋情感指向，作了认真的反思。在风潮过后，冷却内热的焦灼与躁动，实为清理某种性别迷思的理智之举，应能启示已绵延达40年之久的“同志书写”的走向。

(2) 作者之性别与作品主人公性别相反（逆反型）

这一型的作品文本，具有代表性和诠释空间的，有朱天文的《荒人手记》、《肉身菩萨》，李昂的《禁色的爱》、马森的《夜游》、朱天心的《时移事往》等。由于作者与作品主人公的性别身份全然相反，女作家写男同性恋故事、男作家写女同性恋故事，自然拉开了作者与故事中人的距离，以致不免藉助于丰富大胆的性别想象，跨越性别的沟壑，方能一览“同志”天地的山河，以生花之笔铺衍“同志书写”的另类篇章。

以《荒人手记》为例。小说的主人公“我”，是个年已四十的男同性恋者，透过“我”的叙述，“台北都会区的新人类、新种族、新部落也一一现形”，因此施淑认为“根据小说叙述者男同性恋的身份认同”，这部小说“可以视为到目前为止仍被排挤在文化边缘的、畸零的女性官能、女性知觉的经典作品"①。以叙述者男同性恋的身份认同，却达到了"女性官能"、"女性知觉"的经典写作高度，这当中自然表现了女作者高明的演绎技巧与想象能力。女作者藉由这部男同性恋小说所成功营构的精神上的拜占庭与色情乌托邦，毫无疑义地成就了"同性书写"的一种重要范型，其原创意义不可低估，在对比了《世纪末的华丽》与《荒人手记》以后，李葵云认为后者显示了朱天文"'无中生有'的功力愈加精湛",② 或如东年所说的"具有百分之百的原创性"③。而杨照认为《荒人手记》最成功的地方在于："营造了一个比较可信的氛围，让读者接受那样一个似男似女、非男非女的情感是真实存在的，更是内涵丰富值得深究的，而不至于认定那就只是女性作者要仿真男性声音却失败了的范例。"④ 杨照所论肯定了《荒人手记》的成功，但若将"仿真"易为"想象"，应更符合作者的创作实际。

（3）主人公的性别身份具有暧昧性，从而构成作者与主人公之间既非一致亦非相反的、更形复杂的关系（拼贴型）

"同志书写"的变异在90年代表现为"酷儿写作"的异军突起，"只为了宣称建构阳性的女同性恋身份，也异于大多数在态度上还是认为女同性恋（欲望身体、个体）都是负面的文本,"⑤ "酷儿"那既非男同、亦非女同的怪异性别身份与更为异类的变种情欲，对男/

---

① 施叔语，"第一届时报文学百万小说奖"决审会议实录，有关《荒人手记》的部分，见朱天文《荒人手记》，台北：时报文化出版公司，1994年11月版，第222页。

② 李葵云：《无中生有.乱中有序》，许建昆等主编《写作教室》，台北：麦田出版有限公司，2004年3月版，第350页。

③ 东年语，出处同②，第225页。

④ 杨照《何恶之有？——序陈雪小说集〈恶女书〉》，陈雪《恶女书》，台北：平安文化有限公司，1995年3月版，第12页。

⑤ 洪凌《蕾丝与鞭子的交欢——从当代台湾小说注释女同性恋的欲望流动》，见林水福、林燿德主编《当代情色文学论——蕾丝与鞭子的交欢》，台北：时报文化出版有限公司，1997年3月版，第101页。

男，女/女、无分男女，有“志”一“同”的同志书写构成的巨大冲撞，穿透人类隐秘感官世界的地层，使人们不得不随之调整认知它的角度与方式。“趋同型”与“逆反型”的异质同构被代之以难以厘清的缠绕与交汇，呈现出具有鲜明后现代性的拼贴特征。性别的无法确认、穿梭流动，彻底颠覆了男女二分（即便在同性恋中，也和异性恋一样的有男女两性的基本认知）的话语基础。

《感官世界》（纪大伟）、《异端吸血鬼列传》（洪凌）、《恶女书》（陈雪）以激进的性相想象和感官描述，或者女同与男人之间的女/男/女（并非双性恋）关系，空前大胆地呈现了“酷儿”们对性别身份认同的解构与颠覆。此外，“吸血鬼”形象的凸显，非人异类的残酷性爱、玩虐与扮虐、异性恋情欲的畸零化身以及吸血鬼、生化人、科幻、梦幻世界的大幅度变异，都使这类书写突破了此前“同志书写”的旧范，不仅瓦解了主流异性恋话语与暗流同性恋密语二元对立的既有格局，也在同性恋的密语世界里发起了对男同/女同之自身建构的倾覆，其前卫性与试验性尤为强劲。

台湾“同志书写”的不同性别想象与呈现方式，祛魅与复魅的繁复表演，其丰富、其怪异、其另类、其酷炫，在在令人眼花缭乱。阅读的另类体验亦于焉产生。然从细读的径路走进这些作品，其中又有颇可关注之处。

三、“同志书写”性别想象的若干元素

（1）自传性

从白先勇、林怀民、席德进、蒋勋、邱妙津、许佑生、吴继文等作者的作品出发，比照作者的自身经历，可以看到，在作者与文本之间所存在的对应关系，油然而生的对作品的某种“自传性”产生的好奇，成为一种切入作品的合理管道。米兰·昆德拉认为小说人物“不是对一个活人的仿真，他是一个想象出来的人，是一个实验性的

自我”。[①] 不必讳言，这些作品在“纪实”与“虚构”、摹写与想象之间存有的内在同一性，显示了“同志书写”文类的身份书写特征。

这类作品还常常采用“手记”体，如《鳄鱼手记》（邱妙津，1994）、《荒人手记》（朱天文，1994）、《一位同性恋者的秘密手记》（舞鹤，1997）、《人性手记》（白中黑，1997）等，往往在作者与主人公之间建构一种似虚似实、非虚非实的联结，手记体、第一人称，叙事人＝作者？叙事人≠作者？可以有多种不同解读，正是在这种扑朔迷离的书写策略的运用中，作者的身份焦虑或身份认证与艺术的张力得以充分展现，读者的想象空间也随之廓大。

（2）“同志”话语

“同志书写”的表述以有异于主流文本的边缘性“同志”话语作为呈现形态。正因为有别于父权、男权异性恋主流话语，“同志”话语自有它颖异荒诞的面相。无论是以叙事人还是以作品中人（包括T/婆、阴阳人、变性人、酷儿……）的口吻出之，由于它被某些难以启齿明言的意识、情感、心态所遮蔽，“同志”话语自有相当繁复、混杂、矛盾之处（有时也有倾泻似的直白），给人很大的回味空间。陈雪在《寻找天使迷失的翅膀》中借草草之口自承：“企图透过写作来挖掘潜藏的自我[②]。”而杜修兰在《迷宫的出口》中，则表明自己的《逆女》是“为藉其被价值权力核心压抑的背景来凸显主角矛盾冲突的多面性格。”[③]

对于性别倾向的自觉，不同的叙述人也许有不同的表述：

“我于是自己断定除了遗传基因和神经性生物因素外，我是同性

---

① 米兰·昆德拉：《小说的艺术》，香港：牛津大学出版社，1993年版，第27页。

② 陈雪：《寻找天使遗失的翅膀》，《恶女书》，台北：平安文化有限公司，1995年9月版，第25—26页。

③ 杜修兰：《逆女》，台北：皇冠文化出版有限公司，1996年1月版，第7页。

恋，一定和老妈与杂货店绝对脱离不了关系。”①

“面对阿猫炽热的情爱和模糊的性别，我简直束手无措，我甚至无法处理自己对她萌生的热情和性欲，只觉得好羞耻……”②

而以T身份现身的邱妙津就径直以“男性”自居：“我不认为我对女人的性欲与结合和‘男人’在渴望‘女人’时有太大的差别。”③ 在邱妙津写来，就毫无陈雪笔下“我”的“束手无策”。

对于同性之间的爱欲、做爱的直接描述，作家们也有不同的样态：

梦中，我们在空中漂浮，周围被一层像冰块般的透明物包裹着，四处游移，我们身上着了火，就着熊熊烈火尽情翻滚，恣意做爱。④

世界崩塌在时间之外，时间粉碎在这屋宇。我们相爱。（是的，我们相爱，以只有我们能解读的方式相爱。）⑤

如果把时针倒拨二十年，看看白先勇笔下的同性恋者的“一颗颗寂寞得发疯发狂的心”，⑥ 根本无法像当下如此恣肆的“同志”那样尽情享受他们之间的情欲。

几十年间，台湾“同志书写”从充斥着罪恶感的自责自鄙，到坦然地自得自炫，其间的沧海桑田之变，足以令人触目而心惊！

（3）空间与意象

“同志书写”中的自然空间，与同性恋族群的存在方式，有其必

---

① 杜修兰：《逆女》，台北：皇冠文化出版有限公司，1996年1月版，第17页。

② 陈雪：《猫死了以后》，《恶女书》，台北：平安文化有限公司，1995年9月版，第239页。

③ 邱妙津：《鳄鱼手记》，台北：时报文化出版公司，1994年5月版，第129页。

④ 陈雪：《寻找天使遗失的翅膀》，《恶女书》，台北：平安文化有限公司，1995年9月版，第45页。

⑤ 陈雪：《夜的迷宫》，《恶女书》，台北：平安文化有限公司，1995年9月版，第176—177页。

⑥ 白先勇：《孽子》，广州：花城出版社，2000年4月版，第20页。

然的内在关联。台北“新公园”，作为同志书写最早的经典作品《孽子》里所描写的那群“青春鸟”们的栖息之地，已有着公认的象征性。在大都市心脏地区的这块城市“绿肺”，与传统伦理规范另眼而观的“同志”之间存有的相生相依的关系，究竟是意味着社会的“病灶”，抑或是规范变更、伦理革命的源头？也许是一个见仁见智的问题，但这种“空间”在文学写作因素中的醒目存在本身，对于近期30年台湾都市文学的存在，究竟是福音，还是悲情？这种“空间”意象的深度诠释，也许能给“同志书写”的进一步定位提供有力的推助。“校园”〔见于《鳄鱼手记》（邱妙津）、《童女之舞》（曹丽娟）、《春风蝴蝶之事》（朱天心）等〕也是一种空间，发生在校园（尤其是女校）中的同性恋情，又给这种人类感情的“特殊”存在方式，设置了一个深具文化意味与青春气息的背景，与“新公园”作为都市背景下的社会公共空间的差异性，是明显的。“梨园”〔取其宽泛义，见于《失声画眉》（凌烟）、《霸王别姬》（李碧华）〕以其更带传统文化意味的身份进入“同志书写”，则又有其沟通传统与现代、后现代文化的独特作用。三园（公园、校园、梨园）之外，军营、监狱、公共浴室、戏院、医院等空间，也是同性恋情演出的舞台。

已有学者注意到了“同志书写”经典文本中出现的一些令人目眩的意象（如鳄鱼、凤凰、吸血鬼等）①。此外，像蝴蝶、蜥蜴、兔子、画眉、猫、龙、爬虫、鸭子等，也都各有同中之异、异中之同的意趣。参透这些同性恋意象之谜，也就能从另一个侧面接近作者性别想象的内蕴。

以“鳄鱼”意象为例。

“鳄鱼”意象一经邱妙津捕捉，进入“同志书写”的文本，即几乎成为女同性恋的代号，实可表明邱妙津性别想象的高妙。“鳄鱼”

---

① 参见陈思和：《台湾文学创作中的几个同性恋意象》，香港：《香港文学》月刊2001年4月号。

与“同志”的联结也许源自鳄鱼具备的雌雄同体这一特性。这种爬行类动物的凶残与丑陋，也与同性恋族群被主流社会视为洪水猛兽的“妖魔化”形象相近。但邱妙津的选择透露出她对同性恋者在人群中虽属少数然自有其内在的孤傲高贵的肯定。而《鳄鱼手记》在文本构思上的独异处理，叙述人拉子的手记与鳄鱼的手记交错穿插，混同一体，又隐隐透现了邱妙津以鳄鱼自况的（女）夫子之道，与前述的“自传”性的结合，几乎达到天衣无缝的地步。意象与人物之间一而二、二而一的分合连体之魅力，卓然耀眼。

“同志书写”中种种动物类意象的登场，为文本的展开平添了广大的想象空间，成为作者表现隐秘情感意念的上佳手段。“同志书写”中关于意象的选择与呈现，丰富了同性恋次文化的内涵，也为小说实验提供了鲜活颖异的经验。

四、“同志书写”进路的一点想象

“同志书写”已层层累积了三十多年的历史，其间在90年代中后期成为引领时代风骚的文学风潮，出现了数量可观的作者与作品，展现了“同志书写”的多种可能与不同风格，对开拓性别写作的进路，启迪多多。

《孽子》、《鳄鱼手记》高出于数量甚伙的其他同类作品而分别成为男同、女同书写的典范之作，在于此二作是书写者（白先勇、邱妙津）真正用“心”写就的作品，在那里有他/她全部的生命寄托、情感寄托，是另一种带着镣铐的生命之舞蹈与歌吟①。其他某些作品虽不能说书写者全然持旁观者的立场或表演者的意识，但总或多或少有些投入不深，有些则放纵地挥霍某些动词、名词（如王德威所言：“这些日子看到动词如插舔揉咬啃塞，名词如毛唇茎乳舌肛，频频来

---

① 邱妙津、席德进、蓝玉湖、李岳华等已逝。

袭，不由人不打从心里发毛”①)，如此等等，是否就是“同志书写”的“必要之恶”？

进入新世纪的数年间，“同志书写”却已不复世纪末时分的万千风情，似有下行消歇之势，是疲态？还是休整？一时也难作判断。伊甸不再，夏娃变身。当年从伊甸园出走的亚当、夏娃们，以及“又是亚当又是夏娃”的“夏当”、“亚娃”们，如今正蹉蹰在大台北的十字街头。“同志书写”的写手及他们笔下的鳄鱼、凤凰们，将游向何处？飞向哪里？是否会找到他/她们的归宿？恐怕谁也不敢强作解人吧？

但是“同志书写”要能继续前行、成就“经典”，那么，冷静清醒的省思（而不是一味地自炫），当是必经之途。告别悲情、挣脱阴影、走出“密柜”见天日，不应成为“同志”与“同志书写”的终极标的。倘若有朝一日，“同志书写”不必像异性恋书写那样、“同志”作家不必那样刻意地标明，“同志”的“特殊”性别身份得以淡化、甚至消解，而凸显其作为“人”（无分常态、异态，亦无分男/女、T/婆）的最基本身份，其性别思考能以深度对抗热度（流行之热度），拒绝把“同志书写”、“酷儿写作”误导为流行、时尚，总之，从“污名”（他人强加之名）到“吾名”（吾人自命之名）再到“无名”（毋需特指之名），由灿烂之极终归于平淡，那也许是“同志书写”真正成熟的时候。

（原载《香港文学》2006年6月）

---

① 王德威：《说来那话儿也长——鸟瞰当代情色小说》，《如何现代·怎样文学》，台北：麦田出版有限公司，1998年10月版，第251页。

台湾自然写作的流脉

一

作为一种写作现象，在台湾，自然写作是在20世纪80年代初由环保文学引发的。

台湾社会在六七十年代的经济起飞，既促成社会生活在各方面的变化，也随之伴生了不少问题，形成了一些负面效应。环境的污染是其中引人瞩目的一个方面。面对这样的情景，有识之士作了多方面的努力，环保文学的兴起就是文学界人士作出的适时响应，自然生态保育运动也随之兴起，其间，乡土文学的大论争与报导文学亦与之相激相荡。

1981年，《联合报·副刊》推出“我们只有一个地球”的专栏，约请女作家韩韩、马以工主笔，1983年结集出版了《我们只有一个地球》一书，引发热烈的社会反响，此书的问世，被认为是台湾“环保文学”的滥觞。接踵出现的还有心岱的《大地反扑》（1983）、韩韩的《在我们的土地上》（1985）、杨宪宏的《走过伤心地》（1986）、《受伤的土地》（1987）等。这类作品一般都具有鲜明的社会关怀与强烈的批判意识，多从负面展现环境污染的恶果，而陈冠学的《田园之秋》（1983）、粟耘的《空山云影》（1984）则较多地包含着对自然生态环境的描摹、记述的成分。

这些作品中关涉自然的书写部分日后滋生发皇，开启了自然写作的新路向。在这同一的方向下，作者们各擅胜场，如“赖春标的抢救森林，洪素丽的自然散文，陈列写玉山，陈煌的人鸟之间，徐仁修的探险志，凌佛写植物，民间学者洪田浚写柴山”，①据不完全统计，其时至今，至少约有四十来位作家致力于自然生态写作，遂呈现出多姿多彩的繁富面貌。本文择其富代表性的作者略加评点，以窥台湾自然写作之概貌。

二

率先以自然写作者面目出现的是本为诗人的刘克襄（1957— ），刘克襄早年以诗歌创作见知于文坛，著有《河下游》（1978）等，其诗作并无多少自然写作的成分。差不多与韩韩、马以工、心岱等同时，自1980年起，刘克襄在当时社会思潮的影响下，创作关注面开始转向。那一年，他在澎湖，被大自然中各种各样的鸟类所吸引，沉潜于对它们的观察与记录，陆续写作了一批以“鸟”为书写中心的作品。后结集为《旅次札记》（1982），之后又有《漂鸟的故乡》（1984）、《旅鸟的驿站——淡水河下游四季水鸟观察》（1984）、《随鸟走天涯》（1985）、《消失的亚热带》（1986）、《荒野之心》（1986）等，在走访和观察中，记录下它们的生存状态。刘克襄作品被称为“鸟文学”，刘本人也就被戏称为“鸟作家”了。记录，作为一种姿态，构成了刘克襄初期自然写作方式的选择。值得注意的是，到《荒野之心》的书写时，他又适当扩张了他的观察视野，但都以“不在场”的姿态出之，且基本上属于文献的译述与改写。

1988年开始，刘的自然书写似乎又有新的进路，有了《探险家在台湾》（1988）、《台湾鸟类研究开拓史1840—1912》（1989）、《横越福尔摩沙》（1989）、《后山探险——十九世纪外国人在台湾东海岸

① 王家祥：《我所知道的“自然写作”和台湾土地》，台湾：《自立晚报》，1992年8月28—30日。

的旅行》(1992) 等作品。一方面他的关注在“鸟”之外已广延至整个台岛，另一方面，在自然书写中，日益显示出作者的人文情怀与历史意识，彰显了提升自然书写人文品格的努力。刘克襄这一阶段的写作对于从整体上明确台湾自然书写的追求具有拓荒开路的价值。

吴明益曾把刘克襄自然写作的特质概括为“糅合历史、自然科学的文学性表述”,[①] 可谓中的之论。自然写作如果津津乐道于对某种观察对象的自然科学知识的灌输，无疑将影响其“文学性”，其作为自然生态文学的身份可能会受到质疑，“科普小品”与自然文学的区隔也正在这里。

像刘克襄这样关注鸟类的作家，台湾也并非个别。像沈振中就以书写老鹰出名，沈的作品有《老鹰的故事》(1993)、《鹰儿要回家》(1998) 等，此外，林文宏有《台湾鸟类发现史》(1997)，周大庆有《蓝色的精灵：黑枕蓝鹟的生活史》(1997)，陈煌有《飞鸽的早晨》(1983)、《人鸟之间》(1997)，冯菊枝有《赏鸟去！春天》(1996) 等作品，构成了台湾“鸟文学”喧闹而有趣的新空间。

徐仁修 (1946—) 早年毕业于屏东农专，相当的农业知识与训练成为他日后写作的坚实基础。70 年代他有过一段海外探险的经历，后曾有“探险系列”(1977 年起有《月落蛮荒》、《季风穿林》、《罂粟边城》、《英雄埋名》、《赤道无风》、《山河好大》等) 问世。80 年代以来，一直关注台湾本土，致力于观察台湾，有《家在九穹林》(1980)、《不要跟我说再见，台湾》(1987)、《自然生态散记——太鲁阁国家公园四时观察记》(1993)、《猿吼季风林》(1990)、《思源垭口岁时记》(1996)、《猕猴与我》(1997)、《自然四记》(1998)、《仲夏夜探秘》(1998)、《守护家园——台湾自然行脚三十年》(1999) 等。在自然写作中强化视觉艺术 (主要是摄影) 的元素，以

① 吴明益：《以书写解放自然——台湾现代自然书写的探索 1980—2002》，台北：大安出版社，2004 年版。

形成强烈的审美刺激，是徐仁修书写自然的特异之处。他的作品常常附有大量的（几乎每页都有）颇具专业水准的照片，他也曾自诩为“一位自然摄影作家”。在徐仁修那里，文学的语言与镜头的语言交融，静态与流动结合，在台湾同道中，徐可谓独标一格，丰富了自然写作的文本构成与书写形态，为自然写作走出了新的路径。虽然，自梭罗以来，关于自然书写的文本，也不是没有用插图照片的先例（梭罗的《湖滨散记》就用了67幅黑白摄影，也有的搭配上工笔手绘的插图）。但像徐仁修这样，一本书动辄就有上百幅照片，拍摄对象又涉及动物（多种）、植物（多样）、地貌（山、河、林、地……）、天象等很多方面，在台湾却是无人能与其颉颃。那些颇具专业摄影水准的照片，十分成功地展示了自然万物之美，尽态极妍之余，也自然地建树了徐仁修作品唯美的品格，不免招来一些“社会批判太弱”之类的批评。其实，这正彰显了自然写作与批判性强而直接的“报导文学”的区隔，也是自然写作得以成为一种独立的文类的条件之一。徐仁修自然书写的文本一般都由三部分构成，一是正文，二是图照，三是图说。三者互涉互证，构成了这类图文并茂文本的鲜明特色，堪称自然书写中一种成熟的可为书写模式的样态。

当然，徐仁修书写的价值与意义还并不仅限于此。在徐的图文双管齐下的文本中，还可以看到很多他从大自然的天启中独得的体认，比如他对“荒地”、“枯木”的看法，认为“人造林不如原始林”、“人定胜天—但不可以违反生态法则”、“只有物种的个体之间才有相互竞争，而不同物种之间其实是互助互利的”① ……这些充满哲思的睿智的见解，所在多见，无疑能启人深思，也显示了徐仁修所表露的人文情怀。

经常被称为台湾“海洋文学”代表人物的廖鸿基（1957— ），确

① 徐仁修：《猿吼季风林》（台北：远流出版社，1999年新版）、《自然四记》（台北：远流出版社，1998年版）等作。

实是一个以海洋为其写作生命的作家。在写完《环保花莲》（1995）以后，廖鸿基就推出了一系列以“海”为主角的作品：《讨海人》（1996）、《鲸生鲸世》（1997）、《漂流监狱》（1998）、《来自深海》（1999）（以上被称为廖的《海洋四部曲》）及《海洋游侠》（2001）等。除了以“海”为家园的原住民以外，汉族作家身处海上而来写海者，唯廖一人而已。

廖鸿基不是一个海洋的旁观者，而是海洋生活的参与者、践行者，甚至就是一个“讨海人”。35 岁那年，廖鸿基挥别都市生活，开始以海为家的生涯，并逐渐养成了自己对海洋、对海洋中的主要生物——鱼类特别是被视为海洋资源指标的鲸鱼的浓烈感情。以“鲸生鲸世”为自己的“今生今世”，鲸成为他生命中的另一个“自我”。《鲸生鲸世》是一个异数，它与正典的以“人”为写作中心的文学作品殊异之处，是在于以“鲸”取代了“人”在文学中的地位。这种人的退位与人类、动物置换的最终结果是引导一向以“万物的灵长”自命的人类重新思考，思考人类以外的生物在人类生命中的无从替代的地位。也正是这种取向，确立了台湾自然写作的价值。

台湾四面环海，但“海洋文学”长久以来并不发达。海洋本也是“乡土”的一部分，但在以往“乡土文学”的概念中，海洋似乎是缺席的。而就文体来说，以叙述为主的小说、散文中海洋主题作品更显弱势（尤其是相对于诗歌而言是如此，海洋诗的写作，覃子豪、痖弦、汪启疆被认为是三大家）。相对来说，不是主要依靠想象、更需实际体验的海洋题材的叙事性作品，就作者寥寥了。廖鸿基作品的出现在海洋文学与自然写作的结合部，开出了颖异的花，可以与原住民出身的夏曼·蓝波安（著有《八代湾的神话》、《冷海情深》等）相媲美。

大学时就读于森林系的王家祥（1966—　），其最初对大自然的关注是林中之“鸟”，而采用的书写方式是“诗”，从这两层看起来，起点上的王家祥有与刘克襄相近之处。但他很快地就把自己的方向延展至土地以及土地上所有的一切，而他对于“荒野”的关注，更使他在“荒野”上展示了独特的有关“文明”的思考。“文明荒野”遂成为王家祥自然写作的标识性概念。

在王家祥看来，其实并不存在真正的“荒野”。所以称其为“荒野”，乃是因为人类为功利的目的所遮蔽，并没有认识到荒野在大自然的生态系列中具有无可估量的重要性。在《文明荒野》（1988）、《自然的祷告者》（1992）、《山与海》（1996）、《四季的声音》（1997）、《魔神仔》（2002）等作品中，王家祥俨然一个大自然的“祷告者”，大自然就是他的宗教。面对大自然，他有一种几乎与生俱来的敬畏感、敬重感。他把自己这样的自然观察者称之为大自然这门宗教的“修行者”。[①] 专业的训练与宗教的情怀，使王家祥在台湾自然写作者中显得卓尔不群，以至于刘克襄曾这样评论：“王家祥的出现代表以专业知识结合文学，实地在野外观察记录的时代隐然成为一种不可阻挡的新趋势。”[②] 吴明益则认为王与沈振中、吴永华等不同，“王家祥的作品更偏向哲思性，且也着意经营文本的结构与修辞，是从文学与伦理出发的自然书写，而不是从自然科学出发的自然书写。”[③]

“荒野”是王家祥土地伦理观中最核心最关键的概念，人与荒野的和谐共存是王家祥的理想，也是王家祥一直以来宣扬的环境伦理观的集中体现，建立都市人与荒野的互动模式，“在荒野中寻求生命与想象以及心灵明净”，“荒野是原料，人类用它来努力造这名叫文化的人造物”。[④] 不过，当他把“荒野”的形态扩展到“源自人类内心深处原始的感觉，或者渴望原始的欲望”时，就未免有玄虚得难以把

---

① 刘克襄：《云雀的鸣啼——小记王家祥兼谈“自然写作”二三事》，见王家祥：《自然祷告者》，台中：晨星出版社，1992 年版。

② 吴明益：《以书写解放自然——台湾现代自然书写的探索 1980—2002》，台北：大安出版社，2004 年版。

③ 刘克襄：《自然旅情》，台中：晨星出版社，1992 年版。

④ 王家祥：《文明荒野》，台中：晨星出版社，1990 年版。

握之嫌。他还认为"荒野"并不一定存在于人迹罕至的山林野地，在城市里同样可以找到（比如"公寓后院被遗忘的小水沟"），从而将"觉证"的场域扩大到"都市荒野"，甚至付诸实践，还亲自践行建立位于城市边缘的"柴山自然公园"。标举"环境教育"、"自然保育"、"自然文化的涵养"、"柴山主义"之际，王家祥的苦心自不待言。

"尊重和了解，便是我们所生存的环境要求的权利，其实这也是从人的角度出发的思索方式，只不过把人类的地位由主宰及破坏的角色企图转变为'谦逊的生活者'。人与荒野，人与山林，人与溪河，人与自己所构筑的社会，不是对立的，而是兄弟姐妹般的关系。"①在自然面前，王家祥更乐意做个虔诚的修行者和谦逊的生活者。

以女作者的身份承继韩韩、马以工的环保文学而又有新的面向的，洪素丽、凌拂、陈月霞是为翘楚。洪素丽（1947— ）虽然是台大中文系毕业，但曾选修过海洋生物课程，后赴美学画，因此，她的作品中有大量她自作的版画、水彩画、油画、素描的穿插（这与一些兼擅摄影者如徐仁修等同中有异）。主要作品有《守望的鱼》（1986）、《海岸线》（1988）、《海·风·雨》（1989）、《绿色本命山》（1992）、《寻找一只鸟的名字》（1994）、《台湾百合》（1998）等。

洪素丽把自己的有关自然生态的写作称为"自然主义文学"，认为自然主义文学的作品需要"坚实的求知精神，谦虚的仁人爱物的胸怀，并且对人类未来生存怀抱献身的心"，总之，应是入世且淑世的文学。又由于长年侨居美国，她的写作观照所及，就不限于台湾，从而在台湾自然写作的潮流中凸显了她的国际视野，也就是说，她常常更多地不是从一个局部的区域（台湾），而是从更广大的地域（地球村）的大视野来对待自然，表现出"地球村公民"的意识。另一方面，这一独特的自我定位，又能让兼具国际视野的洪素丽能以自己的

① ［美］李奥帕德：《沙郡年记》，台北：天下文化，1998 年版。

双视、多视之眼，重新发现“福尔摩沙”永恒的“源头之美”，这种距离产生的美感，是她的独得之见、独得之感，所以她在谈到《台湾百合》这本书时说：“我仍想近距离与远距离地描绘它，……这本书是以虔诚喜悦的心，记述我描绘原乡的过程。”① 常常像候鸟一样往返于台湾和北美之间的洪素丽，对海边的鸟类情有独钟。她又自称“大地永远的行旅者，远方永远的愁乡人”②，这种情愫和她笔下的海龟、鲸、鲑鱼、鳗和候鸟，正形成一种对应的关系，于是自然书写便成为她“原乡情怀”的一种隐喻了。

被认为是继洪素丽之后“最出色的女性自然书写者”③ 的凌拂（1952— ），也是中文系（辅仁大学）出身，职业是国小教师，她的写作自童书开始，并很早就指向环境生态的保育与教育，与其身份不无关系。《食野之苹——台湾野菜图谱》（1995）、《与荒野相遇》（1999）是凌拂的代表作。她以文字经营自然的灵感，并且总是沾带着中国古典诗（比如《诗经》）的雅致之美，从而使凌拂比其他的自然写作者显示出了更高的文字水平。

陈月霞也被认为是台湾女性生态主义文学的重要写手。她的作品与徐仁修有一个很大的近似之处，即是影像元素的加入。所不同的是，陈月霞似乎以摄影为主而以文字为辅；在自然观察中则更注重于本土植物生态细部的捕捉与展示，从而形成了她强烈的个人风格。《大地有情》是这方面的代表作。而另一部作品《童话植物》则锁定孩童为书写对象，又加入以符合“春、夏、秋、冬”四季更替的编排方式，在轻松与趣致中达到“自然教育”的目的，比那些较为知性地偏重于自然知识传播的自然书写文本，更使人感到亲切和感性。

洪素丽以生态知识见长，凌拂带给自然写作更多的文学品位，陈

---

① 王家祥：《自然祷告者》，台中：晨星出版社，1992 年版。

② 洪素丽：《旅愁大地》序，台北：联经出版社，1989 年版。

③ 吴明益：《以书写解放自然——台湾现代自然书写的探索 1980—2002》，台北：大安出版社，2004 年版。

月霞以微观摄影取胜，她们共同营构了台湾女性自然写作的绚烂天地。

除上述作者以外，台湾自然写作作者还有陈玉峰、杨南郡、陈煌、陈列、陈冠学、粟耘、孟东篱、吴明益、吴永华、区纪复、陈健一、杜虹、徐如林、曾贵海等人。

值得一提的是，台湾的一些自然写作者，不仅是“坐而言”者，还是“起而行”者。所谓行，也不只是出行置身现场观察，更是把自己写作中追寻的理念身体力行之。他们亲身投入或倡导相关的实际活动或运动：徐仁修发起“荒野保护协会”，廖鸿基在花莲成立“黑潮海洋环境保护协会”，王家祥组织“柴山自然公园促进会”，还曾担任“高雄市绿色协会”理事长，就是远在异国的洪素丽也常常参与当地“奥杜邦协会”的有关活动……自然保护、保育，在他们而言，已深植于其血肉和灵魂之中，成为了自己的存在方式，他们早已出离了作家的身份。

三

台湾自然写作的成果，从环保文学发萌，包括鸟类生态观察记录、高山野泽、植物群落观察记录、隐逸文学、自然生态写作、自然生态教育写作、自然摄影绘画艺术创作，乃至于自然生态诗与小说等，形态繁多，可以说还是一种至今仍在发展中的、至今仍未定型的次文类。这一类的出版物（包括翻译的西方有关著作）在近二十年中已成为台湾图书市场的热门读物，读者甚众，几乎遍及社会各阶层。这一方面固然拜社会各界日益增强的生态、保育意识所赐，另一方面也正显示了在高度工业化的当下，民众对人与自然关系的新观念。

与此相应，有关的学术研究也颇有生气地展开了。从“自然写作”、“自然书写”、“自然生态文学”等概念（命名）的探究，到自然写作文本的解读，自然写作者个案的研究，乃至台湾自然写作的史前发展与近期的兴盛，西方社会哲学思潮对台湾自然写作的影响……议题广泛，饶富探讨价值。90年代末期，台湾“中山大学”、淡江大学、花莲师院、东海大学还相继召开过有关的学术研讨会，报刊发表的有关论文也颇可观，重要者如：王家祥《我所知道的自然写作与台湾土地》(《中外文学》第276期，1995年5月)、刘克襄《台湾的自然写作初论》(《联合报》1996年1月4—5日)、陈映真《台湾文学中的环境意识》(《联合报》1996年1月6—9日)、余光中《他的恶梦是千山鸟飞绝——陈煌的生态散文》（见陈煌《人鸟之间》，台北光复书局，1989年)、陈健一《发现一个新的文学传统——自然写作》(《参与者》179期，1994年)、李瑞腾《逐渐建立一个自然写作的传统——李瑞腾专访刘克襄》(《文讯》13期，1996年12月)、冯慧瑛《自然与女性的辩证——生态女性主义与台湾文学摄影》(《中外文学》28期5卷，1999年10月)、杨照的《看花看鸟、看山看树之外——“自然写作”在台湾》（见《痞子岛屿荒谬记事》，台北前卫出版社，1995年4月)、杨照记录《众溪是海洋的手指——现代台湾山水文学座谈》(《中国时报》，1992年11月6日)、彭瑞金《自然写作与自然主义》(《文学评论百问》，联合文学出版社，1988年)等，都各有自己的见地。尤其值得关注的是，1998年以后，陆续出现了几篇以有关论题为对象的硕、博士论文：简义明的《台湾自然写作研究——以1981—1997为范围》(政治大学中文研究所硕士论文，张双英教授指导，1998)、许尤美的《台湾当代自然写作研究》（中央大学中文研究所硕士论文，李瑞腾教授指导，1999)、李炫苍的《现当代台湾自然写作研究》（台湾师范大学中文研究所硕士论文，吕兴昌教授指导，1999)、徐宗洁的《台湾鲸豚写作研究》（台湾师范大学中文研究所硕士论文，许俊雅教授指导，2000）和吴明益的《以书写解放自然——台湾现代自然书写的探索1980—2002》（中央大学中文研究所博士学位论文，颜昆阳教授指导，2002)。此外还有森林研究所学生陈郁卉所写的《论森林意象之呈现——以特定选择小说为文本》(台湾大学硕士论文，陈昭明教授指导，2001）等。

其中，简义明的论文率先提出了“自然写作”的两大类型（观察记录类型，自然志类型）的划分，对厘清“自然写作”的文类属性有相当的价值。简文还从西方生态学思潮和台湾文学史的发展脉络来观察“自然写作”兴起的原因，对“自然写作”作为一个“文化运动”的可能性进行了探讨。

截至目前为止，在台湾自然写作的研究成果中，以吴明益的博士论文规模最大（50多万字）、体系较为完备、考察较为周全，并具有深度思考的品位。吴明益论文的创新之处在于，他不仅追溯了台湾现代自然书写的“前史”和20世纪80年代以来二十多年的演化历程，还从环境伦理观、土地美学等角度切入论题，提升了论述的品质，挖掘了自然书写的深度意涵。在宏观、深度、理性考察的基础上，他还分章节逐一论述了刘克襄、徐仁修、洪素丽、陈煌、陈玉峰、王家祥、廖鸿基、凌拂八位作者的自然书写文本，探讨了他们异于他人的书写特质，显示了论者对台湾自然书写的精到体认。之所以能达到如此高度，可能与他同时也是一位“写有所成”的自然书写者有关。吴明益在攻读研究所期间，就写作出版了两本自然写作的作品：一是《迷蝶志》（台北，麦田出版社，2000），一是《蝶道》（台北，二鱼文化，2003），后者更是他独骑单车（登山自行车“麦哲伦”）作环岛游、造访台湾的深河远山观察和思考后的结晶。此外，他还主编有《台湾自然写作选》，由此不难见出他对自然书写的实践与熟稔。台湾自然写作的先行者刘克襄高度赞赏吴的系列“蝴蝶散文”的成绩与发现，说从自然写作在台湾的发展来看，“我又发现了另一个新品种，一个在这块土地上经过许久才可能蕴育的种类。”① 台湾政治大学陈芳明教授在为《蝶道》作推荐序时，则肯定：“自然写作的发

① 刘克襄：《台湾特有种：“一个自然写作的新面相”》，见吴明益：《迷蝶志》，台北：麦田出版社，2002年版。

展，到达吴明益这个世代时，已经脱离了纯科学性的报导文学。”①从马以工、韩韩到吴明益，台湾自然写作走过了一条快速、多向发展的道路。

自然写作是一个有着广阔发展前景的文类。台湾自然写作的历史发展与众多作者的多向度的尝试，为日后华文自然写作的进一步繁荣提供了足资借鉴的经验。

参考文献

1. 吴明益：《以书写解放自然——台湾现代自然书写的探索 1980—2002》，台北：大安出版社，2004 年版。

2. 简义明：《台湾“自然写作”研究——以 1981—1997 为范围》，硕士论文，台湾政治大学中文研究所，1998 年版。

3. 东海大学中文系编：《台湾自然生态文学论文集》，台北：文津出版社，2002 年版。

4.《海洋与文艺国际会议论文集》，高雄：中山大学中山人文学报丛书(3)，1999 年版。

5. ［美］李奥帕德：《沙郡年记》，吴美真译，王瑞香审订，台北：天下文化出版股份有限公司，1998 年版。

6. ［美］黛安·艾克曼：《稀世之珍——消失中的动物与自然》，唐嘉慧译，台北：大树文化“自然文学系列”，1998 年版。

（原载《华文文学》2006 年第 3 期）

---

① 陈芳明：《光之舞踊——吴明益自然写作中的视觉与听觉》，见吴明益：《蝶道》，台北：二鱼文化，2003 年版。

记忆在山海间还原

——台湾原住民文学的身份书写与文化内涵

一

台湾原住民，是指最早就居住在台湾岛上的居民族群，它的人口数量虽然只占台湾总人口（2284万）的近百分之二（41万左右），但却是一个充满着活力、彰显着鲜明族群色彩的部分。在考察台湾文学的时候，如果疏忽了不可或缺的原住民的文学存在，那么，这种考察所显示的盲点，就是毋庸置疑的。

根据人类学家和民族学家的研究，台湾原住民早在石器时代就在岛屿的中、东、南部活动。从血缘、人种、语言、文化、宗教、习俗等方面观察，所谓的原住民[①]实分十族——即泰雅族、赛夏族、布农族、邹族[②]、邵族[③]、鲁凯族、排湾族、卑南族、阿美族、达悟族[④]。

---

① 台湾原住民，即大陆语汇中之“高山族”，据人类学家、民族学家的研究，“高山族”其实并非一个统一的民族而实有十族之分。现在台湾社会、官方、民间、书籍、报刊皆以“原住民”称之。

② 邹族，原称“曹族”。

③ 2002年，台湾有关部门认定，在原有的九族之外，还有“邵族”应另称，而成原住民十族，邵族是原住民中人口最少的一族，只有不到三百人（据吕慧珍《书写部落的记忆》第29页）。

④ 达悟族，原称雅美族，后据他们的自称“达悟”以称之，“达悟”在其族语中的意思就是“人”。

其中的前七族生活居住在海拔1000~3000米以上的高山地区（故有“高山族”之称），余者并非居于“高山”：阿美族多生活于东部海岸山脉两侧花东峡谷，卑南族居住于台东平原，达悟族则居住于台湾本岛东南方的离岛——兰屿上。

在历史上，原住民曾被称为“蛮”、“夷”、“番”、“东番”、“生番”、“土著”等，日据时期，被称为“高砂族”，而到了国民党执政时期又被称为“山地同胞”、“山胞”，原住民一直对这些称谓并不认同，有些在他们看来，实是蔑称、诬称，族群被“污名化”了。因此，原住民对自己民族名称的“还原”，便成为他们身份自我认证的最原初的要求。正如排湾族诗人莫那能在《恢复我们的姓名》一诗中所申诉的：“如果有一天/我们要停止在自己的土地上流浪/请先恢复我们的姓名与尊严。”

布农族作家田雅各有一篇《寻找名字》的小说，情节就直接以主人公“名字”的历经变化来浓缩原住民“寻找名字”的历程：“我”的祖父“拓拔斯”在日本殖民台湾时期，布农人被改称为“高砂族人”，他被分配的日本姓名叫“田中武男”，到了中华民国时期，又成了山地同胞，他也改了中国名字，拓拔斯由“田中武男”变成“田文统”。在前往阳明山中山楼参加“原住民正名运动”时，却受到“国大代表”的欺骗，大家只好在“互称台湾原住民”以后，离开那里再回部落……这篇小说可以说是80年代末期原住民正名运动的文学记录。原住民从争取自己命名的权利到要求恢复土地所有权再到族群文化（文学）的生存权，就这样开始了悲壮的行旅。

原住民在长期的带有浓厚原始色彩的族群生活中，形成了自己独特的文化历史、文学传统。这种文学传统与汉民族文学传统的最大不同之一，是自始就从来也没有见之于文字、书面的记载，而是依靠口耳代代相传的方式。在这种方式的传承与传播中，口头表达（包括讲述、歌唱、祭祀时的吟诵……）成为几乎是唯一的存在方式。这是一种“口传文学”，原住民文学的源头，起自于先辈的唇舌之间，而非笔墨之间。因此，若要真正追溯原住民文学的源头，找到它最正宗的存在形态，就必须高度重视并肯定原住民口传文学的文学性和文献性。夏曼·兰波安甚至认为："原住民文学不仅是文学，也是人类学，也是社会学"，[①] 代表了原住民作家的普遍认知。不能因原住民无文字，甚至没有"文学"的概念，即简单地断定，原住民无民间文学、原住民无历史。[②]

在台湾原住民十族的"口传文学"中，神话、传说、故事、谣谚、祭辞、歌唱（布农族的"八部和音歌唱"——"巴西布亚"《祈祷小米丰收》优美动听、蜚声国际）是最为重要的文化资源。其内容丰富多彩，并不亚于东西方很多民族的史前传统。它多以戏剧性的手法出之，并配以"口传"者的身体动作、面部表情，在特定的自然环境和氛围（常常是在户外，或多是以集体参与的方式）中"演出"，故极富感染力、冲击力。在原住民的日常生活中有着神圣、重要的地位。夏曼·兰波安认为，这种"口传文学"，"没有支配者与被支配者之间的对立，只是表现了对大自然的崇拜与畏惧，从这样的口传文学，可以看到未受汉化或皇民化的原住民文学的本来面貌"。[③]

就内容来讲，关于部落族群起源，始祖创生、火与食物的起源、自然景象、自然灾变（洪水、山崩、地震、乃至日、月、天的灾变）、地理环境、出生与死亡以及占卜、祭祀（如丰年祭、矮人祭……）几乎无所不包，此外关于部落的迁徙、部落与周边族群的交往、出草征猎、战事纷争、习俗禁忌、奇人异事、情爱人伦、动物传

---

① 引自吕慧珍：《书写部落的记忆》，台北：骆驼出版社，2003 年 9 月版，第 7 页。

② 俄罗斯科学院院士李福清教授谈到亲身经历时，就述及台湾有教授（一属清华大学，一属台湾大学，均为历史系教授）或对我要出版台湾原住民民间文学论集困惑不已，原住民无文字，哪来的"民间文学"，或批评说"原住民无文字，即无历史"，李福清都以其专业修养，作了厘清。参见李福清：《神话与鬼话》，北京：社会科学文献出版社，2001 年 12 月版，第 3 页。

③ 夏曼·蓝波安：《倾听心声》（下），《文学台湾》第 5 期，第 76—77 页。

说、人与动物关系……不一而足，这些神话、传说、故事往往有很强的情节性、生动有趣，对于族群共同心理的建构有着至关重大的作用。神话就是原住民的历史。在人与自然、人与人、人与物、人与神、神与自然、神与神、神与物的错综复杂的关系中，初民的思想、心理、感情、智慧、才华……得以具象化的演绎与表现，在本质上具备了文学的质素与功用，因此，它所承载的多方面功能是认知、了解原住民历史文化的几近唯一的通道。因而引起了关注原住民的中外学者的浓厚兴趣。浦忠成、浦忠勇是原住民中于此卓然有成的学者。浦忠成的《台湾邹族的风土神话》、《台湾原住民的口传文学》、浦忠勇的《台湾邹族传统歌谣》都是原住民口传文学研究“筚路蓝褛、以启山林”之作。

俄罗斯学者李福清（B. Riftin）早在20世纪90年代前期就来到台湾，专心于原住民神话的学术研究，并在台湾“清华大学”、静宜大学开设了有关中国民间文学、台湾原住民文学的课程，主持了台湾原住民民间文学的研究项目，并出版了有关专著（如《神话与鬼话——台湾原住民神话故事比较研究》，北京：社会科学文献出版社，2001年12月版）。李福清依靠大量扎实的原住民民间文学、口传文学的田野调查和采集之作，并亲自用中文写出了这些著作（不请人翻译），务使原住民文学的研究，得到“原汁原味”的呈现。

李福清通过深入认真的研究，特别强调，从世界范围上来考察，台湾原住民的神话、传说，显得尤为原始，具有很高的历史价值和学术研究价值。

当然，原住民文学从“口传”到笔述，经历了漫长的积累与摸索，现在一般认为，具有明确的原住民族群意识和自觉意识的原住民文学创作大体上始自20世纪80年代前期。[①]

20世纪70年代在台湾社会上出现的原住民人权保护活动，波及面甚广，并最先及于文学领域。原住民不再是社会运动的“符号”或没有真实生命的象征，“文学是原住民新文化论述所采取的第一种形式”，[②] 之所以如此，也与原住民已经出现了一群接受了师范、医药等现代教育与专业训练的人才有关。从那时至今的二十多年中，陆续出现的诗人、散文家、学者有排湾族的莫那能（曾舜旺）[③]、利格拉乐·阿妈（高振惠）[④]、启明·拉瓦（赵启明）、亚荣隆·撒可努（戴志强）、伐古楚（戴国勇）、依苞·答德拉凡（涂玉凤）、高进发（汉名），布农族的拓拔斯·塔玛匹玛（田雅各）[⑤]、霍斯陆曼·伐伐（王新民）、达西乌拉弯·毕马（田哲益），达悟族的夏曼·蓝波安（施努来）[⑥]、夏本·奇伯爱雅（周宗经），邹族的巴苏亚·博伊哲努（浦忠成）、依优树·博伊哲努（浦忠勇）、白兹·牟固那那（刘武香

---

① 此前并非没有原住民的文学创作，但是是极个别的零星表现，如20世纪60年代，排湾族的陈英雄（职业是警察），就以原住民的生活题材用汉语写过小说，1971年还出版了小说集《域外梦痕》。至于再往前追溯，日据时期也有部分原住民人士的写作，但其所写并非基于原住民的立场，甚至是为统治者张目的歌功颂德之作。当时的原住民作品与近二十年标为“原住民文学”的作品有相当大的区别。（浦忠成语，见黄铃华主编：《二十世纪台湾原住民文学》，台湾原住民文教基金，1999年12月版，第12页。）

② 廖咸浩：《“汉”夜未可惧，何不持矩游？原住民的新文化论述》，引自何寄澎主编：《文化·认同·社会变迁——战后50年台湾文学国际学术研讨会论文集》，“行政院文建会”出版，1999年版。

③ 著有《美丽的稻穗》（诗集，1989年版）。

④ 著有《红嘴巴的VuVu》（散文集，1994年版）、《谁来穿我织的美丽衣裳》（散文集，1996年版）。

⑤ 著有《最后的猎人》（短篇小说集，1987年版）、《情人与妓女》（短篇小说集，1992年版）、《兰屿行医记》（散文集，1998年版）。

⑥ 著有《八代湾的神话》（族群神话，1992年版）、《冷海情深》（散文短篇小说合集，1997年版）、《黑色的翅膀》（长篇小说，1999年版）、（海浪的记忆）（散文集，2002年版）。

梅），卑南族的孙大川（汉名）、曾建次（汉名）、巴代（林二郎），泰雅族的瓦利斯・诺干（吴俊杰）[①]、娃利斯・罗干（王捷茹）[②]、游霸士・挠给赫（田敏忠）[③]、里慕伊・阿纪（曾修媚）[④]、马绍・阿纪（曾一佳）、沙力浪（赵聪义），鲁凯族的奥威尼・卡露斯（邱金士）[⑤]，阿美族的李来旺（汉名）、Lefok（黄贵潮）、Lekal（林俊明）、林建昌，赛夏族的伊替・达欧索（根阿盛）等不下四十人。

因为原住民只有语言本无文字，故而这些在90年代以后出现的原住民写作，准确地说来，应称为“台湾原住民汉语写作”，虽然有的作家在构思时，是用本族语言构思（如布农族的拓拔斯），甚至还有少数作家采用了族语与汉语“双语”对照的呈现形式，如泰雅族的娃利斯・罗干就出版过泰雅/汉语对照的《泰雅脚踪》（1991），伊斯玛哈丹卜衮也出版过布农/汉语对照的诗集《山棕月影》（2002），但在学术界和文学界，以孙大川为代表的写作者还是认为，主张用罗马字拼音的族语写作，其实并不有助于本土性、族群性的张扬、实际上只能造成自闭，阻碍作品的流通，传播、阅读，并非明智的上策。“借用”汉语写作，应该是一种具有正面效应的写作策略，并无族群性消泯的问题，作品的族群特色，主要是靠其内容所浸透的民族心理与生活风情彰显的。里慕伊・阿纪的《山野笛声》陈述了在山林生

① 著有《永远的部落》（散文、杂文集，1990年版）、《番刀出鞘》（论述，1992年版）、《荒野的呼唤》（散文、杂文集，1992年版，署名瓦历斯・尤干）、《泰雅孩子台湾心》（1993年版）、《想念族人》（1994年版）、《戴墨镜的飞鼠》（1997年版）、《番人之眼》（散文集，1999年版）、《伊能再踏查》（诗集，1999年版）。

② 著有《泰雅脚踪》（族群报导，1991年版）。

③ 著有《天狗部落之歌》（短篇小说集，1995年版）、《赤裸山脉》（短篇小说集，1999年版）。

④ 著有《山野笛声》（散文、短篇小说集，2001年版）、《泰雅的故事》（2003年版）、《高砂王国》（2003年版）。

⑤ 著有《云豹的传人》（部落报导，1999年版）、《野百合之歌》（长篇小说，2001年版）。

活的族人的很多日常生活场景，都渗透着部落族人对祖辈遗留下的文化传统的孺慕与骄傲。《八个男人陪我睡》一文以轻松而不失趣致的笔调写老外婆回忆族人从前的故事，少女成人纹面之后，经家长允许，可以和“理固伊”（男子）同床共枕……这种淳朴优美的民间习俗，透视的不仅是悠远传统的道德内涵，更是人性美的展现。

二

山林与海洋是原住民的栖息之地、生活环境，也是他们构成异于他者（异民族）的族群符玛，更是原住民灵魂安放的原乡。原住民是山海的子民，山海情结自然就成为原住民文学书写中最特殊的要素。

山海之所以成为原住民的心灵之神，不仅在于它提供了原住民维持日常生活和族群繁衍的基本生活环境与生活资料，更在于在山海之间，存有原住民来自祖灵的天启、成为灵魂精神的寄寓之所。因此它绝不仅仅具有自然地理学的空间意义，也同时具有族群心灵空间的意义。在原住民文学中，所有的神话、传说、故事，都离不开对于山海的描述，这种描述充满着敬畏和谦卑，以至于使人觉得山、海本身其实就是神，对于山海的崇拜，就是对神的崇拜，对于祖灵的虔敬。原住民文学俨然已形成了一种独特的山海美学、山林神学，主宰着原住民作家的写作取向，赋予了它灵动的风格与深邃而神秘的底蕴。山海是原住民作家们取用不竭的灵思厚感的源头活水。

在这方面，最突出的个例，是布农族的拓拔斯·塔玛匹玛和达悟族的夏曼·蓝波安。

拓拔斯·塔玛匹玛的《最后的猎人》，有对于布农人与山野森林血缘关系的生动描写，其中穿插着部落历史的绵长记忆，布农人山林狩猎的各种禁忌。比雅日深知：“动物会因森林的洗劫而灭迹，从此猎人也将在部落里消失。”族人、部落、森林的密切关系由此可以想见。

《最后的猎人》中的猎人乌玛斯对于林务局动辄给原住民扣上“偷盗”、“犯法”的罪名，十分不满，而对自己的森林颇为自信，“我虽没摸过书，喜欢亲近自然，相信我拥有森林的知识，超过他们所知道的森林。他们应该停止砍伐，如果森林没被破坏，我想不会年年有洪水发生。”被视为“野蛮人”的他们关于自然生态的这种见解，俨然有先觉之明，很值得自认为“文明人”者深思反省。

《最后的猎人》里那个因为与妻子帕苏拉怄气而出走到山林中的猎人比雅日，甚至希望女人也能像山林才好：“如果女人像森林多好，幽静而壮丽，从森林内、从森林外、尤其从高处俯瞰森林的美丽是绿色和谐的组合，像牧师讲道词中伊甸园的世界。”比雅日在森林中放歌、遐想、倾吐乃至咒骂，并以此得到感情的发泄与慰藉。“森林是最后能使他得到安慰的地方。”“他们晓得森林里的生命占了大地生命的大半，其中大部分与猎人息息相关。”山林庇护他们、理解他们，布农人也敬畏山林、珍爱山林、守护山林，领受它的无言之教、无言之美。

夏曼·蓝波安在大都市台北生活十六年，以后又重新回归蓝屿红头部落，并且选择了回到达悟族人传统的生活方式（伐木、造拼木舟、划船、潜水、射鱼、以捕鱼为生），看起来似乎是一个极端的例子，却让人分明看到了海洋之于他的重要。他自称是“海里面的作家”、“海底独夫”，而不是通常意义上的“海洋作家”。《冷海情深》尽情渲染了海洋的非凡魅力：

“骇浪宣泄的泡沫不断地淹没我，如沙粒般的白点，千亿粒的白点，模糊了视线，潜入水中企图弄清视线……海是有生命的、有感情的、温柔的最佳情侣，海中形形色色的奇景，唯有爱她的人才能享受她赤裸的艳丽与性感。”

“沙滩是我们的床，海浪宣泄的潮声是我们的安眠曲，天空的星星是祖先的灵魂，月亮是祖先的朋友。”

“海是一首唱不完的诗歌，波波的浪涛是不断编织悲剧的凶手，但亦为养育我们的慈父。我们爱她，但不了解她。”

“除了自然光外……阳光射穿海面形成千条万丝的亮丽景观，在一片起伏的堡礁里潜梭着无数的艳丽的热带鱼，忽现忽没，甚至有些小鱼如眼睛大小般地在密集的珊瑚树丛向上跳跃，如此汇集成一个生机盈满之奇景……”

“达悟男人的生命史，其实是海铺陈的。”在夏曼·蓝波安的笔下，海洋不是一个仅供作家描写的客体对象，一个没有生命和灵性的处所，而是有生命的精灵，也是以海洋为生存依靠的心灵的寄托。因此，夏曼·蓝波安的海洋写作与一般的自然写作其实并不一样。在寻回与族人融洽相处之道、为族人争取自己应有的权利的过程中，他日益认识到努力投入达悟族的“飞鱼文化”、敬畏海的神灵，才能被海洋接纳、被族人认同，踏上了祖辈的航道。他是一个海洋的书写者，更是一个海洋的朝圣者。海洋就是他的“麦加”。

原住民作家心目中和笔下的山林、海洋，作为地理空间的描写，固然能凸显其地域风情和本土色彩，但作家渗透于其中的心理和精神，却有力地突破了地理空间的囿限，产生了更深层次的意涵与象征性。可以说，“山”与“海”在他们的作品中，已经绝非与主体生命无关的背景，而是具有族群身份认同的意义。从这一个角度说起来，原住民文学的身份书写，是建构于其山海情结、山海美学、山海神学的基点上的。卑南族学者孙大川的一番话表达了他们由“山海”走向世界的决心：建构“一个以‘山海’为背景的文学传统，以主体的身份，诉说自己族群的经验……从‘山’上的石板屋，‘海’里的独木舟，走向全世界。”①

至于作为山海、“部落”对立面的都市，以及都市与部落的空间转换，则是原住民作品常见的情节元素。很多原住民青年因迫于生计、离开山林，来到都市（往往是台北），演出了一幕幕悲喜剧。在作家们的笔下，都市是和部落、山林、海洋不一样的地方，是罪恶的渊薮，是原住民的伤心之地。部落与都市的对抗、原住民后人在二者

① 《山海文化双月刊》创刊号序，1993年版。

之间的艰难选择及选择后的艰辛、迷惘，几乎是一个跳脱不出的怪圈。娃利斯·罗干的《城市猎人》中写到的在城市中互相火拼的泰雅青年，就是在都市丛林中迷失的“都市猎人”。这表现了原住民作家意识中抗拒“都市文明”的价值观，似乎与“乡下人”沈从文当年对都市罪恶的揭示、抨击如出一辙。在都市与山海的对峙的夹缝中，原住民的身份正在若隐若现间得到确证。

三

原住民的族群身份认同，是在与“他民族”、“外来民族”、“外来人”、“汉人”的辨异中得到确定的。原住民曾被社会所歧视，被认为是“野蛮人”，而其源部分来自于某些“汉人”（应当说并非所有）。原汉的对立矛盾、冲突、恶性的互动，成为原住民身份追寻途中的梦魇，引起他们的反弹是必然的。夏曼·蓝波安曾自称，他要在原住民青少年中延续“在他们心中加速退化的族群意识……在唯汉独尊、一言堂的教育体制下输送一股有鱼腥味的原料”。[①] 原汉关系成为原住民作品的基本题材之一。

“汉人”常常是作为负面形象出现在原住民的作品里的（原住民称汉人是 pairang——闽南话“坏人”的谐音）。《最后的猎人》里那个林务局的警察堪称典型。他不但辱骂比雅日是“残忍成性的山地人”、“番仔”，没收了他的猎物，剥夺其狩猎的权利，还极其霸道地要比雅日“改个名，重新做人吧，不要再叫猎人”。在原住民看来，汉人是“外来人”（称之为“了了”），他们不仅掠夺了族人的土地、森林，而且乱砍乱伐。原住民如有伐木自用，却被指认为“偷盗”。他们把一些名贵的林木砍下运走，只为的是他们的经济利益，还放火烧林，然后自作聪明地再种新树。他们不知保育山林，却指手画脚，

---

① 夏曼·蓝波安：《冷海情深》，台北：联合文学出版社，1997 年版，第 118 页。

对族人横加指责，蔑视部落、亵渎山林之神，伤害了原住民的感情……《马难明白了》里的布农族孩子，在学校受到汉族同学的耻笑，最后酿成了斗殴，马难丢掉了祖父送给他的山猪牙。汉原之间的对立甚至延伸至下一代。《救世主来了》写兰屿岛上的达悟人，与来自台北的“了了”（外来人）之间也有着紧张的关系。汉原之间的对立、冲突，是原住民身份书写中不可回避的心结。

当然，也有若干的作品显出某种亮色。在夏曼·蓝波安的长篇小说《黑色的翅膀》中，作者借四个国小六年级原住民学生对于“皮肤白白”的、台北来的“师母”的偷窥和性想象，营造了跨越族群鸿沟的感情沟通的温馨图像。有的孩子甚至以将来找一个像师母一样“白白皮肤”的台湾女子为理想。作者在这里是否暗示：也许只有到了下一代，原汉族群之间才可能平等地交好？

原汉之间良性互动最佳的个例是田雅各的《撒利顿的女儿》。汉人罔市的女儿玛丽亚是十八年前被布农人都尔布斯领养的，如今家境好转的罔市，想领回女儿，而来到了她和布农养父母居住的“撒利顿”村（汉名为丰丘村），都尔布斯善解人意、性情豁达，答允罔市的要求，可是已经习惯了布农人生活的玛丽亚却不肯再跟生父回家，并和布农情人躲了起来。罔市也不强求，还承诺在她结婚时将送两件厚礼（一栋房子、一辆汽车）作为补偿。小说对汉原两方面都颇多赞辞：罔市富裕后不忘女儿，但又不强制女儿接受其安排，还送厚礼以谢养育了女儿的布农人。都尔布斯在外族人困窘之际伸出援手，并不求回报，且通情达理地愿意配合罔市的安排，在在显示了无私的爱心与宽广的胸怀。汉原两族两家因女儿而产生的联结，也因女儿长成，进到了更融洽的良性互动的境地。或许，这也是深埋在原住民作家心底的共同的愿景？

孙大川在比较汉族乡土文学与原住民文学的不同时说：“他们所谓的本土仍然是汉族本位的本土；叙述的场景，从兰阳平原到嘉南平原，从渔港、茶山到田埂；依旧是平原、稻作民族的思维逻辑。相较于夏曼·蓝波安的海、田雅各的山、瓦利斯·诺干的岛屿，以及原住民文学中随处流露的神话和宇宙想象；汉人的本土是现实的、政治的，缺乏‘怒而飞，其翼若垂天之云’（《庄子·逍遥游》）的超拔气势，当然无法真正理解、欣赏整个南岛民族辽阔的海洋心灵。”① 其实，原住民文学也就是原住民的乡土文学；如果用更包容的观点来理解“乡土文学”，原汉之间在书写乡土上更多地是质的相通，而并不必然是对立而不能交融的。

原住民长期以来被边缘化的处境与强势族群的中心地位，形成历史的辩证。原汉的对立、互动、融合对原住民身份定位的潜在影响，是巨大的。要逐渐消弭“中心”与“边缘”之间的鸿沟、隔阂、敌视，需要重认“边缘”的重要性。从原住民运动的社会抗争到原住民文学的文化寻根，在在重显“边缘”的意义和价值。在一个以多元性为标榜的社会中，尤其必须以更多的社会资源和更大的心力，给原住民文学以更大的存在与发展空间，改变汉原倾斜的历史惯性。“汉原融溶”的前景就一定会为原住民文学增添新质，使它释放出更璀璨的光亮。

四

原住民文学的研究已经起步。更深入的研究，当待田野调查与文本阐释的自觉结合，有待于原住民学者与非原（包括两岸汉族及外国）学者共同的参与，以获得由互动互补而生的更好效果。汉族作家吴锦发二十多年前编辑“台湾山地小说选”《悲情的山林》、“台湾山地散文选”《愿嫁山地郎》，最早表达了对原住民文学的关注，一些汉族作家（如钟理和、李乔、钟肇政、杨牧、吴锦发、王幼华、胡台丽、王家祥、古蒙仁、林燿德、舞鹤等）创作原住民题材的作品，一些外国（如俄、日）学者对原住民口传文学与汉语写作的调查、研究，

① 孙大川：《台湾原住民文学创世纪》，见《台湾原住民族汉语文学选集》，台北：INK印刻出版有限公司，2003年4月版。

从不同的侧面切入“原住民文学”这块神奇而丰饶的“野地”，多有创获发现，提升了原住民文学的能见度与阅读面。原住民文学（口传文学+汉语写作）的不俗魅力正逐渐地被族群内外的人们所认识。

不过，由于原住民本无文字，“借用”汉语进行的写作多少也使作品的“原汁原味”打了折扣，但这也是无奈的事：如果把族语用罗马拼音来写作，显然更会影响作品的传播和阅读。而阅读者与研究者不谙族语（事实上原住民各族的语言也很复杂，有的一族也并非一语），[①] 也给他们的研究带来很多障碍，影响了研究的深度与广度。此外，一些非原住民的读者、学者也还程度不同地存在着“好奇”、“猎奇”的心态和表层、平面的观察，也需加以调整。总之，要避免孙大川所谓的“博物馆化”、“泛政治化”及“浪漫化”这三个陷阱。[②] 倘若原、汉、外三者结合构建以原住民意识为主体的、彰显台湾原住民独特审美品格的“民族学诗学”，进行系统的、更富学理性的探讨，“原住民一方面探索自己的文化源头，一方面质疑外来文明，可以丰富本岛的文化内涵，形成多元的对话空间”[③]，原住民文学一定会有更壮美的明天。

参考文献

1. 孙大川主编：《台湾原住民族汉语文学选集》（1—7 卷），台北：INK 印刻出版有限公司，2003 年 4 月版。

2. 陈义芝主编：《台湾现代小说史综论》，台北：联经出版事业公司，1998 年 12 月版。

---

① 据调查，目前台湾原住民所使用的族语方言约有 33 种，活的也有 12～14 种。见吴家君：《台湾原住民文学研究》，硕士论文，中山大学中文系，1997 年 6 月版，第 40 页。

② 见孙大川：《久久酒一次》，台北：张老师文化，1991 年 7 月版，第 118—121 页。

③ 彭小妍：《族群书写与民族／国家：论原住民文学》，《历史很多漏洞——从张我军到李昂》，台北：中研院中国文哲所筹备处，1990 年版。

3. 何寄澎主编:《文化 认同 社会变迁——战后50年台湾文学国际学术研讨会论文集》,“行政院文建会”出版。

4. 李福清:《神话与鬼话——台湾原住民神话故事比较研究》(增订本),北京:社会科学文献出版社,2001 年 12 月版。

5. 黄英哲编:《台湾文学研究在日本》,涂翠花译,台北:前卫出版社,1994 年 12 月版。

6. 彭小妍:《历史很多漏洞——从张我军到李昂》,台北:中研院中国文哲研究所筹备处,2002 年 10 月修订版。

7. 洪铭水:《台湾文学散论》,台北:文津出版社,1999 年 12 月版。

8.《文学与社会学术研讨会——2004 年青年文学会议论文集》,台南:台湾文学馆,2004 年 12 月版。

9. 吴家君:《台湾原住民文学研究》,硕士论文,台湾“中山大学”中文系所,1997 年 6 月版。

10. 吕慧珍:《书写部落记忆——90 年代台湾原住民小说研究》,台北:骆驼出版社,2003 年 9 月版。

11. 董恕明:《边缘主体的建构——台湾当代原住民文学研究》,博士论文,台湾东海大学,2003 年 1 月版。

12. 朱双一:《近二十年台湾文学流脉——“战后新世代”文学论》,厦门大学出版社,1999 年 8 月版。

13. 王德威、黄锦树编:《原乡人:族群的故事》,台北:麦田出版社,2004 年 11 月版。

14. 庄永明总策划、詹素娟、浦忠成等:《台湾原住民》,台北:远流出版事业股份有限公司,2001 年 7 月版。

15. 联合报副刊编:《台湾新文学发展重大事件论文集》,台南:台湾文学馆,2004 年版。

16. 林文宝、张堂錡、陈信元等著:《台湾文学》,台北:万卷楼图书有限公司,2001 年 8 月版。

(原载《常州工学院学报》2008 年 6 月)

在颠覆中归返

——观察旅台马华作家的一种角度

一

作为一种世界性的文学创作现象，移民文学以其丰富的文化内涵而显示出巨大的阐释空间。近些年诺贝尔文学奖得主如勒·克莱齐奥、奈波尔、帕慕克、库切、高行健等都带有跨文化、跨地域、跨语种的复杂背景，更使国际学界将目光聚焦到这一以“离散”为身份特征的文学现象上来。

华人移民文学毫无疑问是世界移民文学中一个非常独特的组成部分。而以目前学者触及的情形来看，华人移民文学且更其丰繁。就地域而言，华人移民文学传播之所几与华人移民所到之处同广，遍布于全球各大洲；所持语种，除母语（汉语）外，还兼采英语、法语、日语、马来语等东西方多个语种。在东西方各个国度写作的华人（华裔）作家在不同的年代或隐或显地形成了各异其趣的群体。

旅台马来西亚华人（华裔）作家群是近年来相当活跃、引起了广泛关注的一个移民文学群体。从20世纪60年代来台留学的王润华、陈鹏翔、淡莹、温瑞安、方娥真，中经潘雨桐、商晚筠、李永平、张贵兴再到80年代末至90年代来台留学后居留台湾的陈大为、钟怡雯、林幸谦（后旅港）、张锦忠、辛金顺、胡金伦、陈强华诸人，留台旅台的马来西亚华人（华裔）作家代不乏人。在他们心目中，台湾是一个既可“心近”又可“身入”的中华文化的传承孳生之地，于是人们便看到了这前赴后继、络绎于途的景观。不少人在台湾学有所成、乐业安居，相当程度上融入了台湾文坛、台湾社会乃至中华文化之中。

如果说，旅居北美的所谓“新移民作家”已引起了国内学界热心的关注，风头正健，那么，花开台湾的别一种移民文学——旅台马华作家群的创作，却在祖国大陆迄未受到足够的重视与研究，实在是一个令人遗憾的偏颇的事实。

本文拟从旅台马华作家与祖国大陆旅美“新移民”作家的比较考察中，认识旅台马华作家的身份书写与美学特征的学术价值及其在华文文学史上的存在意义。

二

说旅台马华作家与旅美“新移民作家”不同，首先是在各自迁徙、离散的取向上截然有异。

所谓“新移民作家”，一般是指20世纪80年代前后从大陆移民北美的作家。在祖国大陆，20世纪70年代末开始，在80到90年代形成一股出国留学、经商、求职、移民的热潮。高喊着“到美国去！到美国去”的这一群，以出离的姿态，大多是基于对西方社会的不无盲目的崇拜与追慕，在他们的心中都有一个“美国梦”甚至是“淘金梦”，也有的是出于对国内现状的不满，特别是刚刚过去的“文革”给他们中的一些人带来过心灵和精神的创痛，他们希求在异国的生存能够疗治身心的伤痛以求内心的平衡。《北京人在纽约》（曹桂林）、《曼哈顿的中国女人》（周励）是这一类文本的代表之作。应当说，这一阶段“新移民”作家那种疏离传统文化、出离当下现实的取向是相当清晰的。他们是从中国“出离”的一群。

旅台马华作家[①]似乎与此种选择逆向而行。

旅台马华作家从南洋的热带雨林来到中国东南隅的台湾离岛，就他们的感受来说，是亲炙了中华文化的血脉。台湾保有完好的物质与非物质的中华传统文化，这让他们油然而生近乡情亲之感。在马来西亚多元种族、多元文化的历史语境中出生成长的这群人，之所以作出如此选择，并非是出于对身生之地居住国的厌憎、批评或抨击，而是源于对身之所属的华族、华人的文化认同、文化归属感。甚至有一种“要把三代的书都读回来”（黄锦树语）的心志。此是“返祖”亦是“寻根”。应当说，这与旅美“新移民”作家在对待民族传统和文化归属上是相当不同的态度。

正因为如此，旅台马华作家在他们的创作中，常常在回首充溢着鬼魅之气的故园时，还不可克制地流露出温馨深浓的情思。在《吉陵春秋》、《雨雪霏霏——婆罗洲童年记事》（李永平）、《群象》、《我思念的长眠中的南国公主》（张贵兴）、《落雨的小镇》、《乌暗暝》、《土与火》（黄锦树）、《河宴》（钟怡雯）等作品中，作者们不约而同地书写了在那个已经遥远的国度里依然亲近的记忆。有的作品甚至直接切入先人的生存境遇，以此求索华人在南洋的遭遇命运。黄锦树的《死在南方》、《零余者的背影》、《沉沦·补遗》诸篇，从“五四”文学的先驱之一、40年代流亡于南洋的郁达夫当年的“失踪”之谜，汲取创作灵感，文笔虚实交错疑幻疑真，不啻为新文学传统在南洋失落与湮灭的一种隐喻。笔者曾在《传说·实证与想象》一文中说过：“《死在南方》借这些所谓的‘残稿’，以后设叙事的方式想象了郁达夫失踪后的故事”，“小说不能作为解说郁氏失踪之谜的历史或学术的文本，但未尝不可以作为省思郁氏这段经历的有意味的文字

---

① 与他们取向相同的（从居住国来到中国）的外籍华文作家，还可举出新加坡的蓉子、韩国的许世旭等。蓉子2000年后定居上海，有不少的“中国在地书写”作品；20世纪60到20世纪70年代许世旭留学台湾，他的作品多有中国传统文化、“五四”新文学乃至同时代台湾文人作家的内容，也是一种“中国（台湾）在地书写”。

材料”，“是一个华裔作家以郁氏在南洋的遭遇为写作资源所作的一次尽情挥洒。这是其文学价值。”[①] 黄万华认为“郁达夫的南洋踪迹不断伸向种族边界之外，并预设了无限的能指，于是郁达夫‘死在南方’的命运成为马华文学始源处的巨大象征性空间”[②] 而黄锦树自己则说，他的“郁达夫书写”，是在呈现“无限延伸的非存在的存在”，[③] 表达了他对在南洋失落的中国新文学传统的执着追索。

始源想象与历史记忆、生存写实一起，构成了族群属性的重塑，为旅台马华作家在两难处境之中获得其在中国文化圈中达致转身的余裕，并进而成就了其自我追寻的历程。

由南洋北返的旅台马华作家们，在台湾回溯中华文化的南洋余韵，这种写作指向正彰显了在他们身上隐然呈现的另一条脐带，尽管他们中的有些人也曾决绝地喊出“断奶”的口号。但那由五千年文明滋养生成的从先祖到自身的生生不息的生命延续，却不是两句口号就能去除消解的，只不过凸显了他们内心的深刻焦虑。

三

身份的迷惘与焦虑，对于同为移民的旅台马华作家和旅美新移民作家来说，都是难以规避而不得不承受的命运的赐予。置身于中华文化占据主导地位的空间，因漂移、离散所生成的源自强烈生命体验的焦虑，与对于文化母体的孺慕追怀，割不断理还乱地缠夹一处。这是旅台马华作家的文化境遇。他们并非被那个雨林之国的多元文化所驱离，而是自身主动的“放逐”，这种自我“放逐”并非漫无指归地随

① 曹惠民：《传说·实证与想象——郁达夫“失踪”之谜的辨证》，见曹氏著《他者的声音》，南京：江苏人民出版社，2005 年 8 月版，第 237、238 页。

② 黄锦树：《论郁达夫的流亡与失踪》，见黄氏著《死在南方》，济南：山东文艺出版社，2007 年 1 月版，第 376 页。

③ 黄锦树：《跋·死在南方》，见黄氏著《死在南方》，济南：山东文艺出版社，2007 年 1 月版，第 375 页。

遇而安，其实是由相当明确的文化取向和文化归属所制约的。因此，在台湾——他们心中的中华文化承载地——的在地书写，却更多地回到出生地—马来半岛：从岛到岛，下笔不乏温馨、眷恋的格调。那燠热的木板房，多雨的森林，迷宫似的胶园，引人入胜的“酬神戏”，外婆汗湿的面庞，孩提时代玩伴的身影……都在书写中使他们得以“重返”故园——那个虽不是“原乡”，却是深烙在自己生命轨迹中的种种图景。如影随形，飘然往返，与当下的生存同在。

令人忧心的是，先辈的文化传统正在经年累月的时间之流汰洗下，一点一点地变淡，变远，变得不可望不可及，“三代成峇”（意指被马来文化同化的华族男子）的忧惧越来越潜进他们的内心，挥之不去。“我”是谁?“我”是“中国人”?“我”是“华人”?“我”是“台湾人”?“我”是“马来人”?都是，又都不是，或都不全是。这是他们的宿命，因为“马华”，他们这些以华文写作的人在马来西亚这个以马来文为国语、回教为国教的国度，在马国，是少数文学（少数族裔文学）；因为“旅台”（留台），他们这些国籍为马来西亚（或虽入籍但出生地为马来西亚）的华人，在台湾，也仍然是少数族裔文学。更不必说，台湾在某些论者那里也还是中华文化的“边缘”、“边陲”，那他们就更是“边缘”的“边缘”了。他们分明就是双重的边缘人。

要从哪里才能得到证明（自证或他证）?似乎唯有回溯本源的追寻，才能依稀仿佛有点眉目。黄锦树写作的“旧家系列”、“星马政治狂想系列”、“马华文学史系列”，归结起来，无一不是这种努力的表现。在谈到他在台湾的写作时，黄锦树不无庆幸地说：“我们这些马来西亚籍或马来西亚出生的写作者，处境更为微妙。不管入不入籍，文学的属性仍不免于外籍（因为差异太鲜明太大了）。但有时也多亏了台北的国际性与宽容（人情，及商品社会的宽容）。在台北能找到容身之地则意味着相对地跨越了身后的马来西亚地域，虽然，或许不免接近于寄生（迄今为止还没有强大到共生的地步），但至少能在大马种族政治之外找到一小块自己的园地，不受干扰地爱种什么就种什么，只要不是大麻鸦片”，[①] 虽“都是以大马为背景”，“以我所体会的大马华人的处境为叙事核心”，却总能“跨越身后的马来西亚地域”，这正是黄锦树的中国（台湾）在地书写的创发之处。其他的旅台马华作家的“南方书写”当也可作如是观。

而在旅美新移民那里，他们却似乎从来就没有过成为在地主流人群的恐惧，恰恰相反，进入当地社会主流圈是他们向往的目标，即使做个“假洋鬼子”也未尝不可以接受。刘荒田在他的“假洋鬼子”系列作品里对此有相当透辟的解析。

虽然同样有焦虑，但其内质并不一样。旅美“新移民”作家更多的是在归趋西方主流社会的过程中，因为价值观念、肤色人种、语言与人际交往种种方面遭遇的挫折、歧视、压制，被排拒、被孤立，有志难伸，有愿难成，更多的是自我价值不能实现、身份认同遭遇陷阱的现实焦虑。

旅台马华作家则是由多元种族、多元文化的马来社会来到中华文化占主导地位的台湾社会。在前者，他们亲眼目睹了华人（华裔）无法掌握话语权、华人文化被挤压的尴尬处境。在后者，他们认同中华文化的承载之地，他们自己仍被视为是外来的闯入者，从南洋北来的“他者”，仍然是处在尴尬的境遇中。但他们并不介意自身的现实处境（毕竟不是在异质文化的包围之中），而是忧心中华文化的现实命运（包括在南洋、马来西亚的命运）。因此，他们的身份焦虑其实是一种文化焦虑。

李永平坦承，“写《海东青》是在找中国”，“找中国人的根”[②]《海东青》这部“鲲京”漫游录，实际上是作者“文化中国”的乌托邦想象。正如朱立立所言：“然而回归并不因此消除身份焦虑，个体身份焦虑与所在地域的身份焦虑，错综复杂交织成为个体无法承担的

① 黄万华：《黄锦树的小说叙事：青春原欲，文化招魂，政治狂想》，见黄锦树：《死在南方》，济南：山东文艺出版社，2007年1月版，第5页。

② 李永平：《我得把自己五花大绑后才来写政治》，邱妙津记录，台湾《新新闻》，1992年4月12—18日，第66页。

历史重荷。"[1] 她把作品中海东大学的教授靳五的当下境遇描述为"放逐与回归共在的精神状态"是准确的论定，而王德威从黄锦树的《鱼骸》里读出的是"铭刻龟甲/书写小说的努力"，而其内里的意念也由此露出端倪：龟者，归也。[2] 更是鞭辟入里之见。

在离散中焦虑、在焦虑中颠覆、在颠覆中追寻，而这种追寻又分明是一种归返。旅台马华作家使人们看到一种有别于在美、欧、澳、日的"新移民"、"新华侨"、"新华人"的华文书写中未曾有过的文化立场与审美指归。以马来西亚华人后裔的身份，北上台湾留学、定居、写作、从教、研究，乃至参与介入台湾文学的当下运作（包括参赛、获奖几十余次），在在都让人产生一种俨然台湾作家一部分的"误认"。尽管对他们的定位至今尚未有共识，有人主张改称为"马来西亚华人文学"（黄锦树）、也有人更别出心裁地新创命名——"华马文学"（张锦忠）、"新兴华文文学"（张锦忠），但不管怎样，它的存在，都是不容漠视的一种现象。一直关注东南亚华文文学的台湾青年学者杨宗翰直言："我认为马华旅台文学本来就是台湾文学史的一部分，并不因作者的身份是否入籍而异。我们应该注意检查的是他们作品的质量，而非计较'他们'认同哪里——但缘于后者所产生的创作既是爱恨交加，有时矛盾纠葛，恰是旅台文学精彩之处。"[3] 听一听这番话，也许是有益的。

（原载《华文文学》2011 年第 1 期）

---

① 朱立立：《身份认同与华文文学研究》，上海：三联书店，2008 年 3 月版，第 40 页。

② 王德威：《坏孩子黄锦树》，见陈大为、钟怡雯、胡金伦主编：《赤道回声——马华文学读本 Ⅱ》，台北：万卷楼图树股份有限公司，2004 年 1 月版，第 523—524 页。

③ 杨宗翰：《马华文学与台湾文学史——旅台诗人为例子》，台北《中外文学》第 29 卷第 4 期，2000 年 9 月版，第 99 页。

刘以鬯与中国现代文学
——兼论他的“实验小说”

在20世纪90年代的香港，刘以鬯是硕果仅存的从中国现代文学的历史中走来的资深作家之一。他在香港文学界，具有这样几重意义：

一、他与很多“五四”以来的老作家有较多交往，是香港文学与中国现代文学传统保持某种联系的纽带之一。

1933年，他参加了叶紫倡组的“无名文学会”，走上文学道路。1936年他的处女作在上海《人生画报》上发表，在圣约翰大学读书时，他经常向柯灵主编的《文汇报》、《大美报》文艺副刊投稿。1941年大学毕业后，到重庆投身新闻工作，曾接替陆晶清任《扫荡副刊》编辑。复员后回上海，得徐訏支持，在上海创办“怀正文化社”，以“非出好书不可”的宗旨，出版了姚雪垠、徐訏、熊佛西、李健吾、施蛰存、赵景深等人的作品，后又参加过《春秋》杂志的编辑工作。50年代以后在编辑《香港时报·浅水湾》副刊时和陆续来港定居的著名作家如叶灵凤、徐訏、李辉英、曹聚仁等也时有过从。这些背景是刘以鬯在香港文坛颇具人望和号召力的历史原因。

二、他又是一位对中国现代文学颇有独到之见的研究家。他的《端木蕻良论》，见识精到，影响及于海内外。《看树看林》、《短绠集》中不少论文，重估作家，挖掘被人遗忘的名家杰作，订正文学史实，都很有学术价值。他认为台静农虽非鲁迅弟子，但其小说颇受鲁迅影响（如人物命名都喜欢用数目字，列举的小说人名达二三十个之多），台的“有些短篇已超越鲁迅达到的水准”；《论语》作家群中，论幽默之成功，“三堂”（知堂、语堂、鼎堂）似不及“二老”（老舍、老向），但老向远不如老舍为人所知，颇为不公；对郑定文、赵清阁等，他也呼吁不应被文学史忘记。

三、不仅在香港文学界，就是在整个“五四”以来的新文学作家中，刘以鬯在小说创作上的艺术探索、创新，也都有相当突出的地位。他长期以来标举的“实验小说”是一面树立在现代小说界的旗帜。刘以鬯是个敢于“反传统”的小说作者。他很看重他的这些小说“实验”，而把他“为娱乐他人”写的约六七千万字的“行货”（流行小说）视若“垃圾”，出作品集时也从不收入，可见他执着于纯文学的小说创新，其意之坚，不能不令人感佩。

在现代中国小说发展的历史大背景下来考察刘以鬯的小说创作，可以看到，他既吸收过鲁迅、端木蕻良，“新感觉派”和心理分析小说的营养，也广泛接纳过法国“新小说派”、意识流小说及弗洛伊德心理分析学说的影响，融会贯通，自成新格，成为香港文坛上最富创新意念的小说家之一。

这里仅就刘以鬯小说与中国现代小说的关系，谈几点看法。

对于“五四”以来现代小说（特别是短篇小说）的成绩，刘以鬯似乎并不满意，主要是认为：(1)“目的”性小说较多。对政治功利和教化目的的强调减弱了作家对小说艺术的注意力。(2) 讲究格局的小说少。而有没有格局，正是小说和故事的最大差别，他认为有格局的叙述才是小说，有叙述而无格局的是故事。(3) 不少作家的短篇不短，没有短篇小说的特点。像茅盾的《春蚕》就是中篇的写法。巴金、老舍上乘的短篇也很少，《月牙儿》也写得相当冗长。当然好的短篇小说也有，但过去并不为内地的文学史家或学者所承认。

这是从小说创作的历史情况而言。再就现实命运而言，小说面对电影电视的威胁，正面临式微的生存危机。1979 年在《小说会不会死亡?》一文中，刘以鬯认为“使小说地位发生根本性的动摇，……主要是创作方法。”是创作方法的陈旧。要挽救小说，只有“创新”这一条路：要尽量采取较少的写实；或者“向幻想的世界拓展”，把幻想与历史结合在一起；或者把小说和寓言，和诗结合在一起：或者剔除虚构，探求“内在的真实”；或者用不规则的叙述法作为一种实验；也可以用两种方法写一部小说，一方面是有规则的叙述，一方面是不规则的叙述：还有是透过哈哈镜来表现现实，即采用“变形”的手法。“非虚构小说”、“非寓言小说”、“超现实小说”、不排斥虚构的“历史小说”、“形而上小说”……这些名目都可以用一个共名——“实验小说”来概括。

从60年代的《酒徒》到70年代的《对倒》、《寺内》再到80年代的《打错了》、90年代的《黑色里的白色　白色里的黑色》、《岛与半岛》，刘以鬯一直没有停止过他在小说写法上的探索，显示了不懈的努力与执着，取得了令人瞩目的成绩，他以他旺盛的创造力，不竭的想象力给予了小说新的生命和希望。

《酒徒》作为刘以鬯最重要的代表作，以意识流手法在作品中的大幅度覆盖，而引人注目。虽然“意识流”手法早在二三十年代鲁迅、郭沫若、施蛰存、穆时英等人的小说中就已见端倪，但《酒徒》的贯穿性运用，大约是空前的。不妨把刘以鬯的《酒徒》与鲁迅的《狂人日记》比较，当可看到，《酒徒》在艺术上的创新及思想意义上的成就。

两部小说的主人公，一为“狂人”、一为“酒徒”，皆与正常人有别，其意识思维处于“非常”状态；作为小说的主要叙述者（他们都以第一人称充当小说的叙述人）与现实格格不入，也就是说，叙述人与社会背景是对立的，在与周围人的关系上，都有一种深刻的痛苦。不过，鲁迅笔下的“狂人”面对的是整个封建专制的制度，他借“狂人”的日记尖锐揭露了封建专制、封建道德的本质就是“吃人”二字。刘以鬯笔下的“酒徒”面对的是高度商业化的香港社会，他借“酒徒”之口，也得出了类似“狂人”的发现：“这是一个人吃人的世界，这是一个丑恶的世界，这是一个只有野兽才可以居住的世界！这是一个可怕的世界！这是一个失去理智的世界”、“在这个世界里每一个人都没有灵魂”。从某种意义上说，“酒徒”也是现代都市商业社会的"狂人"。如果说"狂人"是那个世界最清醒的民主斗士，并非真"狂"，而是他置身的社会发了"狂"，在那个疯狂的社会里，呼唤民主的战士反倒被当作了"狂人"；那么，同样的，"酒徒"其实也并不是一个真正的醉汉。在"万般皆下品，唯有金钱高"的香港社会里，他其实有着很清醒的意识，他不愿把自己当作"写稿机器"，对那些荒诞无稽黄色下流的武侠小说十分厌恶。"他是一个受难的先知"，道出了文学和人生的真知灼见，刺破了社会的假面。从他的心态可以看到，一个良知未泯的有着较高文学品味、文学修养的职业作家，在工商社会挤压下所产生的痛苦与焦虑，迷惘与无奈。在"自我"与客观世界的斗争中，他最终还是败下阵来，走向沉沦，是一个"战败的斗士"。这是他不同于鲁迅笔下的"狂人"的地方。从《酒徒》的悲剧中，刘以鬯深刻地剖析了香港文化生态环境的恶劣，并做出了严峻的批判。他在《酒徒》中表现出的社会批判意识应该说是承续了鲁迅在《狂人日记》等一系列小说中体现的批判姿态，显示了清醒的、深邃的洞见和感时伤世的情怀。

《酒徒》从另一个角度来说又是一部"都市小说"，它以香港为背景，这使它与30年代"新感觉派"小说家施蛰存、穆时英等人的作品也有某种相通之处。穆时英的《夜总会里的五个人》，《上海的狐步舞》等小说以灯红酒绿的上海为背景，写人物在都市生活中迷乱的心态、癫狂的精神，突出人物在外部声色刺激下的复杂错综的个体感受。以至于有人认为：《酒徒》是"自五四以来，穆时英以后，心理小说上的一次新的转机，一种大胆的尝试，一个创新的实践"。"是比郁达夫的小说更加酣畅淋漓，更富现代意味的灵魂忏悔录。"不过，刘以鬯笔下的酒徒要比穆时英等笔下的人物清醒，也有更多痛苦，刘的人物与环境格格不入，批判意识较强：而穆的人物却似乎正在享受着那种氛围，颇为协调。二者的高下之分是明显的。

运用意识流手法写的作品还有《对倒》、《副刊编辑的白日梦》、《第二天的故事》等。

刘以鬯的"实验小说"还有一类是取自古典题材加以现代诠释

的“故事新编”，如《蜘蛛精》、《寺内》、《追鱼》、《蛇》等。这些“故事新编”式的小说很容易让人联想起鲁迅的《故事新编》。不过，鲁迅的《故事新编》在古人古事身上吹进了更多的现代气息，更多渗透了一种社会意识以讽刺、鞭挞现实社会里某一类人的丑行；而刘以鬯的这些“故事新编”，则更多地探求人的“内在的真实”，特别是注重人类本能的性意识，有着明显的弗洛伊德泛性论的影响，与施蛰存的某些小说更为接近。《蜘蛛精》写唐僧在面临蜘蛛精的挑逗时，情欲本能的冲动与宗教信念之间的激烈冲突：施蛰存《鸠摩罗什》中的大师鸠摩罗什虽有长年的修行，也终于没能战胜美色的引诱。这两篇小说都表达了“圣者误身”的主题，是对人性进行深度探索的力作。在写法上，《蜘蛛精》将笔融伸向作品主角唐僧的内心世界，第一人称“我”（即唐僧）的叙述与小说的叙述紧密连接，全篇一气呵成，不分段，以突出蜘蛛精与唐僧肉体上的纠缠，心理上的交接的间不容发，形成一种短兵相接、类似于“肉搏战”的态势，具有震撼人心的强烈艺术效果。第一人称的叙述（表现唐僧的心理，意识、感觉）不同于小说的叙述部分，采用另一类字体——黑体字来印刷，而且不加标点，更强化了这种视觉效果。在“故事新编”类的小说中显示了卓特的新创面目。

《寺内》、《蛇》、《追鱼》，都是根据传统戏曲剧目《西厢记》、《白蛇传》、《追鱼》改编新创的。刘以鬯重写的新意是在追寻人类在男女情爱上的内在欲求。《寺内》写得铺排、繁富，在原有的张、崔之恋中，又增写了崔夫人、红娘的潜在性意识，丰富了原作的内涵。《追鱼》却反其道而行之，十分简洁，它把人们所熟知的《追鱼》的情节，做了最大的省略，以六天为期，写出“书生”与“人鱼”之恋，似与《圣经》第一章写上帝七天造人的过程吻合，实际上以“人之恋”与“人之生”接续比并，为“食色。性也”做别一注解。《蛇》则给予白素贞“人”的身份（而不是由“蛇精”变成的“人”），也翻出了新意，《寺内》、《蜘蛛精》、《蛇》虽然各有所本，但都十分注重女性（莺莺、红娘、崔夫人、蜘蛛精、白素贞）的性意识，凸显了“故事”原本隐蔽不彰的那一方面，一改以往对女性性意识的忽略与轻描淡写，体现了作者对弗洛伊德泛性学说的一种理解。三篇根据传统戏曲剧目改编的小说还相当巧妙地融汇了戏剧的场景、诗的语言、意境和小说情节处理的手法，赋予作品一种独特的韵味。

刘以鬯最具个性色彩的小说实验是在小说结构上的创新。刘以鬯十分注重小说的结构艺术，在他看来，“没有格局的叙述是故事，有格局的叙述才是小说”。所谓格局，他认同 E · M · 福斯特的看法，就是“也叙述事件，但着重因果关系。”在这方面，刘以鬯进行了多种探索。这些格式、体式上的新写法，几乎都是自有新文学以来没有先例的。

《打错了》由两段大部分相同的文字组成，后一段文字加添了主人公因多接了一个“打错了”的电话，出门晚了几分钟，而得免于车祸，展示了现实的两种可能，或是两种假设。小小的一点事因的差异，而引致两种截然不同的结果，凸现了人物命运的“因果关系”，暗示人的命运的偶然性，令人悚然心惊，短小的篇幅中，浓缩了生活的无量变数，包蕴深广。

《链》有十段，由上一段叙写的人物在段末引出下一段的第二个人物（以下依次类推），似乎是把修辞上句与句之间的“顶真”手法移用到段与段之间。每一段犹如长链中的一个环扣，段与段之间紧相衔接，环环相扣，在类似于连环套的结构中，“复制”现实生活中的实际流程，十分真实，不加删改、增减。十个人物互相之间也许都不认识，但都同样是组成生活现象的一部分，可以抽象为：A +（B）→B +（C）→C +（D）→D +（E）→E +（F）……是一道开放的、可以无穷尽地延伸下去的生活之流。

而《天堂和地狱》不同，它的内在结构可以抽象为：
A→B
↑　↓
D←C
，则是一个封闭的、有限的环式结构，三千元钱由 A 经过 B，再经过 C、经过 D，最后又回到了 A 这里，有一种辛辣的嘲讽的力量。

还有一些小说，则根据特定的内容和表达的某种需要，变换字体或印刷排版，给读者一种视觉上的强烈刺激，则更为大胆新奇。《蜘蛛精》里用黑体字写唐僧在女妖的魅惑与色欲挑逗下的惶乱心理，有一种触目惊心的效果，心念“阿弥陀佛”连续反复多次又不加标点，凸现了唐僧的惶急、无奈、人物内心的紧迫感和冲力，从“绝对不能看她”到“何不多看几眼”，从秉念坚拒到任性而为的变化过程，在宗教信念崩溃的同时肯定了人性的胜利（“人性的脆弱?”）。长篇小说《岛与半岛》也分别用楷体，秀体两种字体，楷体部分是小说的背景，秀体部分则是小说的正文，楷体文字（背景）形成阅读秀体文字（正文）的参照，二者交叉，同时推进，纪实（背景）与虚构（小说正文）交互作用，也不失为一种新异的试验。

最为标新立异的是《黑色里的白色　白色里的黑色》，作者采用特殊的印刷排版把小说全文分成“白底黑字”（白色里的黑色）和“黑底白字”（黑色里的白色）两部分，两两隔开，看上去有如斑马的花纹，标题本身就对应了这种特殊的排版印刷的外观“面目”；而细读本文，“白底”呈示正面的，光明、正义、纯洁、真、善、美：“黑底”呈示反面的，阴暗、邪恶、罪恶、假、恶、丑。两大色块，交替更迭、比较、互衬，其间都有一个贯穿人物麦祥，他穿行于“黑白相间”、美丑杂陈的香港社会中。在某种程度上，它与《链》在形式上类似，而与《天堂与地狱》则在内涵上接近。

《吵架》是一篇没有人物的小说，写法上近似于鲁迅的《示众》，是借一对夫妇“吵架”后，室内凌乱、损毁的物品来侧写“人”，由物品见出人的身分乃至个性，由静态的场景描述，折射或暗示“吵架”的当事人（一对夫妻）之间的冲突、矛盾，而结尾为妻一方留下的“字条”，曲曲传尽“她”的内心矛盾（既准备到律师楼去在离婚书上签字，又关照为夫的如何吃饭），也饶有情致，是点睛之笔。他们究竟是终于离婚还是重归于好——“吵架”的结局令读者思考，这个开放式的结尾，颇为波俏，有一种逆反的效应。

《对倒》是由邮学里“对倒”双连票得到的启示。以“对倒”的势位结构小说。淳于白和亚杏这两个年龄、经历、性格、趣味不同的一老翁一少女，从方向来说是相倒反，从实质来说是相对比，按各自的逻辑活动，邂逅相遇于电影院（但并未安排进一步的深交），短暂的遇合后又各自沿着相反的方向分开，在同一时空中展现二人不同的观感，借以观照香港，有相当的纵深感。其结构方式确实别出心裁。

刘以鬯积几十年的心血，多方尝试，为二十世纪中国小说艺术宝库增添了若干新品、珍品，不愧为敢于打破传统规则、锐意创新的小说能手。

1996 年 12 月

“金庸现象”更值得探讨

学界关注已久的“严袁之争”，近日硝烟再起：以“提倡真正的，健康的文学评论”为宗旨的《香江文坛》，在2002年8月号和12月号上相继发表袁良骏和严家炎两位先生的论辩文章，围绕着对金庸武侠小说价值和金庸文学地位的问题，展开了针锋相对的激烈争论。双方各执一词、互不相让、“寸土必争”，毫无大学教授“温良恭俭让”的“学者风度”，引起了同行极大的兴趣。

严家炎教授，北京大学资深教授、博士生导师，曾任北大中文系主任、中国现代文学研究会会长；

袁良骏研究员，中国社会科学院资深研究员，博士生导师，曾任中国鲁迅学会副会长。

令人们感到有意思的是，两位教授在上个世纪50年代后期到70年代末，在北京大学中文系的同一教研室曾有共事之谊，后来，在80年代初，袁教授离开北京大学到中国社会科学院任职至今。

严、袁二位的专业原来都是现代文学，他们各有专攻：严家炎（为节省篇幅，以下免尊称）在鲁迅研究、现代小说史，现代文学思潮流派研究方面有丰硕的成果；袁良骏在鲁迅研究、丁玲研究等方面也是硕果累累。更有意思的是，二位教授在90年代，不约而同地把学术关注的目光投向香港文坛：严先生在中国最高学府开出了“金庸研究”的选修课，并出版了《金庸小说论稿》等著；袁先生在中国社会科学研究的中枢机构从事香港小说的研究，并出版了《香港小说史》（上）等著。

这一次的论争，源于严家炎1994年12月发表于香港《明报月刊》的一篇文章，该文称“金庸的艺术实践”、“是一场文学革命，是一场静悄悄地进行着的革命”。对此，袁良骏先后发表了《再说雅俗——以金庸为例》、《为〈铸剑〉一哭》、《学术不是诡辩术——致严家炎先生的公开信》等文，对严家炎的见解表示明确质疑；而严家炎则发表了《为〈铸剑〉一辩》、《就〈铸剑〉与金庸小说再答袁良骏先生》、《批评可以编造和说谎吗？——对袁良骏先生公开信的答复》作为回击，坚持自己的见解。严、袁二位各不相让，乃使争论愈趋激烈，几成白热化态势。

作为一个后学，我拜读过两位教授的多部大著，颇多收益；对他们长期以来坚守学术立场、在学术上的造诣，亦颇为心仪。也曾与两位先生有过多次直接接触，私心以为，二位老师都是正宗的学者知识分子，但二位的学术专攻与个性也确有明显不同，在他们之间发生这样的学术争论（至今我还认为，这场争论还是在学术范畴之内），原也很正常。

祖国大陆学界不闻正常学术争鸣之声久矣！回顾近二十年，学术研究的成果自然很是丰硕，取得的成就是众所周知的；但是学术界的痼疾也不少，其表现之一，便是一些“表扬”式的批评几成流行之势。有的干脆成了吹捧，“吹喇叭”有之，“抬轿子”有之，“擦皮鞋”亦有之，特别是有少数名气大、资历深、学生多而自己又不太自律的教授，在其中推波助澜，充当了一个并不为人们所喜闻乐见的角色，这也是导致学界所谓“学术腐败”之一因。当然，相反的情形也有，甚至在某一时期，简直甚嚣尘上，那就是所谓“骂派”批评，骂鲁迅、骂钱钟书、骂沈从文、骂汪曾祺，自然也骂很容易招骂的某当红作家。越有名就越是要骂他（谁叫你那么有名？）；越是骂他，骂的人就越有名（干吗不让我也出出名？）。有人把这一招称之为新的“文坛登龙术”，很可能都要令此术的发明者望尘莫及、自愧弗如了。

要问是否有真正的，正常的学术争鸣，则吾寡闻也。即便发表一些不同见解，表示对某人曾表述过的见解的质疑或批评，也大多对其名隐而不彰，只标明该文发表的出处（某著作书名，或某刊物刊名、期号；谁想知道指的是谁，您自己去查吧!）其实，这种做法也很不规范。让读者费时费力不说，也不太对得起被不点名了的作者；因为他大多是不会注意到，自己的高见早已被别人在某处批驳得体无完肤了，他还在自鸣得意呢！真是何其尴尬！当然，这样只批见解、而姑隐其名的做法也自然有他的苦衷（怕回击？怕报复?）或许这还是他的一番美意呢——姑且为尊者、为贤者、为他者讳吧，为别人留一点面子？也为自己留一点退路，免得下次说不定在哪儿（学术会议？材料评审？学科检查？等等）碰上了不好交待。像袁良骏这样公开地、点名道姓地、不依不饶地“人盯人”战术，确乎极为少见。也许袁良骏资历、年龄、地位、成果都与严家炎不相上下，才可能这样毫无顾忌地进行批评，资历、年龄、地位差一些的，恐怕都很难做到这一点。现在我们看着两位前辈在平起平坐地唇枪舌剑，有夏天吃冰淇淋似的快感，确实很过瘾。这样公平、公开的论辩之风，实在该长该助！相信它会带动内地学术界以争鸣求真理的好风气；因为一些论辩文字亦见于香港报端，且涉及香港某些人事（金庸而外，还有罗孚等)，可能也会对香港文学评论乃至整个华文文学研究界甚为严重的吹抬之风有所遏制，为建设健康的文学批评产生正面影响和积极作用。

另一方面，细看袁、严二位老师的文字，又不时感到某些不惬意。特别是引文中时有出现的逻辑推理，常常令我顿生这样的感慨：为什么会这样推理呢？其内在的逻辑必然性又在哪里？“言下之意不就是‘反动派’吗”（袁语）这样的句式，窃以为不能随便使用。“言下之意”，是自己分析、推理出来的，未必切实。况且“反动派”一词，分量之重，一望可知。这样说来，严家炎是要将罗孚定为“反动派”了。我看了半天，觉得严文还没有到这个程度。另一方面，严家炎原文中，罗孚“对北京的许多方面怀有特殊怨恨”一语，也着实含糊闪烁，意思令人猜测，不显豁，“许多方面”，未免“方面”

太宽，总不至于是指对北京的风沙（沙尘暴）也“怀有特殊的怨恨”罢？“怨恨”，已然很重了，又加“特殊”，这种语句与含意也难怪袁良骏要来一个“言下之意”了。严文对罗孚的这种措辞，依我个人之见，恐怕也是有欠公正的，——这与我印象中的严家炎先生出言行事一贯的“严上加严（炎）”风格似乎很不一致。

当然，争论的焦点之一，是严家炎关于“金庸的艺术实践”（我想应是指金庸著的武侠小说无疑吧?）“是一场静悄悄地进行着的革命”、“是另一场文学革命”的观点。二位先生在既是“静悄悄”又怎么“发动”、文学革命还是“革命文学”，艺术实践既是“文学革命”、那金庸是否可称“文学革命家”等问题上，颇费了一番唇舌。而依我这个旁观者之见，严家炎以“如果是说‘五四’文学革命”如何如何，“那么，金庸的‘艺术实践’”又如何如何，把金庸的艺术实践（武侠小说创作）与“五四文学革命”相提并论，应是确实的，倒并非“言下之意”，应该认账。而至于是不是“文学革命”，严先生有他的看法，是可以的，袁先生大不以为然，也是可以的。见仁见智，他人也当不得裁判，互相之间也不必非得要对方认同自己不可。吾乃后学，不知此言二位先生赞同否？遥想岂明先生当年，以一代批评大家的开明姿态，主张文学批评应当宽容，笔者就十分赞成，并以为乃是赋予文学创作以生机、文学批评以生机的重要一端。文学批评的任务，不是为作家作品强分轩轾。时至21世纪，如果我们还必得以自己为是、以他人为非，若不“字同文，车同轨”，就决不罢休，似乎也太过执拗了吧?

我真诚地希望，两位教授都能退后一步，不必非得坚持当初或先前所说的话（也许确有不周密、不妥当，乃至错误之处），也想一想对方的见解是否有其合理合情之处，彼此的观点是否有相通相近之处，这样求同存异、百家争鸣，岂非文学之正道？文学的繁盛、文学的生机、文学的前途还能没有希望吗?

以上是就有关论辩的态度等问题，我所发表的一点浅见，愿能达二位先生之天听，祈望有助于营造正常的论辩气氛。

以下想说一点我对金庸研究的想法，诚请二位先生有以教我。

我以为，对金庸武侠小说的成就，尽可以有不同的看法，只要是出于自得（似乎记得，叶圣陶先生“五四”时期有一篇短文，名为《自得的哲学》，印象极深），就应当承认其存在的合理性。你可以不同意他的观点，但你不能剥夺他表述自己观点的自由。仁者乐山，智者乐水，见仁见智，两者皆可。三者、五者亦可，只要能“自圆其说”（王瑶先生语），就可。何况，在我看来，争论金庸的武侠小说创作是不是“文学革命”（更不要说去争辩什么“静悄悄”不“静悄悄”了），或者说是“文学改革”、说是“文学改良”，都没有太大的学术意义、学术价值。正如争论金庸是否是20世纪文学“大师”？是否应当排名第四？金氏武侠小说是否“经典”？也不值得花那么多唇舌笔墨。在我看来，目前的金庸研究，要走出误区，要走向深入、走向大气，就应该研究“金庸现象”。

“金庸现象”更值得研讨、探究。

所谓“金庸现象”，自然就不只是仅仅指他的武侠小说。说在20世纪中国文学史上，金庸小说是个“奇迹”（严家炎语），恐怕大家未必都同意，而说“金庸现象”是20世纪中国文化史上的一个奇迹，可能很少有人不赞同。

所谓“金庸现象”？至少包括四方面的内涵：

一、作为武侠小说家的金庸

二、作为文化企业家的金庸

三、作为时评家的查良镛

四、全球华人读者眼中的金庸

这四个方面的综合，便是“金庸现象”。研究金庸，不能只看到他创作了武侠小说，作为20世纪的一个作家，他的成功有其独特性，他是一个独特的存在。几乎很难找到第二个像他这样在几方面都成功的现代作家来。即便研究金庸的小说，也不能仅仅只看他武侠小说的文本。只看其武侠小说的文本，而不能以穿透性的目光看到金庸武侠小说世界、江湖天地后面的现实人生，他就是没有看懂金庸武侠小说。

作为武侠小说家的金庸，他确实赋予了中国古已有之的侠客以现代气息。金庸的十四部长篇武侠小说，把中国武侠小说的创作推上了一个高峰，在民国旧派武侠小说之后，使武侠小说开了一个新生面。其武侠小说深广的内涵，精湛的艺术表现，极大的艺术魅力，都为同时代的武侠小说家们所不及。金庸的武侠小说是20世纪中国武侠小说的代表作。

作为文化企业家的金庸，由写武侠小说起步，进而以刊载武侠小说创立《明报》、支撑起《明报》的销售天地，乃至一步步造成《明报》报业集团，盈利多多。圆满的把文学创作与文化企业的经营结合在一起，互相推动，以一生二、以二生三，以三生万物。他的文化事业经营得有声有色，这在20世纪的中国作家中，罕见其匹。

作为时评家的查良镛，在《明报》等报刊发表了大量时评，对现实中国社会、政治、经济（包括关系两岸人民福祉的统一问题）等等重大国家、国际事务坦率陈言，纵横议论，也在社会上民众间引起了不凡反响，乃至获得两岸领导人的重视，并曾直接与两岸领导面谈，建言献策；在香港回归的过程中，查良镛又发挥了他的机智与才能，作出了自己的贡献。时评家的查良镛和武侠小说家的金庸，是一体之两面，有着深层的精神联系。谛视现实中国，解读金庸寓言，将能更凸显它的价值。

而在全球华人读者的眼中，金庸又是一个受到广泛欢迎的武侠小说的一代宗师。“有华人处有金庸小说”确非夸张无根之词。这一罕见现象，彰显了20世纪中国小说历史命运中一道独有的奇观，学者与史家都不能置若罔闻、熟视无睹、无动于衷。金庸小说作为中国文化的独特载体，它所承载的民族心理的深广意涵与巨大魅力，已不能用一般性肯定的评价来对待。在华文文学走向世界的20世纪乃至21世纪，金庸小说提供的成功经验值得好好探究。

以上四个方面的融合，构成了完整的金庸、真实的金庸、“这一个”金庸、几乎说不完的金庸。“金庸现象”的层层内涵需要学者们去层层破解，金庸现象的方方面面需要学者们去细细认知，这绝不是只看着十几本几十册白纸黑字的金庸小说出版物就可了然的。金庸小说无疑是座富矿，金庸现象更是一道其蕴藏尚未认清的山脉。

真理愈辩愈明。正面的学术交锋更需要严谨的治学态度与宽容的争鸣风度。直言无忌并非武断、苛刻。据理力争不需要冷嘲热讽、挖苦调侃。互相尊重也并非你好我好大家好的一团和气。在学术文化气氛空前宽松、和谐的今日，我们竭诚欢迎像袁良骏、严家炎先生这样现出真身、认真辩诘的好现象。我们赞赏汉闻先生主政的《香江文坛》以兼容并包的气度，营造有容乃大的气象。有这些忠诚于文学、艺术事业的有心人潜心参与，构建一个诸子百家齐争鸣的学术繁荣的新世纪中华文学的盛世，是可以期待的乐观前景。

笔者并非金庸研究专家，但有感于严、袁二位教授的高论，说了这么一些或许有误、或许不恭的话，也是秉持着“重在参与”的精神，以就敦于方家。不当之处，竭诚欢迎指正。

（原载香港《香江文坛》月刊2003年1月）

紫荆香远

——"香港文学选集系列"总评

由王苗策划、陶然主编，香港文学出版社在7月间推出了"香港文学选集系列"丛书，煌煌四册，长达1228页，共计约125万字。以一家文学杂志之力，出版本刊物的作品选集，其规模之大，罕见其匹。

四册分别是小说选二册《伞》、《Danny Boy》，散文选《秋日边境》，文论选《面对都市丛林》，书名分别取自录入各册的苏童、白先勇、简媜和曹惠民等人作品的题目。"选集系列"以淡灰色为统一基色，又分别用黄、红、紫、绿四色作书脊，以为区隔，形成既协调统一又斑斓多彩的外观，色泽明丽抢眼、装帧美观典雅，令业内外人士莫不有"惊艳"之感！

"香港文学选集系列"的出版，显示了主其事者的大气派与大魄力，在香港文学史、期刊出版史上将留下浓墨重彩的一笔。

文化积累

《香港文学》月刊自2000年9月改版以来，在总编辑陶然的主持下，为自己的发展定下了一个高高在上的横杆，并作出了踏实有效的努力，赢得了中国港澳台地区乃至海外华文文学界的广泛赞誉。国际流行的大开本，每期96页的篇幅、约18万字的容量，内容丰富多彩，作品质量上乘，为香港文学构筑了一个高品位的发展平台。对于很多生活在世界各地的华文写作者和阅读者来说，每月收到发自香港鲗鱼涌华兰路的《香港文学》，俨然已成了他们周期性的“美丽的等待”。

《香港文学》以其水准和影响，已然成为当代香港文学的标志性刊物。

从传播学的角度来说，文学期刊（以及报纸的文学副刊）作为一种连续出版物，在文学的生产与传播方面，既有其利，亦有其弊。要得趋利除弊，编辑家、出版家或研究家们每隔相当的一段时间进行必要的筛选和另一形式的出版，是文化积累的必要之需。

如同任何文化事业一样，文学的发展是一个“层积累加”的漫长过程，需要一代代创作家、评论家、编辑家的协同努力。有识之士的高明决策与举措，构成了文学发展史上的一个个亮点。“香港文学选集系列”之所以堪称香港文学出版史的一大手笔，正缘于《香港文学》编辑部同仁们有志于文化积累的明敏用心。

必是出于对香港文学发展历史的尊重，出于对广大读者厚爱的回应，也出于对自身所从事的事业的敬畏，陶然和《香港文学》编辑部的同仁们深感有为历史留痕的必要。“香港文学选集系列”的编辑出版，把一种文化积累的意向落实为具体的另一形式的出版物，使每期刊物的及时性与选集系列的长效性相得益彰，使一些优秀之作有可能成为传世之作，“丛书”四册共收作品199篇，作者约有190位之众（各文类作品的人选以一人一篇为原则，少数作者有兼类的情况）。从两年十个月34期刊物发表的总量600多万字的作品中，遴选出120多万字（约占总量的六分之一）的佳作，从而提供了当代文化积累的成功示例。

像这样的以一家刊物之力，编成四巨册的选集系列，在中国港澳台地区出版业都鲜有前例可援。在香港，如《香港作家》、《大拇指》，《文艺》等刊物曾经做过相似的工作，不过规模较小；而在台湾，如“尔雅年度选”一类的选集则更多是一种出版社行为；前不久出版的《〈上海文学〉50年作品选》，在内地出版史上似不多见。以一个刊物半个世纪的漫长历史，才编选一套作品选，固可见筛选之精，但从另一角度看，其时间跨度又未免太长了些。同样是一家月刊，《香港文学》以两三年为期编一套选集，这样的“频率”，对于文学发展的作用当更为及时，对于文化积累而言，也许是更适宜的、足以与时俱进的一种选择吧！

品牌意识

近两年香港文学期刊的出版一如日出江花，颇有“小阳春”的气象。有业内人士认为，目前是香港文学发展史上文学期刊出版少有的最好的时期之一。《香港文学》，《香江文坛》、《香港作家》、《文学世纪》、《作家》、《诗网络》，《诗潮》等等都有不错的表现。而各擅胜场的各期刊的主编老总们，也都力图办出刊物的特色与个性，一句话，要打出品牌！品牌是一个刊物存在的独特生命力所在。而《香港文学》在众多的香港文学期刊中，无疑是最能呈现出自己鲜明色彩的极具个性的一家。这次推出的“香港文学选集系列”则使这种特色、个性得到了最集中、最强烈的展示。

改版以来的34期《香港文学》力创品牌，已经成为一种“无形资产”。总编辑陶然透过“卷首漫笔”（顺便说一句，每期一则由总编辑亲自执笔的数百字的短文，不时闪现着因应各期内容而衍展出的一类文学观念、一种编辑理念或一点独到的思考，同时又不失为一篇美文，识见、思想与文情并茂，是研究香港文学期刊的宝贵原始资料）渐次明晰了这本香港容量最大的文学月刊的理念与追求。所思、所言、所行，都突出表明，作为一个编辑人，陶然办刊的“品牌意识”是十分强烈的。在他的编辑视野之内，名家、新秀都是刊物宝贵的精神资源，他们也乐于做刊物的有力后盾。广邀名家赐稿，直接提升了刊物的水准与声誉。白先勇搁笔几十年后的小说新作《Danny Boy》，在香港选择《香港文学》作为刊发他“十年磨一剑”式的新作的地方，不正表明了他对《香港文学》的支持吗？

小说方面的白先勇、西西、海辛、也斯、昆南、王良和、颜纯钩，陈汗、陈宝珍、韩丽珠、王贻兴，潘国灵、蓬草、王璞、潘雨桐，苏童、王安忆、格非、迟子建、黄锦树、董启章、黎紫书等，散文方面的余光中、李欧梵、刘绍铭、董桥、梁锡华、聂华苓、思果、尤今、简媜、张错、郑明俐、舒婷、徐坤、钟玲、蒋芸、陶杰、薛兴国、何福仁、黎翠华、胡燕青、叶辉、孔慧怡、谢晓虹、麦树坚、卢因、绿骑士、朱蕊、赵丽宏等，文学批评方面的黄继持、罗孚、刘登翰、谢冕、陈思和、黄子平、王绯，曾敏之、梅子以及创作论方面的洛夫、痖弦、莫言、白先勇、刘绍铭、董桥、余华、韩少功、梁秉钧等等，或是资深之士，或是后起之秀，都称得上一时之选。说是名家林立，并非夸饰之词。《香港文学》的作者阵营高手云集，身手不凡，大家新秀们倾情逞才，合力演绎各具个性的文字演出，“乱花渐入迷人眼”，使《香港文学》期期见精彩，季季有高潮，琳琅缤纷，热烈中有别样的探求，优雅中含深情的坚守。

都市节拍

既然是立足于香港，《香港文学》意欲形成的最大特色，也是它形塑自我形象最基本的立场，便是紧叩都市社会的脉动。改版伊始，陶然在《香港文学》189 期的“卷首漫笔”《留下岁月风尘的记忆》中，就开宗明义地宣示“继承之外，也要跟着都市节拍发展”。在这里，“都市节拍”和“发展”都是关键词。“发展是硬道理”，亦是一个刊物存续绵延下去的生命线，而“都市节拍”则是刊物关注的中心焦点，是它的灵魂之所在。应当说，《香港文学》近两三年来发表的小说、诗歌、散文作品，都凸显了刊物的这一精神主旨、理想追求。

很多研治香港文学的学者有一个共识，香港文学是地地道道的、正宗标准的都市文学。在创造展拓 21 世纪香港文学的前景时，抓住“都市文学”这一中心点，就无异于抓住了香港文学在整个中国文学中的命脉所在。《香港文学》上发表的不少作品如《爱美丽在屯门》

(也斯)、《最后一站旺角》(车正轩)、《鱼咒》(王良和),《照相馆》(西西)、《两个住在城市的女人》(郭丽容)、《6座20楼E的巨6880＊＊(2)》(陈丽娟)、《坭街上的行人》(黄淑娴)、《寻找王绮瑶》(陈曦静)等小说都具有鲜活丰富的都市背景。一幕幕发生在钢筋水泥、石屎森林里的人间活剧,正演绎着都市凡俗人生的悲欢与哀乐,剖解着工业文明和全球化背景下港人的生态心态。作者们面对着都市丛林,做的却是"掘一口深井"的工作。他们所要探究的就是深藏在摩天大厦背后和一些有着或土或洋的名字的港岛街道下面的生活真相和人生秘辛。《文论选》以笔者的拙作《面对都市丛林》为书名,我想,原因无它,或许就在于,这个表述正与陶然的编辑理念不谋而合,颇能彰显刊物的取向吧。事实上,《文论选》中以都市为论述角度的论文就有十多篇之数。

如果不是应和着这种节奏鲜明的"都市节拍",《香港文学》很难成功地收获到它作为文学媒体的"品牌效应"。作为一个在香港生活了三十年的资深作家兼资深编辑,陶然动用了他积累达数十年的编创经验和人力资源,感应着都市节拍,拥抱香港,和歌起舞,这就让读者从《香港文学》这个旋转的艺文空间?把握到了有着"动感之都"美称的国际大都市的当下脉搏。

"都市节拍"的深层意涵也离不开现代性、现代化乃至全球化的内质,紧贴社会现实,坚守自身尊严,不盲目趋附某些文化流俗,又不失与时俱进的风度,只有这样,文学刊物才能直面市场经济的挑战,并起到它对于社会人群的应有作用。"香港文学选集系列"在文学边缘化的今日香港,为纯文学走出生存困境显示了某些可喜的前景,对于新世纪都市文化建设的具体操作,其所显示的正面价值与意义,应当说是毋庸置疑的。

多元竞存

对于《香港文学》来说,无论是打造个性品牌还是紧跟都市节拍，都离不开多元创新的编辑理念。收入“香港文学选集系列”的199篇作品以及逐月发表在《香港文学》上的小说、散文、诗歌、文论，流派纷呈、名家林立、佳作荟萃、蔚为大观，相当成功地实践了编辑者“立足本土、兼顾海内海外；不问流派，但求作品质量”的办刊理念。这种在多元中竞争、在发展中创新的思路，正是《香港文学》月刊及其“选集系刊”得以在有限的空间展拓出较为廓大的舞台的主要原因之一。

《香港文学》是一座百花苑，也是一个竞技场。港内外的各路人马，从八方四面汇聚到这里，十八般武艺，各有招式，把一本《香港文学》经营得有声有色、生气盎然，骎骎然鹤立于华文文坛。收入“香港文学选集系列”丛书的190位左右的作者，来自香港本土的约占二分之一，港内港外秋色平分。但分册而观，出自香港作者手笔的，71篇小说中，占了七成，81篇散文中，占了五成，而47篇文论中，则只占三成，换言之，本港作家的努力在小说和散文中均有较为可观的表现，而在文学评论上，就有点差强人意了。这现象颇有意思，且耐人寻味，文学评论是香港文学的弱项，已是不争的事实（可喜的是，香港已有了一家专门发表文学评论的月刊——《香江文坛》。“香港文学选集系列”与别家杂志或出版社类似的文选不同之处（不仅出创作选，还出评论选），就更凸显了编者的良苦用心与可贵识见。至于是写实，还是现代，或是后现代，是对写，是接龙，还是故事新编，作者多元探索，编者悉听尊便。就“香港文学选集系列”丛书而言，“兼及题材的广泛性、手法的多样性、布局的合理性”是既定的考虑，兼容、多元、互动、回应、竞争、共生……所有这些，已日益成为当代文学期刊别无选择的相同发展策略。

“香港文学选集系列”还会继续出下去。因此，细检整个选本中一些尚不尽如人意之处，妥加斟酌，还是必要的。

虽然主编也抱着“有偏爱而不偏废”的初衷，并尽量兼顾方方面面，但选本毕竟是种“遗憾的艺术”，难免挂一漏万、沧海遗珠。比如，“一人只选一篇”的原则，固然是不得已而为之，但似也不必太过拘泥，如果一个作家在入选时间段在刊物上发表的佳作并非仅此一篇，另外的是否也能破例入选呢？特别是对少数公认的重量级作家，似乎应该网开一面。因限于篇幅而不能入选的某些优秀长篇（如于青的《香港的白流苏》、艾晓明的《那泡了两千年的洗澡水》等），是否可以采用节录的方式？有的作品究竟应收入哪一文类，似也可再加斟酌（如邓友梅的《胡说散文》收入“散文选”似不甚协调，是否可收入“文论选”?）为了方便读者的阅读，每册之前是否可以冠以一篇“导言”式的文字（不必太长，亦可请专家分头撰写）？附于文后的“作者简介”，体例与繁简应力求统一（如有人出生时间详至月日就无必要）……虽然是白璧微瑕，但对于像“香港文学选集系列”丛书这样精美的出版物来说，笔者喜之既深、责之便也切，这样的挑剔或不为无益吧？

寄望于未来，“香港文学选集系列”丛书再出续编。也深信，随着时间的推移，人们将会看到，“香港文学选集系列”出版的意义，愈显深远，如绽放在维多利亚港两岸的一树紫荆，香远益清。

2003 年 8 月

在地记忆与全景视野

——评《香港当代作家作品合集选》

由陈孟哲、潘耀明总策划，新加坡青年书局、香港明报月刊出版社联合出版的《香港当代作家作品合集选》（2011年11月），此刻就放在我的案头，记忆正从历史烟云的深处衍散开来……

手边的这套5卷本的《香港当代作家作品合集选》，在我看来，就是香港学者、作家建构香港当代文学史的一个雏形，或者至少可以视为在地的香港文学的一种记忆模式。

《香港当代作家作品合集选》包括由也斯、叶辉、郑正恒主编的《小说卷》（上、下）、由陶然主编的《散文卷》（上、下）、由黄灿然主编的《诗歌卷》，煌煌五巨册，2343页，约近150万字。《小说卷》入选者78人（次）、《散文卷》入选者80人（次）、《诗歌卷》入选者77人，合共235人（次）。以这样的规模对1949—2007年间的香港文学作一种梳理，工程不可谓不大，用力不可谓不深，涉及面不可谓不广，而其对香港文学史的建构所做的探索，也不能不引发人们的敬意及随之而来的思考。

"港人治港"，在政治和社会的层面，或许早已成为一种共识。但由港人研治、刊布一部严谨、完整的《香港文学史》，至今仍未成为现实，不免是种缺憾。也曾有学界中人提议，由香港政府出资，集结内地和香港两地的学者专家合力撰著《香港文学史》，此议之提出，业已经年，至今亦毫无头绪。看来，兹事体难，实行不易，莫如先行一史两写、各自表述（内地人写内地人的，香港人写香港人的），还来得更现实些，或许还能相互生发，形成互补。

文学史的书写并无确定的模式。文无定法，史亦如是。20 世纪 30 年代赵家璧以而立之年的锐气，商请蔡元培、胡适、鲁迅、周作人、郁达夫、朱自清、郑振铎、洪深、阿英等各路元老，编辑《中国新文学大系》（1917—1927），成就了一番事业，成为文学史、出版史上的美谈。此后继起者、学步者众，几遍于中国港澳台地区，而其得失，却也一言难尽。

《中国新文学大系》（1917—1927）的重要历史意义和学术价值，论者皆有共识，而其作为文学史书写的一种方式或曰模式，也是毋庸置疑的。《香港当代作家作品合集选》小说卷的主编们说："我们看到过去的《中国新文学大系》，第一部是先找作品，后讲理论，寻找议题。第二部和现在许多选本却是先讲议题甚至主题，再找作品，这是不合理、不健康的粗暴做法。"由这种犀利的观察和批评，我们不难想见，《香港当代作家作品合集选》这部香港当代文学"准大系"的主编们自己在编选本集时会持何种姿态。

历史是一种还原，也是一种记忆。经各集主编精心汰选而被收入《香港当代作家作品合集选》的几百篇作品，就正是当代香港文学记忆的深刻辙影，我们不妨可以把这种记忆称之为在地记忆。

从这个选本，人们可以对香港文学的"前世今生"获得一种最近于历史真实的认知：这种深刻的在地记忆从来就没有游离于内地。可以说，一部香港当代文学史就是与内地文学相伴而生的，是她的宿命，也是她的"根"。从学理的层面上说起来，只有具备了这样的历史眼光，才可能来谈论为香港文学撰史云云。我们欣喜地看到，这套《香港当代作家作品合集选》的各位主编正是很睿智地认同了此一根本之点，从而就使自己立在了历史的制高点之上。

20 世纪 50 年代之初，秦牧的一通《情书》（收入此选集《小说卷》并列为首篇），开启了香港新文学的又一个新时期。之所以如此论断，乃因为秦作勾连了香港文学（20 世纪 20 年代鲁迅在港的两次演讲所开启）与中国内地新文学血肉相连的新纪元。而刘以鬯、舒巷城、三苏等的"故事新编"、"借壳小说"或"故事新写"，也都"继承了鲁迅和施蛰存在这方面的成绩"（也斯语）。列于诗歌卷卷首的马朗《北角之夜》，则正如主编者黄灿然所言，诚是异地书写，且“从这个异地的场景勾起对另一地（可能是上海）的主观感受”，这都显示了所有香港文学的在地书写，也是始终有个异地（内地）因素在的。这个异地因素的存在，就使文学史的观察者、书写者具有了难得的大中华视野，当然也是一种全景式的视野。在地记忆一旦与全景视野相遇合，历史就能得以真正还原。

大视野才有大格局，大格局才有大气象，大气象（如中国古典文学史上的黄金时期的盛唐气象般）才能传之久远，深入人心。

也斯、叶辉、郑正恒和陶然、黄灿然这些主其事者（当然也包括潘耀明、陈孟哲、韩瑞琼几位策划人），正因秉持着这样的理念，才能有如此的作为。尽管编选本这类作为，圈内之人都知是件吃力不讨好的事，然而就像散文卷主编陶然坦言的那样，明知“编者或会遭訾，但从文学积累的角度考虑，也就在所不计了”，可见这群人是有担当的、负责任的，认真的。对于许多人热衷的、所谓的“话语权”，他们其实是有敬畏心的，他们真正摒弃了那种以话语权谋私利、以话语权拉帮结派的恶劣风气。

唯其如此，《香港当代作家作品合集选》对入选的作品，“不论什么流派什么写法，只要是好散文（小说、诗歌亦如是）便在编选之列”（陶然语），更遑论作者的政治倾向、立场与身世来历了。香港文学最可观之处在于其多元性、独特性及都市性。这从以下对本选集原始资料来源的分析中就能看出编者们视野的开阔和文学史观的自觉：小说集参照了27种过往出版的香港小说选本，从1967年友联版的《新人小说选》（亦舒等著）到2006年刘以鬯编选、三联版的《香港短篇小说百年精华》，时间跨度长达40年；散文卷“由于编选的是文学散文，故以文学杂志为主”，粗略估计，涉及的各时期的文学杂志也不少于30～40种（若能注明原刊的杂志与刊出的时间就更好了）；诗歌卷的主编黄灿然在编选时表示，要“尽可能体现这种多样性和独特性”并进而“希望读者和年轻诗人能交叉地欣赏各种在题材、风格和语言上有成就的诗人”，由此延伸前辈的努力，“更希望年轻诗人能继续深化和扩张这本诗选里一些诗人涉足过但尚未被充分开拓的领域，包括题材、风格、语言。”凡此种种，都足以显示主编者们的不凡识力与全景式的视野：站在文学历史创造者与书写者的高度，面对读者，面对历史。

当然，如果我们可以把这个选本当作“准大系”来读，或许还是有一些需要进一步推敲、斟酌之处，在此坦言直陈，知我罪我，在所不计矣：

一、现在的几种文体的选本缺少戏剧、文学理论、文学批评的部分；散文部分由于选的是文学散文，故此造成框框杂文和报告文学等散文次文类的缺席。此二者似乎也是种遗憾。

二、入选作品的排序，各卷不尽一致：小说卷是以年代为序，依次是“五〇年代、六〇年代、七〇年代、八〇年代、九〇年代”和“两千年”（如以“1950年代”……“2000年代”标示，似更准确），散文卷以作者姓氏的汉语拼音字母为序，诗歌卷又以作者的年齿为序，未能有一个统一的排序原则，不能不说是体例上的一个明显不足。笔者以为，从文学史实发展和文学史总结的双重角度来考虑，恐怕还是以年代的早晚、时间的先后为序，更有利于还原历史。

三、选本各卷除统一冠于卷首的潘耀明的《总序：红了樱桃，绿了芭蕉》以外，各卷主编的亮相，也是各各不一，小说卷是《漫长的中间状态——香港短篇小说三人谈》，散文卷是《多元化的香港散文——〈香港当代作家作品合集选〉代序》，诗歌卷则是《序》，或可视为各出机杼，却也令人有“政出多门”之感。鄙意以为，还是统一为“序”较为妥帖。

《香港当代作家作品合集选》带给香港文学的创作者、研究者、关注者和读者一种惊喜，但愿港人治港式的、纯学术的《香港文学史》的问世，也是不远的将来的事。作为一个香港文学的观察者和研究者，我将乐观其成。

（原载《香港文学》2012年5月号）

第二辑　整体与比较视野下的台港作家研究

整体视野与比较研究

早在80年代中期，一些中青年学者就注意到了中国近百年文学史写作中人为地“分而治之”（分属近代、现代、当代）的状况，提出了“20世纪中国文学”、“重写文学史”等新的学术构想；而另一些学者，对于这一段文学史内涵和外延的探讨，也陆续贡献了很多实际的成果，其中包括对长久以来被打入“另册”的通俗文学史的写作和长期以来被搁置的台港文学史的写作。台港文学和通俗文学研究自此也就成了“中国现当代文学”学科的最新的两个学术生长点，具有学科发展的前沿意义。

据不完全统计，自1987年辽宁大学出版社率先推出《现代台湾文学史》以来，祖国大陆出版的“台湾文学史”超过了十五种，“香港文学史”也已有了六七种，连过去人们十分陌生的澳门文学，也有了一本准文学史性质的《澳门文学概观》和《澳门戏剧史稿》；最近出版的几种《20世纪中国文学史》（如山东文艺版、中山大学版）或面向21世纪的新版《中国现代文学史》（如高等教育版）等，都添置了台湾文学、香港文学的专章。这些努力对于改变百年文学史写作中台港文学“缺席”的不正常状况，无疑是必要的。

然而，如果只是停留于或满足于就台港文学研究台港文学的这种写作方式，将很有可能重蹈“分而治之”（分成祖国大陆、台、港、澳几个地域）的覆辙，而有违“20世纪中国文学”构想整体观照的初衷。这就需要从“自足”的台港文学研究的既有局面拓出新境，强化文学史写作的空间意识，改拼合、拼接的写作模式为整合、融合的新模式，以展示现代中华文学整体的大视野。

进入20世纪之后的中华文学，呈现出了明显的板块分隔状态，这是本世纪中华文学不同于古代中华文学的极富时代特征并高扬地域风采的新形象。50年代以降，台湾文学、香港文学和澳门文学在几代作家的合力垦拓下，逐渐营构起有别于中国内地的地方性文学语境，形成了自己独立的地域性文学形象。这是在祖国大陆文学和台湾文学、香港文学、澳门文学互相联系而共生，互相激荡而竞存、互相比较而发展的分合过程中完成的，是文学史内在发展的自然结果。

台港澳文学都在中华文学的大格局中，承载着中华文化的传统，共同塑造着中华民族的心灵形象。中华文学是一个大系统。在中华文学的系统结构中，不同文学空间的各个板块，既有各自独特之处，互相之间又有密切的血缘联系，从而形成多元一体、互动共生的整体构架。

从这个意义上说，20世纪中国文学，也可以称之为多元共生的现代中华文学。

多元一体的现代中华文学，要求整合一体的书写方式。从“分而治之”到统而观之，并不是操作方法层面上的改变。从本质上说，更应当是一种新的文学史时空观的建构与外现。这种整合一体的叙述方式和叙述策略，表现为多个层次，既是空间一体的，也是语种一体的，更是文化一体的。中国港澳台地区的中华文学大空间，只有置于这样宏阔、深邃的学术大视野中、才能凸显其历史真貌和美学底蕴。

进行历史和审美层面上的整合，并不是无视中华文学在各地区由于种种原因而产生、呈现的诸多差异。从某种意义上看来，这些差异正体现了缤纷繁富、有容乃大的中华文化、中华文学的本相和气度。成功的整合，就要在缤纷繁杂、似乎各行其道的各种文学现象之间找到潜隐于深层的脉动和联系，既于异中见同，也能在同中之异里发现“话题”，从而充实或更新对现代中华文学史的认识。

比较研究，作为整合中国港澳台地区中华文学的一种思维方式与研究方法，有着广阔的研究空间。祖国内地文学与台港澳各地区文学从文学空间的角度自然可以展开比较，从中可以得到很多有意味、有意义、有价值的新知。为了推进整合性研究的开展，去年5月，我们在苏州主办了一次“两岸四地文学比较学术研讨会”。很多学者提交了角度新颖、极富新鲜感的论文，也充分肯定了这一思路的独创性与生命力。1999年我和陈辽先生主编的《1898—1999百年中华文学史论》也可以说是这一思路的具体学术实践。这项课题原来还有一个副标题，就是“两岸三地中华文学整体观与比较研究”，力图把整体观照借助于比较研究来具体化。

当然，在整体观的学术大视野中、比较研究可以有很丰富、更深入的切入角度：

从文学现象、文学思潮流变的角度，对观实主义、现代主义、乡土文学、女性写作、都市文学、通俗文学、作家群体、文学期刊和文学副刊、文学结社……都可以做出很有新意、很漂亮的文章，深化对现代中华文学的研究。

试以现代主义在中国港澳台地区的传入和流播为例。现代主义是从西方传入的“舶来品”，它进入中国文坛，应是本世纪一二十年代。早在一十年代，有关现代主义的理论介绍，在《东方杂志》、《新青年》上就初露端倪，首先是在祖国大陆登陆的，彼时台港文学还谈不上对现代主义的吸取。但与大陆文坛相继出现象征派、现代派诗歌似有呼应，现代主义在台港的出现也先是在诗歌方面：30年代台湾有“银铃会”的组织，虽则昙花一现，却也不能不提一笔，而香港文坛引入现代主义则要晚至50年代前期，也先是有一些理论的介绍和诗歌的创作，几乎与此同时，台湾文坛形成现代派文学思潮的兴盛，也是首先在诗歌界（现代诗社、蓝星诗社、创世纪诗社）；再看大陆文坛，经过50—70年代长达二十年对现代主义的“封杀”，到80年代初又重新展示现代主义文学风采的，则是朦胧诗——也是由诗歌领了先机……由此再追寻、研索下去，该可以得到一些认识，看出现代主义在中国港澳台地区的传播有什么共同之处。若把这一切融合在一起，追寻现代主义在大中国范围内的流播轨迹，就会很自然地导致对所谓“现代主义一度在中国断流”这类判断的修正。

对于通俗文学的认识，也与此十分接近。雅俗关系的调适，怎样成为百年以来中华文学发展的原动力？内地和台港澳地区从各自的侧面提供了既相近、又不同、展示为一条发展曲线的丰富史实。而其中一些饶有意味的话题也颇有研究的价值，比如，新武侠小说与民国旧派武侠小说在时代色彩及与现实的关系上，有何异同之处？何以民国言情小说的作者皆为男作家，而50年代以后，台港言情小说几乎又都成了女作家的天下？在所谓“严肃作家”的历史小说与被视为通俗作家的历史小说之间，究竟区别何在（比如在鲁迅、郑振铎与高阳、董千里之间）？等等问题，在整体观照的学术视野里，都可能引发文学史上一些重要的基本话题、乃至导致理论上的发现，或令人不得不“改写”某些相沿成习的“判断”或“定论”，具有十分诱人的学术前景。

即使在文本解读的层面上，整体视野观照下的比较研究，同样、甚至更多“用武之地”。最近我在研究李昂《杀夫》这一名作时，旁涉众多作家作品，很得一种研究的快感。李昂曾述及创作《杀夫》，是因在白先勇家中看到旧时上海报纸的一则新闻（40年代后期在上海发生的真人真事——詹周氏杀夫案）而引发创作冲动，又经几年构思写成的。由李昂的《杀夫》，联想到张系国的《杀妻》、孟瑶的《杀妻》，乃至大陆新时期女作家池莉的《云破处》，在题材、题旨上有其相似之处，而朱西宁的《破晓时分》也不无可比之处，甚至还可联系到话本小说《错斩崔宁》，这些作品出现在不同的时代、不同的地区，有不同的历史和社会背景，却又都涉及对妇女命运、男女性关系和法律等问题的思考，有着很丰富的内涵。从詹周氏杀夫案，我又找到当年苏青为此案所写的两篇文章（《为杀夫者辩》、《我与詹周氏》），由苏青的文章又发现岂明（即周作人）当时对詹周氏杀夫案及苏青文章的看法，由周作人40年代的这些言论再追溯到20年代他有关妇女与性的相关文章；此外，由《杀夫》中的寡妇阿罔官联想到鲁迅《祝福》中的柳妈，由陈林市想到祥林嫂，联想到鲁迅一系列关于妇女问题的论述……这就以《杀夫》为起点，串起了一连串史料与作品，由此可以展开对一系列话题的深入探讨。其学术空间之开阔，自不是仅读《杀夫》一部作品所可比拟的。

又如，张爱玲的《倾城之恋》与黄碧云的《盛世恋》、《双城月》，董启章的《阿广》，王安忆的《香港的情与爱》、《长恨歌》，施叔青的《香港三部曲》、《维多利亚俱乐部》，都涉及“城”与“人”、牵涉到香港（由此思路，也不妨联系到西西的《我城》），再扩而大之，也不见得不可以与沈从文的《边城》、萧红的《呼兰河传》、师陀的《果园城记》这些作品展开比较研究，或者可以对于一种创作主题形成某种深层次的认识。而李欧梵的《范柳原情缘》作为一部学者写的小说，在它与张爱玲的《倾城之恋》之间，又增添了一些什么新东西，叙述视角有什么变化，也很有探讨的价值。

在众多的“台湾文学史”、“香港文学史”和“通俗文学史”的写作之后，跨越地域空间和审美空间、整合大中华文学史现代景观的历史性书写，正期待着跨世纪一代学人的努力。

（原载《香港作家》2000 年第 5 期）

“空间离合” 与 “时间先后”

陈寅恪先生在《元白诗笺证稿》中曾这样表述他的文学史理念：“苟今世之编著文学史者，能尽取当时诸文人之作品，考定时间先后，空间离合，而总汇于一书，如史家长编之所为，则其间必有启发。”很清楚，他理想中的文学史编著应当做到：第一，“史”的构成，以“文人之作品”为主体，努力“尽取”，以求其全；第二，“史”的叙述，兼顾“时间先后”与“空间离合”两个向度，以达成“总汇”之形态。在我看来，这个理念，其科学，其透辟，应无可置疑。

然而，反观自有中国文学史书写的近一百多年来，若合符节者，鲜见。在多达数百部的各种类别的中国文学史中，人们见到的，基本上都是以“时间先后”为撰史的主轴，而普遍忽略了“空间离合”这另一维。古代中国是个经历了无数次封建王朝更迭的社会，因此，文学史的书写，似乎很自然地依循着“时间先后”，作纵向的、线性的展开，以至成为一种近乎恒定的、甚至凝固的模式。其例不胜枚举。史家们似乎并不虑及，与王朝的更迭一样，历史上同样也曾经存在过的“中国”版图的无数次变异以及幅员辽阔的中国，北、南、西、东不同区域的文学状态的多样，这就在不经意间，简化了丰富、错综的文学史实，从而给文学史的书写带来了后天性的严重缺失。

考察20世纪中国文学史（或称“中国现当代文学史”）的书写，情形亦如出一辙。“时间先后”的模式，几乎千人一面，而“空间离合”的架构，却杳无影踪。

是历史的事实没有“空间的离合”这一维吗？不是。

也许可以说，在20世纪的中国，由于特定的社会、政治、历史与国际因素，中国文学史的存在形态，在“空间离合”这一个角度来说，其实是有相当明显和突出的呈现的。

台湾自1895年被割让给日本，成为日本的殖民地，经历了50年的时间，直到1945年二战结束，日本投降，才回归中国的版图，但此后长期在国民党主导的中华民国政府统治下，而隔海与共产党领导的中华人民共和国政府相对峙。香港、澳门也是分别在19世纪先后沦为英国与葡萄牙的殖民地，直到1997年、1999年才回归中国；即以祖国大陆地区而言，三四十年代，也相当清晰地呈现为国统区，解放区、沦陷区分割的局面……文学史自然也有相应的存在形态。凡此种种，都可以说是“空间离合”的史实呈现。但却很少能在文学史中获得相对应的叙述、书写。

70年代末，两岸交流重启。海峡两岸的读者、史家重新“发现”了对方。由对台湾、香港作家作品的传播、阅读、评论、研究，台湾、香港文学一步步走入“20世纪中国文学史”。

在当下，再没有一个文学史家、一个中国文学研究者会无视台湾、香港文学是20世纪中国文学组成部分的史实。

问题在于，在当下中国现当代文学史的撰写中，“台港文学”的加入（或者“中国现当代文学史”的扩容），还基本上停留于“附骥式”（在文学史著的最后添加“台湾文学”、“香港文学”章节）或“拼贴式”（在史著中的相关时期插入“台湾文学”、“香港文学”内容）的层面（虽然在某种情形下、某个时段内，这也不失为一种过渡之法）——并没有进行“空间离合”意义上的梳理，达到真正的融合，形成“总汇”。

对于20世纪中国文学史的书写来说，既要依循“时间的先后”，也要呈现“空间的离合”。非如此，文学史不能得到完整的叙述、其内在的文学发展衍变规律不能得到科学的揭示。文学史家们固然必须解释，在“时间的先后”上，一些不同时期的文学现象之间存在着怎样的前后承传的因缘与衍变的轨迹，其来龙怎样？其去脉为何？文学史家们也必须解释，在“空间的离合”上，一些在不同地域（空间）出现的文学现象之间，又有怎样横向的左右联系，其内因怎样？其外缘为何？“离”，因何而离？在怎样的意义、层面上离？其表现怎样？“合”，缘何机遇而合？合的状态又有哪些表现？离合之间，有无规律可寻？所谓“分久必合、合久必分”之“必”——必然性为何？所有这些，都不是简单的拼合、拼接、拼贴，而能窥其堂奥的。而“附骥式”的做法，则不是偷懒之策，便是权宜之计，均不足为法。

在不同空间形成的“离合”固有多种原因，但就基本面而言，无非是因多元性而离，因同一性而合。对于中国文学而言，追寻其同一性，说到底是中华文化这同一的根所决定，而研讨其多元性，则是彰显其在不同地域与某一时间背景上的独特性、多元性。

台湾文学、香港澳门文学在某些“时间”段所呈现的“离”，正呈现了其独特性与多元性。而这，也就是台湾文学、香港澳门文学在大中华文学版图中所无法替代的历史真价所在。

仅以台湾文学为例。

日据时期（1895—1945）的台湾新文学，虽然在区域的存在状态上，是“离”，而就其内涵来考察，台湾文学的反殖主流与同时期大陆文学反帝反殖的倾向是一致的，又是“合”，然而，它所呈现的作为“亚细亚的孤儿”（吴浊流长篇小说名）的台湾人的悲情，却有其特殊的丰富的文化、历史、心理内涵，并因此成为台湾新文学的重要母题之一。这种“孤儿意识”是台湾文学所独具的，它无疑丰富了20世纪文学对中国人心态的书写，是中国其他地区的文学所未曾提供的。

日据时期，有一些作家曾迫于日本殖民当局的“皇民化”运动或出于策略的考虑，用日文写作了一批作品，其内容却是具有鲜明反殖反日倾向的。这就提供了中国文学内由中国（台湾）作家所创作的非母语（日语）书写，表达了强烈民族感情意识的作品，提供了一种独特的文本。从某种角度上来说，这些作品也有呈现其“离”（异于母语）的一面。其间也有不少值得深入探究的课题。

再如，20世纪下半叶，海峡两岸的分隔（“离”），造成两岸文学发展轨迹俨然各行其是，甚至在同一时期，文学的发展大相径庭。50—70年代，现代主义在大陆断流，而在台湾却波澜迭起，在诗歌、小说、戏剧、理论诸方面都有值得重视的表现。因此，从中国文学整体视野（“合”）来观察，此时期台湾文学的贡献又是不可低估的。

乡土文学在两岸都有不俗的表现，固是中华民族安土重迁观念在文学上的表现，又是文化乡愁的诗意传达。乡土文学在台湾新文学的发展过程中，传承不辍，代有大师。从赖和、杨逵、吴浊流、钟理和等到陈映真、黄春明、王祯和等，都在不同的历史时期，留下了乡土台湾的动人面影。尤其是六七十年代乡土文学大论战前后，以陈、黄、王为代表的新一代乡土文学作家把都市引入乡土文学，把现代派技巧引入乡土文学，把国际背景引入乡土文学，都为20世纪中国乡土文学的书写提供了新鲜、成功的经验，丰富了乡土文学的内涵。至于近二十年来，在台湾方兴未艾的原住民汉语文学、眷村文学、自然写作与生态文学、海洋文学、山林散文、饮食诗文、旅行文学……实质上，其实也都可以视为由乡土文学思潮而派生。

即以原住民文学而言，它的出现打破了乡土文学以汉民族为思维本位的定势，彰显了其作为原住民乡土文学并进而作为台湾乡土文学一支的不可或缺的必要性。从排湾、泰雅、达悟等族的作家莫那能、田雅各，夏曼·蓝波安、瓦历斯·诺干、利格拉乐·阿妈（女）等人颇具水平的作品中，挣扎求存于山海之间的他们，正向人们呈现了汉原溶融的可行愿景。

自然写作虽由环保文学催生，而此后的发展，却与其渐行渐远，乃至显露出颠覆之势，俨然形成一种新生的次文类。它不再把人作为写作的中心，也淡化了所谓的社会背景与社会批评色彩，而改以自然为书写的主轴，以正面袒陈自然万物的美好，唤起人类善待大自然的人文关怀，成为80年代后工业社会台湾的阅读新宠。刘克襄的“鸟文学”、吴明益的蝴蝶、沈振中的老鹰、王家祥的荒野、徐仁修的探险、廖鸿基的海洋……在在都给人以别开生面之感。

原住民文学、自然写作与生态文学、眷村文学、饮食诗文、旅行文学、山林散文、海洋文学……在台湾都已形成相当的规模，这些都弥补了大陆文学或一方面的空白或不足。“空间”之离，也未尝不可以为文学创造的多元发展，提供新的可能。空间（地理）某种意义上的“离”，并非绝对只有负面效应。总结其创作经验及其与同时期不同地域相关文学现象之间的“离合”因缘，必将大大改变中国文学史书写的格局。

空间离合的视野还可更大．如果说对台湾、香港、澳门地区文学的研究，算是一种“越界”的话，那么对于由此延展而产生的东南亚华文文学、日韩华文文学、澳洲大洋洲华文文学、欧洲华文文学、北美华文文学的观察，当是一种“跨国”了。无论是“越界”还是“跨国”，汉语写作都是一种基本的存在形态。而近来颇引发学界诸多话题的“海外华人文学”就不仅是“越界”与“跨国”，还是“跨语种”、“跨文化”的。谓其跨语种、跨文化，主要是存在着华人、华裔那些非母语写作的情况（如汤婷婷、谭恩美、哈金、高行健、山飒等），在他们的作品中既有华族文化的传承，又浸润着所在国异族文化的因素。

有论者以为，海外华人华文文学是“中国当代文学在海外的延伸”，此见似可商榷。从政治地理学的界定上看，所谓海外，本就不属于中国的版图，而且是以中国本土（海内）为言说的基点，潜存着海内、海外之别。但如果从空间离合的角度立论，则相对于海内（中国本土）而言，海外确是突显了汉语写作从一个传统的内部空间走向异域的外部空间的文化侨居的动态过程，有其命名的合理性。当然，海外这一外部空间的开拓，接踵带给写作者身份认同上的困惑，也是无可讳言的实情。

某种“空间”的开拓，因其与本土、本族群的离合关系，进而衍生出很多课题，它无疑突破了既有的中国文学的框架。这也许是建构一门新的学科——华人文学的学科其必要性和历史合法性所在。

（原载《文艺争鸣》2006年6月）

地缘诗学与华文文学研究

一、在文学史和华文文学研究中引进“地缘诗学”的必要性

我们所熟悉的文学史著作，几乎都无一例外地延展开一条时间的线索：写古代文学史从上古到春秋战国、先秦两汉再到魏晋南北朝、唐宋元明清；写现当代文学史则从“五四”到三四十年代，再到“十七年”、“文革”，到新时期，50、60、70、80、90 年代逐一展开：写“台湾文学史”、“香港文学史”也是异曲同工：20 年代新文学的发生，再依时序，从 30—40 年代直讲到 80—90 年代、世纪末。文学史的书写以时间为线索，自然无可厚非，而“空间”考察的缺席，却已是习焉不察。文学发展进程中空间因素长期地被遮蔽，使我们的文学史书写清一色地都去“列家谱”、“编年表”，而忽略了“画地图”、“搭房子”。这种时空观上的偏枯、缺失，致使文学史的书写遗漏了不少丰富多彩的内容，也使文学史的叙述失去了显示其繁复缤纷历史面目的另一些可能。文学史的写作极有必要引入凸显空间因素的地缘诗学的方式，这对于完整描绘出世界华文文学的版图尤为切要。

著名文化学者金克木 1986 年在《读书》月刊上发表过一篇文章（《文艺的地域学研究设想》），他在论及文学史研究时，认为需在“编年表”之外，更重视“画地图”。令人遗憾的是，15 年前金先生的这一金针度人之言，其实至今并未引起学界足够热情的应有的响应。

在总结20世纪世界华文文学研究、展望新世纪华文文学研究的未来时，笔者深感金克木先生的呼吁，对于观察远播全球各大洲、各地区的华文文学而言，实在不失为一方指南的罗盘，针对性极强。

从根本上来说，世界华文文学的结构，更是一种板块状的、地域文学的组合。它不像国别文学那样，其发展演变是在较为确定的国家疆域的范围中，延展为较长时间的历史进程。从远古到19世纪，以方块字为表达工具的中文写作，在母语本土——中国的疆域内自成气象，而在中国本土以外的世界各地，除了零星的早期华工的某类文字记载外，华文写作尚未形成一种世界性的文学现象。

而进入20世纪以后，情况发生了极大的变化，一种新的文学现象随着华人陆续地、多向地移民海外，悄然在世界范围内生成。而到该世纪末，华文文学已然覆盖了地球上各个地区、各大洲，成为世界语种文学中，作者与读者众多、流播地最为广延的现象。“世界华文文学”在各种不同文化、不同地域、不同语言、不同人种、不同风俗、不同政治制度、不同生活方式……的“背景”、“环境”和“语境”中，既表现出华夏民族、中华文化的统一性，又呈现出鲜明地域性的状态，无疑是存在着学术探讨的巨大空间的。在华文文学研究和华文文学史写作中引入文学地理学、或曰地缘诗学的理念，不仅是必要的、可行的，也将是大有作为的。

二、“地缘诗学”界定略说

所谓地缘诗学（geopoetics），也有称文学地理学、文学地域学者。这种理论及研究方法，派生于人文地理学及其子学科文化地理学，又与文艺社会学交叉。它以探讨各种文学现象的生成、分布、变迁、流播和人类文学活动的空间结构为主要内容，而以“人”与“地”关系的研究为其核心内容。丹纳、勃兰兑斯乃至西方新批评派中人的理论都含有地缘诗学的成分。中国古来更有“南北文学”之辨，及至民国时期，王国维、刘师培等人于此也都有精彩的理论阐述或批评实践。即使今天，有些学者在研究中国古代文学时，还都颇为重视从文学地域学的视角来考察古代的文学现象。袁行霈教授90年代初出版的《中国文学概论》中“总论篇”的第三章，就专论“中国文学的地域性与文学家的地理分布”，章培恒教授发表在《中国文化》创刊号上的《从〈诗经〉〈楚辞〉看我国南北文学的差别》，均可称代表作。

作为地缘诗学理论的核心，人地关系的研究有若干层面的内涵。“人”者：既指文学创作的生产者——作家，亦指作家创作出的作品中的人物，也指文学创作的消费者——读者；“地”者，既指作者的出生地及其文学活动地域，亦指其作品内容的地域背景和作品中虚拟的地域场景，还包括作品流传播迁的地域范围。

三、地缘诗学的外向视野

以上这种多重的“人”、“地”内涵，自然会演绎出繁复多元的“人”、“地”关系。但我们可以把这种对“人地”关系的考察，大体分为外向视野与内向视角的两个层面来将其具体化，以便于开展研究的运作。

对于世界华文文学研究来说，外向视野的考察，不外以下三个主要方面：

（一）祖国大陆文学与台湾、香港、澳门地区华文文学的整合研究及比较研究

从史缘的角度来说，大陆与台港澳都属于中国本土的版图。只是由于由19世纪延伸而致的20世纪特定的政治、历史原因，海峡中国港澳台地区之间曾持续了相当长时间的地缘上的分隔。这种地域上的特殊的分隔形态对20世纪中华文学的流变、迁衍产生了深刻影响。生活在不同地区的中国人（包括作家）的身份在不同的程度和广度上发生了微妙的变异：就20世纪上半叶而言，或为中华民国的公民，或为日本殖民帝国的皇民，或为英葡帝国的臣民。社会的性质、民众

的身份、通行的语言等等都有相异之处。而在深层上，又无法弃绝民族的文化传统，其间的“人”、“地”关系所呈现的复杂变貌，需细心论析。这里牵涉到中原与边陲、大陆与岛屿、南方与北方、宗主与殖民等各种关系与连接，多有可深研细探者。

（二）20世纪中国文学与世界华文文学关系的研究

包括台、港、澳在内的中国20世纪文学与世界华文文学，世界华文文学与世界其他语种文学的关系，是把中国文学放在世界文学大格局中考察而衍生出来的必然思路。一面是中国本土的华文文学，一面是随着华人的播迁而生成的世界华文文学，可以把前者看成是后者的一部分，但二者之间有叠合，有分流，它们是部分与整体的关系？还是“源”与“流”的关系？抑或“一个中心”、“多个中心”的状态？华人、华侨、华裔、外籍华人、外籍外人的华文文学的区别与联系？这些问题曾在好几次研讨会上涉及而并未能深入，有待重拾话题再出发。

（三）欧洲、美洲、大洋洲地区华文文学与亚洲地区华文文学关系的研究

生成于西方社会的欧洲、美洲、澳洲华文文学，直接与西方文化相面对，不可避免地带着东西方异质文化之间冲突、冲撞的印痕，与同处东方文化圈中且深受儒家文化影响的亚洲各国华文文学，二者从生成机制到内在质地，都有相当大的不同。其间涉及东方文明与西方文明，儒家文化、佛教文化与基督教文化、农业文明与科技文明等等话题，也涉及东方文学、中国文学与西方文学、欧洲美洲文学的关系。当然，东方人、西方人、华人与非华人（无论是作者、读者还是作品中人）仍处在考察的中心位置。而“人地”关系也仍然是其题中应有之义。

在以上宏观考察的基础上，必然构成板块状的乃至立体的世界华文文学版图，同时梳理百年间华文文学从本土向异域迁衍流播的历史线索，如此结撰起《世界华文文学史》的理论框架，就比较能切近华文文学一个多世纪以来繁衍生长的既存事实。

四、地缘诗学的内向视角

内向视角的地缘研究，具有十分丰富的内涵和学术思考的空间。在此略举较为重要之数端：

（一）文学创作与地域背景；

（二）创作主体与地域；

（三）创作文体与地域空间；

（四）创作风格与地域文化；

（五）创作文本中虚拟场域的空间考察；

（六）文学传播与地域空间。

以下稍作具体的展开：

（一）文学创作与地域背景

文学创作是作家心灵活动与外部世界以各种方式交接、融通、互渗互动而生成的结晶体，这外部世界的一个基本构成要素便是地理背景。创作意念、创作灵感或作品的具体内容都无法排除空间因素、地理背景对它的规定性，或者是潜隐地存在于创作者的意识深层，使他们在创作中时时“得江山之助”。鲁迅写阿Q、祥林嫂、七斤、孔乙己、魏连殳……把他们安置在鲁镇、未庄、S城，都不脱作者的故乡——中国江南、浙东乡镇这一具有鲜明地域色彩的背景。沈从文写湘西边城、老舍写故都北平、萧红写呼兰河，都有特定的地理背景。黄春明创作自有其台湾宜兰的背景，西西小说的香港都市背景、白先勇小说的祖国大陆—台湾—新大陆的背景、梦莉散文的湄南河背景、王润华诗歌的热带雨林、橡胶林背景、黄东平创作的千岛之国——印度尼西亚背景……散居于世界各地、呈现不同地域特征与风土质性的华文作家们的创作历程，无一不和特定的地域息息相关。他们创作中那不同“地貌”下的奇光异彩的“矿藏”，正有待“心灵探险者”悉心的勘探。

（二）创作主体与地域

作家的出生地、籍贯和文学活动的区域，历来为文学研究者所注目，有人还为此做过有关的统计，得出了诸多颇有意味的结论。袁行霈教授还由此推演出一些新的看法，如文学家的分布以何地为集中？他认为，唐代的长安、洛阳、南阳一线、宋代的赣江流域、明清的江浙两省、近代的广东……都是文人群集、文学发达的“中心”地带。这些地方大多经济比较繁荣、社会比较安定、文化教育比较先进，或是政治中心，或是交通枢纽，常得风气之先，比较开放，是其共同点。

反观20世纪，二三十年代的上海、北京，五六十年代的台北、香港，也曾俨然成为独领文学一时风骚的“中心”或重镇。东南亚华文作家中颇多沿海闽、粤两省的作家，与此二省早年外出闯荡的华侨众多有关。作家的创作与其出生地及后来的经历、迁移的踪迹也有多重瓜葛：施叔青小说与她的出生地鹿港、长期居住地香港，余光中诗文与他的出生地“江南”、与他执教多年的香港，郑愁予、许世旭的诗歌与他们漂泊的经历，北美、澳洲、欧洲、夏威夷的华文作家定居某地以后所受当地文化的影响……凡此种种，皆可从创作主体与地域的交接来展开研探。

（三）创作文体与地域

乡土小说、都市诗歌之于乡村、都市的关系自不待言，所谓的山林文学、田园散文、海洋文学、自然写作无不与特定的地域甚至地貌有某些深层的、内在的契合关系。这和古代文学中词盛于南方、杂剧兴于大都（北京）、南戏出于东南，其理相通。

（四）创作风格与地域文化

作者的创作和他的生地、故土，和他长期居住的地域所构成的深层的精神血缘的联系，会赋予他的作品以特定地区的风土质性和地域特征，包括语言层面的地域表征（如方言、谣谚等），都是影响其创作风格形成的基本因素。历来有所谓的“京派”、“海派”、“港味”、“热带风情”、“岛国情调”等等说法，无不显示了创作风格的地缘内涵。中国古代有所谓南贵“清绮”北重“气质”、“南重义理，北重考述”、“南人约简，北学深芜”，到禅宗讲“北方重乎渐修，南方贵乎顿悟”、“南崇虚无，北崇实际”、“南人入世，北人遁世”……之类的南北之别，也能启发我们去观察诸如中原与边疆、中心与边缘、本土与海外、此岸与彼岸、大陆与岛屿、陆地与海洋、西方与东方等等差异，对于世界各地区华文文学风格、质地的异同有何影响。

（五）创作文本中虚拟场域的空间考察

在创作文本（特别是叙事性文类）中，作家创作、虚拟的场域作为文本的基本构成要素之一，也不妨从地缘诗学的角度来认知考察。西西的“肥土镇”、“浮城”，李昂的“菡园”、“鹿城”，七等生的“沙河”，王幼华的“健康公寓”、宋泽莱的“废墟台湾”，朱天心的“古都”，李永平的“吉陵古镇”，吴熙斌的“丛林”等场域都是富含意蕴的空间构设，不仅是人物活动的场所，也是作者整体构思中“有意味的形式”。即使是一些实际存在的地域，一旦进入作家虚构的文本之后，也便具有了超越实际地域原有的意涵。张爱玲、施叔青、刘以鬯笔下的“香港”，白先勇的“新公园”，洛夫的“石室”，赵淑侠的“塞纳河”，乃至金庸等人笔下的“江湖”都可作如是观。空间元素作为叙事性作品中有独立生命、独立存在价值的部分，有时甚至就不再只是作为“背景”出现而成了作品中人物之外的另一类“角色”（甚至主角），足可把文本研究引入新天地。

（六）文学传播与地域空间

文学传播作为文学消费的先导环节，越来越被研究者所青睐。传播需要空间，而且是不同的空间，此空间与彼空间的连接，借助于传播的中介，这里既有共时态的空间，亦有历时态的空间。就华文文学而言，在20世纪中国本土的华文写作经过了怎样的过程，借助于何种方式与途径，开始了跨地域的传播？从原生地到接受地，其间由于哪些因素的影响，导致了传播的或逼真或走样的结果？传播过程中施体与受体的选择与被选择、变形与维护之间的角力，其内在机制的状态又如何？不同文学空间在文学风尚、文学消费、文学批评诸方面有无互动？互动是如何发生、如何演变、如何调节的？此种介于传播与文学之间的研究话题，更不能离开地域空间这一考察角度。

五、建构华文文学新的时空观

引入地缘诗学、文学地理学的理论及批评方法，相信对于世界华文文学研究具有其应有的学术意义，同时，它也是颇具操作性、实用性的。它的适度展开，将能拓宽华文文学的研究视野、研究空间，有效地提升华文文学研究水平。事实上，它与诸如跨文化研究、后殖民批评、第三世界文学论、比较文学研究都有密切的联系。在实际批评中，可以互为补充、互相发明，不仅丰富了研究手段，也会丰富研究成果。

对于相沿成习的以纵向的、线性的、时间观为基石的文学史书写，横向的、立体的、空间观的考察角度，在当下的学术研究，特别是世界华文文学研究中具有特别迫切的意义。在史缘与地缘相结合的层面上，我们期待着对世界华文文学的诗缘、文缘达致一种新的认知。只有加强文学观念的空间意识，文学史观的构建才可能是健全的。新的文学史时空观、世界华文文学的时空观，正呼唤着新一代学人。

新的世界华文文学史的理论建构与实际操作，必将展示阔大的、兼容的文学新视野，从而迎来21世纪华文文学研究的新生面。对此，我充满信心，并乐观其成。

（原载《华文文学》2002年1月）

香港文学与两岸文学一体观

——空间角度的一种考察

中华文学在进入二十世纪以后，呈现出明显的板块分隔的状态。在中原大地绵延上千年的文化香火与文学传统，又拓展其生存的空间。在海峡对岸的台湾地区、南国一隅的香港（旁及澳门）地区，中华文学在现代的新的生长点正次第生成。这是本世纪中华文学不同于古代中华文学、极富时代特征且高扬地域风采之处。

近半个世纪以来，香港文学已逐渐营构起有别于中国内地和台湾的地方性文学语境，形成了自己独立的地域性文学形象。这是在她和祖国大陆文学、台湾文学相联系而共生、相激荡而竞存、相比较而发展的分合过程中完成的，是文学史内在发展的自然结果。香港文学已然成为现代中华文学中一种独特的声音。

正是从这样的基点出发，笔者不揣浅陋，试从“文学空间”的角度，就香港文学与海峡两岸（祖国大陆与台湾），文学的关系作一申论，以求教于方家。

一、驿站——自由港——立交桥

香港在本世纪初尚未形成文学的规模。从 20 年代以来的 80 年间，香港文学的发展及其与两岸文学的关系历经了三个阶段：

（1）20 至 40 年代，胎孕与萌生阶段；

（2）50 至 70 年代，自立与独行阶段；

（3）80 至 90 年代，交汇与成熟阶段；

20年代至40年代香港文学与大陆文学（中国现代文学）有着紧密的联系。20年代是香港文学的胎孕时期，“五四”时期祖国大陆新旧文学交战的巨澜，波及香港，国粹派、新文学派和鸳鸯蝴蝶派，当时祖国大陆文学中主要的三种力量，都渗入到了这南疆的蕞尔小岛。罗五洲创办《文学研究》并发表章士钊等人的文章，徐枕亚等人言情小说在《双声》、《妙谛小说》的刊载，鲁迅到香港青年会的讲演，给荒漠的香港捎去了中原文化的新种子，埋下了日后香港文学多向伸展的根芽。三种文学的倾向容有不同，但其扮演的“催生婆”角色则一。在他们影响下，香港本土青年开始写作，香港文坛始现。到1935年胡适南来香港时，甚至希望香港成为“南方的一个新文化中心”，表达了新文学元老们对香港文学寄予的厚望。

祖国大陆文学界对香港的关注，由于特定的战时背景而在30年代末期达到高峰，成批的文化人和作家从遍地烽烟的祖国大陆避居到香港，以他们火热的文学活动和沉实的著作，营造了香港文坛空前繁荣、几极一时之盛的局面，使香港文坛成了战时中国文学界一座产生了全局性影响的重镇。40年代末，在国内政局发生大变动的前夜，香港又以其特殊的地理和区位优势，成为大批作家绕道北上参与新中国筹建大事的驿站。二度波兴，搅动了沉寂的香港文苑，固然形成了浓重一时的文学空气，另一方面，大批名声显赫的新文学大家们的莅临香港，又不免遮蔽了本港作家本来就不很炫目的光彩。1924年作为一所书院内部刊物的《英华青年》，几十年来几乎湮没无闻。1928年张稚庐等创办的《伴侣》，人称“香港新文坛的第一燕”，似乎也没能带来香港文学的春天。以后二十多年的时间里，甚至数不出几个出名的作家、几部有影响的作品，只有黄谷柳及其《虾球传》、侣伦及其《穷巷》算是凤毛麟角。大略说来，1949年以前的香港文学还没有真正成形。香港文学的空间，是叠合于中国现代文学的大空间之中的。

这一时期，立足香港本土的新文学期刊、社团开始出现，本港青年作家与祖国大陆已成名作家同时在刊物上发表作品；三四十年代的文学杂志、副刊则多为大陆名作家所执掌；文学思潮（写实主义）比较单一；富有香港地方色彩的作品极少；香港文学界尚未形成以本港作家为主体的作家族群，与祖国大陆文学界之间并无明显“界”限，基本处于“被动态”，而与台湾文坛更几乎没有联系。1949年中国政局的大变动，对中国港澳台地区的文学格局与发展都产生了重大的影响。如果说1949年以前，香港文坛基本涵括在中国（大陆）文坛之中，二者有着密切的关系，香港文学还没有形成独自的面貌；那么，1949年以后，50年代至70年代这三十年中，与祖国大陆疏隔的香港文坛已渐成格局，香港文学开始划出了与祖国大陆文学发展有异的独立运行的轨迹，香港以文学“自由港”的面目出现在现代中华文学的版图上。

这一时期，相对稳定的香港作家族群形成，定居香港的一批大陆南来作家（与三四十年代以香港为驿站的前代南来作家不同）对香港文学和香港文坛的投入程度渐深，并逐渐实现创作题材从祖国大陆向香港本岛的转移；文学期刊大量涌现；虽大多旋生旋灭，但商业色彩淡而文学性强；各种倾向的文学思潮并起勃兴，现代主义思潮崛起（如马朗主编《文艺新潮》），通俗文学大潮中兴（如金庸等的“新武侠小说”、亦舒等的言情小说），都与台湾文坛隔海呼应（80年代后港台通俗文学更联手对祖国大陆文坛形成强烈冲击）；由于政经、社会、意识形态、人事乃至地缘诸方面的接近，加之来往沟通便利，香港与台湾作家间的互相参与、互相影响、互相沟通较为密切，而与祖国大陆当代文坛的联系却几近隔绝；介于祖国大陆和台湾“夹缝”中的香港文学空间的界限，由若有若无的模糊状渐趋明晰，香港文学进入“主动态”。

这种香港与祖国大陆疏隔、与台湾趋同的情形直到七十年代末祖国大陆实行改革开放以后才得以改变。双向多边互动的良性循环和互补格局在中国港澳台地区开始形成，一个空前广阔的中华文学大空间重新构建起来。

这一时期，一些较大规模的作家组合出现（如香港作联、香港作协、香港文联、香港文学促进会等）而政治色彩减淡；一些有影响的刊物在稳定中发展，坚持时间较长（如《香港文学》从1985年创刊至今仍在出版，《香港作家》等也出版了十年以上），文学思潮、倾向、技巧更趋多元，作品大量出现；与海峡两岸的直接交流（包括人员和作品互相进入对方的文学、出版空间）空前频繁、活跃；旅外作家的增多，众多港外作家（包括祖国大陆、台湾、海外各地）在香港文学报刊的“登场”，增添了香港文学的世界性色彩；香港文学作为独立的研究对象引起海峡两岸和世界华文文学界的共同关注；香港文学以“立交桥”式的气派，凸显其在华文文学世界网络中的独特地位和重要性。

二、香港内外：作家族群的空间背景

考察“香港文学”的一个重要方面，是对“香港作家”族群的考察，学术界对于“香港作家”的界定，颇多歧见，有代表性的是：

1）黄维樑的“四种类型”说；

2）刘以鬯的“七年”资格说；

3）刘登翰的“影响、身份”并重说。

此外还有“二十五年”资格说，“投入程度”说，等等。陈炳良则主张：“我们不必规定香港作家一定是土生土长的香港人，只要他们在香港住过一段时期；在香港写作和发表作品，或曾带动了一种风气，我们便可称他们是香港作家。”他说的“一段时期”，有相当的弹性，甚至不一定非满七年不可，更不必苛求非得在香港住上、写上四分之一个世纪，才有资格当上“香港作家”，比较易于被接受。

笔者认为，“香港作家”是一个族群概念，宜于在一定的文学时空中有限度地采用，它的确立应和“香港文学”的确立同步。对于“香港文学”这一概念的形成，笔者赞同卢玮銮教授的判断：“在1949年以前、香港确是没有‘香港文学’这个概念存在的。”换言之，对于“香港作家”的考察，以置于1949年以后“香港文学”的空间中为宜。

当然，具有独特品格的香港作家族群的出现，并不是1949年以后某个早晨突然发生的奇迹，它是在香港这块土地上长时期的文化累积与文学垦拓的过程中自然生成的。从这个角度说起来，刘以鬯先生主张“谈香港文学要从1874年谈起”，是很有道理的。

1949年以后生成到80年代蔚为大观的香港作家族群，主要由香港本土作家、祖国大陆南来作家、来自祖国大陆以外其他地区的旅港作家和香港旅外作家所构成。他们本具有香港内外不同的空间背景（涉及出身地，经历及与之密切相关的阅历、见闻、交游和教育背景等），但对香港文学空间又都有较大程度的投入感，各有独到的贡献。

香港本土作家（包括港生港长、外生港长者）和香港这个空间有着与生俱来的血肉联系，对香港有一种原生亲情和深入骨髓的熟稔认知。他们从初懂人事、开始记忆之时就摄入的有关香港的自然、人文、社会、史地、环境、民俗、心理、语言乃至感觉的大量感性材料，与成人以后与香港社会的广泛联系，都成为激活他们创作灵感的源头活水，其人其作自有一种天然地道的港味、港调。这种先天的优势是人到中年始入香港的南来作家或旅港作家不可能借后天的阅读、观察、体认、思考所能得到的。香港文学的独特性，香港文学自身形象的确立塑造，没有侣伦、舒巷城、杰克、海辛、夏易、西西、小思、李碧华、也斯、黄维樑、黄碧云、董启章等人的积极参与，是不可想象的。香港有近百年的殖民地历史，本土作家大多从小接受英式教育，不少人大学毕业后又有到英、美、加深造的经历，见多识广，对西方文化的了解不亚于其对中华文化的了解。他们与南来作家在文化和教育背景上的这种不同，既导致了二者文学创作路向审美选择的碰撞或砥砺，又不无积极的互补意义。

香港旅外作家大多土生土长，在香港生活过较长时间，就其占有的地利之便来说，与上一类本土作家较多相近之处；而离港旅外以后，又得以开拓人生与文学的又一空间，他们对旅居的异国（大都是西方国家）有直接的接触，增广了见识，对东西方文化差异的切身体会，使他们的创作丰富了香港文学的色彩；他们的文学活动扩大了香港作家、香港文学乃至中华文学在海外的影响，从某种意义上说也是香港文学空间的延伸。这类作家有卢因、思果、叶维廉、陈炳藻、柯振中、李维陵、梁锡华、陈浩泉、梁羽生、钟晓阳、白洛等。目前在港的刘绍铭、曾敏之、黄国彬、羁魂、颜纯钩等也有过或长或短旅居国外的经历。

从祖国大陆来港的作家，50年代初南迁的是一代，70至80年代南迁的又是一代；二者之间虽有所不同，但他们与30年代至40年代客居香港的老一代的差异要更大一些。最重要的是，他们不再是仅作短期逗留的“过客”，而是真正地“投入”了。以后的事实表明，他们此来，是作了长期寓居的思想准备的。即以他们居港的时间而言，已作古者，如曹聚仁，22年；徐讦，30年；徐速，31年；黄思骋，34年；叶灵凤，36年；而90年代才去世的李辉英更长达41年，仍健在者，如金庸、刘以鬯等，则已做了近半个世纪的香港人了。由此，他们在香港文学界、新闻界长期的活动与大量的创作，便使他们“内地作家”的原身份渐隐，而“香港作家”的新身份渐显。

这批作家“初到贵境”时，都正处在人生经历丰富、创作精力充沛的中壮年时期，其所具有的一些共同点使他们对香港文学作出了前后两代南来作家都不可能提供的非常贡献：（1）他们中绝大多数人在内地业已成名，是20年代至40年代中国新文学发展的史中人、见证人，自然也与“五四”以来新文学的许多前辈、健将多有交往，直接延续了“五四”新文学的血脉（这是后一代南来作家所不及的）；（2）他们在香港完成的创作，就数量而言，占其一生创作总量的很大比重（有的超过了一半以上），就质量来说，不少是其一生的代表作或文学史上的名篇力作（如徐訏的《江湖行》、李辉英的《人间》、徐速的《星星·月亮·太阳》等），其中一些还有较为突出的香港地方色彩，如黄思骋的《长梦》、曹聚仁的《酒店》、叶灵凤的《香港方物志》等，对确立“香港文学”的独特形象作了先期探索（在这方面，前代南来作家就未免相形见绌了）；（3）他们并不带有明显的政治色彩或党派色彩，能为海峡两岸的文学界所共同接受，加以资深望重，对形成香港文学的凝聚力能产生非同一般的作用与影响。

70年代以后南来的作家大多是在来港后才开始文学创作的，他们的到来为正显疲软态势的香港文坛注入了新血。由于他们的特殊经历（大多是东南亚归侨子弟：如陶然、东瑞［印度尼西亚］、白洛［柬埔寨］、王尚政［菲律宾］、王一桃［马来西亚］等，或闽粤两省侨乡子弟，如颜纯钩、周蜜蜜、梅子、金兆、陈娟、张诗剑等）和教育人文背景（大多在内地完成中高等教育，一度接近过不同于台港与东南亚国家的意识形态），对内地近几十年的社会状况（包括历次政治运动）有近距离观察，从文后与内地文艺界有较多联系，他们的创作以内地经验和香港经验并重，所有这些也都给香港文学增添了新的质素。不少人居港的时间至今也已有二十年上下，在老一辈南来作家相继凋萎以后，他们成了80年代至90年代香港文坛上相当活跃的中坚力量。

自祖国大陆以外地区（如台湾、澳门、东南亚或其他地方）旅港的作家（包括后来长期寓港者），某种程度上也具有“过客”的色彩；但就具体的人来说，像余光中、施叔青、钟玲等，虽在旅港之前已享文名，他们在港期间的创作却与香港的关系相当深。余光中居港十一年间的诗文多以港人港事港地为题材，创作量也不少，他的大家风范更影响了香港众多年青一代文士。施叔青从结撰“鹿港系列”到谱写“香港三部曲”，成功地实现了她创作重心从“鹿港”向“香港”的转移。钟玲的现代派诗歌在沟通台港两地诗缘的历史乐章中写下了新页。原籍澳门的韩牧、梁荔玲、钟伟民等的一些作品被当地文学界称为“离岸作品”，但作品浓重的香港背景（且多发表于香港），又使他们的身份不免显得模糊，迹近“两栖”。从东南亚“踏浪归来”的犁青、原甸、忠扬等人，联结了中国国门之南的广大华人社区与香港的诗缘文缘。

四类香港作家中的很多人，在角色上，或互有转换，或一人而兼

"二任"，而身份的兼属又有时隐时显、此隐彼显、或隐或显的可能，这都对研究者将某位香港作家一次性"定位"的企图构成挑战。因此，灵活宽容的态度显得十分必要。我主张，像刘绍铭、梁锡华、叶维廉这类作家既可归为旅外作家，又可归为本土作家，余光中、钟玲这类作家既可写入"台湾文学史"，也可写入"香港文学史"，而像徐讦、叶灵凤、曹聚仁这类作家，可有时称之为中国（大陆）作家，有时又称之为香港作家。张爱玲、陈若曦因在香港短暂停留期间发表过《秧歌》、《赤地之恋》和《尹县长》，如被有的学者写入《香港文学史》，应无不可。西西、钟晓阳因有大量作品在台湾出版并享名而被彼地视为台湾作家，也可以理解。至于像李辉英，似乎既称他为东北作家、又称他是香港作家有点"南辕"与"北辙"的味道，但只要是将其放在一定的文学史时期内来叙述，也能顺理成章。

带着南来北上东渡西去的一路风尘，因缘际会的作家们，集结成共享文学时空的香港作家族群，突出体现了其构成的多元性和流动性，也在世界华文文学界，确立了充满活力的香港文学空间的开放形象。

三、都会和市井：创作文本的空间内涵

一个地区的文学得以自成独特的空间，主要还并非由于地缘方面的原因，而是，外，由其所处的特定文化语境所制约、规限；内，是由其创作文本的空间内涵决定的。

在大量的香港文学作品中，都会和市井，作为文本书写的对象，具有异于传统定位的新的意味。香港文学是中华文学中现代都市形象最鲜明的一个部分。

如果说祖国大陆文学和台湾新文学是20年代从乡村起步走入城市的话，那么，50年代香港文学独立形象的确立，却是从都会出发的。"都市岛"的香港，本没有广阔的农村腹地，与海峡两岸相比，"乡土文学"在香港显得十分薄弱。《穷巷》作为香港文学展开自己

独立轨迹的标志，它就是以40年代的都市香港为背景的。与《穷巷》一脉相承，舒巷城的《太阳下山了》和白洛的《暝色入高楼》、刘文勇的《香港的早晨》等，基本上也都是把都会作为一种背景和小说人物活动的空间来处理的。从这种角度考察，自然可以发现这类都会题材的作品与茅盾的《子夜》、老舍的《骆驼祥子》、周而复的《上海的早晨》如出一辙，致力于展现都会下层民众的悲辛与痛苦、中上层人士的争斗与浮沉，尚没有达到沈从文的高度。在沈从文那里，都会是作为一种与乡村对立的参照物，乃至作为一种象征而被放在道德审判席上的负面角色。甚至30年代上海新感觉派作家笔下的摩登上海，也几乎是以一种整体形象出现的，在那些小说中，很难找到一个与“都会”这个形象匹敌的人物。都市乃是一个罪恶的渊薮。

都会在香港作家文本中的“形象”改变，是从刘以鬯、西西手里开始的。在《酒徒》、《我城》中，大都会香港告别了背景，走向前台与中心，成了作品中真正的主角。“美丽大厦”（西西）、“白色/黑色”、“岛/半岛”（刘以鬯）也不妨看成是都市的标志或象征。在西西眼中，“城”与“我”、“我”与“城”，已浑然一体，“我”是“城”，“城”亦是“我”。香港就是“我”中之“城”。而在“酒徒”的蒙眬醉眼中，竟也有与鲁迅笔下的狂人相似的发现：“这是一个人吃人的世界！……一个失去理智的世界！”作家对都会的透视逼近了人性解剖的层面，表现了可贵的人文批判的精神。这令人想起萧红当年在香港写下的《呼兰河传》。《呼兰河传》的杰出，就正在于萧红是把呼兰河当作“人”，当作“我”的“前世”和“今生”来写的，字里行间流溢着一种邈远的、感人的人性的悲悯。当然，与萧红回忆呼兰小城的不无温馨的笔致相比，西西、刘以鬯对大都会香港的描画显得相当冷硬。从台湾移居香港的施叔青关注香港这座城市的“身世”，由编撰“鹿港系列”转而成功地谱写了“香港三部曲”，是少见的为香港这个大都会造象的力作。台湾七八十年代以来的不少小说，不管是被目为乡土文学的《华盛顿大楼》（陈映真）、《迷园》（李昂），还是相当前卫的《东区连环泡》（黄凡）、《健康公寓》（王幼华)、《海东青》(李永平),其对于台北都会丛林生态和都市人心态的探究,可与香港作家的努力相互发明。而由于祖国大陆商品经济的滞后等多种原因,作家们至90年代晚近,才有像《大上海沉没》、《商界》这样的都市写真出现。

市井是都会中更多世俗气息的空间,那里的普通的都市饮食男女上演的人情之常的活剧,更多地居于大众文化消费的层面。公认的流行小说家亦舒,可以从鲁迅那里接受精神遗产并赋予新的创意。据说鲁迅是亦舒平生最喜欢的作家。也许是心仪所致,她的一部言情小说《我的前半生》的主人公,便直接用了鲁迅《伤逝》里子君的名字。亦舒的小说当然情节性要强得多、有趣味得多。但此“子君”已非彼“子君”,她在与涓生分手以后,仍然成就了事业获得了爱情,这大约是鲁迅翁始所未料的。黄碧云的《双城月》,更是匪夷所思。她把张爱玲笔下的七巧“许配”给了鲁迅笔下的涓生,还给涓生加上了共产党员的头衔,演绎了一段人生的悲剧。她糅合了张爱玲的苍凉与鲁迅的峻厉,对女性命运、历史变迁的思考令人深省。另一位女作家梁凤仪虽说远没有达到张爱玲似的深刻,但她在一系列所谓“财经小说”中铺陈的商场言情故事,也在一定程度上写出了金钱与爱情、金钱与人性之间紧张的或微妙的关系,有其正面的意义。身处工商社会的香港作家们,从对市井小民的日常悲欢、物欲情欲、世相变迁沉浮的描写中,进而突进到人心的内面世界,在世俗故事的敷演中强化了现代社会的道德观、伦理观、价值观的多侧面内涵。

当一座城市的爱恨情仇被融注于个人的命运的时候,越发显出了她的鲜活生动、她的魅力。《阿广》(董启章)里的“我”与日本少女阿广之间横亘着交战国双方筑起的无形墙垣,作品终于没能像张爱玲那样为白流苏、范柳原安排一个“倾城之恋”的机会,来成就他们那一段令人心悸的美丽而忧伤的情缘。与地道的港人董启章不同,匆匆来去的“局外人”王安忆还谈不上对香港个性的透彻了解,但仍然能凭着她出众的艺术感觉与美学感悟力,令人赞叹地写出了香港那无与伦比的魅力及与之伴生的无可救药的蛊惑。尤其值得玩味的是，王安忆安排于老魏左右的两个女子，巧妙地引入了“上海”与“香港”两种视角、两个空间的比较，读者在张爱玲、王安忆、董启章笔下读到的香港，其审美空间无疑是被神奇地扩大了。从张爱玲与王安忆的笔触轨迹中，甚至可以发现近代中国两个最富现代气息、也最具个性风情的都市（上海、香港）之间的同与异。如果从当年以上海为大本营的鸳蝴派作家，到20年代至30年代的唯美派（叶灵凤、邵洵美），新感觉派作家（刘呐鸥、穆时英）到40年代洋场小说家张爱玲、苏青乃至徐讦，直到当今的王安忆、程乃珊，画一条“海派”文学发展的线路图，并分别探究一下他们各自与都市化的香港文学之间的关系，也许能有某些新的发现。

香港文学的创作文本，丰富多采，美不胜收。即使从空间内涵上去考察，其独到之处不一而足。像梁荔玲的《今夜没有雨》、陶然的《与你同行》、《天外歌声哼出的泪滴》等，都涉及中国内地香港“两地情”，但艺术构思与表现并无雷同。钟晓阳的《停车暂借问》、辛其氏的《红格子酒铺》、王璞的《红房子》、《白房子》，或在广阔的时空跨度中追索人的命运，或在较为具体或富象征性的意象中寻觅某种人生的真谛，也都有不俗的表现。梁锡华的《香港大学生》剥露香港学府种种怪象，金东方的《香港金瓶梅》沟通现实香港与历史中国的时空，都展示了各各不同的空间内涵且显示出鲜明的艺术个性。他们都为香港文学贡献了异彩纷呈的画卷。

四、边缘与中心：文学传播与消费的空间机制

近代传播业的兴起为文学的流通插上了翅膀。文学的空间在传播与消费中得以沟通和拓展。

共同的文化传统、文化背景，必然使同一文化圈中的先进者对后进者形成一种牵引力。就香港文学来说，近百年来，它先是在祖国大陆文学传播网的辐射之下。20年代在香港坊间流传的多是从大陆（主要是上海）“南来”的作品（包括上海鸳蝴派小说、创造社等新

文学作家的作品等)。这种单向的文学传播刺激了香港本土作家的创作。及至50年代至60年代现代主义文学与通俗文学的易地兴起（在大陆断流而在香港台湾中兴），其实都与二三十年代大陆的现代主义诗潮（李金发、戴望舒等）和民国通俗小说（还珠楼主、宫白羽、张恨水等）造成的影响直接有关。随着香港独立文学空间的逐渐成形，大陆文坛在某一方面又出现长时期的空白之时，香港文坛与台湾文坛一起，就会在这某一方面以一种强势的姿态对祖国大陆文坛造成刺激与冲击。80年代港台通俗文学的北上西进，风靡大陆，就都属于这类情况。

换一个角度看，世纪初处于中华文化圈边缘的香港（台湾类之)，进入80年代以后，就俨然取得了某种新的中心地位，对原先的中心（中原大陆）构成了挑战。这里所谓的“中心”，更多地是从传播学的意义上说的。港台地区已隐然形成了以本身为中心（辐射源）的传播网络。当初的“边缘”也好，现在的“中心”也好，其实也只是在某种相对的、变迁发展的意义上说才更为确切。没有绝对的、永远的边缘，正如没有绝对的、永远的中心一样。在一个多元的、流动的文学大空间中，情形自然更是这样。

香港、台湾文坛取得作为“辐射源”的某种中心地位是从通俗文学的流行开始的。70年代至80年代之交，在大陆开放初始，率先为祖国大陆读者所知的台港作家作品是李黎的《谭教授的一天》、白先勇的《永远的尹雪艳》这些作品，香港的舒巷城、海辛这些作家，并未形成阅读热点或市场效应，而这些都属于所谓“严肃文学”。如果只是出产严肃文学，台湾、香港可能很难成为新的“中心”；只是当琼瑶、亦舒的言情小说，金庸、梁羽生、古龙的武侠小说，三毛等人的大众文学作品登陆祖国大陆，形成了一波又一波的“热点”以后，香港台湾文学才成为一个“辐射源”，才取得某种“中心”的位置。这是对祖国大陆文学空间把通俗文学扫地出门又闭关自守的一种惩罚，同时也是现代大众文化消费需求的一次凯旋。

香港与两岸文学空间自80年代起推倒壁垒、互相沟通，其间有多种管道、多种方式，涉及多种传播媒体，它推动了文学传播与消费的大众化、多元化，实际上构成了机制的转换：

互相出版单行本、选集、全集、丛书、大系，如中国友谊版的《台港澳暨海外华文文学大系》、三联版的《金庸作品集》、时代文艺版的余光中诗歌、散文选集，湖南文艺版的三毛作品全集、海天版的亦舒作品系列，某出版社的蔡澜小品集……台湾开放祖国大陆30年代以来的新文学作品，出版祖国大陆新时期作家如张贤亮、阿城、苏童、刘心武、王小波等人的作品，香港出版各种祖国大陆台湾文学作品；

在报纸杂志开辟有关副刊专栏专号，如山东《作家报》的“台港澳文学之页”，台湾《联合文学》、《文讯》杂志的“香港文学专号”等；创办专门的文学杂志（如北京的《世界华文文学》、福州的《台港文学选刊》、南京的《世界华文文学论坛》、汕头的《华文文学》等），其中刘以鬯独力支持的《香港文学》，兼容并收中国港澳台地区乃至世界各国华文文学作者的作品于一刊，更是视界宏阔、气度非凡。

举办有中国港澳台地区和海外学者共同参与的作家作品研讨会、座谈会，纪念会（如祖国大陆召开的陈映真、刘以鬯、赵淑侠、梁凤仪、吕赫若等人的讨论会，杨逵纪念会，香港召开的多次“香港文学国际研讨会”，台湾召开的“两岸三边小说研讨会”，仅1998年，就有三个金庸小说研讨会在美国、祖国大陆和台湾分别举行），更不必说自1982年以来已举办到第九届的“世界华文文学国际研讨会”；

作家互访（中国作协组团访港访台，香港作家、台湾作家分别组团访京）；

畅销书、排行榜的风行、文坛大事的遴选和各种广告（如《文学评论》所做的梁凤仪作品广告）；

文学奖项入选范围的扩大［如陈源斌、王小波（祖国大陆）、颜纯钩、董启章（中国香港）、严歌苓（祖国大陆旅美）等在台湾获大奖；曾敏之、彦火（中国香港）、余光中、郑明娳（中国台湾）在祖

国大陆的获奖等];

改编彼岸文学作品搬上此岸的银幕、荧屏(如根据金庸、琼瑶小说改编的电视连续剧在祖国大陆的播出,根据余华作品改编的电影在港台的上映等);

如此等等,委实令人眼花缭乱、不胜枚举。

香港文学与两岸文学从分隔到沟通,是借助于文学传播与消费空间机制的转换而得以实现的;三地文学空间的打通,从单向到双向、多向,从通俗文学到纯文学到先锋文学,从作品到人员,从公众阅读到专家评论、从文字的单一媒体到现代多媒体,其转换的幅度之大、速度之快、波及面之广、影响之深刻,都是前此几十年所未见的。正是在大众传播和大众消费的过程中,中华文学大空间呈现出前所未有的新气象。香港文学也正是在与两岸文学空间的叠合、分隔、沟通中,呈现出与两岸文学的同一性,又凸显了其独特的风貌与质地。中国三地文学一体多元、互动共生的系统构成,决定了香港文学在现代中华文学大格局中不可或缺的贡献与不可替代的地位。这使我们在对近百年来中华文学迁衍流变进行历时性回顾的同时,也分外感到了展开共时性空间考察的必要和重要。

著名文化学者金克木认为,若干年来学术界编撰文学史存在着重视"编年表"、而忽略"画地图"的问题,有纵向的时间角度,而缺少横向的空间角度。事实确实正如金克木先生所说的那样。只有强化空间意识,把"编年表"与"画地图"有机交融地结合起来,中华文学史才能在一个完备的文学坐标轴系中获得准确的描述。

[原载《活泼纷繁的香港文学——香港文学国际学术研讨会(1999香港)论文集》,香港中文大学出版社,2000年2月]

情爱·佛理·人性

——华严小说的一种观察角度

阅读华严，是一次邂逅，一次颇令人回味省思的邂逅。

从1961年到2006年，四十多年间，华严创作了21部作品（其中19部为长篇小说），可以称得上是位多产作家了，她的坚忍不拔、矢志不移、不畏寂寞，使我敬佩；敬佩之余，披阅她的十多部长篇小说，也让我不由得深思一连串的问题：华严创作始终追求的是什么？有没有什么是她小说中一以贯之的主脉？她的作品并不畅销，但又颇得一些人（特别是大学生）的喜爱，主要原因在哪里？华严的创作，她的经验与教训，给文学史提供了什么启示？怎样评价华严长篇小说创作在文学史上的地位？

阅读华严，脑际不时闪过一些文学先行者的身影：许地山、庐隐、冰心、张爱玲、鹿桥……也有与华严同时（1961年）登上文坛的台湾言情小说家琼瑶……

初读华严，最先想起的、自然而然想起的是她的几位同乡：许地山（出生于台南，后落籍于福建龙溪，可算是半个福建人吧）、庐隐（福建闽侯）、冰心（福建长乐），这几位又都是“五四”时期最有影响的文学团体——文学研究会的成员。在华严和他们之间，似乎存在着某种文学血缘的联结。如果把华严放置于现代新文学发展的历史进程中来看，那么她的文学承传其来有自，她的文学创新与贡献，是清晰可见，毋庸置疑的。

综观华严的小说创作，可从情爱、佛理、人性三个方面来考察。

一

华严的初作，也是其成名作的《智慧的灯》，写的是大学校园中青年男女的爱情故事：在20世纪40年代末的上海，圣约翰大学的校园里，一位名叫净华的女生与水越、张若白等男生之间的感情风雨。其后的《秋的变奏》写某大学“浑如剧社”五大台柱（都是女生）之一的林雪意与沈浩、史成弘之间的感情纠葛及几十年的恩怨情仇，都让我联想起庐隐以当年闻名于校园的“四君子”（以露莎为中心的几个女生）的友情、恋爱、风流云散为故事架构的中篇小说《海滨故人》。《智慧的灯》以华严的母校（上海圣约翰大学）为背景，净华的第一人称叙述展开（似乎可见华严的影子）；《海滨故人》以庐隐的母校（北京女高师）为背景，露莎的故事为主线，也颇多庐隐的自传色彩。不过，《智慧的灯》最终以净华与张若白的结缡为归宿（尽管历经水越之死的波折）；《海滨故人》则以四君子风流云散为结尾，颇有不同。而前者以男女主人公“净华”、“水越”（谐音谓“镜花水月终成空”）有情人未成眷属，营造了作品中“造化弄人”的怅惘；后者则以女友之间的风流云散营造了同样迷惘失落的氛围，这又是二作情调相通之处。校园生活中的爱情与友谊，其珍贵与遗憾，是两部作品（时间间隔约四十年）共同的主题。

如果说庐隐的作品着力肯定同（女）性之间的友谊而对爱情不免抱持怀疑态度的话，华严则是肯定真爱的存在，并孜孜不倦地求索着真爱的秘密。

《秋的变奏》的女学生群，当然不是当年庐隐笔下的校园中的“四君子”，而是“浑如剧社”的五台柱。五台柱之一的林雪意（大学时代名林红云）本与沈浩相爱并怀上了他的孩子，后因家庭变故且出国，而把孩子交给“五台柱”之一的许淡如抚养，到美后又迫于家庭压力与史成弘结婚；许因感情问题自杀之前，又将男孩交其上司（实与其有染）雷震宇，后被雷占有，名为雷予靖，予靖与唐羽思相爱，因雷震宇发现唐羽思竟是多年前“女友”许淡如的侄女而坚决反对，但最终是雪意找回了自己的儿子予靖，予靖作为恋人，也重回羽思的身边。两代人的恩怨情仇，其跌宕起伏自然要比《海滨故人》演绎出更多的故事。华严的精心构思也见出其功力。而对于林雪意、唐羽思、雷震宇等人物性格的刻画也较为鲜明，雪意的执着，羽思的聪慧，震宇的狡诈，都给读者以较深的印象。

不难看出，华严的作品很多都是取材于男女爱情婚恋乃至多角恋情，甚至不时涉及两代，甚至三代人间的恩怨情仇，但大多规限在男女爱情的大框架之内，不像有些小说虽然也“言情”，也有“三角”、“四角”，还能从人事沧桑折射出时代的变迁，如琼瑶的《几度夕阳红》，上、下代的情爱故事后面，分明可以看到从祖国大陆（重庆沙坪坝）到台湾（台北），从30年代到50年代，在时代大潮的背景下，普通人物的恩恩爱爱、悲欢离合所浸渗的时代风云、历史烟雨。比较而言，华严的小说，时代的背景则显得相当的淡薄，也就在一定程度上影响了作品的内涵。然而，她又自有她另外的追求，这种追求在一定程度上弥补了上述的不足。

这就是她尤其致力于情爱状态下的男女主人公微妙细腻心理的深入刻画，以此来写出人物的心灵、性灵之美。言曦以为《智慧的灯》“其性灵挥洒之美，殆上与《傲慢与偏见》、《简爱》相接”，而尤其欣赏小说“贯以心理的刻画，而不见斧凿之痕，敷以清逸犀利的对白，而不见矫揉之态”，“的确是在性灵的挥洒中产生的一颗明珠”①，此评准确地抓住作者之所胜场，并非虚言。毛一波把《智慧的灯》与鹿桥的《未央歌》相提并论，甚至称其“风流蕴藉，犹有过之”。②

---

① 言曦：《序一》，见华严：《智慧的灯》，台北：跃升文化事业有限公司，1992年初版。

② 毛一波：《〈智慧的灯〉读后》，见华严：《智慧的灯》，台北：跃升文化事业有限公司，1992年初版，第328页。

二

华严出身于一个信奉佛教的家庭，幼承庭训，接受过传统文化（儒、释、道）的深刻熏染。中华文化的精华在华严的心目中有着至高的地位，也深深地影响了她的为人处世与文学创作。

一方面，人们看到华严小说的题材大多围绕着"爱情"编织她的动人故事；另一方面，在对爱情真谛的追寻中，华严又以自己的作品作出了她对"真爱为何"的解读。深受佛理熏陶的华严在笔下男女人物的悲欢离合的故事中，力图融进一个她认为适宜的元素，以表达她对"爱"的理解。这就使爱情题材与佛理的宣扬得到了某种程度的交合，虽不能说已达水乳交融、天衣无缝的境地，但其立意之鲜明，却在在可感。这是她处理爱情题材与很多作家不同之处，如果要找出一个先行者，那么，"五四"时期的许地山庶几近之。

在《花落花开》、《和风》、《明月几时圆》、《七色桥》、《灿星·灿星》、《燕双飞》等小说中，华严展开了不同人物的情爱路途，但同时也为他们设置一个个醒目的路牌。用她自己的话说："我的目的不在寻求动人的小说资料，只是愿把这使我感触极深的故事变为指路标"，或"是在多荆棘的地带为后来的人们竖立起一个标帜"。[①]

"宽恕"、"因果"、"轮回"、"随缘"、"真主宰"、"色即是空，空即是色"……常见于华严人物的口中。爱是宽恕，爱情的途上，难免没有雪雨风霜，难免不会有节外生枝，阴差阳错。相爱的双方，都是凡人，凡人就不免有错有误有失，有些则是外力所造成。误会、怨恨、变心、移情乃至始乱终弃、背叛……很难说不会在不期然之间降临在本来相爱的人身边。真爱应当是付出而不是索取，真爱应当是宽恕而不是报复，真爱应当是忠贞相信而非猜忌怨恨。《明月几时圆》

---

① 华严：《后记》，见华严：《智慧的灯》，台北：跃升文化事业有限公司，1992年初版，第325—327页。

中的万朵红（作家）与向宇歌（企业经理）本是人人称羡的神仙眷侣，然而一次意外的车祸却揭出了多年前向宇歌与她人“一夜之情”的旧事，搅动了平静的家庭港湾。风乍起，吹皱一池春水，得知了这一切的万朵红，面临着“爱与宽恕”（这也是她作为作家的成名作的书名）的严峻挑战。朵红接纳了因生母（与向宇歌发生一夜之情的沈一珠）车祸去世而失怙的雨安，然而又无法真正接纳雨安。在雨安主动求去之后，历经心灵的搏斗，终至重又接回雨安，彰显了朵红心中近乎宗教情感的宽恕精神。文中甚至借万老太太之口说道：“人往往不知不觉地做错了事，因一时之误而且当事人也诚心的知道悔改，便是不容易的了。……你写过一本小说叫《爱与宽恕》，你对宽恕两个字如何下定义？你难道不了解所谓‘律己严，待人宽’的道理？”万母的这番话几乎就是在为宽恕“下定义”了，作者宣扬“爱就是宽恕”、“男女之间的关系单靠恋情并不够，必定还得有恩情才得以维系”。妹妹朵丽历经变故对婚姻真爱的重新看待、重新体认，其实也都是表现了作者宣扬的“爱是在学会宽恕”。《花落花开》中的史兰祥在被丈夫遗弃之后，搬到了安祥大楼，精神的落寞，情感的无着，渐渐地了悟了人生的要义。姻缘聚散花开落，宽容克忍乐安详，万事顺其自然便是。这种劝世之说未见得都能邀所有读者的认同，但却不能否认作者本意的真诚。

在《花落花开》、《明月几时圆》这类作品中，主人公内心世界的中心是佛教的宽恕之道，即使别人（包括丈夫）有负于你，也应以宽恕待之。这种观念的宣示，其实早在“五四”时期文研会作家许地山的作品中就有过突出的表现。《缀网劳蛛》中的尚洁，《商人妇》中的惜官，都遭丈夫遗弃，甚而流落异邦，但在命运的播弄面前，却以宽容心乐观处世待人，抱着“临来时是苦，回想时是乐”的信念，自慰亦以慰人，最终能感动丈夫迷途知返，知过自责。作者所持的化解人生苦难的“良方”就是从宗教中获取精神的力量。时过五六十年，华严的小说与许地山小说在宗教情怀上的一脉相承，或许也是构成了文学史上人类精神苦难书写的一种传统。也许可以诟病华严对笔下人物的处理，有时不免主观意识太强，或是人物不免成了作者观念的传声筒，因而影响了对人物自身性格及其发展变异的描写，但其复杂多面的影响，是不能简单化地加以评论的。《和风》中的三个女性，一代表利害，一代表性欲，一代表伦理，最终，经过一番冲突、纠缠，代表伦理的一方得到最后的胜利，作者不仅把它写成爱情的胜利，更是道德乃至中国文化的胜利，男女之间的三种关系中，选择了最能使人幸福的一种，而批判了另外两种。在这些臧否鲜明的书写中，作者所传达、所要影响于读者的理念，可谓开口见心，未免过直过露了。

华严不无自负地说过这样一段话："我写的每一部小说，都犹如一盏'智慧的灯'，让读者有感情，有共鸣，以更有智慧、更幽默的态度来走这一段本有万般苦恼的人生路。"这固然可以解读为一种自我期许，但也流露了作者在处理自我与读者的关系上自觉不自觉地"居高临下"的姿态，是否会产生"观念先行"的弊病可以讨论，但透过佛理的宣扬，而使作品有某种哲理的蕴藉，却正是华严小说笔法的特征所在，这也从一个侧面说明，华严小说在宣扬佛理的同时，其实也把它进行了哲理的处置的。

三

华严对自己的创作宗旨曾做过一番表述，她说："我的每一本小说所写的和所想表达的是人性、人心、人格和人道，最主要的还是在于人性。"①

文学是"人学"，"没有人性，就没有哲学；没有人性，就没有文学。"（罗素）表现人性，探索人性的奥秘，自是文学创作的题中应有之意。在选择爱情题材的基础上，华严自觉不自觉地加进了自己

① 引自王大空：《人性的涌现——读〈燕双飞〉后感》，见华严：《燕双飞》，台北：跃升文化事业有限公司，1990年9月版，第328页。

的一点意念，那是从她涵泳其中的佛理教义而来的，而居于中心位置的则是她对人性人心奥秘的探寻，对崇高人性、人道的追求与宣扬。她的处女作《智慧的灯》，就是“由于感悟人类与生俱来的七情六欲的羁绊，以及因愚昧和痴迷所招得的苦难与煎熬”① 而动念写作的。

《高秋》的主人公是两位作家，一位是已成名的高秋，一位是初出道的摩诃，高秋让摩诃为他写传，一方面固然是为了回顾已逝的一段生命，另一方面也希望别人对他有更全面的认知，而不要像膜拜太阳神一样膜拜他（包括摩诃）。随着对高秋接触的深入，摩诃越来越认清了高秋不为人知的另一面，看到了他并非完人，他的人性的弱点展露无遗，七情六欲，喜怒哀乐，无端的恐惧症，奇怪的习惯，过度的洁癖……甚至有些简直就是令人难以忍受的毛病。摩诃对高秋的接触、观察、体会、思考……一步步走向一个真实的人、主体的人。作品以高秋的自剖，摩诃的“解读”以及许奇威（高秋养子）的旁观，三管齐下，借“这一个”高秋展开探寻人类普遍的人性的书写。在《燕双飞》中，作者的构思颇显得另辟蹊径：以一对孪生姐妹（华开妍、华承妍）的不同性情，来彰显人性的复杂多面。人性的闪光点与欠缺点，人性的强处与弱点，都借这一对同样美丽善良的姐妹一一铺展，起伏有致，周纳详略，特别是以作者驾轻就熟的“对话”刻画性格，推进故事，揭示人性和生命的真谛。“燕双飞”正是对人性正负面的绝妙象征。

华严在四十年的长篇小说创作中，构思了很多各不相同的人物，为他们安排了缤纷异彩的人生故事，展现了他们美丑妍媸的不同人性，也给出了令人感叹唏嘘的迥异结局，但她始终把写人放在第一位，把探寻人性置于核心，把宣扬美好的人性奉为宗旨，这就使她的作品显示了相当的思想价值与哲学意蕴。尽管有时候她的题旨比较直露，有时候她的人物以至成为“观念的传声筒”（恩格斯语），有时

① 华严：《我写〈智慧的灯〉》，见《华严短文集》，台北：跃升文化事业有限公司，1992 年初版，第 325 页，第 235 页。

候不免使性格的塑造让位于理念的传达，但作者那种认为文学创作不应只是消遣，而要有所为的创作主张，不失为一种难能可贵的坚持。

论及华严作品对人性的表现，我们也不妨将她和张爱玲的作品略作比较。同样是名门之后的女作家，张爱玲的故事不少也是涉及男女情事，但她下笔尖利，常常在人际关系的深刻剖析中，凸现人性中丑恶的一面，她的人物很少纯粹正面的形象，或者是遭受扭曲，或者本就是不健全乃至乖舛暴戾的，似乎总有一种阴鸷之气弥散在故事之中。华严也会写到人性丑恶的一面，但她下笔宽容，不无慈悲心，也常常在作品中借人物的性格刻画或命运遭际的不同，设置某些带有亮色的情节构思，以彰显她内心的一种信仰或追求。这种信仰或追求是发自衷心，并非虚言，这也是认真的读者都能真切感受到的。比较而言，华严的人性解剖要比张爱玲多一些自己的信仰和予人希望的成分，或许这也和华严的家庭与自身的经历有关，更和她对人生、对人性、对情爱的理解有关。

华严的小说或许并不流行，难得荣登“畅销书”的排行榜，但其实作者大可不必在意“排行榜”这一多少带有商业操作意味的结果。据一位土耳其留学生的问卷调查表明，就读者喜爱与欢迎程度而言，在台湾三十多位小说家中，华严荣幸地名列前茅，未居人后。① 这从一个侧面肯定了华严创作的价值。从文学发展的历史来看，从她与前行代作家内在文缘的联系来看，华严的小说创作（主要是长篇小说创作），作为一种有追求、有信仰、有价值、有特色的存在，应该是毋庸置疑的。

（原载香港《城市文艺》，2006 年 7 月）

---

① 华严：《弃猫徙迁》，见华严：《智慧的灯》，台北：跃升文化事业有限公司，1992 年初版。

李昂与苏青

——关于“杀夫者”：一种跨时空的潜对话

李昂的小说，以《杀夫》最为人所知。1999 年，小说集《杀夫》入选“台湾文学经典”，确立了其在台湾文学中的重要地位。

《杀夫》以其惊世骇俗的内容，大胆越轨的笔致所产生的巨大震撼，至今仍是人们谈论的话题。

看过小说《杀夫》的读者，一面因其惊人的穿透力而不由不产生审美的认同；另一方面，也不免狐疑：现实生活中，真会发生妻子杀夫的惨烈场景吗？小说的描写具有生活的真实性吗？这样的血腥事件是怎样发生的？杀人者是否应得到作家和读者的同情？李昂写作的动机何在——是不是真像有些论者认为的那样：“她是以耸人听闻的题材取胜，故意写些特殊问题，以换取注意”？

这实在是一个必须再作思考的问题。

回答这个问题，必须话说从头……

陈定山：想象老旧上海

李昂自十七岁作《花季》崭露头角后，早期的作品以她的故乡——鹿港为背景，写作了一系列的“鹿城故事”，实际上已表现出她探究乡野传奇的兴趣。包括《辞乡》、《西莲》、《水丽》、《初恋》、《舞展》、《假期》、《蔡官》、《色阳》、《归途》等九篇小说的《鹿城故事》，显示了她从原乡热土上汲取灵感的努力。只是由于求学经历和视界的扩大，她又一度被校园里青春男女的故事所吸引，创作出

《人间世》系列作品，虽也有其社会与文学价值并赢得人们的注意，但在一定意义上，却也延宕了她对鹿港乡野传奇的艺术掘进与深耕，事实上形成了她创作的回旋徘徊期。

1978年，西渡新大陆专攻戏剧的李昂，在美国的白先勇寓所，偶然间寓目老作家陈定山的一本书《春申旧闻》，为其中所述当年上海的一则社会新闻——“詹周氏杀夫案”所吸引，在冥冥中影响了她艺术探求的指向。

陈定山（1898—1984），又名陈小蝶，是近代著名小说家陈蝶仙（天虚我生）的长子，浙江杭州人，30年代曾任上海市商会执行委员，还曾被日军逮捕入过狱，40年代末去台湾后，曾任中兴、静宜、淡江等多所大学的教授。陈定山对于诗文、词曲、书画、小说无一不通，在台湾出版过《龙争虎斗》、《蝶梦花酣》、《春水江南》、《隋唐闲话》等长篇小说多种，以《春申旧闻》最为著名。“春申”者，上海之旧称也。《春申旧闻》记述了沪上各种各样的社会新闻与掌故轶事，是一部有史料价值的近乎纪实性的作品。陈定山晚年僻居台北，而仍对上海难以忘情，遂有此作。白先勇年轻时也在上海生活过，即使到了美国，他的书架上还收藏着陈定山的这部《春申旧闻》，隐隐间流露了他对老上海的那一份割舍不去的情愫。《春申旧闻》所记的社会新闻林林总总，李昂独独被其中的“詹周氏杀夫案”所动，这当是有其深层的心理诱因的。

1945年3月20日晨六时许，居住在上海新昌路酱园弄85号的普通人家，爆出了一件骇人的惊天大案。这家的主妇名詹周氏，因为其夫詹云影好逸恶劳，沉迷于赌场舞厅，输光了家产，生活日益陷于困顿。詹周氏一直以来对丈夫好言相劝，怎奈詹云影置若罔闻，把妻子的话当耳边风一般，长久以往，妻子对丈夫弃恶从善也终于失去信心。那日，妻子在忍无可忍、百般无奈之下，操刀杀死不可救药的丈夫。事发后，詹周氏被拘役。上海地方法院认定其犯有杀人罪乃判其死刑。

詹周氏杀夫案，在当时的上海社会，引起了强烈轰动。这则当年的社会“新闻”，也变成了若干年后陈定山忆写的春申“旧闻”之一。李昂二十四岁（1975）到美国留学，二十七岁因得见《春申旧闻》而起意以此一事件为题材，写作一个命运悲惨的女人的故事，是为《杀夫》。毫无疑问，《杀夫》是有真人实事为基础的，并非作者的凭空杜撰或幻想。在陈定山的老上海想象启迪下，李昂迸发出惊人的灵感。但是，这部初拟题为“妇人杀夫”的作品，1978年开始动手写作，历时四年，才最终得以完成。其中主要的一个原因，是当时李昂从未到过祖国大陆，自然也没有到过上海，更遑论亲身感受旧上海市民社会的氛围了。因此，即使有着关注女性命运的强烈使命感和创作冲动，《妇人杀夫》的创作，却未能顺利完成。

老上海的想象，只有与她源自血脉的文化内蕴融合在一起，才能迸发出奇异的文学之花。四年之后，1982年，李昂重拾未完成的《妇人杀夫》旧作，而将故事的背景移到自己熟稔的老家——台湾鹿港，终于写成了中篇小说《杀夫》，次年即获得台湾联合报中篇小说奖首奖，并立即以强劲的冲击力引发了台湾文坛的一场“地震”。

苏青：二为詹周氏辩

出于对发生在上海的詹周氏杀夫案的关注，李昂写作了《杀夫》。无独有偶，在她之前，现代文学史上也曾有一位女作家，关注过这同一案件，真可谓心有灵犀。这位女作家，就是40年代在沦陷区的上海与张爱玲同享文名的苏青（本名冯和仪，《结婚十年》的作者）。

这便有了笔者这篇小文的题目：《李昂与苏青》。

乍看之下，把李昂与苏青勾连起来，未免有点突兀。但读过苏青有感于“詹案”所发表的两篇杂感，再看李昂的小说《杀夫》，不难找出其间的内在关系。这是两份不同的文本，但其所持立场，竟然高度一致。

詹周氏杀夫案在1946年5月间由上海地方法院审判后，当时住在上海的苏青随即作出了强烈而公开的反应：在6月号的《杂志》上，她发表了题为《为杀夫者辩》一文，该文长达七千多字，明确地表达了与法院不同的看法，其基本观点是“此次杀夫案中，千万不可忽视詹周氏之精神变态一点”；詹周氏杀夫的动机，应从个人身世、平日生活、家庭环境、精神状态诸方面，一一观察研究之，始可推验；在此基础上，再讨论量刑的重轻。苏青此文对詹周氏的出身、经历、日常夫妇关系、杀夫的前因后果等方面都作了详尽的考察分析，总之是事出有因、情有可原，简直就是一篇有理有据的辩护书。对于报上所谓詹周氏被判死刑“大快人心”云云，苏青坦承，“我的心里却不快；不惟不快，而且觉得凄惨得很”，直率地表达了她对詹周氏的同情。

此文发表后，沪上舆论一派哗然。有人更不惜施以人身攻击，说苏青就“活像詹周氏”，其热闹之情景，与四十年后李昂的《杀夫》发表后，社会上的詈骂、围剿如出一辙：历史果然有其惊人的相似之处。但苏青不甘示弱，又写了一篇《我与詹周氏》，以为回敬。此文值得重视之处，是她透露了一点“意外”的情况，在一片责难、嘲讽声中，她却“接到知堂先生的一封来信”，表示对她的《为杀夫者辩》一文“甚感同意”，而“上海小报的论调真不成话也”；信中还引述“胡博士”（即胡适——笔者按）“论学近著”中提到1920年前后“四川有十九岁女子杀了她十不全的残疾丈夫”一事，并认为“其实只要她们知道离婚，则此种悲剧均可免除”，等等。

知堂，即周作人，五四时期与乃兄鲁迅一道反对封建礼教、力倡女子解放和独立人格的启蒙先驱。其时，抗战已近尾声，一度附敌蛰居的周作人，却从茫茫报海中，发现苏青这篇文字，驰书声援，倒真是如苏青所言“出于意外”。在这一点上，不能不说，知堂还是坚守了“五四”当年的岂明的立场。

苏青的两篇文章，在当时沸反盈天的“詹案”中，显然是一种孤独的声音，所幸还有知堂先生引为同调。但她绝对预料不到的是，几十年后，也有一个女作家对“詹案”的态度与她一样，可谓同声相应、同气相求。尽管“萧条异代不同时”，心有灵犀一点通的两位女作家对“詹案”所持立场的惊人一致，倒不失为文学史上的一段佳话。

也许，李昂并没有看到过苏青当年就“詹案”所写的两篇文章，但时隔三十多年（一在40年代，一在七八十年代）、分处异地（一在上海，一在台北）的两位女作家，却对同一桩命案作出了同样强烈、同样倾向的反应，恐怕不能解释为一种巧合。毋宁可以说，苏青与李昂，正在非知非觉之中，进行着一种跨越时空的潜对话。

先是苏青与詹周氏的“对话”（《为杀夫者辩》、《我与詹周氏》二文可证），后是李昂通过《春申旧闻》而与詹周氏的“对话”（《杀夫》可证），并进而达致李昂与苏青二人跨越时空的潜对话。无论是前者还是后者，在詹周氏（案件当事人）与苏青（以杂感议论者）和李昂（以小说演绎者）的潜在对话中，两位女作家都关注男权话语霸权下女性的命运、法律和舆论（包括新闻）的公正，是清晰可见的。

李昂：演绎乡野异闻

对读苏青二文与李昂的小说，可加申说者亦略有数端：苏青身处当时当地，以杂文表达所感所思，快捷、直接，仗义执言，质疑法院、抨击舆论、同情事主的态度极为鲜明。而李昂身处彼时彼地（1978年在美国始“闻”此案，1982年在台湾完成小说），以非纪实的虚构文体小说演绎历史事件，表达的思考与感情倾向则含蓄而不直露，但读过小说的读者都可准确认知作者的立场，而不会有所误解。

《为杀夫者辩》一开头就直接引用了法院判决的“主文”（由上海地方法院刑事庭审判长、推事殷公笃，推事施寿庆、于弼具名），而《杀夫》开头则是作者虚拟的“几则新闻”，其中也征引了法院与报纸两方面的言辞。两位作者在思考的指向与行文的理路上，不谋而合，这足以说明，她们援笔为文之际，代表公正的法院与代表舆论的新闻，是二人审视这一案件的聚焦点，可谓异曲同工、各擅胜场。詹周氏杀人，自是犯法行为，但法院不分青红皂白，不问前因后果，而简单化地以“杀人偿命”的旧则判决詹周氏死刑，其实并不公正。新闻舆论以猎奇的姿态对案件的评说，则近于残酷。二人批判的立场是一致的。

李昂以虚拟化的构思写小说，演绎陈林市与其夫陈江水的故事。陈林市的身上有詹周氏的影子，但前者绝不等同于后者，《杀夫》表现出了李昂丰沛的原创意识。

首先，她把故事的背景设定在鹿城郊野那个叫陈厝的小地方，这是一个宗法礼教仍占据着统治地位的地方，与詹周氏所处的大都会市民社会有很大不同。在那样的境况中，林市几乎不可能用“离婚”这样的办法来摆脱被丈夫百般虐待的非人境遇。“杀夫”就成了她几乎别无选择的手段。这对凸现封建礼教强力压制下的林市命运的悲剧性，有着积极的意义，也使她的悲苦无告的现实处境更突出、更真实。鹿城陈厝的氛围在小说中有着精彩的描写。一个阴森可怖、无所不在的鬼魅游走在陈厝的角角落落：陈宅（及邻居阿罔官家）、井台、屠宰场，乃至“后车路”（鹿城的风化街）……它若隐若现、诡魅无端，有效地表现了李昂为特定人物（林市）的特定行为（杀夫）寻求其事出有因的现实环境与心理异变的艺术苦心。而把林市的命运与其幼年时母亲被强奸的往事比照叙述，也增加了叙事的厚度。正像她自己所说的，开始写《鹿城故事》，“写鹿港人是用一种很怀乡、很怀旧的笔调，根本是对消逝东西的一种没有批判性的反映。我以后再写鹿港人时，绝对会是一种不同的写法，那就是把鹿港人摆在一个更具体的时空环境下，更清楚地显现出来。”

其次，李昂在当事人林市夫妇之外，设置了阿罔官这个邻居，充实了小说的容量。阿罔官平日里常常散布不利于林市的流言，却又装出关心的面孔，而最后，去官府告发林市杀夫的也正是这个寡居变态的长舌妇。阿罔官这类人物为“詹案”中所未见。李昂的用心是在这个人物身上表达了她对悲剧成因的又一种解读：林市的悲剧在一定程度也来自于阿罔官这种"无主名的杀人团"——这令人联想起鲁迅《祝福》中的柳妈式人物。

再次，作者给被杀者陈江水的职业设定是杀猪的屠夫，凶狠、粗鲁，以对林市的性虐待为乐（小说以对置结构写杀猪与性事，有其深意与妙处）。某日，陈江水又强迫林市观其杀猪，乃至当日林市精神错乱之下，把他杀猪似的杀了，林市的性反抗、性报复其"情有可原"之处立现。难得的是，作品还写了陈江水在凶狠之外的平和：在与"后车路"妓女金花的交往中，透示了其人性的另一面，从而使陈江水的形象更为真实可信，也使李昂对人性的解剖更深更准。

《杀夫》挑战禁忌，深剖人性，富有强劲的爆发力与冲击力，不仅成为李昂个人创作的高峰，也成了台湾文学作品中外文译本最多、因而国际影响也最大的经典之一。

（原载《世界华文文学研究》第1辑，百花洲文艺出版社，2004年9月）

卓识呈深远　情真韵自清

——曾敏之与世界华文文学的学科建构

世界华文文学的学科建设从20世纪七八十年代之交，由引介“港台文学”起步，经“台港澳暨海外华文文学”的过渡，至20世纪90年代前期竖起“世界华文文学”研究的大旗，时至今日，这一学科的建设，连素以“苛评”著称的孙绍振教授，也“不禁惊讶其规模之大和水平之高，与当年不可同日而语”，“二三十年的时光没有白过，台港澳暨海外华文文学研究已经走过了草创时期，学科建构的定位似乎有了普遍的自觉”。①之所以能臻于此境，端赖三十五年来，几代学人、作家为此做了长期的不懈努力。其中，曾敏之先生为建构这一学科所做的贡献，及其作为标杆式领军人物的地位，在海内外华文文学界和学术界是众所公认的。

在长达三十多年的岁月里，从花甲之人到耄耋老者，曾公以“不知老之将至”之心态，以他独特的识见、崚嶒的风骨和深挚的真情，全心、全力、全情地投入，带领海内外一众同好，披荆斩棘，筚路蓝缕，坚韧拼搏，一路行来，勇往直前，方得有世界华文文学领域今日百舸争流、百花争艳之盛景。我曾在一篇文章中这样说过：“现在的华文文学界之所以能几十年如一日，精诚合作，团结奋进，很重要的一点，就是像曾敏之这样的领军者，自己无私念，不搞小圈子，不党同伐异。完全可以说，从相当大的程度上来讲，就是曾老的凝聚力、

① 孙绍振：《刘登翰〈海峡文化论集〉序》，见刘登翰《海峡文化论集》，镇江：江苏大学出版社，2014年3月版，第3页。

亲和力使然，如果没有这种胸襟这种气度，那就将是另一种情景了。”①

却顾所来径，苍苍横翠微。回看来时路，不禁感慨良多，也不禁更增对曾公的敬佩之情！

早在1978年底，当年奉调赴港任职（香港《文汇报》副总编辑、代总编辑）刚刚两个月的曾敏之，回广州出席广东省文学艺术联合会召开的文艺创作会议，作了题为“面向海外，促进交流”的发言，呼吁内地文学、学术界关注港台与海外华文文学。这次发言，曾敏之当是有备而来，无疑表现出他对当时时局和文学发展趋势的过人敏感与独到识见，可谓空谷足音，他不计个人受“宣传资产阶级意识”等的讽责，坦然以对。

当时，国家尚处于改革开放的初期，不少人对形势的急剧变化还没反应过来，或心有余悸，或犹疑观望，更不必说那些还在眷恋旧时代的人们，竟几乎没人张一张眼，看看境外海外早已存在的用同一种语言文字写作的作品，更没有人考虑过要因应“开放”之势，将它们引入学术研究的视野。曾敏之这次发言，敏锐地抓住了“时代的启示”，堪称文学春天里的第一声集合号！曾敏之的呼吁，得到了时任广东省作协主席秦牧的热烈响应，这或许也和秦牧自己的归侨身份有某种联系，但更有他们之间历来“同声相应，同气相求”的成分在内，是事出自然、理有固然的。

紧接着，曾敏之借力发挥，1979年4月，就在广州刚刚创刊的大型文学刊物《花城》上，推出了题为《港澳及东南亚汉语文学一瞥》的重要文章。从学科发展史的角度来看，这是海内外最早明确提出、最早公开发表的提倡开展海外华文文学研究的文章，今日回想，若不是曾公登高一呼而应者云集，世界华文文学事业的问世，还不知要推迟几多时日！“首倡之功”这样的评价绝非过誉。

---

① 曹惠民：《“通人”与“解人”——读陆士清新著〈曾敏之评传〉》，《香港文学》2011年9月号。

这篇文章值得注意的还有两点，其一，此文把“港澳”和“东南亚”并提，提出“港澳”来，当是因为其时曾敏之甫由内地到港履新，自然会对香港及澳门的文坛投以更多关注；而“东南亚”地属外国（在那个时代国人的概念里，所谓的外国文学就是华文以外的文学，几乎没有在意过国外同胞用同样的方块汉字写作的情形，自然更谈不上概念），把汉语文学的“疆域”广拓至国外，卓识高见，突显其大气魄、大格局；其二，是他把“港澳”和“东南亚”同样用方块汉字写作的华人放在一起，统称其作品为“汉语文学”，就显见是一种带有“命名”意味的自觉行为，且具有整合的色彩，其原创意义，就是几十年后的今天看来，也是超前的。后来所谓的台港暨海外华文文学（汉语文学、华语文学）、世界华文文学等命名都由之派生而出。如今，这类概念早已为人耳熟能详，影响广被五大洲，曾敏之当年戛戛独造的识见，确乎高瞻远瞩！

此后的曾敏之也就一发不可收，他推展华文文学事业的连串举措，令人目不暇接：20 世纪七八十年代之交，他还写了《新加坡海外汉语文学略影》和以“海外文情”为总题、评介台港海外汉语文学的系列文章，发表于北京、上海、广州的报刊，一意扩大台港海外汉语文学的民间认知度；1982 年，由他主导在暨南大学成立了全国第一家港台文学研究室此一专门机构，随之策划发起了全国首届港台文学专题研讨会，并和一批志同道合的先行者一起，把它建构成较为稳定、约两年一届的全国性乃至国际性的大型会议，他自己也参与主持了大部分届次的会议；先是在中国当代文学研究会内倡组台港文学学会（1981），后又力促中国世界华文文学学会的筹备、成立（1993～2002），目标始终如一，锲而不舍，绝不为外力所扰。在香港，1988 年他与潘耀明、陶然等三十一位作家发起组成了香港作家联会，并出任首届会长；2006 年，又在此基础上，联络更大范围内的同道，与刘以鬯、潘耀明等发起组建了世界华文文学联会。这些团体，以不同的空间为背景，为全球华文作家建构了一个个交流聚集的平台，进行了卓有成效的活动。前人栽树，为后来者开辟了继续提升挥洒的广阔天地。曾敏之的坚毅执着与风骨也影响了很多敬业求进的同道，催生了大量华文文学的创作和研究成果，所有这些，都与他的所言所行有密切关系。

在如何扎实深入开展世界华文文学学科建设和学术研究方面，他以其丰富的阅历和深厚的学养，既提出了立足全球视野的宏观思考，又有具体可行切中肯綮的想法："世华文学面临不能忽视的挑战，在这样的形势下，世界华文文学如何应付以英语占主导的互联网有如新殖民主义的威胁？是需要严肃思考的问题。"同时，他又说，"必须于开放、多元化的潮流中吸收西方有益的精华供我们借鉴运用"①；世界华文文学研究要对创作、学术界的最新动态作出及时而敏锐的反应；评价作家作品，不能只说"甜言蜜语"，写人情文章，得像鲁迅那样"好处说好，坏处说坏"；对于学界的一些新成果（如《香港文学史》、《台港澳文学教程》、《世界华文女作家传记丛书》、《海外华文文学教程》、《海外华文文学读本》等）他都有及时的了解，且不吝褒赞之词，或亲自作序，或在文章和讲话中加以引用、肯定，让很多后学，从他的言传身教中，真正见识何为领袖襟怀，何为学者气度，何为"尊严与追求"。

这一切，都是出于曾敏之对于世界华文文学满怀的一腔真情深情。

在2004～2011年的多次世华大会上，曾公言之谆谆，三复斯言，都不离一个"情"字："华文文学应重情"，"我们要记情"，他认为，"事实上，我们对华侨社会的理解与掌握，对美与善的品味与体认，通过以情为内涵的人文知识、人文作品所提供的情的教育，也就构成华文文学的特色"。②高风雅韵入情，精到指点入理，令人心有戚戚之

① 曾敏之：《海上文谭：曾敏之选集》，广州：花城出版社，2012年10月版，第46页。

② 曾敏之：《海上文谭：曾敏之选集》，广州：花城出版社，2012年10月版，第53页。

余又不由得深长思之。

复旦大学资深教授、华文文学研究先行者之一的陆士清先生，在2011年推出40多万字的力作《曾敏之评传——敢遣春温上笔端》（复旦大学出版社），全面高度评价了曾公七十多年来对当代中华文化的重大贡献，可以说代表了海内外华文文学界文朋学友对德高望重的曾敏之先生的一致共识。

（原载香港《明月》杂志，2014年8月）

以叙事释放历史的诗情

——读秦岭雪叙事长诗《苏东坡》

秦岭雪是一位吝啬笔墨的诗人，写诗三十多年，只出过两本半诗集（其一是与人合作的），所作亦多短制，然反响不俗。这回却一气写下了一首长达二百二十八行的叙事长诗《苏东坡》（载《香港文学》月刊2006年第1期），让关注他的文朋诗友，着实小小地吃了一惊！

苏东坡是北宋文坛当之无愧的领袖，诗、词、文、赋、书，均有很高造诣。其人则出入官场文坛，颇多坎坷曲折，是一位经历丰富相当复杂的历史人物。秦岭雪要以一首诗作“旧题新咏”，实不易为。

白话叙事诗如何写作？八九十年来，前人已做过不少探索，但是，在“叙事”与“抒情”之间，在“想象”与“史实”之间，如何求取协调、平衡，亦良多难题。

《苏东坡》全诗的构架以苏东坡自己对其一生颇具总结性的诗句“问汝平生功业，黄州惠州儋州”为纲，以苏东坡后半生数次被贬的主要流放地——黄州、惠州、儋州为书写与想象的空间，构成全诗的主体。此一构思粗看似乎不失为一种“巧思”，其实更出于作者的一种“深思”。

四十四岁以后的苏东坡数次因诗获罪，一贬再贬，一直处于逆境之中。《苏东坡》全诗三章，分别以“黄州”、“惠州”，“儋州”三地为题，意图当在借“逆境”写苏轼，自更能凸显东坡矢志不屈、豪放洒脱的精神境界，令人不能不佩服作者落笔之精准、用心之良苦。其实，苏东坡仕途多舛，当年被贬所去过的地方并不止黄、惠、儋这三州，尚有杭州、颍州、汝州、登州、廉州、定州等地，而终老于常州。作者从诗作的主体立意出发，知所取舍，非对苏东坡一生宦海沉浮有深刻洞见者莫辨。

黄州时期，是苏东坡贬谪之途的起点，也是他诗文创作的高峰时期。著名的“赤壁三唱”即作于此时。“黄州”一章即以苏的赤壁诗文为想象的主要资源，着力写面对“浊浪滔滔”的长江，苏东坡悲怀难抑，仰天长啸，信笔写下“大江东去”的豪语，借史抒怀，以诗明志。同时也点染出他“面目黧黑过闹市，躲进僧房成一统”的辛酸、寂寥。“东坡上煎筋熬骨，雪堂边伫看青苗”两句更尽写出诗人内心不为人知的惨痛与孤苦。如“孤鹤横江而过”，诗人在黄州的所言所行，成了“词坛一声惊雷，回响历史永恒的呼号”。

“黄州”章计五十行，每节两行，十分整齐，这种诗行的选择，应该说是颇能切合“悲风顿起”的情感律动与内涵的。此章的基调也因此可以用“悲风顿起”作概括。

“惠州”章的书写，与其上的“黄州”章，格调大异。“黄州”章以“长江”为中心，而“惠州”章则换以朝云为书写的中轴。苏东坡二次遭贬时，已年近六旬，昔日身边侍妾纷纷求去，而独有朝云愿意随侍在侧，这给了东坡很大的安慰。此章展示了东坡、朝云在惠州时的“二人世界”。诗句正面写朝云的心态行状，其实是以朝云来写东坡。六十四行的安排亦不再是整齐的一节两行，而改为一节多行，短则三行，长则七行，一改上一章“悲风顿起”的顿挫之感，节奏较为舒缓、迂徐，亦与此章写东坡、朝云的日常起居生活这一主要内容相谐和。写朝云，则力陈其“高逸情怀”，亦烘托了东坡的“高逸情怀”。此章中又有一系列数词（如“七千里路”、“十八滩头”、“五改诏命”、“六十年垂老的生命”等等）与诸多生活细节（如“一阵急促的脚步”、“一次羞涩的喘息”、“丧子的悲凄”、“窄小的船舱”、“用薄盐点着羊骨脊”、“心系百姓饮水行旅”、“默默打坐”、“香草编织的裙带”、“读经的声音”等），以见出朝云不慕荣华、不避艰辛的卓越品质，有若“梅花”、“仙女”之高洁。二人惺惺相惜，道同志合，殊为难得，实可钦敬。此章的基调为妩媚中不失清新，平凡中可见峻烈，构成了全诗张弛有致的转换环节，不难看出作者的匠心：务使人物的形象有更多的侧面，性格也更为丰实饱满。或如作者所坦承的，其中“个别地方间有想象之词”，但“所有关于东坡、朝云的行状以及他们所处环境的描述都希望做到言必有据，不敢唐突古人”。①

苏东坡是个历史上的真实人物，《苏东坡》则是历史题材的叙事诗。如何在“诗”（想象）与“史”（史实）之间拿捏得当，取舍有度，实不可轻率从事。秦岭雪为自己这回“历史题材叙事诗”的写作，定下的书写原则是“言必有据”、“间有想象”。这八个字下得好。不是漫无边际地自骋想象，而是“间有想象”——这类“想象”应不妨碍人物形象之基质，只是从创作的圆满度来着眼，应该是于人物的本质、历史的真实，无伤大雅，而就范围、程度言之，则属“间有”而已。重要的是，叙事诗不能拒绝史实的“叙述”，不能如抒情诗般以“虚”见长，这就保证了“历史题材叙事诗”的基本品格——它是以“实”动人，而主要不是以情感人。为了能保证“言必有据”，作者在写作过程中，还参阅了孔繁礼、林语堂、王水照、洪柏昭、张惠民、李一冰诸位先生的“论著”，汲取了他们的一些“研究成果”，可谓做足了案头工夫，其态度之严谨，几乎有点学者撰写论文的做派了。秦岭雪在《苏东坡》的写作中，相当圆融地把求实与求美统一在一处，从而使二者在交汇时放出灿烂的光芒，这应该是此诗提供的最有启发性的成功经验之一。因此，读者大可不必去求证或确指诗中何处是“想象”之词，何处是“有据”之言。这或许正是赏读“历史题材叙事诗”的不二法门。

“儋州”章，是全诗三章中写得最为大气、最见深意的部分。儋州为南夷蛮荒之所，苏东坡一再遭贬，离权力中心也越来越远，环境处境也更为恶劣，但也唯其如此，苏东坡在儋州时期，进到了他一生

① 见《苏东坡》原诗后“作者附记”，《香港文学》2006年第1期。

中至高至洁的境界，完成了他人格书写的华丽乐章——虽然并非是创作的巅峰时期。在秦岭雪看来，在儋州度过的三年，是东坡一生中“最为艰苦困顿的三年”，并终于“最后完成了他独立不羁，俯仰天地、随缘自适的文化品格”。这是一种带有作者强烈个人色彩的体认，也许未必能取得他人的一致认同，但应当说，正是有了如此的认识与建基于此一认识之上的书写，苏东坡的形象在诗中是真正地高大地竖立起来了。之所以能达致如此成功，原因之一应当是作者不以铺陈手法去罗织社会文献和史实轶事，而是着重表现出了“事态过程的共性化发展和人物性格的个性化历史”。[①] 诗中多处以“椰子树兀傲矗立”、“五色斑斓的奇石”、“奇崛的古松”等意象喻写东坡，不仅凸显了东坡的个性人格，也极富海南的地方风情，可谓妙笔生花。

“儋州”章共计一百一十四行，正好是前二章（“黄州”章五十行、“惠州”章六十四行）长度的总和。作者在前两章成功“蓄势”的基础上，将“儋州”一章写得元气淋漓、大气恢弘，同时也最令人回肠荡气、低回深思。

一改“黄州”、“惠州”章的行少节短，此章由“序曲”、“1”、“2”、“3”四个部分组成，每部分基本不再分节，二三十行只成一节，一气呵成，大有一泻千里的奔放之势，更充分表现出作者对抵达人生至高境界的苏东坡的赞誉叹赏之情——它不是靠直抒胸臆或华丽的辞章，而是凭借从心底自然涌出的真性情。有人认为：叙事诗，“不是在讲述一个故事，而是在歌唱一个故事”，[②] “儋州”章可谓若合符节。如果说“惠州”章，颇具以朝云写苏东坡之效，那么“儋州”章看似作者写古人，还不如说是秦岭雪借苏东坡之酒杯抒自己之块垒了。从此章的诗行，应可以看出，诗人歌赞的苏东坡的高洁品行其实也就是作者自己追慕的一种人生境界，一种人格精神的具体而

① 杨匡汉：《中国新诗学》，北京：人民出版社，2005年2月版，第85页。

② 何其芳：《谈写诗》，广州：花城出版社，1981年版，第174页。

微。当年林语堂以《快乐的天才》之名为苏东坡写传，[①] 有人认为：那其实就是林语堂自己追求的中国知识分子的理想人格精神的化身，也有诗论家认为："成功的叙事诗人物总是带有作者本人的气质"。[②] 我们又何尝不可以认为，诗中苏东坡，就是被朋友们公认为"性情中人"且多才多艺的秦岭雪自造的一个"心影"呢?!

综观全诗，"黄州"章写悲情——"悲风顿起"："惠州"章写闲情——"高逸情怀"："儋州"章写豪情——"沧海扬波"，形成了一个欲扬先抑、时顿挫时纾缓、回环往复的情感结构，其中蕴涵着丰富且丰厚的情感律动与人格精神。作者塑造了一个鄙视迫害、以顺处逆、豪迈放达的精神巨人、人格典范。在当代"历史题材叙事诗"中，堪称显示出丰厚人文内涵和鲜明艺术追求的颖秀之作，为叙事诗的探索提供了最新的成功经验。在未来的香港诗史上，应占有不可忽视的一席之地。

叙事诗在中外文学史上源远流长。从古希腊的《伊利亚特》到拜伦的《唐·璜》、裴多菲的《勇敢的约翰》，再到印度的《摩珂婆罗多》、泰戈尔的《故事诗》，大多具有"史诗"的品格，也不乏成功的人物典型的塑造。在中国，从北朝的《木兰词》、《孔雀东南飞》到杜甫的《兵车行》、白居易的《杜陵叟》……也是代有佳篇。白话文学革命之后，从20年代白采的《羸疾者的爱》、巴人的《洪炉》、朱湘的《王娇》；30年代孙毓棠的《宝马》；40年代李季的《王贵与李香香》、唐湜的《英雄的草原》……乃至50年代到90年代期间的《一个和八个》（郭小川）、《叙事诗——一个民间故事》（海子）、《蝴蝶与庄周》（秦人）等，都各有其探索与贡献。在不同的时代，诗坛也曾就叙事诗的写作引发过讨论，但总的来说，比起抒情诗，叙

---

① 见《林语堂名著全集》第11卷，沈阳：东北师范大学出版社，1994年版。

② 盛子潮、朱水涌：《诗歌形态美学》，厦门：厦门大学出版社，1987年12月版，第193页。

事诗的成熟仍在人们的期待中。旅加华文诗人洛夫曾对近年大陆叙事诗写作的普遍倾向（如反对象征、拒绝隐喻、强调直接表达的叙事性……），提出过尖锐的批评，他还认为，叙事诗不但要写得客观、冷静、准确，而且“必须超越叙事、有戏剧手法”，“叙事不是本质，而是表达的策略，背后没有深刻的涵义，就没有什么意义。”① 洛夫的见解自然有很强烈的个人性，仁智之见，尽可展开讨论，更重要的是要见之于叙事诗的创作实践。从这一点看起来，像《苏东坡》这样的作品，在叙事诗创作的实践上，无疑提供了可资讨论的精彩文本。

（原载《香港文学》2010 年第 5 期）

---

① 《诗歌报》，2005 年 10 月 31 日。

陶然的“散文现代化”探索

陶然的艺术新变，在他的散文近作中，也显露了端倪，或可称为散文创作的“现代化”探索。

就作风来说，陶然肯定不能算是一位现代派作家。相反，在他身上，传统文学的艺术熏陶历历可见。大体上讲，他给读者的通常印象往往是写实的路数兼具浪漫的情调。至少收在《香港内外》、《强者的力量》、《夜曲》、《回音壁》、《此情可待》等作品集中的散文、散文诗，就大多是一种古典式的叙事与抒情。按部就班的娓娓诉说、明白的时、地、人、事的交代，情调感伤、笔法整饬，结构也多呈封闭型，未出传统轨道。这种散文主要是承接了“五四”新散文的余绪，也自有它的存在价值。陶然 80 年代末出版的两本散文集《月圆今宵》、《侧影》给我的接受系统输入了某些新的信息，曾经在他先前散文中零星出现过的、我称之为“现代质素”的因子，相当频繁地呈露于前，以至于初读之下，不觉令我的感受也显得颇为繁富甚至难以把捉。

这种趋向散文现代化的调整，在陶然的近作中，首先表现为对时空关系的新颖处理。大幅度的跳跃、切割和组接刷新了传统散文的基本结构法。陶然散文本就长于因现实人事或梦境的提示，倒转笔锋展示“记忆中的风景”：往事、故人、旧情，在联想中拓展文章的容量，延展感情的跨度。一支健笔在现实与梦境的边缘滑翔，因而被评家誉为“挽留和再现梦影的能手”。更多的时候，陶然有意无意地打散时间的链条，重建空间的环扣。时而田野，时而都市（《梦回田野》），时而北国，时而南方（《飘零的歌手》）。往昔与今日会合，梦幻与现实交织，回忆与实况迭现，虚实相生，似幻似真都推倒在一个平面上。于闪回中传达出某种迁逝感、瞬间感，也使他的散文极尽疏密、抑扬、张弛、开合之笔致，正如他自己所说的："散文常常是突破一点，把作者刹那间慑人的感受定影为永恒。"（《横竿高高在上》）陶然的时空意识赋予历来方行矩步的散文以新的活力与灵动的神韵。

以意象表达心境与感受，是陶然近期散文的自觉追求。只要看一看《沉默是金》、《飞鸟投林》、《灞桥柳色》、《黄昏雨》、《侧影》、《暮春》等篇，就不难发觉作者摄取的圆明园的废基残碑、西安灞桥的嫩柳、中环的灯饰、与下班族同时出现的都市里的飞鸟、蝉声，横飞的黄昏雨、友人馈赠的夜光杯，莫不凝结着陶然对生活脉搏的把握与会心，感受与沉思，令人触摸到这位敏于体验人生情味的作者在特定时空中心湖的微妙律动。虽然他的笔触总是含蕴内敛，极少直陈。某种富有象征意味或暗示色彩的意象，成功地营构出一种独特的不可言说的氛围，往往使读者在略作思索后，获致审美的愉悦，引发情感的共鸣与心境的沟通，这就把读者也提升到"创造者"的高度。而感官经验的多方位开放，也唤起了读者对自身经历与情感的反思、品味，发现在自己的生活中，也不乏从生活的"散文"中提炼诗意感受的可能。诀窍在于抓住细节，重视感性。冬夜的餐厅里，烛光闪耀，电子琴悠扬，歌手的嗓音，宽厚中微带忧郁，特具的情调便悄悄掩来，"真没想到忧伤也竟然可以这般美丽，那歌声就好像是一股春水漫过堤岸，把我的心房浸得湿湿的。"（《永远的黄昏》）听觉、视觉、触觉诸种感觉相勾联，那独得的感怀便呼之欲出。

散文区别于其他文体的独特价值，该是人生感受的诗意诉说与人生经验的哲理陈述。上乘的散文作品，最是灵魂奥秘的自白。内心独白的大量运用，在陶然散文的现代化试验中是富有创意应予足够评价的手段，他把这称之为"心房的独语"（《回音》）。把私语悄悄的带给大千世界、茫茫人海，读他的散文，你常常会产生自己似乎便是作者挚友的误认。尽管他带着你去过港岛的街头、古都的校园、赤道山城的旧居、泰国芭堤雅的夜市、天山脚下的冰天雪地……可他其实并不在意是否勾勒出一条都市的风景线或描绘出一幅异国他乡的风情画。向读者呈献陶然“这一个”人的心态剖面图倒是他切实诚恳的作意。“景色再如何漂亮，假如没有人活跃其中，那恐怕也只是一片没有生命的风光罢了。”（《水乡协奏曲》）这个“人”，第一就是他“自我”。与内心独白相表里，陶然还不时变换叙述视角，或“他”、“我”并用，或“你、我”并用，甚至“你”、“我”、“他”三称并用（《飘零的歌手》）。频繁换位，一来二往，在轮流交替中，围绕一个焦点辐射，在繁复周全中又见自由潇洒，并无做作之弊，显示了陶然的笔力。陶然的近期散文，延续着他的小说创作的一个基本主题：对人性底蕴的解析与悟知，在喧嚣、躁动、多变的大都市背景下，袒陈现代都市人那一颗不安宁的灵魂。他痛切地剖解商业社会中人情的浇薄势利、欺贫谄富、见利忘义、拜金主义……突现人性的扭曲与异变，精细地导引读者由表象接近其后面的文化心理诱因。在迷惘和困惑中不失一份理性的清明，在悲悯和慨叹之后，高扬“人性慈爱的光辉”，表现了作家作为人类良知的喉舌所具有的崇高的人格力量。

1989 年 12 月

大品见伟岸

——重读黄国彬的《万里长城》

“五四”以降的白话新散文（不含杂文）以阴柔者为主脉，鲜见洪钟大吕的阳刚之作，当是新散文后天其弊之一端。抗战时期虽有些散文与报告文学颇见波澜壮阔的时代风云，但艺术上乏善可陈，至20世纪80年代“西部散文”出，此种情形方见改观之端倪，但实际上，此前在台湾、香港即有作家的创作致力于此，并非刻意，却功不可没。台湾的王鼎钧、余光中而外，香港的黄国彬也是一个。

黄国彬的散文特别是记游之作，极具个人的风格，但迄未引起散文史研究者的广泛关注和研究，这不能不说是现代散文史研究的一个缺憾。好在也有少数论者已经注意到黄国彬散文的独创性与文体史价值——虽然在内地学界尚未见普遍。刘登翰主编的《香港文学史》认为：黄国彬的散文“采用的是西方史诗和汉赋相结合的笔法，作品气势恢宏，意境深远，气象万千”，具有“史诗般的魅力”，[①] 黄维樑则称黄国彬散文是“高华贵重的‘另类散文’”。[②] 思果甚至以为他的散文是“千古的妙品”，[③] 郑振伟还曾以《黄国彬旅游散文的崇高感》为题，借用西方从古典到现代的文论，就其作品的美学追求来专题分

---

① 刘登翰主编：《香港文学史》，北京：人民文学出版社，1999年4月版，第602页、603页。

② 黄维樑：《精致高华的“另类散文”》，见黄氏著《香港文学再探》，香港：香江出版有限公司，1996年11月版，第172页。

③ 思果：《近代散文的开拓——论黄国彬、梁锡华的散文》，《联合文学》第57期，1987年7月。

析赏读黄国彬的散文，给予了高度评价。①

笔者六年前写过一篇《琥珀·灵视·枫香》，“感受黄国彬”的散文风格，评散文集《华山夏水》、《三峡·蜀道·峨眉》，认为其“浩阔的文化襟抱与广袤的历史意识，甚至可见西方史诗的脉络，”并进而推崇黄氏那些渗透着崇高感的厚重散文“不仅在香港散文中罕见其匹，即使在一百年的中国新文学发展史上也是不多见的”，② 六年已经过去，余仍持此见不易。今次以黄君的长篇散文大品《万里长城》为例，借由重读，再作申论。

《万里长城》全文一万三千余字，算得上是散文“大品”（相对于“小品”而言）了——黄君散文中时有如此之重兵器矣。这种大品散文在黄国彬的创作中并非鲜见：堪称《万里长城》姐妹篇——不，兄弟篇的《长江》也是万多字的长篇大品，说它们就是散文创作中的黄钟大吕，当不是过誉之辞。

《万里长城》一文既以雄伟壮观的万里长城为书写对象，其格局之大自然也在期待之中，否则不足以匹配。或许此文常被视为一篇游记，事实上也是 1977 年大陆改革开放不久，黄国彬首度壮游神州那次旅程的副产品。但余以为又不宜仅以普通的游记视之——它和我们在“五四”以来的现代散文史上见过的那些游记之殊异，是显而易见的。从本质上来说，实为地地道道的历史散文、文化散文以至于哲思散文，原因乃在文章呈现了深邃的历史意识，充溢着强烈的国族认同与丰厚的文化内蕴，还有不可轻忽的个人的大情怀。

文分三节。第一、二节较短，第三节特长。第一节起笔，并没有开门见山、靠船插篙、直奔主题——长城，而是默认了一个抽身于地球之外的全宇宙的立足点观察点，从那样浩瀚无垠的空间引出横亘于地球之上、到了茫茫宇宙银河系中也能清晰可见的中国长城，这就不

---

① 郑振伟：《黄国彬旅游散文的崇高感》，见郑氏著《中文文学拾论》，香港：天地图书有限公司，2000 年 7 月版，第 31 页。

② 曹惠民：《琥珀·灵视·枫香》，《常州工学院学报》2005 年第 1 期。

是一般的视野和胸襟了。阔大、邈远、深邃。起笔就能震撼读者，作者意欲引领读者摒弃庸常之陋、近视之态，取一高端位阶，如此观之，汲汲乎方能得见长城之精髓、之真义、之内里。此节中，述及“你”以宇航员的身份，乘火箭、出地球而入太空，经由各种云层（层云、层积云、积雨云、积云、雨层云、高积云、高层云、卷积云、卷层云、卷云……名目繁多而专业，端的是天文学气象学的启蒙）遨游之，宏观之，且挥洒之。行文既因陌生感而能吸引读者，又在不经意间令读者增知益智。黄国彬的大品散文里这类笔墨所在多有，也是所谓“学者散文”的一种气象。

第二节的“知识点”更见丰繁，直有令人目不暇接之势。记游踪，最忌静观，那往往会把活的都写死了，高手呢，却能把死的写活，如此文第二节便是。黄国彬不仅于欧西文化饱受浸润，对本国历史文化也是如数家珍。初见长城，他看到的不仅是物理空间中的“地”与“物”（以砖土结构呈示的长城）的存在，更看到其曾在场、所见证的“人”与“史”。此段文字历述自春秋战国至明清当下之际，长城的前世今生雨雪风霜，洋洋洒洒、淋漓尽致，几乎就是半部中国历史，也是华夏民族的心灵史。论者所言及的“汉赋”笔法，此段亦似为适例。

一万二千七百华里的长城在作者的脑中笔下就是“中华民族一万二千里的记忆”，“一万二千七百华里的长城在沙漠、高原、峻岭、河谷起伏升降成二千二百年的历史”，“长城，一万二千七百华里，是山岳郁郁的沉吟，是大地的咆哮传过千岭万壑，是中华民族悲壮的歌声二千二百年在穹庐之下大地之上回荡不绝，不绝如黄河长江，在八亿人的心中盘屈，和八亿人的思绪纠结。”空间的长度、宽度与时间的长度、深度相错综，立体的文化情怀于焉彰显。

第三节很长，几占全文篇幅的70%还多。此节首句（在他的心中盘屈，和他的思绪纠结）转以“他”（即叙述者自身）领起，又与上节末句（在八亿人的心中盘屈，和八亿人的思绪纠结）紧紧相扣，严丝密缝，其实也是喻示着个人与民族、个人与历史的无法分割的联系。然后一一叙其行迹，算是所见所闻的实录，但又时时穿插其所感所思，历史感仍渗透于字里行间。旅行的十二天中，“他在空间移动了三千多公里，同时也循时间曲折幽邃的甬道上溯了两千多年”，长城，二千二百年静卧着守护一个龙族，它就是“中华民族的龙脉”，一直绕进他的潜意识。“呆立在长城脚下，他感到九百六十万平方公里内地脉的搏动从城上传来，刹那间他感到整条长城在震颤，九百六十万平方公里几十万年的脉冲刹那间和他的脉搏相通；透过万里长城，他的脉搏开始和神州的地脉一起翕张。”这样的文句岂是用笔、用字写得出来的？那是作者用心、用血写出来的啊！

《万里长城》一文诚然是作者的心血之作，几乎就是真情的实写，但它并不拒绝运用一定的技巧。第三节在写到万里长城终于在他眼前出现的时候，无数曾得之于古籍旧典的诗句纷纷奔来笔下：长城窟，长城道旁多马骨，古来此地无泉水，赖得秦家筑城卒。梭尉羽书飞瀚海，单于猎火照狼山……北斗七星高，哥舒夜带刀。白日登山望烽火，黄昏饮马傍交河……野云万里无城郭，雨雪纷纷连大漠。穿河万里犹秦塞，绝幕三城自汉家……接踵而至的诗词名句，构成了浓重的历史氛围，在读者面前展示了一幅幅壮阔浩瀚的图卷。不仅增强了文章的气势，也充实了文章的内涵。《万里长城》的崇高之状、阳刚之气，也便自然生成了。

黄国彬为文喜铺张扬厉，喜引经据典，且喜用生僻艰深的字词（有些甚至在当下的计算机上打字、寻找起来都已经相当困难了，也许因此之故，笔者不得不放弃从黄文中大量举例以佐证某些论述的计划），说不定还会有读者觉得影响了阅读与接受。是利是弊？怕也是言人人殊，莫衷一是。然而，这——就是黄国彬，一个独特的不可多得的散文家。在传统文化日益疏离我们今日文化之时，这种浸淫着传统文化遗传因子的文章，已经少有人作了，何尝不可多多益善呢？

在谈到他创作这些大品“游记”的初衷时，黄国彬曾经透露过，他想用“史诗”的笔法去表现神州浩瀚无边的主题，压缩时空，避免直线或平面的叙述，希望以个人的游踪、感慨为经，以神话、历史、地理、文化为纬，写一首题为《华山夏水》的“散文诗史”。[1] 如此明白的昭告，散文史家怎能视而不见并重作一番思考呢？

（原载香港《百家》文学杂志双月刊，2011年6月）

---

① 黄国彬：《航空星宿海·序》，见黄氏著《航空星宿海》，香港：天琴出版社，1993年1月版，第2页。

第三辑　全球视野下的各国华语文学研究

“20 世纪中国文学” 与世界华文文学

“世界华文文学”这一学科概念的提出，是 90 年代中国进一步改革开放、中外文化交流空前密切频繁的自然要求，是当代学术研究向纵深发展的必然结果，显示了中国当代学术研究世界性、国际性视野的最新趋势。

“20 世纪中国文学”是十多年前由北大学者黄子平、陈平原、钱理群所提出，它扬弃了“中国新文学”（50 年代）、“中国现代文学”、“中国现当代文学”（80 年代）的既有界定，尝试为本世纪中国文学寻找整体的历史坐标，形成了学科格局的新思路。

“20 世纪中国文学”从时间的向度上，“世界华文文学”从空间的维度上，交叉纵横地拓展了“中国现代文学”（1917—1949，祖国大陆，汉民族文学为基本内容）的既定内涵与外延。二者的结合，将赋于此一特定时空内中国文学新的质素品格，极大地拓宽学术视野，具有鲜明的“跨世纪”的学术气派，展现了宏伟的学术前景。

“世界华文文学”主要研究世界范围内，祖国大陆以外地区华人文化圈中的文学现象。从某一特定的意义上说，它是“20 世纪中国文学”的特殊延伸。它从多方面为“20 世纪中国文学”提供了新实践、新经验：

一、延展了中国文学反映生活的空间。这里既有对台湾、香港、澳门地区中国人生活各方面的独特写照，也有对散居于世界各国的华人奋斗史的记述，并同时展示了所在国的异域风貌。

反映台湾人民的现实生活和文化变迁，自是中国文学的题中应有之义；而在实际上，“五四”以来的大陆作家由于多方面的原因，在他们的创作中不免留下了这方面的空白。台湾本土作家赖和、杨逵、张我军、吴浊流、钟理和、陈映真、黄春明、王祯和等人的大量作品填补了这一空白，给读者展示了一个他们在过去阅读范围内未曾接触、了解过的世界。一些第二代、第三代乃至新生代的作家更是切近地把握了当代台湾社会的现实律动，其作品亦有大陆作家所无力为之之处。至于海外华文创作界的先行者如於梨华、聂华苓、赵淑侠等关于欧美社会中华人生活与心态的各种文学创作，深入考察与思索了华夏民族炎黄子孙在不同的文化背景下，在异国他乡饱尝辛酸、奋斗成功、思乡念国的生活历程、心路历程。

所有这类作品在不同的时空维度上，以新鲜的内容充实、丰富了现代中华文学的画卷，使中华文学以一种更为多彩的面目呈现出历史的新变。

二、传达了孤悬海外的中国人的“孤儿”意识，描写了他们的生存困境，以及各种表现的“中国情意结”，丰富了20世纪中国文学的感情色彩与精神结构。

由于历史的原因，台湾、香港、澳门都有长短不同的殖民地史，孤悬海外的“孤儿意识”、“漂泊感”以及寓居海外而恋念故国的“中国情意结”，在海外作家笔下表现得特别强烈、明显，《亚细亚的孤儿》、《纽约客》、《台北人》、《台湾人三部曲》等作品可为适例。而像《白玉苦瓜》、《中国人，你为什么不生气》这类作品，也从不同的侧面和深度上，对中华民族的历史传统和生存现状，展开了自己独特的思考。

三、以另一种眼光和价值标准，表达对中国本土生活的体认、反思。由于拉开了时空的距离，便使这些作品获取了独特的观照角度和聚焦点。这在陈若曦《尹县长》、林海音《城南旧事》以及赵淑侠、郑念、金兆等人的作品中各有不同角度的表现。生活在价值标准、审美趣味及历史眼光有异于特定的中国某一历史时期的异地，也就很自然地获得另一种打量中国本土生活、历史传统的眼光、角度、距离，从某些方面可能得到“身在其中”的大陆作家所未曾得到的体认，从而形成有意义的返观、回顾，甚至有一些更深入独特的见地，这对准确地、深刻地认知中国大地上发生的一切，无疑是有益的。

四、凸现了中国文化、中国文学在本世纪中外文化空前交汇、冲撞、互渗过程中的时代变貌，追寻中华文化由于华人在各地区多方面的努力，怎样融于所在国的文化、社会生活，又同时葆有其民族根性的缘由。

在白先勇、陈映真、刘以鬯、林燿德等许多作家的作品中，不管是写台湾、香港，还是写美国、海外，中西文化的交汇、冲撞与互渗的时代变貌，形象地反映了生活于其中的中国人的历史性感受，赋予文学以强烈的时代特征；另一方面，也把中国文学置于整个世界文学的大格局中，既承受世界先进文学、前卫文学的熏染，也把中国文学传统中的基本精神展露出来，以一种独特的韵味加入世界文学的当代潮流。

五、实验了当代社会、哲学、文化、文学思潮对华人文化、华文文学影响的文学表现（包括从主题表达、思想内涵、创作方法到语言文字的操作），探索了传统与现代的多重关系及适宜的调配，为20、21世纪的中国文学汇入世界文学的潮流，进行多方面的艺术创作实践与理论探讨。

台港海外作家几十年来在文学写作中以敏锐的艺术触觉、勤奋多产的写作实践探索具有当代意义的创新，在不割断文化传统的基础上，进行了程度不同的尝试努力。在主题表达上，对一些当代世界的共同问题（如环保问题、青少年犯罪问题、人际关系的隔膜、生态失衡……）开始关注；在思想内涵上，表现了对人类历史命运的终极关怀，对人性和人的生存困境之类问题的探讨；在创作方法上，更是多元并举，进行了多种多样的实验、尝试、创新、探索，有的已呼应了当代世界文学潮流的新趋向；而在语言文字的处理上，既发挥出汉语独具的魅力，又广泛涵容别语种的长处，显示出新的活力，为华文文学创作的未来展示了美好的前景。

六、中华文化和文学传统在海外华文文学中的继承、衍变、发展，怎样赋予古典传统以现代生机，提供了在另一种文化背景下，同质异象文化当代生成的各种经验教训。

在海外华文创作中，很多作家的作品或隐或显地呈示了它们与中华文化（文学）传统之间的内在传承联系，从中国古典诗歌，从屈原、李杜、王孟、苏辛……到中国古典小说《红楼梦》、《儒林外史》，从鲁迅、巴金、张爱玲的小说到艾青、冯至、卞之琳的诗，从庄子的天马行空到何其芳的瑰丽奇美的散文，都可以在他 们的作品中看到其影响（当然这种影响有时是并不自觉的），而在表现新的时空中的华人生活时又给予了现代化的处理。在这方面，海外华文文学积聚了正反两方面的经验教训，也是有益于21世纪中国文学的健康发展的。

总结本世纪华文文学在中国及境外各地区的生存状态，寻求某些规律性的东西，在下一世纪真正确立世界一流的语种文学的地位，同时将负载深沉浑厚的中华文化的积累，向世界文学施加更广泛更有力的影响，这是走向21世纪的华文文学的必然发展趋势，也是21世纪华人文化的全球战略行动的重要组成部分。

1995年8月

“新移民文学”说的辨析与质疑

20 世纪是一个战乱频仍、动荡不宁的世纪，也是国际间交往频密并逐步走向“全球化”的世纪。在这样的背景下，移民，成为20世纪国际社会的重要景观，自是应运而生。20 世纪也因此被认为是移民的世纪。

移民文学由此派生，自产生之始，它就与社会政治有着脱不开的干系。由移民文学，又有“新移民文学”之谓，还有与之相关的留学生文学、新华侨文学、①新华人文学、②新华文文学、③新海外文学、④华美族文学、⑤唐人街文学⑥以及离散文学、流散文学、流亡文学等说法。

---

① 此呼谓见于移民日本的莫邦富90年代中期在东京创办的《新华侨》杂志、2002年出版的《这就是我爱的日本吗——新华侨30年的履历书》，见廖赤阳、王维：《“日华文学”：一座漂泊中的孤岛》，引自黄万华主编：《多元文化语境中的华文文学》，山东文艺出版社，2004年版。

② 此称谓见于钱超英：《澳大利亚：英语世界中的新华人文学》，《华文文学》2001年第1期。

③ 陈涵平：《试论北美新华文文学的研究价值》，《中国比较文学》2006年第3期。

④ 赵毅衡：《新海外文学》，广州《羊城晚报》，1998年11月20日。

⑤ 此称谓是美国圣约翰大学终身教授李又宁在十多年前提出的，详见李又宁：《华美族文学的回顾与前瞻》，《华文文学》2006年第1期。

⑥ 朱大可：《唐人街作家及其盲肠话语——关于海外汉语文学的历史纪要》，《花城》1996年第5期。

一、概念的辨析

现在一般所称的“新移民文学”作家，都指20世纪80年代以后，由祖国大陆移民至北美、澳洲、欧洲、日本以及香港、澳门的作家。这个界定值得商榷。一在其时间（80年代后）的限定，一在其移民所来自地区（祖国大陆）的限定，都有可议之处。

移民文学，作为一种特定的文学现象，应是指由一国迁移到另一国、并取得该国公民资格的作家（即其社会身份是移民）所创作的作品（及相关现象）。不论作者是何时移民，作为移民文学，自有其自身不同于非移民文学的内在质素与品格。它有两个参照系，一是原居母国的民族文学，一是移居国的文学。移民文学（作为出离者）既不同于前者，（作为进入者）也不同于后者，是一种具有两种（或两种以上）文化背景、跨越两个（或两个以上）国度的文学书写。两种异质文化必生争战，由争战而走向共生，是移民文学生存、发展的普遍情形。它是位处边缘的文学、“夹缝”中的文学、脚踏两条船的文学。移民作家也因此具有双重边缘人、双重“他者”的身份。移民有先后，移民文学无“新”“旧”。特别标示出“新”移民文学，实无学理的必要性。何况，新、旧从来都是相对的语词，今日之新，必成明日之旧。今日之旧，正是昨日之新。“新”是流动不居、时时更“新”的。以移民美国的华人作家为例，60—70年代移民美国的聂华苓、於梨华、白先勇等人，与80—90年代移民北美的洛夫、严歌苓、张翎等人，作为移民作家不必然具有质的差异性。“移民”，是先后来到北美的他们同一的身份。

“新移民文学”命名的另一层所指，是限定于来自（中国）大陆。换言之，若是同在80—90年代后移民，但来自台湾、香港者（如移民北美的洛夫、王鼎钧、梁锡华、陈浩泉，移民澳大利亚的梁羽生等）则不在其列。似乎“新移民文学”作家这顶桂冠只是祖国大陆移民者的“专利”，这从逻辑上讲是说不通的。在移民国的主民看来，移民就是移民，就是客民，大概不会也无须去分别你是祖国大陆移来或是台港移来，反正都是华人移民。

至于将80—90年代祖国大陆南下香港、澳门的作家（有论者称为“南来作家”①）也称为“新移民”作家，窃以为更不能成立。这种迁移并非从一国到另一国，而是在一个国家内由一个地区迁移到另一个地区而已。（如果不是这样，那么，在“移民城市”如深圳等地出现的“打工文学”也可以被纳入“移民文学”的范畴了，这就混淆了“移民文学”的质的规定性。）其间的“质”（美国是个移民国家，而台湾是个移民岛，深圳只是个移民城市）的差异性是十分明显的。此“移民”非彼“移民”，此“移民文学”亦非彼“移民文学”。30年代鲁迅曾企图将“从北京这方面说”的“侨寓文学”与“乡土文学”建立某种关联，但紧接着又明确区别“这又非如勃兰兑斯（G. Brandes）所说的‘侨民文学’”，可能就有国界问题的考虑。退一步说，即使现在沿袭鲁迅的这一说法——“凡在北京用笔写出他的胸臆来的人们，无论他自称为用主观或客观，其实往往是乡土文学。从北京这方面来说，则是侨寓文学的作者。但这又非如勃兰兑斯（G. Brandes）所说的‘侨民文学’，侨寓的只是作者自己，却不是这作者所写的文章”，② 而自祖国大陆南下港澳的作家，也还只能称之为“侨寓文学的作者”，而不能等同于“侨民文学”（移民文学）。论者可以把祖国大陆南下港澳的作家创作与华人移民文学乃至世界移民文学勾连起来考察，但两者之区隔，应不能混为一谈。我们可以把港澳的所谓“新移民文学”视为中国当代文学的组成部分，海外华人“新/移民文学”视为“世界华人文学”或“世界移民文学”的组成部分，却断断不可以将在世界其他国家的新/移民文学视为中国当代

① 鲁迅：《中国新文学大系·小说二集导言》，见《中国新文学大系1917—1927》，上海：良友图书公司，1935年版。

② 东南亚文学界、学术界也有“南来作家”之称，应是“侨民文学”向“移民文学”转换过程中对来自中国作家的特指。

文学的组成部分。

因此，将“新移民”作家定位为80—90年代以后由大陆移民他国（如美、加、澳、日、欧等）甚至港澳者，并不是严谨、科学的界定，或许只能作为一种暂时的、过渡性的称谓。

移民文学并不等同于留学生文学，从某种角度上讲，留学生可以被视为一种“准移民”，但留学的期限毕竟是有一定时间起讫的。留学生身份只能是一个过渡性的短期的甚至是临时的身份。学成之后一旦留居下来就转换为正式的移民。60—70年代，由台湾、香港去欧美留学的作家（如於梨华、白先勇、陈若曦、欧阳子、丛甦、张系国、郭松棻、李黎等）所创作的以留学生生活为主要书写对象的作品，一向被称为“留学生文学”，而不称为“移民文学”，就是基于留学生文学有其特定的表现领域这样的事实。而他们留居美国以后所写的超越了留学生生活范畴的作品（如被称为台湾“留学生文学鼻祖”的於梨华90年代以后的作品《一个天使的沉沦》、《在离去和道别之间》等），已很难归入“留学生文学”，而更宜于以“移民文学”（或“学人小说”）称之。应该说，移民文学是一个比留学生文学指涉范畴更大的概念，二者不能画等号。

“新移民文学”与“新华侨文学”、“新华人文学”，所指对象都是80年代后由祖国大陆移民西方国家的作家文学。目前国内学界一般称在北美的为“新移民文学”，而在日本的自称“新华侨文学”，在澳洲者则称“新华人文学”。所在国不同，称谓不同，但华人移民之身份则一。在这基本的一点上，“新华人”、“新华侨”与新移民之间并无甚不同。不妨可以归并为“华人移民文学”一种称呼，有利于将移民国外的华文文学，作为一种整体的文学现象来考察。最终建立“华人移民文学”的概念，应是必然的选择。

“新移民文学”与“海外华文文学”、“新海外文学”，前者侧重从作者的身份定位，后者侧重从作者使用的传媒中介——语言（语种）定位。

“海外华文文学”限定为用华文写作的作品，新/移民文学的概念理应涵盖用华文（母语）或其他语种（如英文、法文、日文等）创作的作品，包括用双语写作的华人华裔文学，董鼎山甚至说，“美国所谓的‘移民文学’其实是指外裔移民用英文写作发表的作品。”①就更倾向于将移民文学认定为一种语种（且是非母语）文学，作者可以是多族裔的。其所创作，可以母国为背景，也可以所在国为背景。从某一种角度来说，海外的华人、华裔，都具有移民的身份（或是第一代移民、或是第二、三代移民），华人新/移民文学与海外华人文学这两个概念倒更为接近。而“新海外文学”的概念就未免显得模糊和粗疏，“唐人街文学”则语带调侃，并非规范的学术界定。

流亡文学与移民文学。流亡者如果已加入他国国籍，当然也是一种移民（这同时就意味着，倘若流亡者并没取得他国国籍，就不能称其移民，而仍然是“流亡者”）。一般所称的“流亡者”，基本上是指因政见不同或遭政治迫害，不见容于母国政府而亡命异国者（其中，前朝遗民有之，政治难民有之，也还可以包括某些因经济、司法原因企图逃避法律制裁而流亡者，和少数出于生计原因的偷渡者）。因此，“流亡文学”通常带有比较明显甚至强烈的政治背景与意识形态色彩。勃兰兑斯《十九世纪文学主潮》第一分册《流亡文学》中所谈到的作家就都是因政治原因流亡异国的。因此，“流亡文学”的概念宜于审慎地、有限度地使用。相比较而言，“移民文学”不像“流亡文学”有那样强烈的政治色彩，但其创作并非绝对不涉政治，但至少就作者本身而言，他通常不会以原居母国政治上反对派的姿态出现。

概念的厘清和辨析之所以必要，是为了给学术研究提供一个有共识的前提，并且力图使概念显示确切的内涵与外延，这才可能在学理的层面上深化相关的研究，但概念的界定不应成为研究的出发点与终极目标。研究的出发点应是丰富生动的事实（作家作品、文学现象），其目标应是对这些事实的准确认知（包括对本质、规律的概括）。

① 董鼎山：《浅谈美国移民文学》，《华文文学》2006年第1期。

二、"流散"的建构

移民文学就其本质而言，实乃离散文学、流散文学（为表述方便，下文统称"流散"）。"流散"（diaspora）源自希腊文，其本意是"分散"，最初是历史学和文化学范畴中的一个概念。是对公元一、二世纪后犹太人被驱离巴勒斯坦流散、散居于世界各国和异族间这一历史状况的一种描述，与此类似，还有非洲人、印度人、墨西哥人、华人在世界各地的流散，形成一种关涉多种族裔的国际性现象。资料显示，散居于世界各国的犹太人人数甚至超过了在以色列国的犹太人人数。而流散在世界各地的华人（华侨、华裔、华人移民）人数，不在其下，估计应有数千万之巨。在后殖民主义、东方主义思潮的烛照下，流散文学呈现出其所具有的复杂丰富的文化内涵和深邃的阐释空间。近年来，诺贝尔文学奖也多次授予某些有多个族裔、多种语言文化背景的作家（比如奈保尔、库切、帕慕克、高行健……）。正是在这样的背景下，国内外文学研究界开始关注散居世界各地的华人（华裔、华侨、华族）的文学创作。这都使"流散文学"成为近年来学术界聚焦的热点话题。

"流亡文学是一种表现出深刻不安的文学"。① 由于种种原因背井离乡，从故国出走或被迫放逐的作家，都无一例外地面临着母国文化与异族文化的强烈冲撞与争战，承受着告别历史、离别母体的心灵创痛，游走在东西广袤的"荒原"上，心中悲怆，举目茫茫，前路未明，难免不进退失据，深刻的"不安"是当然的心境。90年代后，刘再复在漂泊生涯中写的书都用《放逐诸神》、《漂流手记》、《寻找的悲歌》、《远游岁月》、《西寻故乡》、《独语天涯》、《沧桑有感》（均为香港天地版）等为题，令人不难想见其间的心迹。洛夫则提出

① ［丹麦］勃兰兑斯：《十九世纪文学主流》（第一分册《流亡文学》），张道真译，北京：人民文学出版社，1980年版，第201页。

“天涯诗学”的说法，他1996年移民加拿大，经历生命中的二度流放。2001年，人在“天涯”的他写作长诗，题名为《漂木》。“漂木”这个意象非常贴切地成为漂泊海外的华人焦虑身份的集中隐喻。原来生根于故土的树木，被连根拔离了原乡，也就被切断了“那根唯一联系大地的脐带”，其断根之痛、锯解之伤，从诗作间透逸而出、荡气回肠。华族血统（种族身份）、中国诗人（文化身份）和加拿大国籍（法律身份）多重身份的摩擦、碰撞，充满不确定感的人生位移，不能不引发这些漂移在“无岸之河”（洛夫诗集名）中的“漂木”们的深刻焦虑和认同危机。正如洛夫所坦承的：“秋日黄昏时，独立于北美辽阔而苍茫的天空下，我强烈地意识到自我的存在，却又发现自我的定位是如此的暧昧而虚浮。”① 对于与生俱来的中华文化，他们一面是叛逆者、批判者，一面是承载者、传播者。前者是自为的，后者是自在的，二种角色始终在争战中。他们注定只能是永远的“纽约客”（白先勇作品名）。居无定所，漂无定向，仿佛是无数游子移民的共同宿命。

离散，其实总是相对于原乡而言的。若无原乡，谈何出离与流散？对于现居国，没有什么离散可言，乃是一种进入、汇聚、集结。这些文学的“游牧民族”，最大的精神危机是身份的失落。身份的重新建构成为回避不了的二难命题。一旦漂泊于途，“我”还是原来的“我”吗？中国人？美/外国人？似乎已失去了自我身份的足够佐证。从离开中国踏上异国土地的那天起，他就成为夹缝中的人。原有的身份已随风而逝，新的身份还十分陌生，有一段需要“磨合”的过程。这可能是一段相当漫长的时间。在中国人眼中，他成了“外国人”，而在外国人看来，他还是“中国人”，“境内的异国人”，对非其族类、其心也异的中国人，他们常深具戒心。他是悬浮于二者之间的无根人、边缘人，而且是双重的“边缘人”，双重的“他者”。

---

① 羁魂：《且听诗魔絮絮道来——洛夫笔访录》，香港：《诗》双月刊1998年第4期。

因此，移民要真正融入所居国的主流社会，其艰难可想而知。面对两种文化，一是规约他们就范的母国文化，一是迫使他们设法适应的异国文化，只有一种力量能够使他们逃避这双重异化压力以对抗严酷的现实——艺术想象力。这种“艺术想象力”通常也因之向两个方向发散，一是对异国的“想象”，一是对原乡的“记忆”。在关于流散的书写中，流散者的身份被建构起来。

“在异国他乡，在异国语言淹没一切思维的喧闹中……他们所致力的，不仅是对写作和释意方式的重新探求，而是对自己生命意义的更深切的理解。”① 这种对生命意义的追寻、理解、书写，建构了移民文学的自身价值。在异国他乡的漂泊激活了关于原乡的记忆，记忆被原汁原味地还原。正因为如此，以“流散”为其品质的移民文学最可能在原乡的记忆上有更精彩、并且不可替代的表现，托马斯·曼、帕斯捷尔纳克、索尔仁尼琴、纳博科夫、奈保尔、帕慕克等人的成就证明了这一点。而40年代就去国的移民作家董鼎山说出“‘移民作家’最后的愿望应该还是能像哈金那样，用英文创作打入美国主流”② 这样的话，就不是不可以理解了。从马来西亚移居台湾的新生代作家、学者黄锦树则这样描述华裔族群在强势的异质文化国度的文学生态：“华文少数族裔文学早已成了无国家华文文学”，③ 它的出路不是在居留国或（真实抑想象的）祖国二者之间有所偏袒。而是应使“中国属性”成为一个开放的意符，保持一股“创造性的张力”。或许这也不失为华人移民文学（少数族裔文学）的一种生存策略。

---

① 赵毅衡：《新海外文学》，广州《羊城晚报》，1998年11月20日。

② 董鼎山：《浅谈美国移民文学》，《华文文学》，2006年第1期。

③ ［马来西亚］黄锦树：《华文少数文学：离散现代性的未竟之旅》，黄万华主编：《多元文化语境中的华文文学》，济南：山东文艺出版社，2004年版。

三、想象崩解　记忆还原

除了那些被迫放逐的“流亡者”，华人移民的进入美国，大多是主动的选择，留学、访问、陪读也好，就业、打工、经商也好，或者是以“国际婚姻者”的身份嫁给美国人也好，移民们是带着对美国这个发达国家的想象（而且无一例外的都是美妙的想象）进入美国的。正像西方对东方的误读、误判一样，从一个相对落后的东方古国出走的华人，对美国的美好想象也多是一种误读、误判。美国不是遍地有黄金的“天堂”，也不是绝对自由、绝对平等的伊甸园。当移民们置身美国这陌生的环境不久，他们很快发现这里那里都存在着可能而无法防范的“敌意”，未必是自己的久留之地，而此时，种种考虑又不能使他们即刻抽身折返，重归故园。当初叫着喊着“到美国去，到美国去”（小楂小说名）、大做“绿卡梦”（毕熙燕作品名）的人，此时幡然顿悟：“八年一觉美国梦”（刘子毅作品名）。那个曾经不无自得地声称“我的财富在澳洲”的刘观德，后来不无感慨地说出了“吃不着苦的苦比吃得到苦的苦还要苦”这句绕口令似的话，可谓五味杂陈，一言难尽。让人油然想起鲁迅先生的一番话，鲁迅曾极为精辟地把中国的历史分为“做稳了奴隶的时代”与“想做奴隶而不得的时代”，那种想吃“吃不着苦的苦”的心态，与“想做奴隶而不得”者，又是何其相似乃尔！

60年代留美的台湾女作家於梨华最重要的作品《又见棕榈，又见棕榈》，塑造了一个辛辛苦苦学成后却在美国找不到立锥之地，不得已又返回台湾的留学生牟天磊，重回母校校园，又见青青校树，他深自感叹自己是“无根的一代”，於梨华也因此被称为“无根的一代”的代言人。作者也自称自己已经从“一个把梦顶在头上的大学生”变成了“一个把梦踩在脚下的女人”。① 她最终选择留在美国，

① 於梨华：《归·自序》，《归》，台北：文星书店，1963年版。

并嫁给了一个美国教授。在讲述了一系列的留学生故事以后，於梨华把视线转向他们周边的一些人——华人移民、美国教授和学生，乃至社区的各色居民……《变》、《屏风后的女人》、《一个天使的沉沦》、《在离去与道别之间》这些作品，虽然并没有像《又见棕榈，又见棕榈》赢来追读与热评，其实却有更深沉的内涵与更深入的思索，倒是真的“告诉你一个真实的美国”（陈燕妮作品名）。而差不多同时期出现的曹桂林的《北京人在纽约》、周励的《曼哈顿的中国女人》，却依然还迷失在纽约、曼哈顿“黄金遍地”的神话般的想象中，两位来自大陆、原本名不见经传的作者竟然在大陆风靡一时。如果说他们也是“新移民”的话，人们实在看不出他们究竟比於梨华、白先勇这样的“老移民”新在何处？对美国对西方的“想象”，其现实合理性又在哪里？

与一些虽然梦想破灭、仍苦苦挣扎在夹缝中的“香蕉人”（黄皮白心的华人）不一样，也有的“移民”最终又选择了“回移”——返回母国。闫真的长篇《白雪红尘》里的男主人公放弃了无奈的漂泊甚至曾经深爱的妻子，踏上归程，这当然是个人的一种选择，但对于当事人又何尝不是一种心灵磨难的解脱？只是简单的批评其是“弱者的哲学”，未见得就是看到了这个悲剧故事后面更悠远、更微妙的东西。“加拿大，这是一个好地方，却不是我心灵的故乡”——在“明天我就要结束这种没有尽头的精神流放”之际，主人公如是说。他说出了一个真理。唐人街的咖啡里不放糖，“里面渗透悲凉和沧桑，上面飘浮着一层烟魂，而杯底则另有乾坤。”（陈楚平《咖啡馆和我》）

对于美国、对于西方的“想象”一旦崩解，原来心理失衡的移民倒是更看清了“以文泄气”的另一种路向，当下与未来既无法把握，那就还是皈依悠游于自己熟稔的故人旧史吧！正是在这里，艺术的想象力与创造张力呈现了郁积之后的迸发，原乡的记忆在异国他乡被原汁原味地还原。这就有了严歌苓的《人寰》、《扶桑》，沈宁的《泪血尘烟》，张翎的《上海小姐》（原名《望月》）、《雁过藻溪》，卢新华的《紫禁女》……乃至于如英国张戎的《鸿》，虹影的《饥饿的女儿》、《上海王》等等、即使用非母语写作的，如哈金的《等待》，闵安琪的《红杜鹃》、《狂热者》，裘小龙的《红英之死》，程抱一的《天一言》，山飒（闫妮）的《围棋少女》……都得到了好评，或获得某些大奖或列入畅销排行榜，堂皇地进入西方主流社会。（在日本的情形也是如此，北大出身的毛丹青的日文作品《日本虫眼记行》获“兰海奖”，更不必提老一辈移民邱永汉的长篇小说《香港》获“直木赏”，陈舜臣的历史小说《枯草之根》获“江户川乱步赏”。）这种现象是否说明，选择中国题材（包括“文革”题材、历史题材、战争题材）、以英语（或法语、日语等）为叙事语言的作品，在西方读者中，之所以会受到青睐，满足他们对遥远而颇为神秘的东方的阅读期待，应是重要的原因之一？而这和他们蓝眼睛白皮肤的同胞那种想当然式的“东方想象”，无疑有天壤之别，大概是没有疑问的。在杳无形迹中，华人移民作者和西方读者已经合力从“东方主义”的迷思中突围而出。两种文化之间所谓的协商和共生由是成立。

正因为如此，笔者认为，移民作家关于中国的记忆与叙述，其文化与审美价值要高于他们对西方的想象性文字。对于世界文学来说，这些作品所具备的独特品貌，无疑最能凸显华人移民文学不可替代的真价。

（原载《当代比较文学与方法论建构——中国比较文学学会第10届年会暨国际研讨会论文集》，复旦大学出版社，2014年5月）

传说、实证与想象

——郁达夫印尼“失踪”之谜的辨正

一、世纪之痛

死亡，是一个人生命话语展开的终结，也是他人以“盖棺论定”的姿态言说其生命的起点。而“非正常死亡”，往往给人们留下了更大的言说的空间。文学史家和我们，在中国现代史上，看到过不少作家的“非正常死亡”：从王国维的自沉昆明湖到徐志摩遭遇空难，从朱湘的沉江到老舍的沉湖，从郭小川的“乐极生悲”式的辞世到三毛用丝袜为自己送行……阐释者们以自己的理性分析与不无根据的想象，力图为已死者建构一种合情合理的解读话语。其间的纷纭众说虽莫衷一是，又生生不息，似乎在给众读者以某种阅读的满足，甚至是一点慰藉，在某一层面上也正言说并延续着作家的艺术生命。

但是，60 年前郁达夫在异国的“失踪”，却有其殊异之处。对于其“失踪”（抑或是遇害?）之谜的破解，至今仍叫人心头有如铅似的沉重：还原历史的真相是如此的艰难，简直已成了一种奢望。

然而，越是蹊跷多端、扑朔迷离，越是挑起了后人探秘解谜的强烈欲望，历一个“甲子”而不衰。这是一个“世纪之谜”，也是中国文学的“世纪之痛”。

纵观 60 年来探寻“郁达夫失踪”这一 20 世纪中文文坛最大悬案之诸说，其中最可注意的大抵有三种解读的文本：

一、胡愈之以亲历者的身份写的回忆文章《郁达夫的流亡与失踪》；①

二、日本学者铃木正夫以他在新加坡和印度尼西亚的实地考证和在日本对当事人的寻访为依据而写成的学术著作《苏门答腊的郁达夫》；②

三、旅台马来西亚华文作家黄锦树以郁达夫"失踪"为本事所创作的小说《死在南方》、《沉沦·补遗》。③

二、胡愈之：记述传说

胡愈之（1896—1986）是二战后期从中国内地南下新加坡，后又流亡至印尼西亚苏门答腊、与郁达夫来往密切的朋友。在《郁达夫的流亡和失踪》中，他这样写道：

（1945 年）八月二十九日晚间，郁先生和三四位客人，都是一些熟朋友，正在家中谈闲天。八点钟以后，有一个人在叩门，达夫走到门口，和那人讲了几句话，达夫回到客厅里，向大家说，有点事情要出去一趟就回来，他和那人出了门，从此达夫就不再回来了。

据当时在郁家谈天的包思井说，把达夫叫出去的那个人，"是一个二三十岁的青年，像一个台湾人，也像一个印度尼西亚人，和达夫

---

① 胡愈之：《郁达夫的流亡与失踪》，香港：咫园书屋，1946 年 9 月初版，此文最早曾以《致全国文艺界协会的报告》为题，发表于 1946 年 9 月 14、21、28 日的《民主》周刊。与胡的说法互为参照的，还有张楚琨：《忆流亡中的郁达夫》、汪金丁：《郁达夫在南洋的经历》和王任叔：《记郁达夫》等文，可参看陈子善、王自立编：《回忆郁达夫》，湖南文艺出版社，1986 年 12 月版。

② 铃木正夫：《苏门答腊的郁达夫》，上海：远东出版社，1996 年 6 月版。

③ 黄锦树：《死在南方》，见黄氏著《梦与猪与黎明》，台北：九歌出版社，1994 年 6 月版；《沉沦·补遗》，见黄氏著《由岛至岛》，台北：麦田出版社，2001 年 11 月版。

谈的是马来话”，“达夫出门时还着睡衣和拖鞋，可见并不准备走到远处去。”

胡愈之还写道：

后来，据附近一家咖啡店的伙计说，当晚达夫从家中出来，和一个不相识的青年进了咖啡店，两人用马来话交谈，那人似乎要达夫帮忙一件事，达夫表示不答应，不久两人就出去了。在离开咖啡店不远是一条小路，十分荒凉，只有一家印度尼西亚农民的茅屋。那印度尼西亚农民曾看见当天晚上大约九点前后，有一辆小汽车驶到那条路上，里面有两个日本人，汽车停了许久，又有两个人过来，上了汽车，就驶走了。①

至于郁达大失踪后的结局，胡愈之则是自友人邵宗汉从棉兰的来信中得知的，邵氏报告的消息又是从苏门答腊联军总部的情报处得来的。

据称：联军当局于审讯日本战事犯时，录取口供，证实郁达夫是于1945年9月17日被日宪兵枪杀，同时被害者尚有欧人数名，遗骸埋在丹戎革岱（TondjongGedai），丹戎革岱离武吉丁宜七公里，和沓素东站相距二三里。

这一消息曾发表在棉兰《民主日报》和巴达维亚（雅加达）的《新报》上。这便是胡愈之所记述的有关达夫离家、失踪、被害的情形。

胡愈之从20年代起就活跃于中国文化界，是新文化先驱者之一。流亡南洋期间，他和郁达夫患难与共，相知日深。作为亲历者，他的见证当然是具有权威性的。

---

① 胡愈之：《郁达夫的流亡与失踪》，香港：咫园书屋，1946年9月初版，此文最早曾以《致全国文艺界协会的报告》为题，发表于1946年9月14、21、28日的《民主》周刊。与胡的说法互为参照的，还有张楚琨：《忆流亡中的郁达夫》、汪金丁：《郁达夫在南洋的经历》和王任叔：《记郁达夫》等文，可参看陈子善、王自立编：《回忆郁达夫》，湖南文艺出版社，1986年12月版。

不过，需要注意的是，胡愈之所谈到的郁氏从新加坡流亡到苏门答腊的情形，基本上是胡所直接接触、甚至亲身经历过的，自然不容置疑；而郁氏 8 月 29 日晚离家后失踪的情形，则取自他人（咖啡店的伙计、印度尼西亚一农民、联军情报处）的传言，则并非胡所亲历或目击，最多已能算是“亲闻”罢了，事情真相究竟如何，尚需旁证，乃至实证。这就需要有当事者（如直接杀害郁氏的执行者或下令杀害郁氏的主谋者或亲自参与、亲睹现场目击者）提供的人证、物证并有具体确切的时地说明，才能做出切实不移的结论。

令人扼腕的是，战时的混乱局面，投降国与战胜国之间交接时间的过于接近，联军当时实际并没控制该地区，郁达夫其时与外界联络管道的逼仄，展开调查所必须的客观条件的窘陋……都使这一切成为不可能。

郁达夫“失踪”以后，胡氏的这一说法，便一直被沿用，不过，寻找确切答案的努力并没有中止。

三、铃木正夫：访实地求实证

时隔 40 年，在郁达夫故乡富阳举行的一个学术研讨会上，一位来自日本的学者铃木正夫提交了《郁达夫被害真相》的报告，以大量的实证确认，1945 年“失踪”的郁达夫，确实是被日本宪兵杀害的，实证来自于当年下令杀害郁氏的某日本宪兵班长的证言。

此说一出，震动学界。从确认日本宪兵是杀害郁氏的凶手这一点上来说，它似乎是胡愈之当年“传说”的一个自然延伸与有力佐证；而从郁氏被害的时间、地点与方式来看，铃木正夫又颠覆了胡愈之的“传说”，堪称一种新的解读。

铃木正夫 60 年代在大阪市立大学攻读研究生期间，对郁达夫“失踪”一事，产生深究的浓厚兴趣，便开始了这一方面的研究。他的方法主要是实地考证（包括寻访当年的当事人，踏查郁氏在新加坡、印度尼西亚流亡至失踪的足迹等)。①

铃木正夫先是寻访战时曾与郁氏有过交往的日本人，1969 年 10 月，在日本东京大学东洋文化研究所附属东洋学文献中心出版的《郁达夫资料》中，有他写的《郁达夫的流亡与失踪——原苏门答腊在住邦人的证言》一文，根据调查确认了郁是被日本宪兵杀害，但并不认可联军总部审讯日本战争犯录取口供这一说法，认为此事既无目击者又无证人。1972 年 5 月，铃木正夫只身南下新加坡、印度尼西亚的苏门答腊追寻郁达夫 20 多年前留下的踪迹，直至 90 年代又二次再下南洋作进一步的取证。他又着重在日本寻找当年驻扎于巴爷公务的老宪兵。几经曲折，尽其能事，终于找到了那个曾命令下属绑架处决郁达夫的宪兵班长（铃木书中代号为 D)。1985 年，铃木在前往富阳参加郁达夫研讨会前与 D 见了面，此人时年已 75 岁，在铃木承诺不披露其真实姓名的前提下，追述了当年的情形：

据 D 供述，在他下令绑架，处死赵廉②当天或翌日，他即从他的部下那里得到了赵廉已被绑架扼死的复命。③

另据铃木的考证，胡愈之报告中所说的丹戎革岱，“无论战前还是战后发行的地图上都找不到这个地名”，“巴素④这个地名地图上同样也找不到，但实际上却在位于武吉丁宜与巴爷公务之间的某铁路车站站名曾经出现过。”⑤ 因此，铃木正夫认为：

胡愈之所记述的郁达夫于 9 月 17 日，与数名欧洲人一起被枪杀

---

① 铃木正夫（1939— ），日本爱知县人，曾在日本大阪市立大学攻读研究生，后任横滨市立大学副教授，主要研究郁达夫和创造社，著有《郁达夫——悲剧性的时代作家》（日本研文出版社，1994 年 7 月版)、《苏门答腊的郁达夫——太平洋战争的中国作家》等，和伊藤虎丸、稻叶昭二合编《郁达夫资料总目录附年谱》等。

② 赵廉是郁达夫在苏门答腊流亡期间用的化名。

③ 铃木正夫：《苏门答腊的郁达夫》，第 230 页。

④ “巴素”这个地名，胡愈之文中为“峇素”。

⑤ 铃木正夫：《苏门答腊的郁达夫》，第 227 页。

的消息是没有根据的，郁达夫恐怕是8月29日被绑架的当天，被单独勒死的，杀害他的凶手逃走了，因而没有被当作战犯来审讯。①

这就否定了胡愈之（及所依据的联军情报处的报告）的说法，他这一看法的要点与胡愈之的说法有三个重大区别：

一、郁达夫的死期是（1945年）8月29日（尽管他加上了“恐怕”二字），而不是9月17日；

二、郁达夫是被日本宪兵扼死的，而不是被枪杀；

三、扼死郁达夫的日本宪兵后来从日军中脱逃，没有受到联军的审讯。

铃木正夫的看法，后来传到了胡愈之耳中，据铃木称，“一位郁达夫的遗属告诉我说，胡愈之本人得知了我的学术报告后已经放弃了自己的成说”。②

铃木正夫探寻郁氏失踪之谜，前后经过四分之一世纪之久，他不仅二下南洋作实地考证调查，更难得的是遍寻二战时在苏门答腊的宪兵及其亲属等知情人，查阅有关档案、回忆录、地图等，进行了细致的考证、勾稽，终于在1995年完成了《苏门答腊的郁达夫》一书。作为一个日本学者，他开始接触这一事件时初始的心态，并不相信是日本人杀害了郁达夫，但是在铁的事实面前，他的学术良知战胜了他的初意，实属难能可贵。

但仅仅依靠D的供述，这是不是又有“孤证”之嫌？于是曾经有过的揣测，很容易就会蜕变为一种“想象”，这种想象也许未能免俗，也许不无存在的理由：郁达夫会不会真的只是“失踪”而未被谋害死亡？

四、黄锦树：在小说中想象

中国现代作家在南洋文坛的活动，称得上史不绝书，成了后人书

①② 铃木正夫：《苏门答腊的郁达夫》，第235页。

写的资源，但似乎只有郁达夫的行迹给人留下最大的想象空间，成为人们不断演绎言说的对象。

黄锦树关于郁氏“失踪”之谜的文学想象，当是其中的一个亮点。黄的小说自然不能作为解读郁氏“失踪”之谜的历史或学术的文本，但也未尝不可以作为省思郁氏这段经历的有意味的文字材料。

1994 年黄锦树出版的第一个小说集《梦与猪与黎明》中，有一篇题为《死在南方》。2001 年出版的《由岛至岛》中更以郁氏名著《沉沦》的《补遗》为题，都是续写“失踪”后的郁氏故事。

黄的想象，似乎并非空穴来风。80—90 年代之交，日本九州岛大学教授版本卅一郎因不满意于铃木的结论，也南下苏岛作了一番“调查”，据他的调查、研究，认为郁并没有像传说的那样死去，而是还活着。证据是他发现的两页残稿，据笔迹和纸张的考证，应是出自郁之手。版本将他的“田野调查”写成了《郁达夫の死后》，但引起了不少质疑。①

《死在南方》借这些所谓“残稿”，以后设叙事的方式想象了郁失踪后的故事。叙述者“我”（一个从小就生活在巴爷公务的华裔少年）在玩耍时发现了一个秘密的防空洞，那里有人粪、被重重包裹的残稿、甚至还发现过人影。“残稿”里有一段描写主人公失踪后又潜回自家的情形：

就在大家都沉浸在他的失踪以及终不免凶多吉少的哀伤气氛中时，他却悄悄地回来了……他在自己的家门外站了最久，在香蕉树的掩护下仔细地以最温柔的目光爱抚那哭肿了双眼的妻子怀中的初生的婴儿。

……如今战争既然已经结束，他也就没有留下的理由了，他必得悄悄地离去，可是却必须安排一个足以说服世人的结局……

---

① 有关争议的文字，狗本见雄将其编成了《关于〈郁达夫的死后〉论争集》（日本岩波书店，1992 年版）。

他就那样飘然走了，以夜的坚决。[①]

而在一段题为《最后》的残稿中，主人公在日本宪兵的逼迫下用武士刀砍杀了那个奉命把他叫出来的印度尼西亚人，“于是交易便产生了，以他的消失为代价来换取死亡。”[②] 这段预知死亡纪事式的描写，在某些细节上和胡愈之等人的“传说”高度一致：

一个奉命把他叫出来的印度尼西亚人，两个乘着汽车来去的日本宪兵……

有的“残稿”疑似郁氏早年作品（如《迟桂花》）的变衍，主人公的名字（如余均、文朴）也与郁氏本人的名字或郁氏作品中的人名有某种关联。凡此种种，都在暗示读者，这些“残稿”确是出于郁氏之手。

在《沉沦·补遗》中，叙述者则是一个台湾的电视片摄制师，在日本学者高津（原型是否版本卅一郎?）的导引下，摄制组冒着风险到了一个孤岛，据说是郁氏失踪后居留的地方。起因是高津自称“有重大发现”，小说最后以高津的来信作结，在信中，高津又称“他老兄（指郁达夫——笔者按）的尸体被人挖了出来啦”，还说“已花费巨资买下，成功地偷运回口口博物馆珍藏”。[③]

黄锦树以他马来西亚华裔谙熟南洋的优势，凭一支生花妙笔，把郁氏在南洋“失踪”之后的故事，演绎得引人入胜。但越读到后来，就越分不清何处是郁氏的“残稿”，何处是黄氏的小说了。这正是黄锦树玩的那套虚虚实实、“假作真时真亦假”的叙事技巧。高津的“发现”其实是小说家的一种想象，是一个华裔作家以郁氏在南洋的遭遇为写作资源所作的一次尽情挥洒，这才是其文学价值。如果误将

---

① 黄锦树：《死在南方》，见黄氏著《梦与猪与黎明》，台北：九歌出版社，1994年6月版，第188—189页。

② 同上书，第198—199页。

③ 黄锦树：《沉沦·补遗》，见黄氏著《由岛至岛》，台北：麦田出版社，2001年11月版，第290页。

“说部”当历史地信以为真，那么走入误区的不是作者而是读者自己。

虽说是“青山处处埋忠骨，何必马革裹尸还”，但令人唏嘘的是，郁达夫的一生似乎都在“出走”（早年为留学日本从家乡出走，青年时因意气之争从创造社出走，中年时又因婚变负气出走南洋，最终又被一个陌生人所骗从家中出走），南洋这次最后的出走——失踪——被害，真正成了冰心所说的“战争对中国文学最大的打击，便是我们失去了他这件事”。①

为了不能忘却的这个“战争对中国文学最大的打击”，遥望南方，我写下了以上这些文字。

（原载《香港文学》2005 年 9 月）

① 见《中日女作家座谈会——围绕谢冰心女士》，日本《每日新闻》1946 年 11 月 29 日。

诗心与意象齐飞

——菲华新诗诗艺管窥

一

自上个世纪20年代中期始，在千岛之国菲律宾土地上萌生的菲华文学，至今已走过了七八十个年头。其间涌现了数以十计的文学社团（刊物），数以百计的作家、诗人，数以千计的作品，可谓是千岩竞秀、万壑争流，呈现出一派生机盎然的丰繁景观。就中以新诗的创作数量最大，总体成就也较之小说、散文为高，出现了一批成功之作、优秀之作乃至佳作、名作，为我们观察、认识菲律宾华文文学提供了不可或缺的审美空间。

据菲律宾和内地一些学者乃研究所提供的资料，菲华文坛上问世较早、影响也较大的作品集是1947年由杜若（柯叔宝）主编的《钩梦集》，内收新诗有42首之多，稍后则有白雁子的18首长诗《高山晋寿》（1949），柯叔宝、施颖洲合编的诗选《海》（1951）等，至60年代，菲华新诗的创作形成第一波高潮，创作甚勤、具一定影响的诗家，有白雁子、小英、蒿山鹤、南山鹤、亭玄、亚薇、云鹤、蓝菱、林泉等，以1960年前后十年来看，就有较多的诗集出版，其中有：

亚薇主编的《菲律宾华侨新诗选集》、许冬桥《船》、云鹤《忧郁的五线谱》、《秋天里的春天》、《盗虹的人》、白雁子《白雁子诗选》、《年灯》、小英《北斗诗集》、蒿山鹤《被牵引的灵魂》、蓝菱《第十四的星光》、南山鹤《恋的哲学》、亭玄《原野》，云谷《黑色的回音》、多人诗集《1961》（收诗达95首之多）、云薇《情诗三十首》、蓝菱《露路》、林泉《窗外的建筑》等，创作不可谓少，一些诗人并已初具自己的诗风。

经过70年代的沉默，八九十年代菲华诗坛迎来了又一波热潮，文社竞起、新人辈出。在华文诗歌创作方面，较为活跃的文艺团体，就有千岛诗社、辛垦文艺社、河广诗社、菲华文艺协会、菲华艺文联合会、耕园文艺社、缉熙雅集、新潮文艺社、晨光文艺社、柳风文艺社、学群文艺社、青年文艺社、征航文艺社、中华文学研究会等等，从资深诗人潘葵邨、林健民、施颖洲、许冬桥到中生代的云鹤（蓝廷骏）、林泉（刘德星）、陈和权、江一涯（蔡冲江）、谢馨（女）、月曲了（蔡景龙）、明澈、楚复生（小英）、浦公英、秋笛（女）、陈恩、王勇直到70年代出生的诗坛新锐玛宁宁·明克兰特（女）等诗家都有佳作问世，不但在菲国立地生根，且已回航北上，在海峡两岸的祖国大陆和台湾都赢得了广大读者以及出版界的青睐。

正如和权所说："与60年代比较起来，80年代的菲华诗人在创作态度上，显得谨慎而认真。并且蜕变风格，力求建立新的诗观，不断的在诗艺上探讨、实验与创造，引起了各界的瞩目。"证之以菲华诗人的创作，当知此言非虚。以下笔者对菲华新诗在诗艺方面的探求，作一管窥，以就教于方家。

二

意象是诗歌的灵魂，是诗人创造性思维的发光点，是诗人智与情的结晶体。有意象则诗活，无意象则诗死。诗人选择某一个（某一群）意象、驰骋他的艺术想象力，调动他的审美创造力，就为诗歌注入了艺术的生机。在很大程度上来说，诗歌意象的选择与营构，关乎一首诗的成败高下。

不少菲华诗人深谙诗艺的这一内在奥秘，在诗歌意象的营构上，颇为着力。他们常能在一些司空见惯的物象上，找到宣泄自己的情感、心绪的亮点，从而或令人感、或启人思。意象固然是物象客体与意绪主体交融生成的，但是，成功的意象营构并不在于选择多么不凡的、罕见的物象（毕竟那并不多见），也不在于注入怎样石破天惊的意绪（毕竟人类的七情六欲是大体相同的），诗人的高明在于能找到二者之间的凝结点与契合点，使二者在碰撞之间闪出审美的火花。

“植物”是现实世界中极其常见的生物，和人类的物质生活有着密切的关联，而人的怀乡、思乡、念祖之情亦是人情之常。二者之间本无一般逻辑意义上的联系，但菲华名诗人云鹤却能在“植物”（而且是“野生植物”）与游子之间发现某种内蕴上的一致之处，植物是有“根”的，游子也是有“故乡”的，“植物”是植根于“土地”上的，游子的乡愁也离不开故土：植物而“野生”，自与“家生”不同，游子且又为流寓海外的华侨，亦与之相类。于是云鹤便从这一“发现”中获得启悟，写下了这一首题为《野生植物》的诗：

有叶
却没有茎
有茎
却没有根
有根
却没有泥土

那是一种野生植物
名字叫
华侨

全诗的核心意象是“野生植物”：作者先将其分解为几个“支意象”（姑且名之）：“叶”、“茎”、“根”与“泥土”，又以层递（叶—茎—根—泥土）、顶真（第三行与第二行末，第五行与第四行末）、比照（“没有茎”与“有茎”，“没有根”与“有根”）、转折（三个“却”）诸手段，构筑了一个渐次展开的艺术梯级，虽全无一点修饰之词，而如“野生植物”一般的“华侨”，其悲凉的心境，却已和盘托出。可谓：不着一字，尽见悲凉。言虽简而意深，堪称巧妙精致，不落俗套、饶有意韵的杰作，“野生植物”也因此成了书写华侨悲凉情怀的经典性意象，这是它极成功之处［附带说一句，此诗在选入福建人民出版社1983年10月版的《菲华新诗选》时，末一行本作“游子”：1991年1月在《四海——港台海外华文文学》杂志上发表时，“游子”已改作“华侨”，改后的艺术效果似更好：“游子”的包涵较之“华侨”为泛，以“华侨”与“野生植物”相连，要比“游子”与之相连来得更切；末一行“游子”改为“华侨”后，与上一行（“名字叫”）构成随韵，在音律上更具美感，但是《四海》在发表时，“却”字都误植为“欲”，一字之误，便令人难以索解］。

还有一些菲华诗人，在创作中也大量地以某一意象为核心来构思诗篇，如《茅根》、《芋叶》、《船》（英奇）、《野草》、《萱花》（叶若迅）、《果树》（艾鸿）、《生命这块废铁》、《蚂蚁的脚步》（吴天霁）等。而在有些诗人笔下，同一物象也能翻出新意，能于平中见深、同中见异，表现出新颖的构思与丰富的多面的意涵。

江一涯有两首诗（《镜》、《又是镜子》）同样选择了“镜子”这一日常生活中极为平凡、常见的物品，却从不同的观察角度、不同的思路表达了不同的内涵和意绪。两首诗都以“镜子”这一物象作为构思的轴心，也一样地设置了“你”（镜）与“我”二者的对看、对话情景，但《镜》（1993）这首诗是由“你”“完整的时候”和因小鼠撞破镜框造成“打碎了”时的两种情景，形成一种前后的对比，并由此见出镜子完整时“单一”的自己与“打碎”后“多面孔”的自己两种形相，“明朗和透澈”的“你”与“系出烦恼”的你，最终但愿“唯一的我/存在，在你心中”。而时隔三年之后，《又是镜子》（1996）这首诗，则变换了构思的着眼点，“每时每刻”在“同一地点”，“你”接受的，既有我的“笑容”，同时亦有我的“忧伤”，于是，无论是“你见我”，还是“我见到自己”都“更明白”，即使

"时空更新/你依然故我"，始终"不移地/为我悬挂"。与前一首诗相比，构思翻出了新意，展露了另一种"你""我"关系，"恒"、"变"之间，便有了各自的丰富内蕴。

云鹤的两首诗《门》与《绞链》也有异曲同工之妙。二者都以散文化的语言，展示出诗作者有关"门"的盎然诗意。《门》把"门"与"家"相连，凸显"门"的更多象征意涵，而《绞链》则具体入微地思考"门"与"门"的附属物"绞链"之间的关系：即"绞链存在/门才成其为门的"。那曾与"家"、与"妻"与"孩子们"、与"青石路"出现在同一幅场景中的"门"，依稀透出温馨的氛围，虽然也不无"倦于风尘"的疲惫之感，虽然门内是一片"好空旷的寂静"，甚至"令人窒息的寂静"。"门"与"绞链"的相依相存，透露出更多的思考，"门"与"绞链"在作者笔下，都获得了超乎具象之上的象征意义，"不与门争夺其光辉与荣耀，却肩负着整扇门之重量的""绞链"，已离失了它的本义，指涉意义几可无限伸延，从而令我们对此诗的内涵可以作广延的理解。

而对于不同的作者来说，同中见异的物象运用与点化，就更当是题中应有之义。同样是面对"筷子"这极具中华文化传统色彩的用品，南根的《筷子》与陈一匡的《传递》就各施其技、各呈其长。如果说，《筷子》表达了对"走遍海内外"、"却一直被冷落在历史的门外"的"筷子"这一代表"五千年的精神"载体的历史命运的感慨：那么，《传递》则彰显了父辈心中对（竹筷）"夹住五千年的伦理传统"的历史传承的殷殷期望和"我""护住五千年未曾熄灭的火种"的坚毅决心。前者重在对"筷子"作为精神载体意义的诉求，后者则更多地展现代代传递的文化传承意义。对陈恩的《笔》与海韵的《笔的默语》，亦可作如是观。

正是诗人们这些富有创新意义的诗歌，显示了菲华诗人们在诗艺上孜孜以求的不断努力，拓展了于有限中见无限的无穷艺术魅力。

三

在所有文学体裁中，诗是最讲究构思与形式的一种文体，无论是追求整体构思之美，还是诗歌形式之美，诗思不能不求凝练，诗形不能不作锤炼，千锤百炼而后有诗。缺乏艺术锤炼的耐心，诗就经不起咀嚼、耐不住推敲，也就不可能令人回味再三、击节叹赏。而再精彩的意象，倘若离开了精巧的构思，也会难以达到情致的丰美与醇厚。

一些勤于思考、善于放飞想象力的菲华诗人在诗艺（包括诗思、诗形）方面的用心锻造，为读者呈献了不少颇具审美意味的艺术佳构。江一涯的《齿轮》一诗，构思极具创新意味，他从人所习见的物象“齿轮”，展开了想象的空间，其机巧之处，在于从齿轮间的咬合联想到男女两性间的“相吻”、“相依”，于内在的审美张力中，闪烁着智慧与理性的光彩。构思之所以能如此严丝密缝，正是因为诗人抓准了“齿轮”这一物象的某一种物性的特征，论者以为它“寻找的是和物性特征相对应的人性”，以物性之“刚”写出了人性之“柔”，而得刚柔相济、相得益彰之效。这是才思出众的菲华诗人巧思妙构的一个佳例。

女诗人谢馨作诗喜用大量美妙的意象：丝棉被、古瓷、纸镇、木瓜、窗帘、纽扣、旋转门、电梯、HaloHalo（一种甜食冷饮的名字）……并且就往往以此为诗题，她又能对其隐秘的诗意善加挖掘。她的《椅子》一诗，诗思跳出椅子的具形，而由它的实用功能（坐）展衍出世间凡事需“坐下”才能求得解决、人间智慧有时也需坐着时才能领悟这一意蕴，真可谓见人之所常见而能发人之所未发。这种诗思的取向，端的是颖异不群！难怪台湾著名诗人罗门要称赞她从中发现了它们所潜藏的“物趣”与“意趣”。

《桔子的话》（和权）抓住的是桔子的“酸性”这一特性，而从“移植海外”的祖先推及后代子孙，发出“已然一代酸过一代”的慨叹；《琴》（云鹤）和《给女儿》（和权）都是以“琴”起兴，抒写自己对人生的一份体验。后者要女儿像“勤习乐理”一般，面对钢琴琴键“分清黑白”，在长长的键盘上“轻、重、徐、疾/键键铿锵，弹出和谐的音响”，以掌握好自己的人生，创造“美好的人生”。前者则先写各种“抹漆得簇新似”的琴所发出的琴韵，“轻轻地漾荡/漾荡/缓缓//地扩散且把我整个淹没”。再写“发自弃在一旁的旧钟表堆中”的“时间之响声”，如何“把琴韵全然掩盖”，终于“我，亦逐渐溶解，化为无形了……”，“时间之声”与“琴韵”的此长彼消之中，那种对生命、对存有、对自我的感悟和体验如潮袭来，虽然“单调”，然而“高昂”。

为了表现诗人自己某种独得的感受，意象的凸现与构思的成形，都不能不求其圆融，不能不求其美善。只有这样，诗才能插上轻灵的翅膀飞翔起来。

正因为如此，当我们从另一个角度考察菲华新诗所具的形式之美时，就不难看到，相应于它的内在韵律、节奏的音乐美感，诗的外形美也颇有可观之处，而内外兼具、形神圆融的佳作亦点燃了我们诗感的心火，遂因之共鸣、应和。比如江一涯的《白发他乡》、吴天霁的《浪起山走》、云鹤的《野生植物》等诗，就能集内美与外美于一身，显露出不凡的风采。且看《白发他乡》：

几分情谊，/几番希望，/亲人离了，/故乡别了。//
天涯浪迹，/岁月依稀，/苦熬够了，/梦也醒了。//
不堪回首，/往事如烟雨。/枉费，徒然枉费；/焦虑，年老焦虑。//
几度秋日，/几回落叶，/时光逝了，/人亦老了。//
秋风吹去，/暮色来至，/叶又落了，/相思深了。//
不可追忆，/年华已消失。/愁绪，万千愁绪：/归去，人儿归去？//

每行多为四音节两顿，每节均为四行：一、二、三节与四、五、六节，分别构成两大段落，两段之间亦形成很工整的对应格局，全诗显得十分整饬有序，有建筑美感。一、二节与四、五节的末两行以相同句式抒写离乡别井、浪迹天涯的“白发”游子内心的凄苦：三、六两节的首句“不堪回首”、“不可追忆”，则道尽了年华已逝的老人的“相思”与“愁绪”。全诗浸润着悲凉之气，读之有一股透骨的凄清意绪。之所以能有如此深刻的感人力量，乃因诗人的诗思紧紧抓住了标于诗题之上的“白发”这一中心，令人不禁凛然震怵。吴天霁的《浪起山走》，只有两节六行，却连续出现了“浪”、“星月”、“山”、“平原”多个物象，以简洁的诗的语言，凸显其间反向互动的相对性，发现大自然中物物互动哲理的奥秘：

浪起
因为
星月落下
山走
因为
平原来了

和权的《炊烟与小雨》也是如此：“向往/天上云朵的自由/炊烟飞升，//欣喜/人间灯火的温暖/小雨飘坠”，恬静的意境营造得十分成功。月曲了的《固定的方向》，其第一节写道：“在南方/千岛间/芒果的奇香中/炎日洒黑的皮肤上/凭什么追认我”，以下三节均以“凭”起首，表现“我”以对北方故园“固定的方向”的想念作答，内在诗思与结构浑然一体。读着这样的诗，“你将深深地震惊于他独创的语法，以及其诗语言所展示的意象与境界。”而伊凉的《月露中宵》竟让人联想起了中国古代诗人马致远的《天净沙·秋思（古藤老树昏鸦……）》：

茅檐月冷，
柳梢星坠：
荒村野店，
鸡声犬吠……

似此星辰非昨夜，

中宵于风露下驰过。

以一连串意象的并置，极写“断肠人在天涯”的心境，也是一首既善于用典又巧于抒情的佳作。

就笔者所阅读过的近二百首菲华诗人的作品来看，用心地勘探现实的地表下那些蕴藏诗的灵感的“矿藏”，捕捉与掘发其独异的内涵，并善加艺术的加工与处理，又适当的使其浸润于自己颖异的情致与诗美之中，“丰富的感觉与深邃的诗意的平衡”是他们普遍共通的诗艺追求。对于他们在这方面的成就，自应给予充分的估价。

几十年间，菲华诗人作为菲华作家中实绩卓著的一群，走过了曲折坎坷的创作之路，在南中国海之南，为弘扬中华文化的传统，历经艰辛。他们坚忍不拔、矢志不渝的精神，令人由衷钦敬。对于他们的成就应作全面的深入的研究，对于他们的不足也应当作中肯的批评。笔者相信，为了达到提升菲华文学水准的共同目标，中国内地学者和菲华作家们，在这方面会有相当广阔的讨论空间，也正因此，菲华文学的前景是足可乐观的。

菲华诗人的写作有相当广的关怀面。一些诗作抒发华人在菲岛谋生的人生感喟（如云鹤的《独白》、曼的《口供》），一些诗作表现出对菲岛本土现实生活的关切（如云山海《雾栖息在山城》、林淙《高原待晓行》、秋笛《义山上》、伊凉的《不欲归去》、英奇的《巴石河畔的王城》）等，表现了对自己生息于斯的这块土地的关爱——虽然不无酸涩之味，还有以震惊世界的菲律宾社会的重大政治事变为题材，老诗人林健民长达2600行的长诗《菲律宾不流血的革命》是这方面的代表作。有些诗作甚至对遥远的非洲灾民也表达了他们真挚的关切，如和权的《树根与鲜鲍》，就是一首充满着人道关怀的好诗，令人想起杜甫“朱门酒肉臭，路有冻死骨”的名句。当然，菲华诗人写得最多、也最动人的诗篇，是对华夏故国、对中华文化的歌赞、思念，抒发了至为动人的思乡念祖的情思（除了上文提及的《野生植物》、《白发他乡》等，如王勇《海螺》、江一涯《归去来兮》、楚复生《去国十年》、蒿山鹤的《中秋月》、晓阳《思源》等都是），此外，菲华诗人还表达了对海峡两岸同胞和解、统一、团聚的殷殷期盼，若艾的《向两岸瞭望》、宝颜的《兄弟啊，早团聚》、亚兴智的《让两岸兄弟团聚吧》就是这类作品。在世界华文诗歌的大同世界里，菲华诗人垦拓出了一个可观的诗的国度。

毋庸讳言，菲华新诗中也有某些作品题旨过于直露，有的诗作疏于意象的经营，有的诗篇或诗意缺乏凝结，或语言缺乏锤炼，甚至极少数诗作中还有语病，总的来看，菲华新诗还很少包蕴丰厚、境界阔大的大气之作。这类问题或毛病，还有待诗人们作出更艰苦的努力，在增强美学、文学修养和人生、艺术历练的过程中，一一得到解决。笔者深信，菲华文学必能“从‘小家碧玉’走向‘黄钟大吕’”，迈进新的更高的艺术境界。

（原载《香港文学》2001 年 7 月）

年轮的隐喻

——蓉子编《鱼尾狮之歌》的人文情怀

时值新加坡独立四十五周年、中新建交二十周年之际，旅居中国上海十多年的新加坡作家蓉子，编选了一本新华诗歌与散文的最新合集《鱼尾狮之歌》，带给我们的是一份惊喜和惊艳。说惊喜，是据我所知，蓉子女士平时十分忙碌，商界、侨界、文界乃至政界，在上海、在新加坡、在潮州老家、在中国好多地方，有很多事情需要她参与、打理，哪还有时间去经营这种并非自己著作的“选本”？费时耗力出钱不说，很可能吃力不讨好，说不定还会得罪人呢。现在，有着蓉子潇洒签名的赠书就置于案头，作为一个朋友，自然有一份惊喜；说惊艳，是说无论从入选诗文的内容上看，还是从作品编排布局上看，抑或从全书的排版装帧上看，都堪称舒适靓丽，令人不忍释手，作为一个读者，油然而生惊艳之感。惊喜惊艳之余，不禁对外表柔弱温婉、对人诚恳热心、做事激情高效的蓉子女士再添一份敬佩之情。

十年、二十年、四十五年……年轮一一在目。在那年轮的后面，有着作者编者怎样的心灵脉动？年轮的记忆与隐喻，凸显着狮城南国与神州北国的深层脉动，蕴蓄着作者编者邈远深挚的人文情怀。入选《鱼尾狮之歌》的三十五位新加坡华文世代作家，跨越时空地完成与大陆传统文化的交汇，且歌且吟，交织出一曲多元立体的鱼尾狮之歌，碰撞出炫目的光芒。跨越半个世纪年轮的老中壮青几代作者，诗文的字里行间，氤氲着缅怀华族祖先奋斗历史、遥望华夏传统的精魂心香，既有对南岛的殷殷依恋，也潜含其在地的拳拳关切。诚如新加坡驻华大使陈燮荣先生在序中用诗一般的语言所贴切形容的：《鱼尾狮之歌》这本书就像一艘“航行在文化海洋”、“承载着新加坡社会的共同记忆”的“美丽的游船”，怎不使人惊艳？

一位现居祖国大陆的新华资深作家，在新中建交二十周年时，编出新世纪第一部新加坡文学作品选，在祖国大陆结集出版，这本身就兼容了多元意义与多重信息。新加坡的华人们如何看待大陆那片神秘广袤之地的文明及其传播、延伸的意义，如何以各自的生花妙笔来诠释这神奇之岛的文化，文学作品在此构建了一座心灵之桥，让遥居南北的两地于文化层面完成交汇。更何况，蓉子虽移居上海、投资苏州有年，对上海苏州对中国的发展与存在问题，颇多在地的关切（其近作《上海七年》可为证），可她也常常在心里对自己说《今夜我想新加坡》（其另一新作书名，或许也可读作“夜夜我想新加坡”），对新加坡的思念关心从未稍减。这种在地身份的跨国跨界优势，使她对新中两国的历史传统与现实了解的多面效应，在编选此诗文集时尤为彰显。

这不算太厚的一本文集包涵了太多的元素，太多的声音汇聚于此，太多的心声需要寻找一个突破口。蓉子也有她的突破口：“不分门派，只收自己欣赏的作品。”这是她并不讳言的编选原则，当无可厚非。蓉子不是以文学史家的身份来汰选作品，而是出于鉴赏的角度、从推进新中文化交流乃至为新中建交二十周年致送一份“秀才人情”考量的作为。其实，任何选本都不能杜绝排斥编选者的主观性，甚至于就一定的程度而言，如果不是从文学史书写的系统工程出发，那么，编选者的审美趣味、个人眼光正是他（她）这一种选本所赖以存在的理由。设若千人一面，个个都循同一性而为之，那样的选本再多，其价值究竟如何，反倒是可疑的了。

尽管有个人的审美偏好，但是人们在《鱼尾狮之歌》中同样能见到中新文化交汇的应有的各种元素。这是它的成功所在。

这里有对中华传统的缅怀与回望。对中国传统文学的深情凝望塑就了作家诗人笔下那一抹凝重之色泽。吴根的《去年冬天游绍兴

（组诗）》，由5篇小诗（《秋瑾》、《兰亭》、《汉广》、《酒乡》、《青藤书屋》）组成，寥寥几笔勾勒出一个积淀丰厚、诗意盎然的古城绍兴。秋瑾的纯洁与气节、鲁迅的深沉与苍劲都无可奈何地随风而逝，命运的无奈隔着千百年的距离使后世的游人感慨旁观；而兰亭读鹅则妙趣横生，那旷世奇作《兰亭集序》之妙同存于鹅群的款款信步中，相比于《兰亭》的娴雅情怀，《酒乡》则显得豪放粗犷，那股醇香跨朝越代地远远飘来，透过笔墨，直扑人面。一切皆是载体，故居、书法、酒等等，真正动人的是这份诗人之心，他的缅怀唤醒了那些沉睡着的记忆，沉重的、浪漫的气息随着诗人的跫音而渐渐欢畅起来，安坐桌前的读者亦能感受到诗人当时那份欣喜与沉醉。因此，毋宁说这是绍兴之游，不如说是一次对古老文明的浸淫之旅。同样的主题亦蕴含于英培安的《悲歌》、《怀人》、《无题》中，触目皆是无奈，书生那曾经的自负与如今的冷漠交织成心底的那份疲倦；高渐离与荆轲的情义令人唏嘘感叹，赌上生命亦不负那份情；透过文学与文字，“我”与古人、亦与今人进行着一次次的精神对话，生命意义于此升华。林海玉的《那一夜在老舍茶馆》写到的古色古香的楼梯、北京点心、京韵大鼓乃至经典大戏《茶馆》，以无写有，在在都透出一股浓浓的“京味儿”，皇城、帝都、传统也就在此中活现了。

在浩瀚无边的传统文化中，“人”渺小如蝼蚁，然而这些渺小之人物并非文明的奴隶，他们千百倍地激发自己的潜能来与那古老文明进行着一场场精神层面的对话，正是“人”以那让“上帝发笑”的“思考”来推动着历史与文明的车轮滚滚前行。也许，新加坡华人对中国传统文化的理解与定位并不如何博大与深刻，然而这份赤子之心、诚挚之情却无法不让人感动。

对故国传统文明的依恋，更表现为那一次次的寻根之旅。蓉子的《母亲》、《梦里天涯》读来令人动容，那一辈因为各种原因流落他乡继而扎根生活下去的华人们，怀着对故国、至亲复杂的感情来延续这寻根之旅，皆因那份任时空如何变幻亦割舍不断的血缘亲情。

在作家们的笔下也有对逝去韶光的追忆。一幅幅色泽暗淡却闪烁着动人的人情人性之光辉的记忆之图徐徐展开，高楼大厦之后的新加坡愈发迷人。吴根的《鱼尾狮传奇》置于全书的卷首，当是编者的特意安排吧。这首小诗可谓是统领了全书的基调。虽然整首诗仅是对鱼尾狮的外形描写，然而这个作为“新加坡国度最重要的名片及象征”的吉祥物却实实在在是新加坡精神的象征。正如诗中所写，“因此，在巨狮的内心/暗藏了海洋的浩瀚/因此，在大鱼的动脉/埋伏了森林的深广”，看似悖论的存在，却又完美地得以契合，那份“浩瀚”与“深广”正是人类所渴望的极致精神之写照，因此说鱼尾狮“它是河岸的不倒/仰望者的高耸”。在这面不寻常的“旗帜”的导引下，新加坡人在努力建构着属于自己的传奇。这座四面环海的美丽小岛、花园城市，是作家笔下爱怜的孤岛，这份孤岛心怀表现为人们对故土的热爱与忠诚、对过去时光的依依缅怀、对风土人情的动情书写……一如秦淮的《祖国！我把四十年情歌唱给你听》那对祖国炽热的爱与忠诚，这情歌“超越小我的爱情”，是那种的“无私、纯一的情操”。

陈燮荣大使盛赞诗文集中一些作品充满了“对本土的热爱，书写早期的新加坡生活风貌，艰苦走过的轨迹，看到新加坡在独立后的近半世纪中的进步。那是老一辈人缅怀的年代，也是新一代新加坡人的根。”（见序一）这些逝去的岁月里的光辉是新加坡人永远的骄傲，父辈的隐忍与荣耀激励着后代的勇往直前。这类作品笔调皆朴素，语言皆真诚，记叙生活片段，保留自家文化，有其历史的价值。如二炮的《时间的记忆》中对十种童年记忆之物的动情描画，如蓉子在《篱情》中所感慨“这些不起眼的旧式用品，充满了华族的历史、文化和智慧。于今，更添一份篱情的记忆和交流！”不只是用品，一些曾经影响过自己的意象亦为文人们反复吟唱，喀秋莎的《写给月季花》、《吹箫佬》感情丰盈充沛，诗人沉醉其中，浅吟低唱着那逝去的不再回来的岁月以及记忆中吹箫佬那支无可奈何的命运之曲。以及林高的《脚踏车上的轻与重》里那平凡至极的脚踏车丰富了多少人的人生的记忆，更有古琴的《“甘榜”六记》里对儿时印象中的生活意象的那份深情款款。潘正镭的《与曾经的自己散心》更是对过往之怀念的倾情诉说，老歌是曾经年代的缩影写照，如作者所说“这些歌曲含着对生命热情和生活向往的歌颂，激荡过许多人的青春”，因此“三千人把歌唱”，心曲的共通与交流才是最令人怀念的地方。

何蒙的《雕栏应犹在》对建筑师眼中“好丑”的雕栏满怀深情的想念之情、潘正镭的《人情咖啡香》里对渐飘渐远的人气咖啡香的深情追忆、林海玉《那一夜在老舍茶馆》中“我”在似还有古意却又有变的老舍茶馆的遗憾与落寞、蔡萱对古之礼法、主妇之烹饪的逐渐退化而忧心忡忡……这里有对现时的某些不满，更有对过往的一种极致怀念。蓉子的《榴莲情结》写喜获一盒榴莲，半世怀思不由涌动，华发初染时分，隔着岁月触摸那最初的榴莲情，“再求索，料是此生难再!”记忆中的感觉是我们生活过、存在过的证明，那经过时光淘洗后的生活片段经由感情的附着，更平添一份温馨与不可复制的美。

新加坡向来是个多元文化融合之地，其主流文化大致包括华人文化、马来文化、印度文化、土生华人文化、欧亚文化。本是第一大族群的华人，第一大支流的华语文化，在新加坡经济高速发展的同时，却面临着一种尴尬境地。在英语日渐居于主导地位的时候，华语却表现出了一种自觉或不自觉的退缩，是华语之过还是华人之过？又或是无奈的时势使然？对文化困境的表现与思考，因此也成为此文集的重要面向之一。

简桥的《牛车水原貌馆》还原了华族祖先们的生活环境，但是馆中的导览员却纯然使用英语，华语的逐步消失令人心焦。于此环境下，坚持用华语写作的这批华人们的努力便愈发地难能可贵。《写作人》写作者不期而遇一位写作人，他坚持华文写作却屡屡遭挫，华文写作人“凄凉破碎”的境遇令我“无限感慨”，有信念，便有希望存在。因此，在华语备受冷落之际，依然有像简桥之老友“诚恳地邀请我去教他的孙儿用华文写作”，只要对华族的记忆不灭，便依然有这样的对华语的忠诚与热爱。面对质疑之说（“狮城短浅的历史，文学底蕴不足，藏拙尚且不及，犹要献丑?”）蓉子坦然回应：“若论文艺，我们确实还有很大的距离。……若从文化着眼，我们别具一格：这一群南渡农民的后代，不为功利，执着地守护着民族语文。这样的书写心态，不论其文学功底深几许，应是毫无愧色!”柳舜的《方块》歌颂这“平凡素朴”的方块倒影着历史、抚慰着心灵，沧桑如何巨变亦抵不过这方块中的情义绵延，以致诗人感慨：“史实几遭风沙覆盖/我们却有可信的方块”。对那些“认为祖先所赋予的难以承祧，不但不以源远流长的历史文化传统为荣，反而恨之入骨，要把它们摒弃，或彻底消灭”的人，幼吾痛心疾首的称“他们是一群自宫人!”他的《医生与方言》展示的是对只会讲方言的母亲辈碰到的一些语言问题的思索，在讲求经济效率与统一规划的年代，祖辈的语言几乎流失殆尽，后世华人们该怎样珍惜这些祖先遗留给我们的财富?《身为福建人》中的作者柯思仁对“我”几乎不会讲福建话，与祖母的交流只能用微笑进行，面对祖辈与后代之间的交流出现严重的断层，深有遗憾，但“我”也明白，在英语与华语二分天下的时候，终有一日，那些祖先们的方言将会彻底消失于风中。父母的讲华语政策依然坚持着，但“我”同时也开始省思，“也许会讲福建话对于我这个福建人来说，不应该算是一种没有意义的装饰罢了。”在以多元文化著称的新加坡社会，华族的文化与语言是这些新世代华人们得以安身立命的根本，这些精神遗产将有赖华族子孙一代代地传递下去。其中，新加坡华人作家们的绝不放弃与坚持不懈，是此中不可或缺的动力源，弥足珍贵。

“城市交响曲”是文集散文部分的标题，可谓是名至实归，这部《鱼尾狮之歌》本身便是一曲交响乐，虽然诸多作品不能一概而论，其他主题却也自有其交响意味。如怀念亲人、故友的篇章，情思并重。新加坡文坛泰斗柳北岸先生的诗《回敬您一束白蔷薇——悼秦牧先生》，文笔老辣苍劲，炙热感情如深海暗涌。林康《告别》对李向先生的殷殷悼念、古琴《忆祖母》对祖母勤劳、隐忍一生的痛心叙述，伤感之情令人不忍。抑或是对母校的感恩与怀念，如梁文福的

《感情的故乡》，深情地称母校为故乡，在公中岁月中经历过的懵懂与成熟是作者之珍惜的。一些借写景写物抒志类的小散文同样引人注目，如周粲的《捕捉上帝的笑声》、朱添寿的《北海道的雪》、莫邪的《草地》、刘含芝的《家在汤申路》等。

值得反复鉴赏的还有一些篇幅虽短小内涵却并不单薄的美文。蓉子的散文《月亮坐在山上》，篇幅不长，却写得精妙，文字质朴之极，多短句，却简洁有力而富有情趣。作者之豁达浪漫心境表露无疑，一如那句似出自幼童之口的“哎！那是月亮坐在山上”的烂漫之情。值得一提的还有蔡萱的《戏中苦乐》关于影视拍摄的一些花絮，读来饶有趣味，似是为二哥蔡澜——这个香港颇为知名、头衔众多的人物写的一篇简略版传记，语言朴素，皆平铺实叙之言，而蔡澜的多才多艺、逍遥洒脱之性情，却都能在笔下一一展现出来。这两篇散文当是文集中富有艺术感的佳作。

在世事纷乱、人心浮躁的年代，在马六甲之南，在遥远的狮城，在樟宜树的故里，在喧闹的牛车水，那些用祖先传下来的汉字书写着的文学作品，让我们有幸领略“新加坡的清凉与芬香”，体味那份人类最本真的心灵脉动，最自然的人文情怀，实不失为大陆读者之福，此皆因为《鱼尾狮之歌》，因为蓉子。在茫茫红尘世间，在滚滚历史长河，记忆与遗忘从来都会发生，也会时相交叠，或觉无由辨识，但唯有年轮永在，时间永在，情怀永在。

我衷心希望，一直以来情牵新中两国、关爱华文文学、自许要留张“高贵名片”在人间的蓉子，不但在上海在苏州在中国生活得更精彩，也带给两国读者更丰美的华章、更高贵的精神飨宴。

2010 年 5 月

“微” 之四维

——朵拉微型小说读后所悟

在林林总总的文类家族和话语体系中，微型小说似乎是个不起眼的边缘存在。有人或许漫不经心地对其不屑一顾，认为那就是微不足道、文微言轻，也有人或许在潜意识里认定它是创作中的“小儿科”无疑。但君不见，在医学的大门类中，小儿科也是门大学问，即使常被视为尖端的脑外科的高手，十之八九也未见得能当个称职的小儿科专家。世上的学问本无高下贵贱，其互相之间绝对是不可替代的，研究天体和研究昆虫都可以做出大学问。微型小说也自然有长篇小说、大河小说、史诗小说所无法替代的作用。

微型小说姓“微”，它的特征在“微”，它的灵魂、它的生命也在“微”，但从文体美学的规范和创作心理的规律来说，如何全面深刻地理解践行这一点，私心以为有四个维度或向度，不可或忘。

微型小说存在的必要性，首先自然是在篇幅其微其短其小，而其价值则是“微言”中有“大义”；对作者必备的素质来说，应能见微知著；就技巧而言，则要善于在似乎微不足道的东西里说出可“道”之处；最终诉之于读者，要能产生“微言耸听”、言有尽而意无穷的效果。或许，从这样的角度诠释微型小说的“微”之四维，庶几可得微型小说的精髓吧。

近日研读马来西亚著名华文作家朵拉的微型小说集，益发增强坚定了这种认知与感觉。朵拉是个对微型小说情有独钟的作家，至今已出版的微型小说集已有9种之多，《朵拉微型小说自选集》（上海文艺出版社，2008年12月版）是最新的一种，也是在中国内地出版的唯一一种，颇值得一读。

一、微言大义

就文体形制而言，不少的论者基本都认同，一篇微型小说的篇幅最好能控制在1500～2000字之间为适宜，这也是它区别于短篇小说的最重要的外在标志。不过，做到这一点，只能说是符合了微型小说的一个基本的起码的必要的条件，却并非充分条件，换言之，篇幅固然要在此限内，但不是说所有只要写得短的就可以称之为微型小说，那是一种大大的误解，或有意无意的曲解。我曾将评论新加坡华文微型小说的一篇文章定题为《大大世界小小说》，意思是，小小说（微型小说）的形制虽小，其实，内里可有大大的乾坤、大大的世界，不可小觑。微言里可以有大义，对微型小说而言，则应当说，必须有大义。缺乏大义作灵魂的微型小说，不足以称微型小说，或文虽是“微型”，而“小说”则非，原因无他，在其无“魂”矣。

朵拉从一开始走上创作之路就认定，创作者“终其一生所写的，就是自己心底的追求和缺憾”。[①] 她也服膺一位一位画家所言：“一幅画，是画者的渴望与灵魂。”故“对于作家亦如是，每一篇文学作品，其实也都是作者的渴望与灵魂”。虽然操持的是被称为微型小说的武艺，但她从没轻待过它，而是在里面放进了很多自己对人生的感悟，对善恶人性的观察、对人类心理世界的生命体验。

墙、咖啡、镜子、花……朵拉笔下有不少喜用的物象。《阻止咳嗽的糖》里说：“生命里本来就有许多挫折和哀伤，再加上每个人一有空就堆砌着无人了解的砖块，一道厚而高的墙渐渐建筑起来，成了心灵交会的障碍。”只是因为咳嗽的原因而吃糖，却很可能成为别人的谈资。《会说话的墙》里的夫妇之间，沉默变成了一堵“墙”，妻

① 朵拉：《不妥协的灵魂》，见《朵拉微型小说自选集》“代后记之一”，上海：上海文艺出版社，2008年12月版，第248页。

子因为搭老板的便车而心存“秘密”，丈夫一句“墙里好像有说话的声音”的发问，差点让她泄漏了秘密。在“沉默的墙”与“有声的墙”之间，人物心理的张力得以凸显。这两篇小说里的“墙”都蕴含深意。物象也就成了意象。

统观《自选集》中的作品，可以分明地感觉到朵拉对女性问题的关注，尤其是男女之间的爱情婚姻，几乎成了她的基本主题。虽然是微型小说，格局似乎不大，情节也无法多么的波澜曲折，但朵拉总是努力直面女性生存中的难题，提出自己的思考，她不一定给出现成的答案，但她会有意识地引导同为女性的读者们一起思考。有思考、能思考就是好事，就是福音，就是走向幸福的起点。朵拉自述，曾经“试图找一种主义来研究，起码是一种自我成长的方法，最终选择女性主义”。① 但朵拉并不像有些女性主义者那样把女权抽象化或把一味地针砭男性错当作女性的出路，或者从中得到快意，自以为得到了什么解放，也并不真的服膺“时代不同了，男女都一样”的信条以为是女性解放的不二法门。她更多的是启迪女性的自觉、自审、自立、自尊，而不是盲目地追求男女“都一样”。她不希望女性从一个桎梏中解脱出来又走进一个新的桎梏中去。在用小说诠释千古以来生生不息的男女的纠缠与情事时，朵拉是平静的，理性的。朵拉对女性主义的理解和诠释不同流俗。

朵拉是一个能在微型小说中贯注进自我独特感悟和深刻人生思考的作家。

二、见微知著

微型小说家必须要能见微知著，而无法靠大事铺陈，更不能面面俱到，它的“微”，是指笔触往往聚焦于某一“点”上，它截取的，

---

① 朵拉：《和自己说话》，见《朵拉微型小说自选集》“代后记之二”，上海：上海文艺出版社，2008 年 12 月版，第 249 页。

其实并不一定是生活的"片断"，而可能就只是一个"点"。用笔集中不旁骛，左右逢源不斜出。针对有些人称微型小说如"麻雀虽小五脏俱全"的误解，微型小说名家黄孟文博士鲜明提出，"微型小说的特征就在于'五脏'不全"①，行家慧眼，诚哉斯言！微型小说作家尤其要有从平凡日常的生活细节中"发现"某些有意味的东西、在平常和凡俗中有所"发现"的那种本领。见微知著的"见"是个关键，"见"就是发现。他的手里似乎有一架显微镜（或放大镜、望远镜），能把生活中常常被忽视、轻轻被放过的细枝末节显象给人看，必须在要言不烦、三言两语的描述中，开掘出不一样的真知与发现。一句话，他应该能够借助它的显微镜般的生花妙笔，给读者带来万花筒似的、这样那样的惊喜和启迪，但绝不是耳提面命式的，绝不是照本宣科式的，这是他必须练就的一个基本功。

朵拉的一些微型小说就能做到这一点。以《绝望的香水》为例：文中的"她"，只因为无意中接收了一个一起公出的同事为表感谢而送她的香水，就让本来平静的生活，不再是古井无波而渐起波澜。习惯涂抹香水而感安静平和的她，竟在用了这款香水后心情不得平静……世上本无事，女人自扰之，还是多情自扰之？小说写得相当含蓄，女主人公的内心究竟因何起了变化？是睹物思人还是心有所冀？她到底希望什么？因何绝望？女性心灵深处那种微妙的东西，正是作者所想探究的，但作者的高明就在于，终其篇，朵拉都没给予哪怕一点点暗示，行于所当行而止于所当止。任何进一步的言说都可能坐实人物的内在动因从而破坏了一种美感，或唐突，或了无余味。也许什么都没有发生，也许讲到此也就够了。人的精微的心理情感之深致之复杂，并不是语言都能表达清楚表达准确的。

如果一个作家缺乏洞察幽微的能力，那他终究无法胜任微型小说的创作。

---

① 黄孟文：《微型小说微型论》，世界华文微型小说研究会编，吉隆坡：大将出版社，2007年2月版，第12页。

三、微不足道？

微型小说看起来所写都是细枝末节，又不能大事铺陈，似乎都属微不足道的东西，难免微小之讥。壶里乾坤，杯中日月，端在作者如何处置，如何开掘。道可道，非常道。“道”得如何？说得怎样？或如何说、如何叙述才是讲究，才是正办。论起这方面，朵拉的笔下还真有些可圈可点的骄人表现，她在谋篇布局上是颇见创意和心思的。

《遗失》写同学聚会时，一个女生突然说她的昂贵的耳环不见了，顿时弄得举座皆惊，人人出动搜寻，最终好像也就不了了之。着急的，同情的，可惜的，猜测的，羡慕的，妒忌的，袖手旁观的，冷眼以对的，幸灾乐祸的，怀疑她谎报军情的，这个这么说，那个那么说，你一言，我一语，把人性的好好坏坏、里里外外，简直就是来了个大展览。小说全篇除了头、中、尾几处略有叙述之外，其他篇幅几乎都是在座者的对话录。以一两句话语就写出了各人的内心，笔致、功力不俗。

《等待的咖啡》在绵延展开的段落中，用了点技巧：九个字的一句话（“等待的人一直没有来”）加上括号竟出现了九次，只不过，每次出现都比前一次少一个字，最后只剩下一个“等……”字。这句话就像抖开了一条情感的链索，它套住了当事者，使她无从摆脱，最后还是以失望告终。究竟是谁之过？是那被等的人无情爽约？还是等人的人太过痴情？在这里，与其说作者是在谴责前者，倒莫如说，也不乏（或更有）对后者的揶揄。在男女两造的关系中，女性不能也不必把希望都寄托在他人身上。对于寡情薄义朝秦暮楚的男人，感情受伤的女人与其无谓地指责之，倒不如来点自审自嘲反能拥有自尊。这正是朵拉用笔的过人之处。

《母亲节的电话》、《不解》、《电话响起》都以电话为轴心，衍生出些人生的真情与假意，或喜乐或烦哀，也满含着各种滋味。

《绿叶子》、《行李》等篇都是写同居男女的故事，但事情的来龙去脉和写法都不同，当初同居的因由不一，后来分开的原因各异，同一屋檐下有不同的情感经历，放大了同居名目下人性与人情的纷乱复杂与善变多变。题材的相似并不一定会千篇一律千人一面，各人还是有各人的悲欢，有外人看得明白的，更有别人看不懂、只有当事人自己才冷暖自知的那些情感与心理的皱褶。能把人心人情人性写到这般田地，那不是靠什么技巧就能做到的，那得端出自己的心来。

有评者以为，朵拉的微型小说“节奏明快，构思简洁，这与她喜好丹青有关，带特征的单纯，有意味的简化，颇得微型小说这一新兴小说文体之精髓。”① 有其道理，不失为进一步观察朵拉的角度，但我倒是认为，成就作家朵拉的，固然有其丹青画师的功力那一面，更得之于她所具备的心理咨询师般的悲悯仁爱之心。

四、“微”言耸听

要能以短短的篇幅、面目多少有点模糊的人物、似乎有点暧昧的性格以及不一定完整又不能太过巧合的情节、不需要太确定的时间和空间，完成一个故事或者事件的叙述或一个人物的描画，而且要能抓住读者的心，令人读得过瘾，听得起劲，颇有余音袅袅的意思，产生一种近于“微”言耸听的效果，这是对微型小说家的最大挑战。尽管有如此种种苛酷的限制，仍是有一批痴情不改的微型小说作家们乐此不疲，戴着“镣铐”跳舞。在他们看来，挑战不是难题，越如此，越能见真章呵。《流浪的幸福》、《二遇芒草花》、《唱片日子》、《心结》等篇都颇有可回味之处。

《心结》里的母与女，在不同的时空里，都收到过写着“我永远不会忘记你”的卡片。眼见女儿也像当年的自己一样收获了男生的“情话”，难免勾起对自己说过此话、后来偶遇时竟忘得一干二净的

① 郑宗培：《祝福惠安女——朵拉》，见《朵拉微型小说自选集》“序”，上海：上海文艺出版社，2008 年 12 月版，第 2 页。

那人的回忆，不禁怨从中来恨亦难消，但小小年纪的女儿面对同一句话的响应却分外的冷静：怎么可能？哪有永远不会忘记这回事？全无当年的自己那样的沉湎和轻信，不禁让她对“女儿的头脑十分清楚”、“比当年的她成熟得太多”而“高兴”、而欣慰。更没有想到，自己多年来的心结居然在这个时候，被女儿不经意的响应解开了。两代人面对同样境遇的不同反应，怎能让人不生出太多的唏嘘感慨！作者构思的高明，正在于对比的设计是定位于母女两代人，而绾结其间的是司空见惯的同一句话，一句听起来悦耳开心但当不得真的话。做母亲的终于明白：是谁在欺骗她？那个人其实就是她自己。时间、生活、现实、阅历……在经历了很多以后告诉了她真相和真谛。其振聋发聩处，喷发出了相当大的艺术冲击力。

应当说，在当下世界华文小说的舞台上，戴着“镣铐”翩然起舞的群像中，朵拉堪称一个优秀的舞者。有论者高度肯定朵拉的小说“对人性弱点深藏不露却锋利无比的批判力量”，盛赞朵拉为“东南亚华文文学中最有艺术造诣的作家之一”，[①] 诚非虚誉。

马来西亚的微型小说创作在世界华文微型小说的版图上有着举足轻重的地位。陈政欣在总结1970—2000年间马来西亚华文微型小说创作的时候，曾这样描述其盛况：“就创作艺术手法而言，怪诞，意识流，写实，现代，黑色幽默，象征主义等等技巧，各显缤纷。内容上，有笔记轶闻，寓言，科幻，政治讽刺，然而社会写实的还是占大多数。”[②] 大体上是个准确的概括。由此观察，朵拉大概应属其中居于主流地位的社会写实一路的代表者之一吧。

这本书是“自选”，也是精选。对于热衷于探索微型小说创作奥秘的同道来说，《朵拉微型小说自选集》不无标杆的意义。我们期待

① 戴冠青：《温婉优雅的智慧女性》，见《朵拉微型小说自选集》“附录”，上海：上海文艺出版社，2008年12月版，第239页。

② 陈政欣编选：《马来西亚微型100·序》，马来西亚华文作家协会编，1998年12月版，第2页。

着朵拉和她的一众同道，在这条“羊肠小道”上走出一方更多迷人风景的新天地。

（原载印尼《好报》2012年2月25日）

“记忆华夏” 与 “想象扶桑”
——当代日本的华人写作

在世界华文文学的版图上，东北亚（主要是日、韩）华文文学具有不可替代的地位。在历史上，东北亚地区与东南亚地区一样，长期处在以汉文化为中心的东亚文化圈中，与中国文化/文学有着深厚的渊源关系。

中日文字之交，始自公元2世纪，可谓源远流长，史不绝书。秦皇时，徐福带领三千男女渡海以寻“不死之药”的传说，日本遣隋使、遣唐使西来与中国高僧鉴真东渡，为两国的文化交流作出的拓荒性贡献，在中日民间已广泛流传。到了近代，日本明治维新的成功，又刺激了中国人向东邻学习的热潮，日本成了近代史上不少中国留学生的首选之地。从梁启超、陈独秀到周树人（鲁迅）、周作人、郭沫若、郁达夫、郑伯奇、穆木天、胡风……留日学生几乎占了新文学的“半壁江山”。这一时期，留日学生作家不仅创作了以日本为背景的一系列作品，也向中国读者翻译、介绍了一些日本的作家作品（如武者小路实笃、厨川白村、田山花袋、岛崎藤村、二叶亭四迷、佐藤春夫、横光利一等），日本现代文学与中国现代文学进入了卓有建树的互动期。而在日据时期，曾留学日本并留下作品或在日本得过文学奖的中国台湾地区作家，则有叶荣钟、杨逵、杨云萍、吴新荣、杨炽昌、翁闹、王昶雄等人。

50年代以后，祖国大陆一度“闭关锁国”，加之“二战”期间中日战争的阴影，中日之间的文化交流受到了相当大的影响，也较少出现旅居日本的华人作家，倒是有一些由中国台湾地区旅日的华人作家，在日本成就了一番文学事业。陶晶孙、司马桑敦、陈舜臣、邱永汉等人为其代表。

陈舜臣（1924— ），祖籍台湾台北县新庄，父母均为台湾人。自小在父祖辈的督导下学习《三字经》等中文启蒙书，家中订有《申报》（上海）等中文报刊，为陈舜臣打下了最初的汉文基础。后考入大阪外国语大学印度语系，兼修波斯文、英文等。1961 年，他发表第一部小说《枯草之根》，一举夺得第七届“江户川乱步赏”。《枯草之根》是一部侦探小说。它的主人公是在日中国人，情节穿插着友情与谋杀。它的出现，颠覆了西方所谓“推理小说中不能有中国人”的无理戒规。之后，陈舜臣又连续发表了《三色之家》、《割破》、《愤怒的菩萨》等多部推理小说，1969 年发表的《青玉狮子香炉》，获得“第六十届直木赏”这一日本大众文学的最高奖赏。除了推理小说，自 1967 年试作《鸦片战争》起，陈舜臣又将创作的重点移向历史小说写作。他的历史小说基本上都从中国历史取材，著有《太平天国》、《诸葛孔明》、《耶律楚材》、《成吉思汗一族》、《曹操、曹魏一族》、《孔雀之道》、《秦始皇》、《郑成功》及《中国五千年》等 160 多种，其中尤以《小说十八史略》（六卷，后改为十二卷）最为畅销，自 1977 年出版以来已发行 100 多万册。日本讲谈社刊行有《陈舜臣全集》（27 卷）。在日本文坛，陈舜臣被公认为一代推理小说与历史小说巨匠。

人在日本，以观察思考中国历史为创作范本，是陈舜臣创作的灵魂所在。由于历史上中日两国交往甚密，同属汉文化圈，正如他推理小说笔下的人物往往在寻找自己的身世一样，由历史命运转换所引起的漂泊感，成为他基本的创作主题。他甚至认为，历史小说，广义地说也是一种推理小说。在这种小说观的指导下，他的历史小说重视情节铺陈与场景转移，真实的历史背景、历史事件、历史人物与虚构的人物相缩结，虚实相生，相激相荡，由此营造出小说的悬疑张力。

陈舜臣的代表作《青玉狮子香炉》，是一部 10 多万字的推理小说。它以北平故宫博物院珍宝辗转南迁为情节背景，以琉璃厂古物商店“润古堂”的玉雕师李同源与他亲手制作的青玉狮子香炉的命运为主线，交织着李同源与素英、庄念伟的感情纠葛。当初“润古堂”老板王福生答应为清废帝的宦官制作赝品，后因病交由徒弟李同源雕制。真品原件已被宦官盗卖至美国华盛顿。而李同源所制之赝品，后却被作为真品列入故宫珍宝，在中日战争前即随大批文物，从北平运到南京、上海、徐州、宝鸡、重庆、成都、安顺等地，最后在1949年又渡海运送到台湾岛，历尽艰难。但在抵台湾后的清点中，青玉狮子香炉却杳无影踪，只有一件制作粗劣的赝品。而此时距李同源上一次在上海仓库见到香炉，已时隔17年之久。青玉狮子香炉，究竟在何年何月何日的哪一个环节被盗，已成悬疑。

作为一部推理小说，《青玉狮子香炉》也许可以作多种推理与解读、释疑，从1920年“润古堂”开张的北平，到1950年代初迎来众多珍宝的台湾，其所显示的背景，正与现代中国最动荡的一段历史相始终。而贯穿小说的文物—青玉狮子香炉，其实具有更深的寄托。李同源几十年心之所系就在这只香炉，这是他情系中华文化传统的真实写照。而以赝品呈现的李氏香炉俨然成为“真品”被盗，假作真时真亦假，真假莫辨的文物，真假莫辨的历史，真假莫辨的感情，纠集在一处，令人感叹和欷歔。什么是历史的真相？谁能决定历史的真相？重重悬疑给读者提出了启人深思的问题。

青玉狮子香炉从问世到失踪，李同源与素英都是亲眼目击、亲身经历的。小说展开的同源与素英、念伟之间的感情纠葛，虽未放开笔墨淋漓挥写，却也构成了小说中另一条潜在的线索——曾经用体温（甚至让同源触摸乳房）以激起同源创作激情的素英，其实与青玉狮子香炉二位一体，你中有我，我中有你。在李同源的感觉里，青玉狮子香炉不仅是他的一个雕刻作品，也是他所爱慕的女性——素英的化身；在另一层面上，也可以视为中国传统文化的一个象征物。香炉的失踪，影射了中国传统文化的式微命运，而香炉的身世（“真”抑或是“假”），折射了历史存在物的身份、身世和命运，在历史大潮的淘洗下，真假之间似乎并无鸿沟。这或许是小说想要给予读者的最重要的启悟。

小说明似写物（香炉），实为写人（同源、素英），更是写历史，这也正是陈舜臣的推理小说之所以蕴含浓厚的历史文化氛围并呈现出独特魅力的所在。不仅《青玉狮子香炉》是这样，他的一系列推理小说、历史小说，也都贯穿着这一个基本主题，追寻人物的身世之谜，并以此追寻历史之谜。

与陈舜臣的成功之道有某些相似之处，与他同庚且有一半日本血统的邱永汉（1924— ），从中国台湾到日本留学并移居以后，也先是以日文文学创作引人瞩目。早在1954年，他以自己的生活经验写成长篇小说《香港》，次年即荣获日本夙负盛名的最高文学奖“直木赏”，是第一位获得该奖的外国人。他还有和陈异曲同工的地方：陈在1984年写过《日本人与中国人》，邱也对“日本人与中国人的比较观察”情有独钟，其作品《中国人与日本人》（1993）甫一出版，即登上台湾畅销书排行榜。此外，他以作家兼经济评论家身份所撰著的一系列财经理财书籍（如《生意入门》、《股票入门》、《邱永汉赚钱秘诀》、《日本飞跃成长的奥秘》等），更是很多企望致富的台湾人争购的读物，他甚至被称为“理财之神”。另一位在日本住过10年之久的中国台湾《中央日报》记者潘焕昆，曾任职于日本的公司，在70年代初出过一本《日本与日本人》，用“比较观察”的视野，剖析日本人之长短，亦颇具识见。

有过日本经验的台湾文人，还有王育德、戴国辉、施翠峰、庄伯和、林水福、王孝廉、张良泽、黄英哲等。其中有两位女性的文字，极富个性而又互不相似，一位是林文月，一位是刘黎儿。学者林文月20世纪70年代曾游学日本，著有《京都一年》一书，详叙在京都观赏舞伎、都舞、祈园祭，游览庭园、书铺、市集、汤屋等各类见闻，记奈良正仓院、京都茶会、神户东方学会、桂离宫、唐招提寺、谈空海、鉴真乃至“我所认识的京都的三位女性”等，颇见文化气息与学院氛围，笔致优雅。刘黎儿是《中国时报》驻日特派员，居日有20多年之久，90年代末以《东京风情男女》、《东京爱情物语》、《黎儿流》等书，在台湾地区新生代的“哈日”潮流中风靡一时。刘黎儿观念前卫，文笔灵动，被视为“日本文化与情爱观察女作家”，开辟了观察日本的一个角度。

日华写作形成一种规模，则是在20世纪90年代。虽然早在1982年，有30多位日本华文作家组织成立了“留日华文作家联谊会”，也创办过《东京》月刊（综合性的文化刊物），但文学创作乏善可陈。10年以后，由孙立川、王中忱、李长声等一批新一代中国留学生主事，出版了文学刊物《荒岛》，发表了旅日作家的不少优秀之作，以后又有秦岚、刘燕子、丁厥等编辑出版了《蓝》这样的汉、日双语刊物，推波助澜，一时间颇有一番气象。与此同时，《留学生新闻》、《中文导报》等陆续创办，成为在日本影响很大的中文报章。而与《北京人在纽约》堪称姐妹篇的《上海人在东京》（樊祥达，作家出版社，1992）的出版，一批以旅日、留日华人生活为背景的作品的问世，如《日本留学一千天》（小草，世界知识出版社，1991）、《中国留学生心态录》（吴民民，上海文艺出版社，1991）、《东京的诱惑》（葛笑政，军事谊文出版社，1992）、《上海新贵族》（樊祥达，中国青年出版社，1992）、《日本啊，日本》（曾樾，人民文学出版社，1992）、《月是故乡明——北京姑娘在东京》（李蕙薪，北京十月文艺出版社，1993）等，把人们的视线引向了“一衣带水”的邻邦，日华文学真正开始进入大陆读者的视野。

从80年代中期到90年代末期，日华文学进入了一个快速发展期，涌现了蒋濮、莫邦富、黑孩、李长声、华纯、郑芸、龙升、田原、林祁、李兆忠、董炳月、李晓牧、王敏、阿洋、杨文凯、张石、刘燕子、秦岚、旻子、晓凡、李佩、张超英、龚志明、中发、班忠义、晓峰、李占刚、杜海玲等比较活跃的新移民作家，也还有像毛丹青、叶青、唐亚明等用日汉双语写作的华人作家，他们都来自祖国大陆。蒋濮的《东京没有爱情》、林惠子的《东京：一个荒诞的梦》、业枫的《天涯风尘记》、金烨的《烟雨东京》、张石的《东京伤逝》、田原的《红薯窖》等则是小说创作中较具代表性的成果。

蒋濮（1952— ），上海人，父母均为大学教授，20 世纪 80 年代初在安徽大学攻读生物学硕士，未去日本之前，在国内文坛已初试啼声。80 年代中期赴日后，异国的所历所感，强烈地冲击着她的内心，她接连写出了《不要问我从哪里来》、《东京没有爱情》、《东京恋》、《异缘》、《绿太阳》等中短篇小说。她的作品多以异国情恋为题材，凝聚着她对旅日、留日华人当下生活的反思。

莫邦富（1953— ），上海人，曾任上海外国语大学讲师，1985 年起留学京都大学、东京法政大学，后当过记者，办过事务所。1992 年发表处女作《独生子女》，写过大量文章，散见于日本的华文、日文报刊，出版《新华侨》等书。2002 年出版自传体作品《这就是我爱的日本吗？——新华侨 30 年的履历书》，引起了广泛关注。他所提出的“新华侨”概念，产生了很大的影响，莫邦富亦被认为是“新华侨”作家的代表人物之一。

毛丹青毕业于北京大学，赴日后，以对日本的深度观察和独到见解写成的《日本虫眼纪行》，一举获得 1999 年日本第二十八届“蓝海文学奖”。毛丹青有他自己独特的立场，用他自己的话说，是“借你的剑攻你的心”，其犀利与特异，在旅日作家中并不多见。有人称赞他是“在日常生活的细枝末节中发现了真正的日本”，文笔是“日本人的情调，中国人的逻辑”。日本的中国文学研究者藤井省三称他是“最富感性与悟性的知日派作家”。

张石的《东京伤逝》通过几对华人夫妇来日后生活经历和内心世界的描写，揭示了由文化冲突带来的人格扭曲与裂变，以“伤逝”二字道尽了边缘状态的新移民的痛苦。

华纯的长篇小说处女作《沙漠风云》是一部环保题材的作品，小说中人物有日本、俄国、非洲等多种背景，视野开阔，有凝重的思考，表现出女性写作少有的阳刚之气。其短篇小说《Good - bye》曾获“盘房杯世界华文小说优秀奖”。唐亚明的《翡翠路》则获得了日本第八届“开高健文学鼓励奖”。龙升的小说《博士硕士不是》，以调侃中见严峻的笔调，把一些拥有高等学位、内心却并不美好的留学生价值观的紊乱、人生观的沉沦，揭示得针针见血，酣畅淋漓，有相当的可读性。郑芸的《往事》，展开的是叙事者“我”在日本打工时与周围日本人相处的“往事”，有切实的感受与生活繁琐细部的描写，各种各样的日本人在她笔下被刻画得栩栩如生，能在不动声色处让读者自会动心。文萍写有似幻似真的《黄金感觉》，详述女主人公“爬洞”的过程，“洞”似乎是一个隐喻，依稀折射出在日华人的日常处境，东瀛就在脚下，一切都必须面对。而田原的小说《红薯窖》，则是人在东瀛、心念中原的记忆华夏之作，以童稚的目光，忆往的视角，把一个储藏红薯的地窖写得有如童年的“天堂”，也未尝不是一种国族的隐喻。

在散文、杂文、小品、随笔、游记等领域，日华作者也有不俗的表现。孙立川在日本的足迹遍及京都、神户、东京、名古屋、北海道、仙台、冲绳，他的《伊豆之旅》、《北海道文学纪行》、《松尾芭蕉故乡行》诸篇，表现了对日本文化与中日文学交流的深切关注，学、识、才、情俱现于笔端。著有《东瀛过客》、《暧昧的日本人》的李兆忠，长于捕捉生活中的细节，善加铺陈，对日本生活的方方面面，观察甚深，颇有独到的心得。董炳月数度游走于中国和日本的学府与研究机构之间，从一个特定的角度透彻地呈现出一个真实的日本。他们后来虽已离开日本回国，但都在脑海中留下了不灭的东瀛记忆。

中日两国、和汉两族的比较并不是个新颖的选题领域，但书写者每能翻出点新意。来自中国东北的李长声，在日本的实地观察，能见人之常见而又能言人之未言。《日本闲话三题》中谈“天狗”，广引《山海经》、《日本书记》、《日本灵异记》、陈寅恪批注《旧唐书》、《和汉三才图会》、柳田国男语等所记述，可见作者的腹笥之富，允为日本之通人。如果说李长声似乎有考据癖的话，那么杨文凯则更多地关注现实的日本和身边的日本人。他的《见证城市细节》、《善解人意》，都是撷取现实生活中的某些细节（街边车站的伞架，空姐送咖啡杯的动作之类），比较中日的不同，肯定生活中一种善解人意的因素，为营造更美、更友好的人际关系而努力，“勿以善小而不为”，才能在现实的社会生活中增添更多生活的情趣和人性的亮点。

新世纪以来，日华文学仍有新的进展。2000 年 8 月在日本创刊的《蓝 · BLUE》，是一本特立独行的文学刊物。深蓝纯一色的封面，让人想起日本海的波涛和晴空。它以前后各半的篇幅刊登华文、日文双语作品为版式，作者遍及全球各地，在中日文学交流的道途上，可谓另辟蹊径。创作、翻译、评论、文讯多管齐下，显示了同仁们的独特理念与追求。秦岚和燕子（刘燕子）以及丁厥（晓峰）、李占刚等这些《蓝 · BLUE》的同仁，在编辑的同时，也多有创作。秦岚文风峭拔，思路别致，常能在平常话题上推陈出新，《死就在隔壁》、《过年》就是如此。燕子的文笔更多感性色彩，体验细腻，书写自然，也有她的一番面貌。

此外，专门介绍日本文化的杂志《知日》在 2011 年 1 月的创刊；日本华文文学笔会（会长为日本法政大学教授王敏，副会长有作家华纯、国士馆大学教授藤田梨那、三重大学教授荒井茂夫等）在 2011 年 12 月的成立，也都为日华文学的发展兴盛注入了新的活力。

值得一提的是杨逸创作近年引起的关注。杨逸（1964— ），女，原名刘巧，哈尔滨人，1987 年赴日，毕业于御茶水女子大学，做过记者，教过书，业余写作。2008 年，她的日文中篇小说《时光氤氲的早晨》继其处女作《小王》于 2007 年获得“文学界新人”奖后，又获得了第 139 届芥川奖，杨逸是日本这个顶级的文学奖设立 73 年以来首位外国人得主。《时光氤氲的早晨》（又名《时光渗透的早晨》）描写两个中国北方的男孩——梁浩远和谢志强（其中一个去了日本，一个还在中国）的命运和心路历程，尤其是前者对生活的热爱与人性的顽强，是一部尽显人生苦恼与悲喜的青春小说。它的特色在于既是中国题材，又颇具日本风味。

就总体来说，旅日作家创作的中轴有二：一是关于他们当下所处的地域——东瀛扶桑，可名之为“想象扶桑”；一是关于他们所来自的故国—华夏九州，可名之为“记忆华夏”。“想象扶桑”与“记忆华夏”构成了他们取用不竭的写作资源，诉说着数千年的传统与现实、恩怨与情仇、向往与厌恶、拼搏与挫折、融合与排拒……在这里留下了无数“东渡人”的足迹与心影，不仅丰富了留学生文学，也充实了跨国界的华文写作，还成为世人观察中日两国历史与现实的一个借镜。

中日两国曾经有过漫长的友好交往的历史，但近一个多世纪来，中国却屡受日本的侵略欺凌，因此华人对这位海东的邻居，不免有既近又远、欲迎还拒的心理，这在留日、旅日、居日的华人内心表现得更为直接。正因为如此，在华人文学作品中，大和民族与盎格鲁撒克逊人就有不同的面目，“上海人在东京”也就有异于“北京人在纽约”，一个与母族文明如此相近的异民族，那种“熟识的陌生人”既切近又怨恨的感觉竟如此强烈。尽管日本曾有过“和魂汉才”之识，却又有“和魂洋才”、“脱亚入欧”之念，其与中国的“中学为体，西学为用”、同文同种等理念其实相距甚远。从这样的角度去观察，东北亚（日、韩、朝）华文文学，与东南亚华文文学、欧美华文文学、大洋洲华文文学，就有着明显的区别，同中之异的文化冲突与碰撞，其实是更为深沉而微妙的。

2012年8月

独语剑桥

——20世纪中国学人的剑桥书写

自20世纪以来，中国读书人，一说起剑桥，则言必称志摩。旷世风流才子徐志摩，对剑桥大学一往情深，有其亲笔写出的《康桥，再会罢》、《康桥西野暮色》、《康河晚照即景》、《再别康桥》、《我所知道的康桥》等多篇诗文为证。这些美篇华章，营造出了剑桥极富魅力的形象，自不待言；然而，徐志摩之后，行吟剑水之畔，书写剑桥之灵者，实代不乏人，有些篇章也不让志摩专美于前，有些文字，比起徐志摩来，也未遑多让哩！

笔者涉猎有限，手头仅有几种中国学人写剑桥的书，择其兼具文采、学理之美者五种述而评之：

1. 萧乾：《负笈剑桥》，北京三联书店，1987年版。

2. 陈之藩：《剑河倒影》，台湾仙人掌出版社，1970年版；浙江文艺出版社，2000年版。

3. 金耀基：《剑桥语丝》，台湾商务印书馆，1977年版；《剑桥与海德堡》，辽宁教育出版社，1995年版。

4. 马伯英：《剑河的凝思》，复旦大学出版社，1996年版。

5. 童元方：《剑水流觞》，浙江文艺出版社，2000年版，《水流花静》之部分。

从20年代初到90年代末，从徐志摩、萧乾到陈之藩、金耀基直到马伯英、童元方，细读一过，似觉在志摩之外，剑桥亦别有一番天地矣！

剑桥在我们面前，展开了一幅“异代不同时”的历史的长卷、流动的风景。

萧乾：战地记者的匆匆一瞥

徐志摩之后，负笈剑桥、后在文坛上知名的，有萧乾、叶君健等人。

萧乾本是在1939年受伦敦大学东方学院之邀去任教的，由《大公报》资助旅费。当时正值第二次世界大战期间，因此他的英伦之行另一个重要的任务，是向国人报告战时欧洲的情况。岂料甫抵东方学院，便被“疏散”到距伦敦90多公里的剑桥大学，身份几乎相当于一个“难民”。剑桥成了他“1939年抵英后的第一个落脚地”。这是萧乾与剑桥的“初次见面”。

再到剑桥，则是三年以后。1942年秋，萧乾由英国著名小说家福斯特、魏礼二位皇家学院的校友推荐，进剑桥大学王家学院作研究生。导师是瑞兰兹博士，“英国象牙之塔的宠儿”、“有名的才子”。攻读学位的研究课题是英国心理派小说（具体对象为三位英国小说家劳伦斯、弗吉尼亚·吴尔芙、爱·摩·福斯特）。也许是大战时期，兵荒马乱、时局动荡不靖，加之又兼任《大公报》驻英特派记者，心有旁骛，萧乾对这三位作家的探索，似乎只是浅尝辄止，最终也没有提出研究成果，只是到过那幢“儒屋”，见过吴尔芙的丈夫一面，抄录了她的一些日记，还到结束了她生命的那条小河去凭吊了一番，“木然地站在河畔，很想斥责那深深的河水，又觉得冤枉了小河，它只是纳闷地流着、流着。也许它还真以为一具透明的心灵解脱了又一次的折磨。”而对“西方尊为艺术顶峰”的乔伊斯，萧乾曾写过一篇小论文，说“《芬尼根觉醒》只能是文学史上一个偶然现象，正如18世纪劳伦斯·斯泰恩的《特里斯川·项迪传》和菲尔丁的《汤姆·琼斯》那十八卷每卷前的序章一样，是一番绝技表演（tours - de-force），不可能成为小说创作的正途主流，在中国，尤其行不通。”

这个中国学生从东方人的角度提出的“出格儿的看法”，使瑞兰兹在感到“震惊”的同时更着重于倾听，表现得极感兴趣。剑桥导师的这种风范仪态，对于萧乾的影响是十分深远的。为此，他写道："在剑桥，我学会了冷静地听持相反观点的人谈话。”萧乾在剑桥的日子，正值英伦三岛被希特勒法西斯淫威所笼罩，既没有闲情逸致去领略剑桥的美景，恐怕也没有在学术上沾溉更多剑桥的润泽，这是他的遗憾。从学术研究的角度而言，萧乾似乎有点“生不逢时”，而从另一方面来说，也正是战争背景赐予了他作为“二次大战欧洲战场上惟一的中国记者”这一他人无法替代的历史见证人的身份。

萧乾只有一个。

陈之藩：理性的清明

20世纪的40—50年代之交，祖国大陆的政局发生了很大的变化。西方世界被中国拒之于千里之外。在很长一段时期里，像剑桥一类的西方名校也真成了中国学子遥不可及的“仙乡”、“梦土”。无法负笈剑桥的祖国大陆学人在50—70年代的剑桥书写中的缺席，也从另一方面衬出了台港学者的独领风骚。这一时期正是台港学人留学、访学西方的高潮期。陈之藩的《剑河倒影》、金耀基的《剑桥语丝》是此中影响最大、广获佳评的名作。

尽管陈之藩自云，对于剑桥，有出口便错的危险，“越看得多，越不敢写”。但是他毕竟在剑桥“与成百的学者谈了两年天”，之前又有与梁实秋在台北“谈了五年天”的根基。剑桥最为他所仰慕的，是“剑桥精神”。剑桥的制度是“无时无地不让你混合”。比如教授与学生混合，喝茶与讲道混合，吟诗与聊天混合，天南的系与地北的系混合，东方的书与西方的书混合。更不必说，行与行之间的混合，更是理所当然的事。而所谓“剑桥精神”“多半是靠这个共同吃饭与一块喝茶的基础上”。借促膝之谈，激出智慧的新火花。很多有成就的剑桥人，对于在风雨中谈到深夜的学院生活，都有一种甜蜜的回忆。

关于剑桥的“聊天”，有一个很形象的雅称曰“喷烟制”。徐志摩写过《吸烟与文化》，陈之藩再写《喷烟制度考》，是说学生的学问，是在接受着老帅“喷烟”的同时得到的。导帅坐在那里喷烟，会喷得你天才冒火。由剑桥师生关系的这种特殊形态，不难领略剑桥教育的独具魅力之处。其实，吸烟、喷烟也只是一种说辞罢了，喝茶、吃饭、散步、彻夜论辩……都贯彻着同一的精神。而在这种交往与对话中，人的个性、原创力、想象力以及各种潜力都得到最强劲的刺激和鼓励，一批批的人才也便由此脱颖而出。

有人说，大学是人才的制成所。其实不只是说它能造就各种专业人才，而首先是在人格的养成，是在学会做人。西方人所谓“到剑桥睡上三年”，达尔文所谓“在剑桥三年，什么事也没有做”。其实，谈天、思考、交流、论辩之中，思考的内容与思维的方式正得以良好地养成。

作为一个自然科学家，陈之藩固然也对闻名遐迩的剑桥凯汶迪什实验室三致意焉，而他以清明的理性表达的人文关怀，更是他《剑河倒影》的魂魄所在。在诸如“实用”与“好奇”、“理智”与“感情”、“明善”与“察理”、“图画式的”与“逻辑式的”等等既相异又相通的思考中，陈之藩的“越界表演”所凸显出的高度人文修养，博得了读者的喝彩。不谙其背景的人，还以为他是学文学的呢。

金耀基：“心教”见精神

金耀基是一位社会学家，并任台湾“中研院”院士。他对剑桥的观察，颇具教育管理者、大学行政领导人独特的眼光。后来他也确曾长期担任香港中文大学的副校长。不难发现，在他的剑桥书写中，“大学之理念”是他思考的中心。

剑桥的“导师制”，历来被认为是剑桥教育理念中最具特色之处，最为人称道。而在金耀基看来，剑桥的“言教”、“身教”（导修制）“也不见得好过其他一流学府”，不可太过夸张；其真正的精华、也是它最神秘的地方，是在“心教”。他解释说，所谓“心教”，“是每个人对景物的孤寂中的悟对，是每个人对永恒刹那间的捕捉”。剑桥的主政者似乎特别重视一景一物的营造，“在剑桥，特别是在各学院里，一草一石，一树一屋，无不是物质的，又无不是精神的。”这都与莘莘学子的“悟道”有关。“剑桥的名字就是宁静”。“静寂使人孤独，但孤独正可以使人与剑桥历史中的巨灵对话。剑桥最高的精神活动是在那些孤独的历史的对话中进行。”（这和陈之藩叙说自己写《剑河倒影》时的心境有着惊人的相似：这些散文“在写作上有一个共同的地方，那就是在寂寞的环境里、寂寞的写成的”，“我常常感觉寂寞也许是一个作者呕心沥血时所必有的环境、所必付的代价。”）由对宇宙、人生的那种“悟对”、“捕捉”的“自悟力”而达致“自我的心灵的跃越”，剑桥之子的成长正来自于此。其实，金耀基之能写活剑桥，也正因为他就经历了一番这样的“悟对”与“捕捉”。“语丝”让人们听到了剑河畔一个行吟者的独白、同时也是与剑桥的对话、与宇宙、与永恒、与人生的对话。

他尤其欣赏剑桥教育理念中的“留白”，“不把课程填得满满的，”说它不像西洋的油画，而倒像中国的文人画：有有笔之笔，亦有无笔之笔。“真正的趣致，还在那片空白。”“要学生有足够的时间去想、去涵咏、去自我寻觅”，便悟出了西方教育中的东方神韵，亦是剑桥教育最值得光大的地方。诚如董桥所言：“他写剑桥，感情始终还是中国的；在陈之藩的剑桥街头，他看到的是台北重庆南路飘香城里的王云五；路过剑城古旧的高楼巨厦，枣红杏白的春意之中，他怀疑那是杜工部诗中的锦宫，是太白诗中的金陵，是王维乐府中的渭城。”

《剑桥语丝》在有形的剑桥之外，深微地捕捉勾勒出一个无形的剑桥：那是雾的剑桥，古典的剑桥。因为金耀基“看到的剑桥的确可说是来自历史，而不是唯美”。

平心而论，“金氏剑桥”文采之美，并不下于“徐氏剑桥”。若说思索之深，或又过之。正是在《剑桥语丝》中，并非学文学出身的金耀基创出了为人啧啧称道的“金体文”（董桥语）。

马伯英：剑桥天府不虚行
童元方：秋水文章不染尘

与台港50—60年代的留学潮相比，始自70—80年代之交的大陆留学潮，盛况不弱。在“再别康桥”的徐志摩、萧乾之后奔向剑桥的祖国大陆的学者、留学生，络绎于途。他们的经历重圆了中国学人的剑桥旧梦。其中马伯英（1943— ）的《剑河的凝思》堪称新一代学子书写剑桥的续作。

这本颇具文采的《剑河的凝思》，出自上海医科大学教授之手，不禁让人有点意外。马伯英在1985—1995年间，数度作为剑桥“东亚史研究所”的访问学者，与著名科技史专家李约瑟博士合作，进行《中国科学技术史》的编撰工作。不同于志摩诗人式的浪漫、萧乾记者型的平实和陈之藩的理性、金耀基的颖悟，马伯英更表现出医学专家的细腻。

都说剑桥魅力无穷，马伯英自然也有他的诠释。“剑桥的精神，就是在好奇的诱导下创造。”他把牛津大学一位教授说的话：“Oxford teaches you nothing about everything; Cambrige teaches you everything about nothing.” （直译为“剑桥、牛津这两所大学什么也不教给你”。）译为“牛津教你无中之有；剑桥教你有中之无”。说剑桥“行不言之教”、“无为而无不为”，在剑桥为老庄哲学找到了印证。

研究中国古典文学的女学者童元方，迟至20世纪末才来到剑桥。她先后在台湾大学和美国俄立冈大学攻读。90年代在哈佛大学拿到博士学位，目前在香港中文大学任教。1997年夏，这位从坎布里奇走出来的学者，来到剑桥圣约翰学院意欲“一溯哈佛之源”，写下了《剑水流觞》。当年从剑桥艾曼纽学院毕业的牧师约翰·哈佛来到美国创办了后来被称之为哈佛的大学。“一只不错的英国老鸟，孵化出美国的巨鹰”。但是在剑桥，约翰·哈佛遗迹，却只有艾曼纽学院教堂里大彩绘玻璃窗的半扇窗子和教堂侧门上的一块牌子。研究古典文学的人免不了都有点儿“考据癖”，童元方以女性的有心与细腻，万里迢迢从东方之珠的香港来到似熟悉实陌生的剑桥，这一掬思古之幽情，却没个安放处。也只能既来之，则安之。最终只是从剑河上一个舟子的口中，打探得一点“古人”（如拜伦）的消息，聊慰一己凭吊之情。个中那份欲说还休的滋味，大约是他人很难了解的。时序已到了21世纪，新世纪中国学人的剑桥书写，能不能产生新的名家大家，能不能产生徐志摩、金耀基第二，乃至超越这些前辈呢？

人们有理由期待今日行吟剑水之畔、黑发黑眼的“佩剑者”们（拥有剑桥文凭之谓也）。

（原载英国剑桥大学《剑河风》季刊，2002年6月）

第四辑　学术史视野下的批评研究

道德批评与审美批评

——从余光中重评朱自清谈起

1992年，山西《名作欣赏》杂志在第2期的“名作求疵”栏内发表了台湾学者余光中的一篇题为《论朱自清的散文》的文章，引起轩然大波。大陆学界一片哗然，随之一连串商榷、质疑、反批评的文章接踵出现。“余”波荡漾，一直到2004年，因为余光中在年前获得“华文文学传媒大奖”年度散文家奖，而又再掀波澜。中国社科院文学所研究员赵稀方以一篇《是谁将“余光中神话”推到了极端?》,[1] 将余光中1970年代与陈映真在“乡土文学”中的一段历史恩怨旧事重提，并表达了对余光中人格的高度质疑，以及对大陆“余光中热”的强烈不满与批评，引发新的争议。[2] 这场争论断断续续历时十多年，堪称1949年以来现代散文研究界少见的重大论争之一，堪与王朔、朱文等人在90年代力贬鲁迅事件相提并论，更是一向平静的朱自清研究界仅见的重大论争。

其实，余光中评论朱自清的这篇文章，写于《名作欣赏》重刊

① 赵稀方:《是谁将“余光中神话”推到了极端?》，本为《中华读书报》的约稿，两次排版终被撤下，后以《视线之外的余光中》为题，在2004年5月21日的《中国图书商报·书评周刊》发表。

② 见罗四鸰:《大陆有学者撰文质疑“余光中神话”在两岸文学界引发争议——“历史问题”需要追究吗?》，上海:《文学报》，2004年7月24日。余光中于同年9月11日在广州《羊城晚报·花地》发表《向历史自首?——溽暑答客四问》，对赵文作出回应。

前的15年即1977年（有的批余者误认为是余1992年所作）。[①] 其时，余光中正在香港中文大学中文系作客座教授，据说此论是他积累多年课堂教学中的体会而经长期酝酿执笔写成的。而再往前追溯，早在60年代，余光中就写过《剪掉散文的辫子》、[②]《下五四的半旗!》、[③]《六千个日子》[④] 等文（在此前后他还对戴望舒、徐志摩等人的诗作写过批评文章），对五四名家的散文提出了极为尖锐苛酷的批评，同时也对现代散文的发展提供了颇具建设性的构想。余光中对“五四”、对“五四”文学、对“五四”散文的批评，并非一时冲动或头脑发热，也不是故作惊人之语、哗众取宠，而是基于对具体文本、具体作家的严肃的学术思考。

余光中对朱自清散文的批评，主要有下列数端：1. 比喻过多、太直；2. 写景多用女性意象，“甚至流于意淫”；3. 语言啰嗦，恶性西化，文白夹杂；4. 创作心态还停留在农业时代。归结起来，他对朱自清的定位，是“20年代一位优秀的散文家”，但“还够不上大师”[⑤]，“置于近30年来新一代散文家之列，他的背影也已经不高大了”[⑥]，“他的历史意义已经重于艺术价值了。”[⑦] 他还对学者常常引

① 余光中：《论朱自清的散文》，该文写于1977年6月24日，收入《青青边愁》，见《余光中散文选集》（第3辑），长春：时代出版社，1997年8月版。

② 余光中：《剪掉散文的辫子》，该文写于1963年5月20日，载台湾《文星》杂志第68期。

③ 余光中：《下五四的半旗!》，该文写1964年4月15日，载台湾《文星》杂志第79期。

④ 余光中：《六千个日子》，该文写于1968年，收入《望乡的牧神》，见《余光中散文选集》（第2辑），长春：时代出版社，1997年8月版。

⑤ 余光中：《论朱自清的散文》，见《余光中散文选集》（第3辑），长春：时代出版社，1997年8月版，第151页。

⑥ 余光中：《论朱自清的散文》，见《余光中散文选集》（第3辑），长春：时代出版社，1997年8月版，第159页。

⑦ 余光中：《论朱自清的散文》，见《余光中散文选集》（第3辑），长春：时代出版社，1997年8月版，第160页。

为定论的杨振声、郁达夫、王瑶的有关论述表达了不同的看法。

余光中论朱自清的这篇文章，洋洋洒洒，长达一万二千多字，为了证明他的观点言之不谬，文中详细列举了朱自清的代表作《背影》、《荷塘月色》、《匆匆》、《春》、《温州的踪迹》、《桨声灯影里的秦淮河》等文的具体文句，进行细读细析。应当公允地说，余光中并不是只作判断、妄下结论而不加论证的，举例也不可谓不充分，说理更不可谓无逻辑。更必须看到的是，这些见解是与余光中对散文的文体美学思考、与对五四新散文的总体见解，一以贯之，内在的学思理路清晰可辨。

关于“大师”

大陆学者的文章，绝大多数表示了绝不同意余光中否定朱自清散文“大师”地位的见解，坚持认为朱自清就是一位现代散文大师（有些甚而称为“宗师”）。其实，对一位作家，你认为是大师，他不认为是大师，在学术领域里，本也是再正常不过的事，不必强求“舆论一律”，大可各执己见。笔者私心以为，问题不在于“大师”这顶未免空洞的王冠，重要的是其内涵，是其含金量，那才值得认真探讨一番。

其实，即使就“大师”、“大家”、“经典”的内涵、标准、条件而言，也未必是经过唇枪舌剑的论争，就能使各家的意见统一得起来的。因此，至于何人可称“大师”，何人“够不上大师”，恐也还是见仁见智，争论到下一个世纪也未必就能求得共识，不妨存异而不必硬要求同。文学、艺术、美学上的争议历来如此或更是如此。

不过，说到“大师”，60—70 年代，余光中写过的两篇文章倒是可以作为参照，以便从他的“大师”观，来了解他为何觉得朱自清还“够不上大师”。

1966 年，余光中写过一篇《谁是大诗人》的文章，他在文中列举了堪称“大诗人”（可视为相当于“大师”）的八大条件：

1. 声名和荣誉；2. 产量；3. 影响力；4. 独创性；5. 普遍性；6. 特殊性；7. 博大性和深度；8. 超越性。①

在1972年的《大诗人的条件》一文中，余光中的“大诗人”条件精简为五项：多产、广度、深度、技巧、蜕变。不过也说，要能称为“大诗人”也不必五条兼备，但“必须具备三个半左右才行”。②

这样的标准移用到散文大师的评价上来说，也未必不可以代表余光中的看法。就“多产、广度、深度、技巧、蜕变”这五大标准而言，在余光中看来，或许朱自清产量不算多，内容又多写个人家事，对人生、人性表现掘发的深度不够（或许与鲁迅等人的差距明显），技巧固有相当高的技巧（就20年代当时而言），可也有相当多的瑕疵，蜕变倒是有的，一是对文言文的挑战，有其革命性的开创之功，一是对自己的超越。以此观之，朱自清当然就入不了他的大师榜。再说，这些条件本身，都有一定的相对性或弹性，无法量化（比如，作家一辈子写了1000首诗，是多还是不多，就很难说），遑论广、深、变之类，论起来都很难避免主观甚至情绪之见。

重要的不在于朱自清够不够、该不该、可不可以享受“大师”的荣衔，而在于如何评论其散文创作本身的成就。在新文学阵营提倡以白话文创作新诗、小说、散文的当时，新诗方面的郭沫若、闻一多、徐志摩等人，小说方面的鲁迅、郁达夫等人，散文方面的周作人、朱自清、冰心等人，确曾作出了开创性的贡献，应是不争的事实。不过，如果进一步具体考察，这种“开创性”究竟只是时间上的“第一”，还是质量上的“一流”，则有细致甄辨的空间在。谁都可以不同意余氏之见，但大可不必过分紧张或敏感，似乎朱自清的大

① 余光中：《谁是大诗人?》，写于1966年12月，收入《望乡的牧神》，见《余光中散文选集》（第2辑），长春：时代出版社，1997年8月版。

② 余光中：《大诗人的条件》，该文写于1972年诗人节前夕，收入《听听那冷雨》，见《余光中散文选集》（第2辑），长春：时代出版社，1997年8月版，第491页。

师地位就此不保：没这么严重吧？

关于“意淫”

对于余文的非议，最牵动神经的，莫过于余光中认为，朱文“好用女性意象”，容易引起“庸俗联想”，“有时失却控制，甚至流于意淫”。朱自清的个人形象在读者的心目中，一直以严谨（甚至拘谨）、方正著称，但在他的多篇散文代表作中，凡涉写景，却出现了大量的“女性意象”并多有展开，某些文字的表述（“像亭亭的舞女的裙”，“又如刚出浴的美人”，“我用手拍着你，抚摩着你，如同一个十二三岁的小姑娘，我又掬你入口，便是吻着她了”）可能让很多人（包括余光中）颇感意外，故有“意淫”（或减弱一些的“意恋”）之议，而又基本上倾向于否定。论者因而指责余光中“怀疑朱自清有意淫的病态心理，这未免言重了吧”。[①] 而为朱辩诬者，却也把“意淫”当作是病态或不堪的一种状态，其实都大谬不然。

笔者注意到，朱自清不仅在余文所提及的作品中“好用女性意象”，他还有几篇专写女性的文章，如《女人》、《阿河》等，作者（或以自己的笔名“白水”出现）夫子自道，毫不隐讳地坦承：“在路上走，远远的有女人来了，我的眼睛便像蜜蜂似嗅着花香一般，直攫过去”，“我到无论什么地方，第一总是用我的眼睛寻找女人，在火车上，我必走遍几辆车去发见女人；在轮船里，我必走遍全船去发见女人”。[②] 亲戚家里的一个女佣阿河，在“我”看来就如同仙女一般，因为想和她说一句话而不可得，竟“郁郁了一个礼拜”。[③] 可见

---

① 孙德喜：《不该如此“求疵”》，《名作欣赏》，1993 年第 1 期。

② 朱自清：《女人》，见《朱自清文集》第 1 卷，南京：江苏教育出版社，1988 年版，第 37 页。

③ 朱自清：《阿河》，见《朱自清文集》第 1 卷，南京：江苏教育出版社，1988 年版，第 52、53 页。

"我"对阿河用情之深、用情之痴，说是"意淫"、"意恋"也无不可。①

"意淫"一说，无论余文中，还是在其他论者的眼里，似乎是一个完全贬义（以至于余光中撰文时不无犹豫，"不好意思"用，而另用"意恋"一词）甚或令当事人不堪的语词，乃至牵涉到人格、品德的卑污低劣下流，这实在是一个不小的误读。"淫"的本意是"过度"之意，也有"乱"的意思。"意淫"一语较早在中国文学中出现是在《红楼梦》第五回②，此处的"淫"也就是"情痴"的意思，涵盖梦想、幻觉、希望、憧憬、发呆等情状。它是人们意念中精神层面上的一种活动，或一种生活态度或一种境界，带着某些变态的成分，但并无与女子肉体接触结合的实际作为，亦非"夺人贞操于千里之外"。曹雪芹当初"发明"此词，其实用的是褒义，后来以至到现在，"意淫"竟成了贬义词，大约曹公亦始料未及吧。笔者以为，不妨将其当作一种中性的、无关乎褒贬的、对一种精神心理活动状态、境界的描述。倘如此，则余光中也大可不必"不好意思"用这个词。至于朱文中这些"意淫"的文字，如何评价，艺术效用是正面抑或负面，亦可仁智之见并存。本来，读者、论者的审美标准、审美趣味就是无法统一、也无需统一的。

当论者恣意拔高朱文的"女性情结"策略，说其"作为朱自清散文作品中一个独特的审美倾向，反映了朱自清在追求光明的过程

---

① 有的学者进一步发挥说，朱对阿河"一见钟情，当时他已结婚，这样他完全充当了一个'第三者'的角色。""他对阿河看得那么仔细，想得那么香甜，已到了近乎肉麻的地步了"，"他有强烈的性渴望""形成了'意恋'，成为他心中的一个鬼"。或可为一家之言。见范培松《中国现代散文史》，南京：江苏教育出版1993年版，第308页。

② 曹雪芹：《红楼梦》第五回《游幻境指迷十二钗，饮仙醪曲演红楼梦》："境幻道：如世之好淫者，不过悦容貌，喜歌舞，调笑无厌，云雨无时，恨不能天下之美女供我片时之兴趣，此皆皮肤淫滥之蠢物耳。如尔则天分中生成一段情痴，吾辈推之为'意淫'"。又说，"意淫"二字，"惟心会而不可口传，可神通而不可语达。"

中，面对黑暗而寻找个人人格理想的心态”，[①] 用社会政治意识形态话语来妄加解读，窃以为终非解人。笔者基本赞同刘川鄂君的看法：“这是一个现代知识分子被压抑的士大夫情怀的转移和释放，是一个现实生活中的感情平淡者的艺术化补偿”，“是一个情感饥渴者的天机泄露，是一个心性欠健朗者的矛盾反映”。[②] ——倘若把“情感饥渴者”、“心性欠健朗者”修正为“感情生活的不完整者”，也许更为贴切。

大量女性、阴柔意象的运用，在“五四”散文中的流行及对于后来现代散文的影响，如何认识评估，更值得讨论。有人以为女性意象的大量运用，与五四时期反对父权、提高女性地位的时代潮流相呼应，“这种女性拟人格的写作风格，正是时代的社会语境使然。”[③] 作为审美取向之一，女性意象、阴柔意象，闺阁情调乃至脂粉气息，或可聊备一格。值得反思或忧虑的是，“五四”以来的现代散文，除了鲁迅等少数人的杂文及战时报道重大事件的报告文学外，几乎很少阳刚之气的作品，不能不说是一种缺憾。有鉴于此，在自己的散文创作中追求大气、阳刚、劲健风格的余光中，希望提倡一种更男性化的散文，应当被认为是一种积极的、大有利于中国现代散文健康、全面发展，从而走向高境界的真知灼见。

在1963年出版的第一部散文集《左手的谬思》的后记中，余光中写道：“我所期待的散文应该有声、有色、有光，应该有木箫的甜味，釜形大钟鼓的骚响，有旋转自如像虹一般的光谱，而明灭闪烁于

---

① 稽轶：《朱自清散文的女性情结》，《中学语文教学参考》，1999年第8、9期合刊。

② 刘川鄂：《读余光中对朱自清散文的批评》，《世界华文文学论坛》，2001年第3期。

③ 钟怡雯：《诗的炼丹术》，引自《余光中先生八十大寿学术研讨会论文》，台北：政治大学，2008年5月，第6页。

字里行间的，应该有一种奇幻的光”。[①] 1968年在《六千个日子》一文中，他又说：“我在散文上的努力方向之一，便是洗涤这股窒人的脂粉气”，“散文可以提升到一种崇高繁富而强烈的程度，不应永远滞留在轻飘飘软绵绵的薄弱而松散的低调上”，“可以做到坚实如油画，遒劲如木刻，而不应永远是一张素描、一幅水彩”，“我所要追求的现代散文，就是这种把螺丝钉全部上紧的富于动力的东西”。[②] 余氏对散文的贡献究竟如何？不妨引一段在台湾以苛评著称的青年批评家杨宗翰的话：“我们很难认同余光中对现代诗有何‘创体’或‘确立’之功——将此评价移至余氏所撰之现代散文上，或许更为合适。”[③]

对于余光中非议朱文“好用女性意象”之说，如果能联系他一贯的散文观加以分析，也许就更接近余的初衷与真意。由此思之，余光中的良苦用心或许就不至于被误读为别有居心矣！

关于“批评”

围绕着对余光中《论朱自清的散文》的争议，固然涉及余光中某些具体的见解与论证，但究其实质，关乎文学批评的标准、方式乃至风度这些问题。无论是关于大师的“定位”也好，还是意象、语言之类的文本元素也好，还是余评朱的动机也好，甚或由此牵扯到近三十年前的“旧账”也好，可以看到其中的一个交集点，即是道德批评与审美批评的关系。

---

① 余光中：《〈左手的缪斯〉后记》(1963)，收入《左手的缪斯》，见《余光中散文选集》(第1辑)，长春：时代出版社，1997年8月版，第128页。

② 余光中：《六千个日子》(1968)，收入《望乡的牧神》，见《余光中散文选集》(第2辑)，长春：时代出版社，1997年8月版，第103页。

③ 杨宗翰：《与余光中拔河》，台北：《创世纪》季刊第142期，2005年3月。

朱自清的散文在1949年前后不同历史阶段的中小学课本里，长期占有一席之地的久远影响，加之他晚年宁可饿死也不领美国面粉的高尚气节，毛泽东称之为“民族英雄”，倡写“朱自清颂”……这些因素都造成了朱自清历史的、文学的赫然地位，可以想见。正因为如此，一旦有一位余光中这样的人撰文“大张挞伐”，批评朱自清，自然会激起“众怒”、“公愤”，也就同样可以想见、可以理解了。

余光中70年代对朱自清的散文与戴望舒等人的诗，撰文批评，不认同以往论者的评价过高、一味颂赞、一味仰望，更不满于有些论者昧于“金无足赤，人无完人”（文亦无“完文”——绝对好的文章）这种道理，抽象上认同，面对具体对象，特别是个人崇敬或舆论普遍肯定的对象，却有意无意地背离了。这篇文章给大陆的朱自清研究带来了不同的声音，本来并不足怪，平心静气论前贤，或许还不失为一个推进研究的契机。

然而，实际情形不是这样，在一种思维定势的惯性作用下，余光中的作为似乎显得颇为可疑了。有说余文“采取学究式的显微镜探测法”，“纠缠于形式、忽略了内容”、“充满主观臆断妄想”，说余文是“为了把《荷塘月色》扫进垃圾箱”、“借题发挥，直到把朱自清从中国文坛扫地出门”，是把朱自清“当作无辜的靶子”，对朱自清“宣判死刑”，[①] 有说余“狂妄无知”，“野蛮的态度”，“道学家式的眼光”，[②] 从而责难余氏：“这哪是文学之争，简直就是恶意的攻击”、

---

① 孙义丞：《真诚是评论的第一要素——从〈论朱自清的散文〉谈起》，《名作欣赏》，1992年第5期。该刊次年第1期发表伍立扬的《鉴赏的误区——驳孙义丞先生》。值得玩味的是，正是这同一作者，2007年10月1日在网上（“歇雨听轩”的新浪博客）上传《15年前我和余光中论战》一文，称“我对余光中的揭露反驳，现在看来，也是太严厉了，……现在想想，余光中思考的角度是正确的，只是他的批评技巧还差了很多，说到底，他是一个诗人，能打开一个思考的窗口，就很不错了”。这些说法，可供研究文学批评的人加以研究。

② 胡德才：《也读朱自清散文——兼评余光中的评论》，北京：《文艺理论与批评》，1998年3月号。

"人身攻击和谩骂"。[①] 这样的论断，是否有歪曲对方见解、夸张其词，乃至于"主观臆断"之嫌呢？战法更妙的，甚或反将一军，从余光中的散文作品中也挑出一串"病句"，加以冷嘲热讽（余作《塔》中有"剩下他，血液闲着，精液闲着，泪腺汗腺闲着，愤怒的呐喊闲着"之句，论者评曰："这离意淫还远吗？一个'闲'字引发多少联想，比'吻'更直接！"[②]）。这样的评论，恐怕有失风度与水准吧？甚而对余撰写这篇《论朱自清的散文》的动机表示怀疑："因为都写散文，这就好比两个人一起卖瓜。他向别人说明朱自清的瓜怎么怎么不好，那自己的瓜应该是呱呱叫的，否则怎么好诋毁别人而抬高自己呢？"[③]

如果是将道德批评置于审美批评之上，自然会认为"意淫"说贬低了朱自清的人格，"朱自清的人格是十分高尚的"；你说别人"意淫"，你才离意淫不远呢；你不赞成朱为"大师"，就是要想抬高自己；更何况，你当年还向当局"告密"，必欲置人（乡土派代表作家陈映真）于死地，迹近"血滴子"，人品极坏，你哪有资格来对朱自清这位新文学大师说三道四？以上种种说法之内在逻辑，是否有以道德批评的尺度置于审美批评之上之嫌？是否自觉不自觉地在以道德批评的标准取代审美批评的标准？不是不需要反躬自省的。道德臧否不能左右审美评判，相信这在当下的今日，已是批评界人士应有的常识了。

值得补记一笔的是，余光中60—70年代对散文的一些看法（还有对戴望舒的批评）在80年代就已有所修正。1987年的《记忆像铁轨一样长》序中说："30几岁时，我确实相当以诗为文。现在我的看法变了，做法也跟着变了"。[②] 有论者看到了这种变化，说："走过疾

---

①②③ 张剑：《朱自清不是散文"大"家？——兼与余光中商榷文学批评的尺度问题》，《哈尔滨学院学报》，2003年9月号。

② 余光中：《〈记忆像铁轨一样长〉序》，收入《青青边愁》，见《余光中散文选集》（第3辑），长春：时代出版社，1997年8月版，第370页。

视盛气的青年阶段，在年岁的沉淀之后，余光中逐渐修正了自己的美学眼光，阳刚犷烈与平实隽永虽然是两种殊异的风格，却同样是可以传世的。林语堂、周作人或朱自清或许并没有那么糟”。[①] 时过三十余年，2008 年 5 月余光中在与陈芳明对谈时说：“批评家批评五四以来的作家，没有把他们跟古典的李杜来比较。”[②] 这或许也从一个方面提示了何以大陆的某些研究者与余光中在对朱自清的评价上，有如此大殊异的原因。

当我们从现代散文的整个历史发展过程，来思考余光中评朱自清文所提出的一些话题的时候，是否应该认真思考一下：今人阅读先驱前贤的作品时，是否应取一种平视的视角？是否应该思考一下，中国现代散文初创期阴柔略盛、阳刚不足的得与失？只有对这两个大的问题有个正确的心态，才能说，我们找到了真正能与先驱前贤们对话的可能。

（原载香港《城市文艺》月刊 2008 年 12 月）

---

① 张瑞芬：《冷雨望乡：余光中近期散文的艺术转折》，引自《余光中先生八十大寿学术研讨会论文》，台北：政治大学，2008 年 5 月，第 10 页。

② 陈芳明、余光中：《记忆像铁轨一样长——余光中对谈陈芳明》（刘思坊整理），台北：《印刻文学生活志》第 57 期，2008 年 5 月。

庾信文章老更成

——陆士清对华文文学学科的独到贡献

台港澳文学与海外华文文学的研究，已经走过了三十多年的不凡历程，取得了不容置疑的可观成就。回望来时路，我们后来者不能够、也不应该忘记那些最早开辟这方研究天地的众多前辈。

他们中有些人已经离开了这个世界，离开了当年他们满怀深情、辛勤耕耘的这方土地。而至今仍然活跃于学界文坛的先行者也还有不少。

从总体上说来，这些先行者的贡献，至今还没有得到学界充分的肯定和足够的重视。这是学科史上一个明显的薄弱环节，亟待加强。这不仅有利于充实学术史流变的考察与书写，也将对一代代的后继学人提供有益的启示和必要的借镜。

在这些学科先行者的行列中，复旦大学陆士清教授是其中突出的一位。

上　篇

陆士清，1933 年 1 月生，苏州市张家港人。1950 年入无锡人民银行，做过财会工作。1955 年考入复旦大学中文系深造，1960 年毕业后留校，历任讲师、副教授、教授及中国现代文学教研室主任、中国当代文学研究室主任、台港文化研究所副所长等职。教学和研究的主要方向是中国当代文学、台港与海外华文文学，1994 年从复旦大学退休。

从1979年以来，陆士清与华文文学有关的学术活动大体上可分为两个时期：一、在职时期，1979—1994年；二、退休以后，1994年至今。

一、从1979—1994年在职期间，陆士清为华文文学的学科建设所作的贡献，就其主要方面而言，具体如下：

在建设和推进华文文学的教学和研究方面，以一门新学科的意识来进行其开拓的工作，陆士清是全国高校中最早的有识之士之一。

1978年，作为发起人之一，他和来自13省、22所高校（包括辽宁大学、华东师范大学、山东大学、山东师范大学、南京师范大学、江苏师院［后改为苏州大学］、安徽大学、杭州大学、福建师范大学、新疆师范大学、甘肃师范大学等）的当代文学老师合作编撰《中国当代文学史》（三卷本，85万字，福建人民出版社分别于1980年、1981年、1985年出版）。他是该书编委会的责任编委，负责全书最后统稿和定稿。在主持编撰新中国成立后正式出版的这第一部当代文学史高校教材之时，他就已经意识到，当代文学史不能欠缺台湾文学部分，乃提出设专章将台湾文学写入文学史，但限于当时的条件，编委会认识又不尽一致，这部文学史没能收进台港文学的内容，留下了遗憾。

70年代末至80年代初的三四年时间里，陆士清的教学与研究活动开始围绕着台湾文学这个中心展开，直至以后的整个80年代，陆士清参与或主持了以下四方面的活动与工作，都具有开风气之先的重要意义。

（一）开启了祖国大陆与海外华文文学界的互动交流。

1979年初夏，於梨华、陈幼石随美国纽约州立大学奥尔巴尼分校代表团访问复旦，陆士清参与了接待，就台湾文学与她们作了交流，并邀请於梨华为中文系学生作了“台湾文学发展现状”的演讲。这是旅外华人作家首次登上祖国大陆高校的讲坛。

聂华苓（1980）、郑愁予、李欧梵、杨牧、庄因、刘绍铭等（1981）、马森（1982）等旅美、旅欧作家学者也相继访问了复旦，开启了祖国大陆与海外华文文学界交流的渠道。此后，叶维廉、黄维樑、白先勇、陈若曦、曾敏之、山田敬三、许世旭、王润华、周颖南、吕正惠、叶笛、洛夫、张默、余光中、姚一苇、戴小华等数以十计的世界各地的华文作家、学者都曾造访复旦。可以说，复旦大学是祖国大陆高校中与海内外华文作家交流最为频密的大学之一，在这些活动的台前幕后，几乎都有陆士清的身影和辛劳。

（二）率先把“台湾文学”课程引进高校的课堂。

1981年春，陆士清在复旦大学的课堂上为中文系77级本科生和79、80级研究生开出了《台湾文学》的选修课，引领了内地高校开设《台湾文学》、《台港文学》、《海外华文文学》等相关课程的风气（差不多与此略有先后，中山大学、暨南大学，也开出了相关的讲座）。当年3月29日，新华通讯社为此曾向中国台港地区和北美发出了专门的电讯稿，电稿称：“上海复旦大学中文系最近开设《台湾文学》课，这是祖国大陆各大专院校首次开设这样的课程。”《解放日报》、《光明日报》也作了报道。当年复旦中文系77级的学生陈思和，在三十年后还清楚地记得当时的情形：“记得是在1981年，我还在复旦大学中文系念大四的时候，陆士清老师开设了台港文学的课程，在当时大约也是全国高校里最早开设此类课程的先驱者。陆老师讲台湾文学不仅仅讲乡土派和现代派，还介绍了1950年代早期的军中作家，讲司马中原和朱西宁的小说创作，这让我们大开眼界，知道了海峡的另一端还有着多姿多样的文学创作。后来我在学术生涯里多少也涉及台港文学的研究，最初的兴趣就是陆老师教授予我的”。①

80年代初期，他还先后在福州、青岛、普陀山的中国当代文学讲习班、南京、马鞍山、常州和上海市委宣传部党校，做过关于台湾文学的讲演。

（三）较早开始了对台湾文学作品的编选、出版和“台湾小说课程”教材的建设。

---

① 陈思和：《曾敏之评传·序》，引自陆士清《曾敏之评传》，复旦大学出版社，2011年4月版。

1980 年，陆士清向海峡文艺出版社的林承璜先生推荐出版於梨华长篇小说《又见棕榈，又见棕榈》，这是祖国大陆出版的第一部旅外华人作家的长篇小说。这年春节期间他写出了有关这方面的第一篇学术论文——《於梨华和她的〈又见棕榈，又见棕榈〉》。之后他编选的《白先勇小说选》、《王祯和小说选》、《王拓小说选》也相继出版。后来又主编出版《台湾小说选讲》（上、下册，复旦大学出版社，1983 年 10 月）、《台湾小说选讲新编》（复旦大学出版社，1991 年 9 月），作为“台湾小说课程”教材，评介了更多的作家作品，前者包括赖和、杨逵、吴浊流、钟理和、林海音、陈若曦、陈映真、黄春明等三十四位台湾作家的五十七篇小说，后者包括了从陈千武到廖辉英、廖蕾夫、钟延豪、蓝博洲等二十一位作家的二十一篇小说，相当全面地展示了自 20—80 年代台湾小说的创作风貌。在资料缺乏的当年，这些出版物给广大读者和研究者提供了阅读和研究的宝贵参考。

（四）积极策划、主持和促成了多项重要活动及举措：

到 1994 年退休前，他还积极策划、主持和促成了多项重要活动及举措：

1. 首先是促成了白先勇回国访问。1986 年春，王晋民在美国与白先勇晤面，白表示想到上海看看，王回国后将信息转告了陆士清。他即积极沟通策划，终于获得校长的支持，邀请白先勇于次年来复旦讲学，并访问了苏大、南大、扬大和浙大，还促成了白与谢晋合作，将《谪仙记》改编为电影《最后的贵族》。白先勇回祖国大陆是两岸文化交流的重要事件，在海内外产生了广泛的影响。

2. 白先勇的来访，校方对海内外文化交流的重视，使陆士清萌生了适时筹组台港文学研究室的建议，并创办主编不定期内刊《台港文谭》（1988—1992 年出版约 20 期）。在此基础上，1989 年 1 月成立了复旦大学台港文化研究所，他先任副所长、退休后任顾问（所长由潘旭澜、朱文华兼任）。

3. 1988 年 6 月，乘杜国清来复旦讲学之机，策划主持了台湾

“笠诗社”创作研讨会。这是在祖国大陆召开的研究台湾文学社团的第一次专题研讨会。

4. 1989年4月，筹备并主持了全国“第四届台港暨海外华文文学国际研讨会”，主编出版了论文集，所收论文数超过前三届。

5. 1987年开始，以台湾文学为研究方向招收硕士研究生多届，1990年毕业的林青，是大陆高校中以台湾文学为题（《论高阳的历史小说》）撰写毕业论文的第一位硕士研究生。

6. 复旦大学台港文化研究所与山东省作协、《作家报》合作，在《作家报》上开辟了“台港澳暨海外华文文学”专栏，发表相关论文。这一具有开创性的合作模式延续长达七八年（1991—1998）。

7. 出版个人专著《台湾文学新论》（复旦大学出版社，1993年）及《三毛传》（合著，百花洲出版社版、台湾版），此外发表有关台湾文学的论文数十篇。

二、1994年退休后，陆士清的学术活动没有丝毫松懈，倒似乎因时间有较大的空间而更为繁忙了，研究空间由主要关注台湾文学扩展到香港文学、海外华文文学，成果更多，水准也更上层楼：

1. 1994年12月，他在复旦大学策划和主持了“第一届香港作家作品研讨会”，到会的香港作家包括曾敏之、张文达、陶然、梦如等，论及的香港作家有十四位。创作者与研究者面对面的对话，不失为一种讲求实效的研讨会形式，这也是香港回归以前在内地召开的有关香港文学的第一次专题研讨会。

2. 1995年10月，他与戴小华共同策划，在上海宝钢召开了“世界华文女作家创作研讨会”。

3. 2002年5月，中国世界华文文学学会在广州暨南大学正式成立，陆士清被推举为监事长（第二届连任监事长、第三届起任名誉副会长）。是年10月，由他和朱文华教授、李安东副教授共同策划筹备，在复旦大学成功召开了学会成立后的第一次年会——第十二届世界华文文学国际学术研讨会。

4. 此后，他出席了历届年会和在广州、泉州、厦门举行的“共享文学时空”华文文学国际研讨会、海外华文文学与华文传媒研讨会、海外华文文学与诗学博士生论坛等。

5. 参加了在广州增城、河南焦作、江苏徐州、陕西西安举行的几届华文文学高峰论坛。

6. 2006年9月，他协助海外华文女作家协会在复旦大学召开了海外华文女作家协会第九届年会。到会作家近一百人。

7. 2010年9月，他与新加坡旅沪作家蓉子协助上海市侨办举办了世界华文作家“品味上海”笔会暨采风活动。

8. 2012年4月，他与梁燕丽副教授和学会一起筹备，在复旦大学召开了由学会主办的“世界华文文学学科建设研讨会”。

9. 此外，他还先后应聘担任了香港《香江文坛》杂志社顾问、世界华文作家联会（香港）副监事长及其会刊《文综》编委、日本华文作家笔会顾问等职。

10. 这期间他出版的专著有《曾敏之评传》（复旦大学版、香港版）、《探索文学星空》（香港文艺出版社）、《笔韵》（复旦大学出版社），主编了《新视野，新开拓》（复旦大学出版社）、《情动江海，心托明月——秦岭雪诗歌评论集》（复旦大学出版社）等；至2012年上半年，他发表的有关台港澳与海外华文文学的论文已超过一百篇。

有一位哲人说：一个人做点好事并不难，难在一辈子做好事。同理，一个大学教师、一个学者，做点学问、写几篇论文、出几本书也不难，难的是坚持不懈、痴心不改，几十年如一日而浑然不知老之将至。这需要非凡的毅力，更需要超拔的识见和不为时流所左右的定力。

从45岁到80岁，整整35个年头，陆士清把他的几乎所有精力奉献给了华文文学这个学科，让时间见证了他的执着与定力，可谓老当益壮，老而弥坚。

下 篇

独特的学术选题和独到的学术见解是学术研究的灵魂。对于一个学者来说，有无经过自己深入研究、思考的原创的、独立的看法，是衡量其学术贡献的最重要尺度。

与台港海外华文文学学科发展一路同行的陆士清，谙熟学科的演变历史和内在症结，他自有他的学术志趣和学术操守。“操千曲而后晓声，观千剑而后识器”。（刘勰）于是他总是能在合适的场合，借合适的选题，来表达他个人的独到的见解，为推动研究的日渐深入和学科的走向成熟，作出了自己的贡献。

1. 提出与探讨学术研究中的理论问题（包括某些基本概念）是学科走向成熟 的必要前提。陆士清在研究中给予了足够重视与有益探讨。

关于“台湾意识”和“中国意识”的辨析就是一例。这方面的代表作有《试论“台湾文学”与“台湾意识”》和《论日据时代台湾新文学的中国意识》二文。① 在前文中，他考察了“台湾意识”形成与变异的历史过程：“‘台湾意识’这个概念是在特定的时空条件中产生的复杂的概念”，最初是叶石涛“在1977年的台湾乡土文学论战中提出来的”，当初，叶所提出的“‘台湾意识，是台湾乡土文学意识层次上的概念”，② 后来才生变异。这种学理性的考察对于厘清本土意识与政治上的台独意识之间的复杂关系，有理有据，十分必要而中肯，很能服人。在后文中，陆士清观点鲜明地提出，台湾意识、台湾情结、台湾情怀是三个不同的、互有区别的概念，他强调指出，前此学界往往将三者混为一谈，其实，这三个概念是不能等同的。他

① 均见陆士清：《台湾文学新论》，复旦大学出版社，1993年6月版。

② 陆士清：《试论“台湾文学”与“台湾意识”》，见《台湾文学新论》，复旦大学出版社，1993年6月版，第103、107页。

界定的“中国意识”不是哲学意义上的概念，而是政治学和社会学上所指的群体意识。

《世界华文文学双重传统问题的思考》、《航船仍需扬帆——台湾小说史研究中的几个问题》等文也都对涉及世界华文文学和台湾文学整体研究中的基本问题，如所谓“中心”与“边缘”、“根”与“枝”、华文作家是否薪传华夏文化的问题。进行了富有学术价值的思考。《航船仍需扬帆》还针对当下学术研究中的不良学风提出批评，今天依然有它的现实意义。对于人云亦云地认定陈映真早期创作是现代主义的论断，他也撰文旗帜鲜明地提出质疑。

著名美学家蒋孔阳教授评论说，“他的基点和追求目标是全景观照，是宏观把握与微观深入的结合。他不为积习和陈见所囿，不为毁誉和流言所惑，而力求以批评家的理论勇气，实事求是地作出自己的判断，因而独具慧眼，言人之所未言”。还说“他给我一个强烈的印象，那就是做任何事，都生气勃勃，具有开拓进取的精神”。①

1985 年，他为权威性的工具书——《中国大百科全书》撰写的《现代台湾文学》这一词条，长达 25000 字，它跳出了从流派论优劣的窠臼，梳理了从 1920 年代到 1970 年代台湾新文学发展的脉络，用简约的文字勾画了一幅台湾文学的历史地图。张炯先生肯定他写的这个条目“几乎成了现代台湾文学的‘史纲’”。②

2. 陆士清是最早注意到台湾现代文学期刊、报纸文学副刊研究的大陆学者之一。

早在 1990 年代初，他就指导他的硕士生杨幼力撰写了题为《台湾报纸副刊与文学的关系 1949—1989》的硕士论文（1993），当是大陆学术界最早关注台湾文学创作与文学传播的关系这个重要研究面向

① 蒋孔阳：《开拓的实绩》，引自陆士清《台湾文学新论》，复旦大学出版社，1993 年 6 月版。

② 张炯：《探索文学星空序》，引自陆士清《探索文学星空》，香港文艺出版社，2012 年 6 月版。

的成果之一。他自己也撰写了《〈文学杂志〉与台湾现代小说》、《略论〈现代文学〉杂志》两篇长论，对于两刊与台湾现代派文学的关系做了深入中肯的解读。

3. 在“全景观照”的视野下，特别致力于个案研究。

他的个案研究，在香港文学中的重点是曾敏之，在台湾文学中的重点是白先勇，在海外华文文学方面则是侧重于女作家研究。选题精当，对这类重量级的、既具研究价值而又为自己所熟悉的对象，持续“跟踪”，论述则善于概括，精于提炼，从而形成了他个案研究的基本特色。

海外华文女作家是一个庞大的群体。陆士清对海外华文女作家的关注由来已久。1980年代初他发表的第一篇论文就是评论於梨华的《又见棕榈，又见棕榈》，以后又陆续发表了有关聂华苓、陈若曦、欧阳子、罗兰、华严等人的专论。目前还在主持一个金秋项目——《跨文化华文文学女作家研究》。陆士清对海外华文女作家的研究，独具慧眼，既注意作者性别身份对创作的规约，又很关注其经历、个性等对其创作的影响，更用心地探求二者的关系在不同的作家那里有何不同。在他笔下，於梨华、蓉子、华纯、梦莉等作家的独特创作个性得以彰显。

陆士清是白先勇1987年首次祖国大陆行的主要接待者，在和白先勇的接触中，他对白先勇有了近距离的观察，虽然至今他尚未推出白先勇研究专著，但十来篇单篇论文涉及白先勇研究的方方面面，作品及作品改编、个人经历及与上海的关系、少年时代与昆曲的因缘，都有涉及。他对白先勇的研究显示出一种观察的周到和个人化的体验。

陆士清与曾敏之相识相知超过30年，了解更深，友情更笃。对于像曾敏之这样经历丰富、才学渊深的“通人”来说，陆士清堪称难得的“解人”。他以独到的感悟能力和圆熟的解析技巧，辅以丰富的阅历，凸显了曾敏之创作的艺术个性、审美趣味和时代意义，深入掘发，条分缕析，多有真知灼见。也正是《曾敏之评传》让人们集中认识了陆士清深湛的学术功力。《曾敏之评传》不仅是陆士清学术生涯的一个高度，也是作家个案研究的一个标志性成就。笔者曾在《“通人”与“解人”》一文中说过：“《评传》将作为香港文学研究与作家个案研究的标志性成果载入华文文学学术史的史册”，“天下文名曾子固，庾信文章老更成”，① 当非虚誉。

综观陆士清在台港澳与海外华文文学学科建设方面的所有活动与实绩，可以看出一些相当鲜明的特点。

1. 长期性：从上世纪七八十年代之交到新世纪一十年代，陆士清孜孜矻矻，不离不弃，如此而坚守“阵地”长达三十五年者，在全国也是屈指可数的了。不仅如此，就整体而言，陆士清策划主持的有关活动是越到后来越见精彩，其研究成果也似乎是越老越见丰赡，越来越老到圆熟。刘禹锡《秋词》云：“自古逢秋悲寂寥，我言秋日胜春朝”，堪为写照。

2. 全面性：举凡科研、教学、本科教材建设、研究生培养、学术会议、专业刊物、研究机构、中外交流……陆士清几乎都有涉足、都有建树，他的学术活动是全方位的，这在全国同行中似乎也不多见。

3. 开创性：陆士清的上述活动和实绩又大都具有开创性，不少还是在全国首开先河或列入最早之一的记录。一些学术研究的成果与见解颇为独到。

4. 规范性：一路走来，数十年如一日，敬畏学术的陆士清，从不信口开河、哗众取宠，也不以“学术”追名逐利，更与学术不端誓不两立。他以自己严谨、平实的治学风格，开阔、包容的学者风范，在海内外学术界建树了良好的口碑和清誉。所有这些，当然源于他一贯以来淡泊宁静的心态。诸葛亮有言：“非淡泊无以明志，非宁静无以致远。”此之谓乎？

难得的是，长期性、全面性、开创性、规范性这四个特点在陆士清这里得到了较好的统一和结合。他的正派而鲜明的学术形象由此确立。

值得指出的是，陆士清的成功，他个人的不懈努力是一个主要因

---

① 曹惠民：《“通人”与“解人”》，《香港文学》2011年9月号。

素，复旦大学的良好环境也是一个不可忽视的客观因素。

复旦大学和北京大学，一南一北，在学术界、教育界和社会舆论中，历来被公认是雄踞全国高校人文社科学科的两大重镇，其一举一动所产生的引领作用、示范作用、辐射作用，在在令人瞩目。拥有复旦大学这个平台，陆士清是幸运的。他的有关华文文学的活动与实绩，更一直得到从苏步青到华中一等复旦历任校长的高度肯定，还有从蒋孔阳（师辈）到陈思和（生辈）等众多中文系同仁以及复旦大学出版社的鼎力支持。在学科建设与校系大格局的良性互动这一方面，陆士清的经验也是颇具参考价值的。

“莫道桑榆晚，为霞尚满天”，用来形容陆士清先生，应是合适贴切的。

附言：在今天回顾学科发展历史的时候，还有不少先行者都是不应被忘记的。其中有些人已永远告别了他们一生所挚爱的志业，付出了他们的学术生命。为了表示笔者对当年那些筚路蓝缕、以启山林的开路者的敬意，特列名如下：

汪景寿（北京大学）、武治纯（中央人民广播电台）、王淑秧（中国社科院）、蔡洪声（中国电影资料馆）、秦家琪（南京师大）、张超（南京市台联）、黄重添（厦门大学）、林承璜（海峡文艺出版社）、顾圣皓（华侨大学）、王晋民（中山大学）、赖伯疆（广东省社科院文研所）、封祖盛（深圳大学）。

此外，笔者认为，像萧乾（中央文史馆）、唐弢（中国社会科学院）、秦牧（广东作协）、叶子铭、黄政枢（南京大学）、潘旭澜（复旦大学）等前辈，虽主业不是台港澳与海外华文文学的研究，但也都以他们的学术影响力，为海内外华文文学的交流、相关学术活动的组织、研究生的招生培养等方面做过实事，有过贡献，曾经为这个学科的萌生、发展鼓与呼，在学术史上也应占有一席之地。

（原载《世界华文文学论坛》2012 年第 4 期）

宏观视野与文化研究

——刘登翰台湾文学研究的学术理念

刘登翰（1937—），男，出生于福建厦门，祖籍南安。1961 年毕业于北京大学中文系，返闽后在三明地区基层文化部门工作。1980 年调回福州，先后任福建省社会科学院文学研究所研究员、副所长、所长，曾被聘为福建师范大学文学院兼职教授、博士生导师。

刘登翰主要从事中国新诗、台港澳暨海外华文文学和两岸文化研究，已出版的学术专著有《中国当代新诗史》（与洪子诚合作，人民文学出版社，1993 年；修订增补版，北京大学出版社，2005 年）、《文学薪火的传承与变异》（海峡文艺出版社，1994 年）、《台湾文学隔海观》（台湾，风云时代出版股份有限公司，1995 年）、《彼岸的缪斯——台湾诗歌论》（与朱双一合作，百花洲文艺出版社，1996 年）、《中华文化与闽台社会——闽台文化关系论纲》（福建人民出版社，2002 年）、《文化亲缘与两岸关系》（九州出版社，2003 年）、《华文文学：跨域的建构》（福建人民出版社，2007 年）、《跨越海峡的文化记忆》（台湾，海峡学术出版社，2010 年）、《华文文学的大同世界》（台湾，人间出版社，2012 年；花城出版社，2012 年）、《海峡文化论集》（江苏大学出版社，2014 年）、《论文化生态保护》（与陈耕合作，福建人民出版社，2014 年）等十余种；主编《台湾文学史》（刘登翰与庄明萱、黄重添、林承璜共同主编，1991 年由海峡文艺出版社出版上卷，1993 年由该社出版下卷；2007 年 9 月由现代教育出版社改为三卷本重排出版）、《澳门文学概观》（鹭江出版社，1997

年)、《香港文学史》(香港作家出版社，1997年；修订版，人民文学出版社，1999年)、《双重经验的跨域书写——20世纪美华文学史论》(上海三联书店，2007年)等。

一、中国文学整体视野中的台湾文学研究

刘登翰是大陆较早开始台湾文学研究的前行代学者中的重要代表人物。

1982年即作为福建社科院文研所的代表参与筹备并出席第一届香港台湾文学研讨会，两年后在第二届台湾香港文学研讨会上发表个人第一篇台湾文学论文《论台湾的现代诗运动——一个粗略的史的考察》。在绝大多数学者多做个案研究或文本赏析的拓荒期，刘登翰第一篇论文的选题便显现出了其台湾文学研究的重要特征：视野宏大，倾向于对台湾文学进行整体的、宏观的把握，注重并善于进行理性的思辨。其宏大视野，一方面体现在研究选题上，另一方面则是提出了一些新的、有影响力的学术概念和范畴，诸如“分流与整合”、“华人文化诗学”等，将台湾文学研究纳入中国文学的整体视野之中。

从《特殊心态的呈示和文学经验的互补——从当代中国文学的整体格局看台湾文学》开始，刘登翰提出了在中国文学的整体视野中研究台湾文学的观念。论文首先肯定了台湾文学的特殊性，同时“从当代中国文学的角度做横向对比的考察”，以对大陆和台湾文学都很重要的“70年代后期”作为一个支点，“在此之前，台湾文学经过一度‘西化’的迷津，通过论争的重新省认，走向对于传统的回归；而大陆文学则在极左思潮发展到极端之后，以政治和经济的改革为先导，走向开放。一个复归，一个开放，艺术两极上这种方向相反的互相挫

动，使海峡两岸文学在走向世界的文化重建中，互相趋近了。”① 在此之前，学界虽已关注到台湾文学与祖国大陆文学之间的渊源关系，但是祖国大陆文学研究与台湾文学研究基本上还是处于各自为政的状态，刘登翰较早提出将台湾文学纳入中国文学整体格局，具有开创性意义。

之后，刘登翰又陆续发表《分流与整合：二十世纪中国文学的整体视野》、《台港澳文学与中国现当代文学史写作》等论文，进一步提出“分流”与“整合”的观点，发展和完善了其将台湾文学纳入中国文学整体视野的看法，并将研究领域扩展至与台湾文学情况相似的香港和澳门文学。

“分流与整合”是刘登翰提出的一个非常重要的学术概念。他认为祖国大陆与台湾、香港、澳门的文学分流，“主要不是由于文化的分化，而是社会的分割”，台港澳文学因为对本土特征的强调、外来文化的影响、社会的不同发展等因素而具有特殊的文学进程与形态。但这种与祖国大陆的文学分流，“是奠立在共同文化基础之上的文学，处于不同社会背景下的各自发展。民族文化的同一性，是分流的前提，也是整合的基础。”台港澳文学因为是外力强迫脱离母体的发展轨迹，“共同的民族文化作为文学的精神核心和发展基础，对于与母体的分离，会产生一种本能的反抗。”这种来自于文化惯性与中华民族文化凝聚力的反抗，作为整合的力量，维系民族文化的完整，抗衡异质文化的压迫，融摄与改造外来文化，并推动文学走向新的整合。文学的分流与整合，是一个辩证的运动过程，必然向各自的对立面转化，“整合是可以期待的”；但因为文化与政治的复杂关系，“整合是必须去争取的”。刘登翰认为整合有两重境界，“一重是通过交往和交流，打破阻隔，形成一个共同享有的文化/文学空间。”这是台港澳

① 刘登翰：《特殊心态的呈示和文学经验的互补——从当代中国文学的整体格局看台湾文学》，《文学评论》，1984 年第 4 期。

文学研究者一直在做的工作，整合的更高一重境界则是“重构——在重构中整合”。所谓“重构”，是指农业文明为主的中华民族文化正处于向现代转型的重要历史时期，“超越政治和意识形态的隔阂，在实现民族文化现代化转型的重构中，走向中华民族文学的新整合，既是对于历史伤痕和裂纹的一种抚平和弥合，也是对于中华民族文化和文学的一种提升。”①

刘登翰不仅理论上提倡，在研究实践中也一直贯穿从中国文学的整体视野观照台湾文学的理念。上世纪90年代初，由他领衔，与庄明萱、黄重添、林承璜合署主编的《台湾文学史》，分上下两卷先后出版。总论和结束语之外，主体部分包括古代文学、近代文学、现代文学和当代文学四编。这并非祖国大陆出版的第一本台湾文学史，却是一本较完整、全面地梳理台湾文学，建构了独到文学史观的台湾文学史，规模最大、内容丰富、论述精当，迄今为止仍然是两岸众多台湾文学史中的重量级史著。

《台湾文学史》贯彻了“分流与整合”的研究思路，“把台湾文学放在中国文学的整体格局中，并在与大陆文学发展状况的相对照中进行描述和评析。”“把台湾文学摆进中国文学发展的大格局中，在相互比较中予以审视和考察，将使我们获得一个整体的历史视角，有利于台湾文学的定位和我们民族文学历史经验的总结，也有利于对台湾文学做出实事求是的评价。”②《台湾文学史》的成功问世，也离不开团队的共同努力。综观此书的编辑队伍，成员皆属福建。福建一直是祖国大陆台湾文学研究的重镇，此书的出版，也可视作是福建团队的成形。在此之前，祖国大陆的台湾文学研究多是各自为战，并无出现如此规模的以共同地域为背景的学术队伍的集结，此中的经验或得

---

① 刘登翰：《分流与整合：二十世纪中国文学的整体视野》，《文学评论》，2001年第4期。

② 刘登翰：《台湾文学：分合下的曲折与辉煌——〈台湾文学史〉总论》，《台港文学选刊》，1991年第6期。

失颇具值得总结的价值。

与中国文学整体视野相关的一个问题，是如何将台湾文学（以及香港、澳门文学）写入中国现当代文学史。1984 年，刘登翰与洪子诚合作撰写《中国当代新诗史》（此书因故延至 1993 年才出版），书中第一次设专章介绍了台湾诗歌。《中国当代新诗史》共分三卷，卷三部分为台湾诗歌，设台湾诗歌发展的背景和进程、现代主义诗潮及其诗人、现实主义诗潮的勃兴和诗歌艺术的多元并立三章，是最早将台湾文学写入中国当代文学史的尝试。此书在当代大陆新诗之后单列一卷介绍台湾诗歌，是一种“纳入式的文学史书写”，这也是后来较长一段时期大陆学界整合中国港澳台地区文学史最常用的一种方法。刘登翰更期待能有“一种将台港澳文学真正‘融入’20 世纪中国文学叙述之中的整合”,① 并在不断思考与努力。

二、文化研究与华人文化诗学

刘登翰认为文学是“民族生活和民族精神的反映”,② 既不能否定其与文化母体的渊源关系，同时也不能忽略各个组成部分所可能具有的独特形态和创造。这是刘登翰台湾文学研究的一个认识前提。纵观其台湾文学研究，无疑能见出他对文化给予文学的影响特别注重，多部著作都把台湾文学的发展放在文化层面上予以阐释。

除了从三缘（地缘、血缘、史缘）、社会模式、文学的发生与发展、语言运作等方面详细论证台湾文学与中国文化母体的渊源关系，肯定台湾文学是中国文学的一个分支之外，刘登翰也看到台湾与祖国大陆不尽相同的“历史机遇和文化机缘”，认为“台湾是个经由原住

① 刘登翰：《台港澳文学与中国现当代文学史写作——再谈 20 世纪中国文学的整体视野》，《复旦大学学报》，2001 年第 6 期。

② 刘登翰：《台湾文学：分合下的曲折与辉煌——〈台湾文学史〉总论》，《台港文学选刊》，1991 年第 6 期。

民族和汉族移民相续开发而发展起来，并受到过多种外来文化冲击的社会。”由此，台湾文学具有原住民文化与中原文化双重基因，原住民族文化传承的保守性使其对台湾文学的影响一直是潜隐的存在，80年代以后这种影响才逐渐释放出来；中原文化的基因对台湾文学造成根本的影响，“在台湾文学漫长的发展过程中，规范了它的方向，确立了它的形式，赋予它的精神内涵，奠定它的民族风格，把台湾文学纳入中国文学的传统中。”台湾还多次受到外来文化的冲击，其中形成冲击并留下深刻影响的当数日本文化和西方文化。日本文化伴随殖民而来，刘登翰一方面认识到强制的殖民文化同化极具“侵略性”的一面，另一方面也看到台湾文学透过日本文化接触到先进科技和进步文化思潮，在推动台湾文化和文学革命上所起的积极作用。西方文化进入台湾有其特定的社会政治背景，从正负两面对台湾文学发展形成很大影响，也促成了台湾文学的变异。

刘登翰并不认同台湾文学研究的政治本位倾向，而主张走向学术本位。他也不讳言社会、政治、经济等因素对文学的影响。坚持扎实的学术立场，强调学术研究“不仅是从西方的文化理论入手，更主要是从文献资料和田野调查的实证的历史和现实的文化语境出发，去探寻文学生成和发展的潜在因素和文本价值。”[①] 刘登翰后期更直接参与闽台文化研究，著述中致力于探讨闽台文化的地域特征、闽台社会的心理、闽台文化研究的理论方法等学术话题，出版《中华文化与闽台社会》（此书为其主编的《文化亲缘与两岸关系》丛书的导论之作），他提出的文化区划分的“海域”概念，引发了广泛关注，这都是他所提倡的“华人文化诗学”的学术实践。

台湾文学研究之外，刘登翰在香港、澳门文学研究领域也颇有建树，他主编的《香港文学史》、《澳门文学概观》与《台湾文学史》

---

① 刘登翰：《中华文化与闽台社会——闽台文化关系论纲》，福州：福建人民出版社，2002年版，第336页。

一起，三者以通史式的组合，凸显了“把中国港澳台地区的文学当作一个整体来研究的气魄和远见”，① 此尤不足，更将研究领域扩展至东南亚华文文学和北美华文文学，其研究视野之宏阔在当代学者中显得分外突出。学术研究之外，刘登翰亦从事诗歌、散文、报告文学与书法创作，才情俊发，业绩斐然，是一位多才多艺的学者。

2013 年 10 月

① 董乃斌等主编：《中国文学史学史》第 3 卷，石家庄：河北人民出版社，2002 年版，第 512 页。

悲悯的介入

——读黎湘萍的两部专著

黎湘萍已经出版的个人专著，坊间只见到两本，一本是1994年10月由北京三联书店出版的《台湾的忧郁》，一本是2002年3月由北京的人民文学出版社出版的《文学台湾》，数量不多，堪称惜墨如金。看来，在黎湘萍的意念里，质是比量更为重要的。书不在多，目标是每本都要有创意，要有新的发现，如此，则能以己之少少许而胜人之多多许。

《台湾的忧郁》是在作者博士论文的基础上修改而成的。博士论文的原题为《叙述与自由》，出版时，对内容加以修订，并改为现在的题目，副标题是"论陈映真的创作与台湾文学精神"，是"第一部由大陆学者写作并首先在大陆出版的以台湾著名作家陈映真为研究对象的专门性学术著作"。①

就当代台湾文学研究而言，陈映真无疑是一个重要的对象，对此著"优长"的肯定也"首先表现为研究对象的选择"，而在作者自己看来，"作为作家，可以说，他是台湾文学的最佳研究对象"。在一般学者觉得颇有挑战难度的研究对象，被认为是"最佳研究对象"，应该可以给人一种启示：选择是必须的，而最有挑战性的，应该就是"最佳的"。这是他在学术研究上"历史理性"的突出表现。

尽管是以一个作家为研究对象，但黎湘萍却为自己建构了一个作

① 何西来：《台湾的忧郁·序》，引自黎湘萍：《台湾的忧郁》，北京：三联书店，1994年10月版，第5页。

家研究的大格局："导言"部分即以"超越压抑：台湾小说创作总论"为题，表明了把陈映真研究置于"台湾小说创作"总格局中的理念，而不是就个人论个人；对于陈映真在台湾小说写作史上的意义，他则明确提出了他的两种基本话语——"他叙述所感悟的苦难之诗意话语与深沉反思这种苦难的理性话语。""诗"与"思"两种话语的互相矛盾与互相依存，是陈映真"个人特有的风格"，并进而发现那在分裂中生成的人格魅力，这些概括凸显了黎湘萍对陈映真的独到理解：陈映真是一个笔下常带诗意的批判者、思想者、知识者，形象地说，就像作者引用的惠特曼的诗—— 一株"孤独的橡树"。在陈映真这个"不屈的斗士"的内心深处，黎湘萍发现感受到了他心底更多的隐痛、孤独、寂寞、忧郁乃至尴尬，还原了一个真实的、血肉饱满的地之子、人之子、台湾之子的原生态形象。正是在这样的意义上，读者看到了研究者与研究对象在心灵深处的契合；也正是在这样的意义上，赵园才把黎湘萍的这本著作称作是"一个知识者对另一个知识者的读解"，①这是非泛泛的溢美之词大话套话所能表达的高度肯定。这是黎湘萍的贡献，人文科学研究的重要职责就在于这种对作为人的对象主体的"发现"。

更为难得的是，黎湘萍依其意图读解其他评论者的读解，却始终坚持着对陈映真的个人理解，不但不为他人已有的评论、也不为陈映真（以许南村的笔名）的刻意"导读"所左右。他将陈映真的作品、有关评论及陈氏的自我诠释，一并置诸其批评的审视之下。在通常情况下，作者的自述，往往被作为可靠的"自证"而被征引，似乎具有无可怀疑无可置辩的权威性，但是在黎湘萍这里，它只是一种仅供参考的资料之一，既非第一，更非唯一。这时候，你看到的论者与作者是平起平坐的，论者的眼光因而也是平视的。我们既然承认作品写成之后就与作者无关，又何必以作者的自述自评作为最重要或最权威

① 赵园：《一个"知识人"对另一个"知识人"的读解——关于黎湘萍所著〈台湾的忧郁〉》，《当代作家评论》，1997 年第 1 期。

的佐证呢？这在逻辑上是说不通的（遑论有些作者常常自觉不自觉地借“自述”、“自评”而进行的“自诩”甚至“自吹”了）。黎湘萍在这里显示的是论者（批评者）应有的一种姿态或曰“位置”。

黎湘萍所提出的，其实不能看作仅仅是他对陈映真个人“自述”的一种“非议”，而是显示了一个职业论者所应当具备的基本质素：在作家的创造物——作品面前，论者与作者是平等的。丝毫不必以作者的是非为是非，以作者的感觉为感觉，作为一个严肃的论者，在任何情况下，都不应当是匍匐在作者身影之下的讴歌者，都不应丢弃了论者必要的尊严。在任何情况下，他必须展现其独立的人格和文格。

黎湘萍曾在《台湾的忧郁》的《后记》中说，陈映真吸引了自己的，并非其辉煌的声名，而是其人所处之境的不可重复的个人性，“是他在台湾乃至祖国大陆的尴尬处境和孤独感。他是台湾岛上负伤累累的忧郁的心灵。”（《台湾的忧郁》第238页）被黎湘萍作为论说对象的，当然首先是陈映真的“文学创作”，是用叙事文体写作的陈映真。陈映真的问题毕竟更是借诸小说形式呈现的，这也使得“小说形式”与“乌托邦形式”的关系成为“问题”。黎湘萍于此证明了他的良好的形式感觉，细腻的审美体验，和将文学方法的演进始终展示为台湾知识者的精神历史的能力。

批评需要审美判断，但这种审美判断绝不应该排斥艺术感悟。被感悟所润泽的判断，将会更具有说服力和感染力。他的评论与研究，他的文本解读，他的对作家的理解是带着体温的，是带有感情和感性的色彩的。黎湘萍分析陈映真的作品，令人感到的，是与其年龄不相称的苍老而沉重的智慧，由此，资深学者赵园既高度肯定了这部著作的浑厚与凝重，发现黎湘萍不再有某些前辈台湾文学研究者与研究对象之间方凿圆枘、有时还不得不削足适履的苦恼，理论背景与解读范式的某种优势，使他在处理研究对象时举重若轻。也特别“注意到了黎湘萍对陈映真小说人物‘特有的温柔的倦怠’的敏感”[1]，问题与特选的对象的相遇，使得黎湘萍所耽嗜的理论浸满了“人”的气息；而青年学者李晨特别推重的，也是黎湘萍的“论述中充满了作者自身作为一个知识者的溶于血液之中的人文关怀情调，无论是叙述语言的的整体风格还是自始至终贯穿于叙述中的观念与精神，甚至是标题的选用都充满着人性的气息，毫无当下普遍存在于学界的晦涩之气。”[2]两代学人不同表述后面的相同感受与认可，无疑凸现了黎湘萍作为陈映真的隔海知音的自身素质。

黎湘萍的硕士阶段的研究方向是台湾文论。对于一个研究台湾文学理论出身的学者来说，其研究所带有的浓重理论色彩，是顺理成章、毋庸置疑的。但他深知，光有理论是很苍白的。可喜的是，正像他的研究对象一样，黎湘萍的理性思辨中，时见诗意的表现。

这种特质在他的第二本著作中得以再现；由于论述的对象和话题范围更广，色彩纷呈，黎湘萍在《文学台湾》中论述的精彩，比《台湾的忧郁》显得更为圆熟老到。

对于“创作母题”的情有独钟，是黎湘萍研究方法上一个明显的切入点。无论是《台湾的忧郁》，还是《文学台湾》，都是如此。前者的“第二编”，就是从“苦难母题”展开论述的；后者的“第一编”“第一章”也是从文学母题（包括“出走”、“围城”、“放逐”三个母题）看两岸知识者的精神联系，在后续的日据时代作家、战后作家、新生代作家的研究中，也常常采用这一方法。其好处就是能在两岸文学的比照中，找到共同的文化传统的因子，也便彰显了其观察的相通性和整合的可能性。

---

① 赵园：《一个“知识人”对另一个“知识人”的读解——关于黎湘萍所著〈台湾的忧郁〉》，《当代作家评论》，1997 年第 1 期。

② 李晨：《文学台湾——台湾知识者的文学叙事与理论想象》，黎湘萍著，人民文学出版社，2003 年 3 月版》，见《中国文学年鉴（2004）》，中国社会科学院文学研究所中国文学年鉴社编辑出版，2005 年版。

黎湘萍有不少迥异于一般评论的独到之见。比如，他明确地表示他并不认同将陈映真简单地“仅仅看作一位‘台湾’‘乡土作家’，而应把他看作在世界性‘冷战’与中国‘民族分裂’时代中写作的一位自觉秉持人道主义良心、民族主义精神的中国作家。”（《台湾的忧郁》第5页）这就跳脱出了既定的狭窄的论述框架，而在更大的视界中更深的层面上为他做出了自己的定位：陈映真不仅仅是台湾的，更是中国的；不仅仅是乡土作家，更是人道主义作家。

他归纳80年代的新生代作家有三种风格：一是宋泽莱的梦魇风格，二是黄凡的镜子风格，三是张大春的悖论艺术（《文学台湾》第244页），这是一个分析层面，向上，最终提出了“新文化小说”这个新的概念，切中腠理，很见创意。向下，在每个作家的解读中，又进一步地分析更深一层的内涵，比如，在具体论述黄凡的创作时，黎湘萍就把黄凡小说的人物分为“四种类型”：赖索型，上层社会大人物，暴发户新贵，知识分子，并给每一种类型的人物以一种概括，这就如同层层剥笋，极有质地感和层次感，显示了精到的阐释能力。若无了解的深透到位，何来概括的准确明晰？此外，他对日据时代小说三种模式（赖和、杨逵、龙瑛宗）的概括，对黄春明小说从人物关系作出的三种类型的概括等，都有自己的发现与表述，不难看出作者对台湾文学发展脉络的谙熟。在黎湘萍的著作中（遑论其前言、导论或后记），读者还不时可以看到作者笔下的“我”、“我想”、“我以为”、“我的意图”、“我将揭示……”等等，这都表现了批评者不可或缺的主体意识。

黎湘萍从事台湾文学研究有一个非常明确的认识，他多次说，台湾文学这个常被视为边缘的学科，却是“最早结束冷战思维的学科”，具有“疗伤”与“救赎”的作用，[①] 因之，他总是以一种悲悯的人文情怀来介入，他经常对研究生说，要以悲悯的心情来阅读来研

---

① 黎湘萍、陈美霞：《疗伤与救赎——黎湘萍教授谈台湾文学研究》，《学术评论》2013年第3期。

究。这种情怀非常强烈地贯注在他对具体话题和对象的研究中，使他站得更高、想得更深、看得更远，这是他与一些同行的不同之处。

悲悯的介入，整体的视野，精到适切的概括，感性而温情的表述，当然，还有独立的人格和判断……黎湘萍台湾文学研究的鲜明学术个性，于焉显现。

作为新一代台湾文学研究者的领军人物，黎湘萍值得我们寄予更大更多的期待。

2014 年 2 月

触摸历史的细部

——从朱立立看新生代学者

近五六年来，大陆的台湾文学研究界崛起了一支引人瞩目的年轻团队，他们的年龄大体在30～40岁之间，都在硕博阶段专注于台湾文学的研究。其学位论文也都是选取台湾文学的。近两三年开始，他们中一些人的博士论文接踵面世。他们的研究呈现出与前行代（年龄大体在65岁以上）学者很不一样的面目。

如果说前行代学者较多地放眼台湾文学的整体，相当关注祖国大陆与台湾文学的关系及比较，并有较强的文学史书写的欲望（姑且不说前行代学者在八九十年代出版的多部台湾文学史和其他专著，即以他们近三年出版的新著来看，也基本上是“仍其旧贯”——从研究理路上言，而并非认定前行代的新成果有陈“旧”之意，如古继堂的《台湾文学的母体依恋》、杨匡汉主编《中国文化中的台湾文学》、赵遐秋等主编《台湾新文学思潮史纲》、古远清的《当今台湾文学风貌》等，选取的还都是相当宏观的角度。）那么，这些新生代学者则更多地关注台湾文学本身的丰富现象，他们更注目于“细部”，具体的文学现象、文学流派与作家、作品、刊物等，加以客观真实地呈现与并非先入为主的言说。这就呈现出近年来大陆台湾文学研究走向纵深的良好趋势。

“注目细部”与“放眼整体”，不仅构成了大陆台湾文学研究界两代人的必要互补。也为祖国大陆与台湾文学研究的良好互动与激发，形成了正面的推助。

新生代博士的台湾文学研究选题，大体上有两种不同的选择角度，一种是关于某一流派、某一文体或某一时期文学现象的研究，一种是关于某一重要作家（或某一文类）的创作研究。后者属于微观的细部考察，前者角度稍大，但也都不是那种宏观、整体的考察，最多就算是种“中观”的研究吧！

这里有朱立立（导师为福建师大、福建社科院刘登翰）关于台湾现代派小说、赵小琪（导师为武汉大学龙泉明）关于台湾现代派诗歌、萧成（导师为南京大学丁帆）关于日据时期小说、杨学民（导师为复旦大学朱文华）关于《现代文学》杂志的小说、张黎黎（导师为苏州大学曹惠民）关于余光中散文、李娜（导师为复旦大学陈思和）关于舞鹤小说、梁笑梅（导师为苏州大学、西南师大吕进）关于余光中诗歌、钱建军（导师为福建师大、福建社科院刘登翰）关于洛夫诗歌、王守雪（导师为华东师大胡晓明）关于徐复观与中国文化思想的博士论文等。这些博士分别毕业于福建师大（福建省社科院）、武汉大学、苏州大学、复旦大学、华东师大等院校，呈现出一种整体崛起的态势，在祖国大陆与台湾文学研究界逐渐形成一支新的力量。

新生代学者的这种研究理路与他们的学长（祖国大陆最早以台湾文学研究而在90年代初期获得博士学位的黎湘萍、刘俊）相比，其间又显示出高度的一致性，都不约而同地有异于前行代学者那种宏观考察宏大论述的路径，而更注目于“细部”。

以朱立立为例

笔者在此以朱立立2002年的博士学位论文《知识人的精神私史——台湾现代派小说的一种解读》（上海三联书店，2004年9月）为例，观察一下新生代学者是以怎样的姿态在面对台湾文学。

朱立立的这篇博士论文选取台湾1960年代崛起的现代派小说为

考察对象，在对海内外台湾现代派文学（小说）研究历史与研究理路的梳理分析以后，分三章从台湾知识人的认同危机、现代派小说的浪漫性与精神私史的美学表述与文学呈现三个方面展开了她对台湾现代派小说的“一种解读”。所涉及的作家包括王文兴、白先勇、欧阳子、七等生、马森、李永平、王尚义等人。

知识人的“精神私史”，是朱立立对于台湾现代派小说内质的一个“发现”。她通过对王、白、欧、七、马、李、王等人代表作的细读细析，抽象出（或说拈出）这一个现代派小说精神意涵的核心，这一精炼而精当的概括，给人以极其鲜明和深刻的印象。台湾现代派文学（小说）的出现有其社会、历史、思想、文化、心理及文学等内外多面的原因，现代派多位作家的诸多作品也有相当繁复的呈现，而朱立立以敏锐的学术眼光，抓住并凸显了这一核心，看似平易实艰辛。没有深透的阅读与思考，是不可能做到这一点的。论者对台湾现代派小说的诸多文本这个“现象”，进行了客观真实的呈现，而不是先入为主地戴着“有色眼镜”观察，或听命于宏大论述、宏大构架的外在要求。尊重历史真实，尊重既存现象，同时勉力客观地呈现这真实，这现象，于是才会有切中腠理的言说——这言说就不会是脱离了史实的主观，也不会是抽离了细部的客观，而一定的有诸多“细部”、诸多“现象”支撑的牢靠坚实的认知。这正是在朱立立身上表现出来的新生代学者的可贵学术素质。

以她对七等生的“解读”来说，朱立立认为“七等生从存在主义的自我证明走向佛禅基督的宗教探问或者超越世俗情感的灵性沉溺，后期作品虽有回抱土地的现实关怀倾向，也无改于存在主义式的孤独自省气质。”（《知识人的精神私史》第66页）。这种“言说”是显得如此的透辟、精到与中肯，正是建基于论者对七等生不同时期作品（如《我爱黑眼珠》、《削瘦的灵魂》、《来到小镇的亚兹别》、《AB夫妇》等）这些“细部”的抚摸而获得的真实具体的质感，从而得以准确地表述。

当然，说关注“细部”、呈现“现象”，绝不意味着新生代学者停留于历史事实的地表之上，缺乏探究现象背后的“本质”、“规律”的意识。恰恰相反，正如朱立立在论文中所述：“对我而言，重要的不仅是指出存在主义影响台湾现代派小说这样一个事实，更重要的是辨析存在主义如何具体地进入小说修辞，如何转化成一种叙述视角，如何演变成一种戏剧氛围，如何渗透进人物的精神结构，如何刺激或制约了作家的想象空间，如何参与了人们的自我认同建构。”（《知识人的精神私史》第67页），一口气连续六个追问，凸显了她强烈的问题意识，这种“追问意识”与她关注“现象”、关注“细部”的学术理路正互成表里，清晰地表明了新一代学者共同具有的不懈求深求透的学术努力。

遭遇王尚义

遭遇王尚义，这或许也称得上是《知识人的精神私史》的一个小小亮点。已逝的时光其实离当下也并不怎么久远，这个当年在台湾青年人中“影响巨大”的早夭的王尚义似乎就被人们忘却了，这是怎样严酷的事情。大陆台湾文学研究界更是几乎无人写过关于王尚义的研究论文。然而作为当年风靡一时的《从异乡人到失落的一代》、《野鸽子的黄昏》的作者，王尚义实在是虽已成历史却不应被忘却、不应被轻忽的文学“现象”呵！朱立立既然尊重历史的真实，她就不可能在谈论台湾现代派文学时不遭遇王尚义，不面对王尚义“当年”的“巨大影响”。这是朱立立触摸历史“细部”的一个颇有象征意味的情景。当历史的“细部”在此定格的时候，作为时间之流中的人（包括只享有26岁年华的王尚义）也就获得了永恒。还能有什么比这更能佐证文学历史研究者的价值的呢？

王尚义的存在，是一个曾经的“现象”，是一个在历史的雾霭中很容易被遮蔽的“细部”。倘若只是醉心于扫描现代派文学在台湾的基本脉络与宏大格局，王尚义就注定会被历史大河所淹没——而这是不公正的，这也正是文学史离开历史真实的致命伤所在。朱立立的遭遇王尚义，应该给所有研究台湾文学的人们一个启示——历史的所有现象都不能轻忽。文学发展的“细部”需要精心地触摸。舍此，不能接近本质，舍此，无法构建整体。

（原载台湾《文讯》2005 年 12 月）

台湾散文史的拓荒之作

——评张清芳等《台湾当代散文艺术流变史》

在过往三十年两岸的台湾文学研究中，我们已经读到多种综合性的《台湾文学史》，文体史、文类史的写作在小说、诗歌、儿童文学乃至文学批评等方面也早有数部史著为人所知，而散文史著却暂付阙如。长期以来，对于文体美学的研究，无论中外，也都是小说美学、诗歌美学、戏剧美学的研究远胜于散文美学的研究。求诸台湾、乃至两岸，对散文美学确有真知灼见者，实在寥寥无几。郑明娳、林非、吴周文、楼肇明、陈剑辉等堪称凤毛麟角。郑明娳的“散文四论”（《现代散文纵横论》、《现代散文类型论》、《现代散文构成论》、《现代散文现象论》）是两岸对于散文这一文类最具文体美学意识、也是规模最大最系统的研究。

在台湾当代文坛，从事散文创作的作家不少，已形成几代传承的繁盛景观，创作成果可谓异彩纷呈，实在非常需要有人对此加以研究总结。

台湾散文史这块学术高地垦荒者的姗姗来迟，是无奈的事实，而从文体美学、艺术流变的角度立说著书者，更是空谷足音。学术界对台湾散文史的撰写出版，实已期待有年。

张清芳、陈爱强的《台湾当代散文艺术流变史》由北京的人民出版社在2010年12月推出，结束了长期以来台湾散文无史的尴尬局面。当笔者在书店的书架上发现这本名为《台湾当代散文艺术流变史》（下文简称《流变史》）的著作时，眼前真是为之一亮，精神为之一振，颇有话想说。

张、陈伉俪2007、2001年分别以柏杨、鲁迅研究在北京大学和北京师范大学获得博士学位，现均为鲁东大学文学院副教授。张清芳在攻博期间，曾去台湾中央大学访学，有机会、也有心实地搜罗了不少台湾散文方面的资料，执教后又获批此一课题的山东省社科规划项目，遂有此作之问世。

虽然在领略《流变史》新见的同时，也不时会发现随之出现的不足和瑕疵，但从总体上看，则是瑕不掩瑜。这是一部带有抢占学术高地意味和拓荒奠基意义的文学史著作。可以说，张清芳、陈爱强这两位青年学者已经比较成功地建构了他们的台湾散文史论述。

《流变史》全书40多万字，分为上、中、下三编，共十八章，并有两个附录。整体上以时间为序，以年代分编：五六十年代为上编，七八十年代为中编，九十年代至今为下编，采取的是纵向划分时期的叙述体例，作者的散文文学史观于此可见端倪。《流变史》对台湾散文史上重要的文学现象，诸如乡土散文、诗化散文、探亲散文、怀乡散文、哲理散文、田园散文、佛禅散文、学者散文、少数民族（原住民）散文、都市散文、海洋散文乃至于医学小品、音乐小品、饮食散文等等，都分别作了或详或略的涉猎，包括重要作家、代表作品、艺术风格及其流变诸方面，进行了颇具个人见解的系统梳理论述，基本上绘出了一幅当代台湾散文王国的风景导游图，给读者留下了比较全面、清晰的印象。这些散文新探索不仅丰富了当代台湾散文的书写场域与书写模式，而且呈现了某些崭新的艺术追求和审美趣味，具有重要的文体创新意义和文学史价值。不过，在论述了饮食散文之后，全书就戛然而止，似乎有点缺憾。倘若有一个近似于结语的部分，全书的结构会显得更完整。此外，自然写作、旅行散文、女性散文、后现代散文等也可加强论述力度。

作者对散文的研究考察并不局限于作品本身，而是能与社会、历史、文化、心理、民俗等勾连起来观察思考，故能显示出相当开阔的视野，由此提炼出不少独出机杼的见解。特别是认为五六十年代的怀乡散文乃“中国历史的真实性”的书写就是很有见地的看法：以混淆、泯灭现代散文中“艺术真实”和“现实真实”的界限为基础，通过各种艺术手法置换、改变了“现实真实性”和“历史”的内涵，因而在文本中建构出“中国历史的真实性”，巧妙地迎合了当时主流的政治意识形态思想（第14页）。上述论断无疑探测到了隐伏于文学深处的丰厚内核，是很能启人进一步思考的。诚如山东大学黄万华教授在序中所言：“作者既正视50年代台湾文坛的种种政治戒律和文学禁忌，又充分顾及五四文学传统‘离散’至台湾的现实境遇”，从而展开了“对具有丰富差异性的作品的细致解读”。① 这对于两位年轻的学者而言，确实显得难能可贵。

在论及饮食散文的代表性作家焦桐的创作时认为：“焦桐的饮食文化散文集《暴食江湖》出版，在前人开拓的社会学、历史考据学、民俗学的向度之外，又在饮食文化领域有全新的开创生发，把食物提升为一种艺术品，是和音乐、美术、诗歌处于同等层面的一种艺术品，由此把饮食文化提升到艺术的高度。毫不夸张地说，焦桐实现了前辈饮食文化散文家的期望，并且把饮食文化散文带到了一个新的高度”（第256页）；又说，“焦桐在饮食文化领域极力开创其艺术向度的深层动力，来自于他追求的以社会兼容并包、和谐圆融为基本特征的文化理想。”（第260页）也都很见精彩。像这样的亮点，书中还有不少。

作为一部散文艺术流变史，整个论述自然应着力于散文艺术、散文美学的探讨，当是论著题中应有之义。

可以看出，对于各个时期散文创作的风貌和走向，作者也试图找出其阶段性的特点。作者的思路似乎基本上是从文类（文体）的角度立论：对于五六十年代，作者用“诗歌化散文的鼎盛”来定位，对七八十年代则概括为“多方位的文类融合”，最后把九十年代至今的散文新变称之为“后现代的新变”，与七八十年代的散文相比较，

① 黄万华《序二》，见张清芳、陈爱强：《台湾当代散文艺术流变史》，北京：人民出版社，2010年10月版，第3页。

"90年代之后的台湾散文处于后现代主义文学和文化的浸淫之中，它对现代散文艺术的创新求变之追求更加剧烈，艺术实验色彩更加浓厚。"（第198页）相当鲜明地贯穿着考察者的文体意识。应当说，这种考察角度自有其学理性，也基本符合台湾当代散文发展的历史真实。

诚然，在考察散文艺术流变之时，借助于其他文类也未尝不可，用其他文类来描述，或者也不失为一家之言；但是，放弃直面散文自身艺术或文体美学的角度进行必不可少的正面阐述，就未免有舍本逐末之嫌。这也是笔者对这部论著感到遗憾的地方。如果主要取后一角度，而兼具其他文体的观察方法，或许在散文文体美学上能有更具学术价值的斩获。

在论述90年代后的散文时，作者作了如下的表述：

"90年代后的诸多散文作品在后现代主义文学和文化背景下继续向诗歌、小说和戏剧等文学类型'出位'，在深度和广度上比此前的散文艺术实验走得更远。具体来说，台湾90年代后散文向其他文类的'出位'，不仅表现在分别化用某一文类的艺术因素，而且还出现了同时化用多种文类或是艺术类型艺术因素的'混血'特点，使其艺术风格经常带有后现代主义的混合、拼贴色彩。除此之外，90年代台湾散文化用闽南语入文成为普遍现象，相比此前阶段的散文作品亦是一种语言创新"。(第17页)

这一段带有总结意味的论断中，认为90年代"此阶段出现了'小说式的诗化散文'，以及'混血'的戏剧化散文。"（第17页）多次使用了其他文类的概念来论述散文，还重复用"出位"、"混血"这样的比喻来概括90年代后散文艺术创新之特点。在各章论述具体的散文现象或作家作品时，《流变史》也常常借用其他文类的概念。如谈论学者散文时，说"台湾学者散文在语言形式上更开放，追求小说化、诗歌化和戏剧化的散文作品比比皆是"。叶石涛的散文是"具有小说化特点的学者散文"，陈芳明所写的学者散文"则带有鲜明的诗化特点"（第189~190页）。再如，说新世纪少数民族（原住民）

散文具有“散文小说化特点”，体现出“陌生化”和“阻距性”的艺术特点，并有“魔幻现实主义的神秘氛围”（第224页）。把张晓风、阿盛、杨锦郁、钟怡雯的散文统统都归为“戏剧化的散文”（第233~243页），恐怕很难获得普遍的认同。

那些混合多种文类因素于一体的散文作品，既具有不同于小说、诗歌、戏剧、电影、音乐、美术等艺术文类的特征，某种程度上却又是融合了其他文学艺术的定义，这样的论述给人的感觉，散文之所以成其为散文的特定性似乎被消泯了，散文的文体特征其实不是更清晰，反倒是模糊了。

值得肯定的是，作者为了更清楚地凸显出当代台湾散文的特征，能不时引入大陆散文作为参照比较，形成了本著论述上的明显特点之一。如谈五六十年代台湾的诗化散文时，就把大陆同时期的散文家杨朔、刘白羽、秦牧拿来比较，并展开两岸诗化散文的异同之辨，显示了一种由比较进而为整合的大文学史观，这对于后续的两岸文学史的比较考察与整合式书写，是很有启示意义的。

谈及文学史的书写时，论者常以“史实”与“史识”的统一为追求。最理想的状态莫过于在全面掌握第一手原始资料的基础上再来写史，没有对第一手史料的尽可能丰富的搜罗掌握、精心的爬梳剔抉，文学史的写作就无从谈起，就经不起时间的汰洗。写史之事真是谈何容易！如前所说，《流变史》的作者相当注意搜罗当代台湾散文创作的相关资料。本著有两个附录（全书447页中的186页，占全书近五分之二的篇幅），一为“台湾当代散文集出版年表（1996—2005）”，一为“台湾当代散文大事记（1978—2009）”。这种设计本足以为论著加分，事实上读此二附录，确为读者了解台湾散文的发展提供了清楚的脉络，也为进一步的研究提供了重要资料。但是问题也伴生而来：一、台湾当代“散文集”的出版为何只取1996—2005这几年的资料？二、台湾“当代”散文大事记的起始年份，为何是1978年？又为何独缺2008年？（关于前者，作者在第261页有个注释中说明是“因资料匮乏”；关于后者，据第351页的注释中说是

"2008年数据没有找到"）这里其实牵涉到两个基本问题：一，所谓"当代"的时间上下限，若按本著论述的内容应是1950年代到本世纪初，附录所收录数据的时间起讫，理应也要与此相对应才算匹配；二，如果数据欠缺，该如何处理？笔者以为，既然要亮出资料（特别是一部文学史著作），还是应尽量体现完整性才好。实际上，在目前的条件下，假以时日，并不多么困难，大可不必急于求成。总之，对于一部以史为名的著作来说，在史料的处理方面，需要的是从容淡定、戒急戒躁的心态，如此方能真有大成。

如果可以认为，"说到观点无争论"，即使再出位的观点都能以仁智之见存而不争，那么史料的准确，则是文学史写作的基本要求。可惜的是，本著中尚有不少史料上的硬伤，其中包括人名、书名的讹误（如李瑞腾误为李瑞胜、蒋勋误为蒋动、洪醒夫误为洪星夫、李威熊误为李威雄、张良泽误为张泽良等，《台湾文学两钟书》误为《台湾文学两种书》、林非的《现代六十家散文札记》误为《现代六十九家散文札记》等），究其原委，自有多种可能（包括计算机处理简转繁时出错而校对失察所致），但不管出于何故，这些粗疏与讹误之处的存在，对于一部立意原创、整体上佳、本可得到更多肯定的学术著作来说，实为至憾。

此外，作为一部文学史，在展开阐论时，有时以引用他人的论述代替自己的论述，则有意无意地削弱了论述的力量或堵塞了创新的可能；而对历史人物的叙述当也有一定规范。《流变史》在简介梁实秋时，直书其"原籍浙江杭县"（在另一处又称梁祖籍河北邢台）而不取"北京人"之说，又直书陈大为是"广西桂林人"，而一句不提他与马来西亚的关系等处，都涉及文学史人物生平叙述的规范，如此叙述，客观效果上，也很有可能造成读者的误读、误解。

一个作家散文美学风格的形成，其实与构思行文的意象系统、修辞模式、叙述的惯用句式、整体的意境营造乃至创作心理、气质个性等都有密切关系。既名为"艺术流变史"，而不是一部平铺直叙、面面俱到的散文史，它的学术生命应立足于"艺术"，力究其"流变"。

因为“流”，自当观其前后的所承所传；因为“变”，则尤需察其与他者相比之新之异，方显得用力之准之深。在这方面，作者尚有继续深入研究的空间。

朱德发在评论黄修己的《中国现代文学发展史》（第三版），谈到文学史书写时认为，应“对原始资料进行潜心阅读，深入研究，形成史识，形成自己对文学史的独特理解与把握，将客观史料的丰富性，实证性与主体思维的超越性、辩证性有机结合起来”。这差不多就是文学史家都应奉为圭臬的正宗家法。他更倍加赞赏其具体操作的种种优长：“或是以史显论、论从史出的求真写法，或是紧贴史貌的纵横开阖的书写体例，或是含锋芒于史实叙述的简约运笔，或是寓真相于历史轨迹的清晰梳理，或是将规律发现与错综文学现象真切剖析的深度融合，或是把真知灼见与各体文本形象化解读的有机结合，或是亲切、平实、晓畅，准确、简明且带文采情思的笔调文风”。① 笔者以为，这些见解，对于每一个文学史的书写者都是有必要细细品味履力践行的。

有人说：新手，永远需要凭借自己开创性的工作上路。台湾文学的研究是一座“富矿”，却还有不少课题（而这些课题又对深化20世纪中国文学研究至为重要和必要）乏人问津。我们期待着有更多的青年学人敢于抢占学术的高地，敢于闯新路拓新境，更敢于挑战成说“定论”，放眼全局，踏实从容地攀登一座座学术的高峰。

（原载台北《幼狮文艺》2012年6月）

① 朱德发：《评黄修己的〈中国现代文学发展史〉（第三版）》，《文学评论》2010年第1期。

深致的契人

——计红芳《跨界书写——香港南来作家的身份建构》序

计红芳不是我指导的第一个博士，却是我的学生中，博士论文第一个经国内知名学者严格评审，入选“中国社会科学博士论文文库”、第一个在国家级的出版社正式出版博士论文的。我的高兴与欣慰，一方面是为她，另一方面，也是为她后几届的师弟师妹：她为他们立起了一个标杆。

红芳能有今天这样的成绩，并不是一蹴而就的，她经历了长期的不懈努力。1992 年大学毕业后，她就到一所高校执教，几年之后，她考进了苏州大学，攻读硕士，学成后回去工作了几年，再来考博，又一举命中。回想起来，红芳之所以能较快地驶入学术研究的正轨，与她这种学习—工作—深造—再工作—再深造的经历有关。对于人文社会科学专业的研究生来说，有一定的工作经验，可谓好处多多。也许就因为这种经历，他们在重新获得新的学习深造机会的时候，能更清楚地知道，自己究竟要什么，怎么样才能更好地达到目标。

从硕士生阶段开始，红芳就参与了一些省部级乃至国家级科研项目的研究与著作、教材的编撰。因为是集体项目，也就比较方便得到一些前辈学者的熏陶与提携。由于她任教学校的良好学术氛围与支持，她能不时地参加一些相关的学术研讨会，获知较多的学术资讯，对于本领域的前沿话题或热点问题，也就比较熟悉。而多年的执教生涯中，独当一面，开设“台港文学”选修课的历练，也帮助她更好地建构了她的文学史意识和治学理念。

记得2004年秋，我因为受邀要去台湾客座，无法参加在威海举行、由山东大学主办的“第十三届世界华文文学国际学术研讨会”，就推荐她代表我出席——其时她正在读博士二年级。次年我回苏州后，陆续听到一些学界的朋友告诉我，计红芳表现不俗，她的论文颇引起同行的关注，我听了自然很高兴。以后她又随我参加过“第一届华文文学高峰论坛”、“第二届全国华文文学教师高级研修班”（暨南大学主办）和“第十四届世界华文文学国际研讨会”（吉林大学主办），和海内外众多的前辈学者、同辈学人切磋研讨，其乐融融。她也利用这些机会，将她的博论选题、设想向许多学者请教，获益匪浅。

现在出版的《跨界书写——香港南来作家的身份建构》乃根据她的博士论文修改充实而成。这个题目，是几经改动、多次商酌，才最终定下来的。在这个选题、定题的过程中，红芳表现出她对香港文学的整体把握和细部认知，显示出她对选题规模的恰当拿捏。而这绝非一日之功，所谓“冰冻三尺，非一日之寒”。为了熟悉香港文学文本和背景的方方面面，她积累和查阅了很多这方面的资料（甚至让我托香港朋友买来厚厚一册精装的、价值一二百元港币的《香港街道详图》）。鲁迅先生曾说过这样的话：无论做什么事，如果继续收集资料，积之十年，总可成一学者。由计红芳的从学经历，可见先生言之不虚。

对于南来作家在香港文学中的地位和价值，计红芳在扎实的阅读和思考中渐渐地形成了她的见解，并最终锁定在“身份建构”这一角度，这就把这篇论文置于较高的学术地基之上，为自己的论述找到了一个最佳的展开路径。

“南来作家”是香港文学研究中最基本的课题之一，但历来鲜见有整体、深入的研究成果。在学术界，对于“南来作家”的命名、构成以及对于香港文学的作用，历来有一些相当歧义的见解。计红芳不囿于成说或权威之言，根据自己的深入研究，大胆提出了自己的看法：她把50年代以后陆续“南来”者与三四十年代“南来”者，作了必要的区隔，在此前提下，对“南来作家”作出了自己的界定与划分；而且，她活用了西方文化研究中的“身份”理论，又酌取存在主义、后殖民主义、后现代主义等理论资源，对香港“南来作家”作出了切中肯綮的学理定位。在阐论过程中，她所提出的“双重边缘人”、“跨界”、“异质化”、“人间化”、“总体意识”等概念，都表现出对“南来作家”群体这一文学现象的深致的契入，而并不显出时下学界常见的生搬硬套或生拉硬扯的流弊。扎实的、富有“同情之理解”的文本解读（如独具识见地解析曹聚仁的唯一长篇小说《酒店》即是适例）则与其所营构的理论支撑相得益彰，这是她这篇论文之所以能获得校内外的评审专家和答辩委员一致肯定的关键。我也正是由此看到了她自攻读硕士以来的十年间在治学上的长足进步。她正在一步步走向从容，走向大气，走向成熟。

《跨界书写》对于香港“南来作家”研究的另一亮点，是作者将之置于世界华文“移民文学”的大系统中加以观察。移民文学是世界文学中一个相当普遍的现象，其中蕴存着闳阔的研究空间，在本民族文化与异质文化连接、交汇、碰撞的态势下，移民文学所牵涉的诸多话题都是能做出好文章来的。计红芳识见及此，就自然地赋予了她的阐论以开阔的国际视野与敏锐的前沿意识，这也正是“全球化”语境下一个清醒的学者所必须具备的。不过，需要顺带说一句的是，“移民文学”与“流亡文学”并不能等同视之，香港文学作为中国一个特殊区域的文学，自有它“与生俱来”的固有的质地，“放逐”、“避难”的话题，在本论题的论说场域中，尚须加以谨慎的讨论和过细的辨析，以使讨论与阐述更显周全、缜密。

陈平原教授曾经说过一句很有意思的话，大意是：博士论文只是一张“入场券”。诚哉斯言。博士论文的通过与出版，不是一个结束，而是一个新的开始。

我希望，计红芳能以此为新的起点，继续她的实实在在的、一步一个脚印的跋涉，目标是：上游、险峰、极地——那里，必定是风光无限，胜景一片。

2006年12月8日

（原载计红芳《跨界书写——香港南来作家的身份建构》，中国社会科学出版社，2007年8月版）

关注加华非母语书写的开篇之作
——赵庆庆《枫语心香》序

在我的朋友里，赵庆庆老师是认识较晚却颇为相得的一位，我为能结识这位青年才俊而深感高兴、庆幸。日前，她发来 Email，说她关于加华文学的一本书即将由南京大学出版社出版，“请予赐序”，我也就未加推辞答应了。

2008 年 9 月，江苏省台港暨海外华文文学研究会年会在苏州举行。南京大学的刘俊教授在准备赴加拿大担任孔子学院院长等事宜的同时，还推荐了同校的赵庆庆老师同来，并介绍说，庆庆是个“海归”，负笈加国时，对加华文学颇为关注，作了相当多的研究，积累了不少资料，是个很认真做学问的人。我听了当然很高兴，自然无任欢迎她加盟我们江苏华文文学研究的这个团队。

研讨会期间，无论是她的学术发言，还是交往应对，朋友们都给予了高度评价。她留给我的最初印象，则是秀外慧中，清雅脱俗，修养醇厚，敏思捷才。而她那股对学术特别投入的认真劲儿，尤其令我印象深刻，始觉刘俊教授所言非虚。

研讨会结束，她回南京没几天，就发来一封 Email，云“此次拜晤，收获颇丰，谢公雅意，小诗志之，请笑纳教正”，内附七绝二首：

姑苏记会

东吴胜地欣相逢，小桥流水杨柳风，
红楼高言细聆后，倍觉四海文脉通。

记逢——赠曹惠民教授

千载姑苏揖拜迟，风流儒雅亦吾师，

李公堤绿羽觞暖，天涯文梦共此时。

一读之下，颇有几分惊讶。现如今，能找几个真会赋诗填词的学人，谈何容易！何况庆庆还这么年轻。后来得知，庆庆乃梁丽芳教授的高足、海外词学大家叶嘉莹先生的再传弟子，当年高考时便是当地的文科状元，也就不再奇怪了，就她的学统文脉而言，可谓其来有自矣。本集中的多篇访谈也随附了庆庆的多首旧体诗，从其诗作中，读者不难见出她良好的古典文学修养与学术训练。

庆庆曾获南京大学的英美文学硕士学位，然而在留校执教七年之后，她又毅然远赴加拿大阿尔伯达大学（University of Alberta）攻读比较文学学位。正是在阿尔伯达，她广泛接触了加拿大的华人作家，从而为她后来的学术“转向”垫下了坚实的基石。今天，她已然成为国内屈指可数的主攻加拿大华人华裔文学的学人之一，同时她还对欧美文学、比较文学和中外文化交流史多有用心。正由于她兼有传统文学与西方文学两方面的良好学养，而且重视原典实证，她的研究成果就具有了鲜明的学术个性，这是颇为难得的。也因为如此，我就乐于和她经常“意妙”（Email）来往，时有切磋，自觉甚多佳意、妙趣，令我颇多收益。

庆庆的这部书稿以十五位加拿大华人华裔作家为访谈对象，向读者展示了作家们各各不同的家世经历、教育背景，文学创作（或翻译）的心路历程以及对于文化交流、族群融合、艺文观念等等问题的见解。应当说，这样的访谈是个很好的方式，既可直接询之于被访者，也可表达自己的理解，两者之间的沟通是即时而高效的，若有疑窦，也能立即面对面地解疑消惑。这里还常常有作者亲自披露的第一手资料，甚至是鲜为人知的“秘辛”，相当珍贵。而要做好一个访谈，其实并不容易，不是问几个无关痛痒的问题就能成功的，更遑论文不对题、隔靴搔痒之类。庆庆的访谈之所以成功，被访者之所以愿意侃侃而谈，定是有种如遇知音之感，而那后面，该有多少研读文本、搜罗资料、设计提问、导引话题的案头功夫！不是一番寒彻骨，哪得清香扑鼻来。在看似简单的提问、访谈后面，灌注了访者多少心血，是不难想见的。可以说，《枫语心香》堪称国内学界关注加华作家非母语书写的开篇之作。

与此同时，庆庆还和国内两家专门发表海外华文文学研究成果的学术刊物《华文文学》（汕头）、《世界华文文学论坛》（南京）的主编联络，策划在二刊刊出"加华文学研究专辑"，并公开向全国学术界征稿，得到了热烈的回应，据说已收到文稿数十篇。这是庆庆为她所钟爱的加华文学贡献的挚诚爱心。我有感于她的执着挚诚，曾给她发去一封邮件，内云："来邮收悉，拜读一过，颇感动于君对加华文学不遗余力推展之心，又获赠诗二首，情真意挚，溢于言表，大慰老怀，此番得识，喜甚幸甚！……华文文学研究，用武之地辽阔，努力正未有穷期，想以我等之诚，当得上苍之垂顾。"文词之间，不无我与她的惺惺相惜之情。

是的，我赞赏庆庆那种真刀真枪做学问的态度和功夫。如果我们的学人都能像庆庆那样，愿意下真功夫钻进去研究问题，那么，华人文学、华文文学研究水准的整体提升就将是指日可待的事。

这篇序写到一半，我去了一趟加拿大，似乎冥冥之中还真和这枫叶之国有缘。在"加拿大和美国华人英语文学国际研讨会"上，承蒙滑铁卢大学孔子学院李彦、刘俊教授居中介绍，有幸结识了一些加拿大的著名作家和学者，如郑蔼龄（加拿大最高文学奖——总督奖得主）、梁丽芳、郑绮宁、田米雪、朱蔼信等，朋友们纷纷发表高见，涉及华人华裔作家英语写作中包含的诸多创作实践或文学理论问题，如文化冲突、身份认同、性别焦虑、离散主题、"新华人"形象、语言形态、跨文化研究、双语写作、翻译方式、科幻小说写作等议题，也现场感受了加国华人作家对于华人文化依恋如一的温热之心。我坚信，这次专题研讨华人非母语写作的国际会议，将载入学术史的史册，它所产生的连锁反应在不远的将来就会应验。很显然，加华文学的研究正快速地进入海内外关注华人文化的人们的视野。其间，庆庆所做的一切，当是功不可没。

大约十年前，我曾在一篇论文中说过，从事华人华裔文学华文文学的研究者，其实需要有比一般的学者更广阔的知识面、更敏锐的美学触角、更勤奋的浏览阅读、更丰富的阅历经历，举凡文化人类学、心理学、比较文学、历史地理学、民俗学、华侨史、中外交通史乃至文字和各语种的知识等等，都是必要的知识储备。今天我仍然坚持这样的看法，但愿能得到更多朋友的认同、并因此而努力提升自己的学养和见识。

为了回应国际学界关注华人华裔作家非母语写作的学术呼唤，我们需要更多赵庆庆这样的汇通中学与西学、兼具才学与勤奋，既有扎实丰厚的学术功力、又有开阔的国际性视野（如有在国外留学深造的学习经历、和国际学界有密切接触了解者，则更佳）的新一代学人，引领新时代的学术风潮，走向国际学术界的前列。

这不是不可能做到的。是为序。

2010年10月22日加拿大归来

于姑苏长岛

（原载赵庆庆《枫语心香》，南京大学出版社，2011年3月版）

求深务新 锐意精进

——祖国大陆台湾文学博硕士论文写作漫议

一个学科得以成立的“合法性”，需要很多条件或曰指标，能否培养高质量、高学位（硕士、博士及博士后等）的人才，当是重要标志之一，自是其中不可或缺的必要条件。

在建构独立学科的过程中，台湾文学研究（以下的某些论述可能常和香港文学、海外华文/华人文学研究互相交集，特此说明，下文不赘）自然会从在本科阶段开设相关课程之后，顺理成章地提出培养更高层次的人才这个问题，台湾文学方向硕士、博士的招生和培养遂在1980—1990年代之交，在几所著名的大学（如复旦大学、南京大学）和中国社会科学院这样的国家最高研究中枢得以先行，是极具影响力、说服力的。复旦、南大和中国社科院在祖国大陆学界具有的举足轻重的地位和影响，是学界中人公认的，因此，他们登高一呼，自然会有风影云从之效。老一代的现代文学学科奠基人（如唐弢）和当时正受到各方关注的学科“中生代”著名学者（如叶子铭）的这种开明和开放态度，这种高瞻远瞩、敢为天下先之举，实具某种示范的意义。自此，祖国大陆的台湾文学学科的高学历教育正式登上了神圣的学术殿堂，占有了一席之地。回望来时路，后来者什么时候都不应忘记这些开荒拓路者的名字。

台湾文学的研究纳入祖国大陆学人的视野，最早是在1979—1980年之交。1982年起，以台港文学（后又加入澳门、乃至海外华文文学，并易名为“世界华文文学”）的名义召开的学术会议，隔年举行，以至于今。每年，数以十计的论著、数以百计的论文会从大江南北各种刊物和出版社，走到人们面前。

几乎与此同时，从1979年前后开始，复旦大学、中山大学、北京大学、厦门大学等南北中几所名牌大学中文系率先在本校开设台湾文学的选修课，全国很多大学随之纷纷效仿。这门选修课大多由原属中文系现代或当代文学教研室的老师（陆士清、王晋民、汪景寿、庄钟庆等）担任主讲，选课的学生数，动辄就是一二百人，常常是教室爆满，座无虚席。接受了本科专业基础训练的学子，如有机会继续在他们自己感兴趣的专业方向上得到进一步的深造，就会形成一种良性的回馈和循环。这些选修了相关课程的学生，就成了最早报考各校台湾文学方向硕士学位的考生，获得硕士学位者中的少数佼佼者，后来又在客观条件（一些重点高校具有博士学位授予权的专业——祖国大陆称“博士点”，开始招收相关方向的博士生）具备时，再接再厉，又向该方向的博士生队列进发。应该说，从本科阶段开始，这些对台湾文学有兴趣、有些后来还树立了研究志向的学生，是有较好的台湾文学专业基础和较系统的学术训练的。

从高等学府产生的研究台湾文学的学位论文，直至1990年代才姗姗来迟。1990年，复旦大学、南京大学分别举行了两位硕士生的学位论文答辩（复旦——硕士生林青，导师陆士清；南大——硕士生毛宗刚，导师黄政枢），他们二位的学位论文大约是大陆各高校中最早以台湾文学为方向的研究生论文（此前的1988年，黎湘萍在中国社会科学院以台湾文论为题获得硕士学位）。此后，便一发而不可收。紧接着，第二年就有了这一方向的博士学位论文获得通过。

二十年来全国数十所高校培养出了以台湾文学作为研究方向的数以百计的硕士和数以十计的博士。据不完全统计，自1990年至2009年，全国以台湾文学为选题获得硕士学位者已有二百六十多人；自1991年到2009年，全国以台湾文学为选题获得博士学位者也已超过五十人，二十年间获得有关研究生学位者加起来已超过三百之数。这个数字相当可观。

在博士的培养方面，据不完全统计，自1991年黎湘萍（中国社科院，导师唐弢、林非）、刘俊（南京大学，导师叶子铭、邹恬）最早以台湾文学研究获得文学博士学位以来，到2009年的19年间，全国有15所大学及中国社会科学院共16个机构的53篇以台湾文学为题的博士论文通过了答辩，53位作者被授予了博士学位（校均授予3.5人），参与指导的导师有40位（人均指导1.3篇）。各校培养数量的具体情况是：复旦大学7人、苏州大学7人、山东大学6人、福建师范大学6人、华东师范大学5人、中国社会科学院研究生院4人、南京大学4人、暨南大学3人、北京大学2人、北京师范大学2人、厦门大学2人、中央民族大学1人、武汉大学1人、华中师范大学1人、四川大学1人、吉林大学1人。其中1990年代获博士学位者仅5人，新世纪的第一个10年，却猛增到前一个10年的9.5倍，达48人。仅此一个方面就不难看出，台湾文学的研究在祖国大陆学界已呈现了怎样热烈的情形！

再来看硕士方面，更是令人吃惊。从1990年大陆高校最早的台湾文学硕士生毕业到行文前一年的2009年，正好20年。有研究生选择台湾文学为硕士论文的大学达40多所，遍布全国21个省、市、自治区（北京、上海、重庆、黑龙江、吉林、内蒙古、河北、河南、山东、安徽、江苏、浙江、福建、江西、湖北、湖南、广东、广西、四川、陕西、甘肃）。从论文作者分布的地域来观察，早期是上海、江苏、福建、广东等东南沿海地区的大学先行一步，接踵而至的是山东、北京等稍北的其他发达省市的大学，再后则有东北、西南、西北的一些名校急起直追，终形成泽被东南、涵盖西北的局面。近年来也有台湾同学来祖国大陆一些名校攻读文学硕士、博士学位的，他们往往会以台湾文学的研究作为学位论文题目的首选，他们的大陆导师也总会以地利人和之便的考虑，同意和支持他们的选择。这也不失为两岸学子和学界互动双赢的一个途径，无疑是值得鼓励和推展的。

笔者有一个不完全的统计数字：20年中，全国各大学以台湾文学为题的硕士论文总计有265篇，年均13.2篇。从走势上看，学位论文数量呈逐年稳定增加之势：1990年代的10年，总计仅8篇，年均不到1篇；新世纪的前10年就猛增到257篇，年均达到25.7篇。后10年比前10年的出品量翻了32倍，最多的2009年一年就达90篇之数，是此阶段年均数的3.5倍，更是20年年均数的几乎7倍。这种情形几乎得用“井喷”来形容！（附带说一句，选作香港文学和海外华文文学学位论文的情况也差不多类似，后者的展开则是2000年后的新动向；近年还出现了选作澳门文学的学位论文，硕士博士都有。）

社会人文氛围的生态、知识结构的新变、观念的开放、视野的开阔、参与有关的（两岸间的、全国性的、国际性的）学术交流的机遇和亲身的体验见闻，乃至前辈们的治学经验或教训，都成为了这些青年学人的资源、资本和财富。他们能够也应当在一些方面超越前辈，这是历史的必然要求和必然走向。

根据国家有关研究生培养的文件与各校配套对应的方案，人文科学、社会科学学科的博士研究生的学位论文不得少于10万字（理工科的8万字就可以了），而硕士学位论文并无明确的字数要求，一般写个2万至3万字就算达标。事实上，多数的博士研究生的论文字数总在十二三万到十六七万左右（也有极少的文科博士生把论文写到30来万字的），这固然和“论述充分”的需要有关，此外，有些毕业后拟进入高校或研究机构就业的学生还有一个现实的考虑：论文通过、拿到博士学位后再修改修改，二三十万字出本书就蛮像样的了，接下来评职称（台湾谓之“升等”）用得着。

通常博士生第一学年的主要事情是听课拿学分，接下来在第三或第四学期，就要“开题”了，开题之前，其实已和导师有了几个回合的沟通，导师同意了选题，才会安排开题。如果读书不够多或不太认真，是会在选题上卡住的。选题非常重要。有的学校，在招收博士生面试时就要求考生对（如果）录取后的研究课题作出说明（甚至是书面的说明或打算）。开题时博士生要把选题的动机、阅读和查阅数据的情况作出比较详细的陈述，还应对论题的学术意义作必要的论证，并对选题提出初步的设想（乃至未来论文的构架）。“开题报告”

也是博士论文写作中一个必经的环节，一般是由系里或学科组织几位相近专业的教授（不要求都是博士生导师）出席开题报告会，审议开题报告，实际上是出主意、提建议，虽带有某种仪式的味道，但和答辩的阵势不一样，气氛更不可同日而语。

现在祖国大陆高校的博士生的学习年限一般是三年，一些学校则明文规定，凡在职攻博的，则必须至少四年，最长不得超过六年。硕士一般也是三年，有些学校还有两年制的硕士。实际用于博士论文写作的时间，一般要用上一年半甚至两年的。在这个过程中，博士生会勤跑图书馆（现在还加上勤上网，包括一些台湾的网站），苦心孤诣地阅读思考、埋头写作，不时会请教导师或和同门学友讨论切磋，是能真正有所收益的，其获益的多少未见得小于听老师上课。不认真的也不是没有，但绝对是极少数或个别人。（至于所谓“钱学交易”或“权学交易”的，那又得另当别论。）

选题是硕博士学位论文写作的基础环节，也是一篇论文能否成功的关键和前提。选题既如此重要，一个好选题的确定自然就要花掉好几个月的功夫（还不包括广泛的专业与非专业阅读这种所谓“前期积累”所需花的时间）。从笔者搜集的台湾文学研究方向的硕博士论文的选题来看，可以非常清楚地发现，新一代的学人不会再以平面浅表的绍介或罗列式的展开形式来撰写论文。他们都力求在前行代学者研究的基础上，或孜孜以求发现新的角度，或寻找新的切入点，或运用新的理论或方法，有些同学也会注意把选题和自身具有的主客观条件结合起来考虑做何题目。如山东大学王云芳的博论是研究“境外鲁籍作家”的，中央民族大学周翔的博论是研究台湾原住民文学的，选作台湾小剧场研究的彭耀春，他的导师董健教授是专门演究戏剧的学者，黑龙江大学的安菲比较林海音与萧红、迟子建，是因为萧、迟都是黑龙江人，福建师范大学的陈茗研究金门文学，因为金门本就隶属于福建省，又或者本人是外省第二代或第三代就选做外省第二代作家或眷村小说，等等。

总之，求深务新，是他们和导师的一个共识。至于最后能做到什么程度，那就要看个人的造化和努力了。

从论文研究的对象来看，作品和作家的研究还是大宗。从日据时期作家龙瑛宗、吕赫若、吴浊流等到50年代以后在台湾文学史上占有重要地位的苏雪林、台静农、梁实秋、钱穆、林语堂、钟理和、张秀亚、琦君、林海音、罗兰、聂华苓、洛夫、余光中、王鼎钧、杨青矗、於梨华、白先勇、黄春明、陈映真、王祯和、郑愁予、痖弦、陈若曦、欧阳子、叶维廉、柏杨、李敖、张系国、张晓风、施叔青、龙应台、李昂、朱天文、朱天心、舞鹤、赖声川、侯孝贤、杨德昌、简媜、林清玄等、通俗文学作家高阳、司马翎、琼瑶、席慕蓉、三毛等直至新世代的张大春、林燿德、邱妙津、骆以军、钟怡雯、郝誉翔、陈玉慧等都有人关注研究。其中以白先勇、陈映真、余光中等最受青睐。46篇博论中就有4篇是写余光中的，硕论中也有13篇余光中研究，几乎涉及其文学活动的各个侧面：不仅有对其诗歌、散文创作的研究，还关注到他的文学翻译。作品方面，除了一些人所熟知的名篇名作之外，也有些大陆读者未必熟悉而又代表了近年来台湾文学新变或新取向的作品进入研究生的视野，给祖国大陆的相关研究注入了生机。朱云霞（厦门大学）的硕论研讨陈玉慧的《海神家族》就是一例。也有的题目似乎相对冷僻，不过也还是有研究必要和价值的。如近代爱国诗人许南英、乃至硫球近代诗人林世功、日据时期皇民文学作家西川满就有人涉足。

文学现象、文学思潮、文学流派、文学杂志、文艺政策、不同历史阶段的文学（接近文学断代史的研究）、乃至一个历史时期的“文学史”，这些题目都有人做。有些相当富有新意或原创意识，有些则是前行代学者没有做过的，如彭耀春（南京大学）的《台湾当代小剧场论》、方忠（苏州大学）的《台湾通俗小说论》、黄乃江（福建师范大学）的《台湾诗钟研究》、周翔（中央民族大学）的《现代台湾原住民文学与文化认同》、孙燕华（复旦大学）的《当代台湾自然写作初探》、李娜（复旦大学）的《舞鹤创作与现代台湾》、王金城（北京师范大学）的《台湾新世代诗歌研究》等博士论文，都是创意十足、祖国大陆学界过去无人研究或极少人研究且确实具有明显研究价值和很大研究空间的选题。就笔者曾参与评审的几篇论文而言，可谓多是资料翔实丰赡、见解独到新颖、论述充分周密，能给人颇多启迪的好论文。这类论文不仅扩展了祖国大陆学者的视野，深化了祖国大陆学界的研究，而且也为两岸学术界的更深层面的学术对话和互动提供了更好的基础和平台，其正面意义不可低估。

有些选题从两岸或数地文学比较的角度，提出某些涉及文学基本理论或创作心理或社会历史背景、且值得探讨和重视的话题，也很有意思。博士论文中，如罗显勇（复旦大学）的《论二十世纪大陆与台湾乡土小说的母题及其文化渊源关系》、章妮（山东大学）的《三城文学“都市乡土”的想象空间》、张向辉（苏州大学）的《守望·逃离·追寻——王安忆朱氏姐妹创作之比较》、樊燕（苏州大学）的《烈日与冰河——高阳二月河历史小说之比较》、解孝娟（山东大学）的《二十世纪五六十年代旅外作家与八九十年代新移民作家小说比较》、张琴凤（山东大学）的《祖国大陆、台湾、马来西亚华人新生代作家历史叙事研究》。也有的论文是从某种特定的角度进行比较的，如刘宇（苏州大学）的博论《李昂施叔青分合论》、谢晨燕（福建师范大学）的硕论《万象之都的魔幻游戏：朱天文朱天心创作之“互文性”研究》是对台湾著名的施氏、朱氏文学姐妹的创作作比较，拓展深化了现代文学中的文学家族研究。文学家族研究在古代文学研究中很受重视，相对而言，现代文学（包括台湾现代文学）中则相当少见。李国磊（苏州大学）的硕士论文《死亡的聚会与狂欢——白先勇陈映真的死亡书写之比较》，将台湾现代派和乡土派两个重量级的作家的代表性文本中关于死亡的书写，作了多向度的比照解读，从人性探幽这个重要面向，为白先勇研究和陈映真研究提供了一些新的思考成果。张体（暨南大学）的硕论《在敞开与遮蔽之间：试论20世纪80年代以来台湾及大陆同性恋小说的情欲言说策略》对两个不同的地区的同一文学现象的不同书写方式和策略作了相当深入的比照，由此见出互相之间的异同及其背后的深层社会文化心理原因。向萍（山东师范大学）的硕论《台湾香港女性小说创作比较论》脱开两岸比较的思路，对台湾和香港两地的女性文学作比较思考，得到了两岸比较不能得到的某些启示。夏冬兰（南京师范大学）的硕论《传承与变异：五六十年代两岸阴柔风格文学创作比较论》虽仍在两岸比较的大框架下取材，却能翻出新意，可谓蹊径别辟，这种思路不仅对如何选题有启迪，事实上也触动了相沿成习的研究套路，对文学创作的某些基本原理（比如风格学）的丰富和发展也是一种实际的推助。蒋义娜、徐玲（郑州大学）、刘小佳（西北大学）、安菲（黑龙江大学）的硕论分别对施蛰存与白先勇、残雪与施叔青、汪曾祺与萧丽红、萧红迟子建与林海音的比较研究也都有其别开生面处。运用比较的方法展开的选题，论文的论述多能从比较中发现不采用此种视角就不太能彰显的意涵，是非常有意味的研究路径。

地域文化（不仅是闽粤文化）与台湾文学有着至深的关系，此一面向已引发学者们的高度兴趣。陈美霞（厦门大学）勾画当代台湾文学中的“东北地域文化影像”，让人眼前一亮，陈茗（福建师范大学）的《近15年金门原乡文学略论》带有拓荒的意义，应都不是虚誉。有的论文从文学作品的基本元素入手，凸显审美视角，如司方维（苏州大学）的硕论《台湾乡土文学意象论》择取牛车、火车、番薯、甘蔗、秤、枷、鲁冰花、“压不扁的玫瑰花”等物象来深探其所蕴蓄的丰富文化、历史、心理、民俗等多重内涵，从而对象繁意深的台湾乡土文学作出新的解读，为乡土文学的研究展拓了思路。王娜（武汉大学）的硕论对迁台“五四”元老苏雪林“民国二十三年日记”的研究，似乎是钻了个一般人都容易忽视的“冷门”，但却开启了30年代特殊的时代氛围和文人写作、研究、交游、日常生活的文化密码，为我们达致对历史的真切理解找到一条新通道。

文学媒体近年来几乎成为学界关注的宠儿了。台湾文学史上曾出现过不少重要的独具个性的杂志和文学副刊。杨学民（复旦大学）的《现代性与台湾〈现代文学〉杂志小说》、廖斌（福建师范大学）的《〈文讯〉杂志与台湾当代文学互动关系研究》是为数不多关注台湾文学杂志的博论。做这种论文的必要前提是拥有该杂志从创刊到当下（或终刊）的全部“文本”，否则绝不可轻易涉足。其实台湾有研究价值、值得做学位论文的文学杂志不少，但对于祖国大陆研究者来说，即便有心去做，如没有起码的条件（至少是掌握全部“文本”），就只能慨叹一句“巧妇难为无米之炊”而不得不放弃了。杨学民和廖斌的选题虽都涉及文学杂志，但文章的做法各异，廖斌更多地是从杂志作为媒体本身入手，而杨学民则更侧重于从杂志上的作品解析进入对杂志的解读。其实，早在1993年，期刊、媒体研究还处于文学研究边缘的时候，杨幼力（复旦大学）的硕士论文《台湾报纸副刊与文学的关系（1949—1989）》就以很大的气魄，纵览四十年间的台湾文学副刊，该文申论扎实，触角纵深，不啻从一个重要方面建构了一种个人化的台湾期刊史乃至文学史。近年另有一篇余晶（福建师范大学）的硕论《从〈明道文艺〉看新媒介时代的青年与文学》，不拘囿于媒体本身的观察，而能由此拓开去，谈论更广视域中的社会人文建设问题。《明道文艺》是台中县一所私立中学——明道中学主办的，看似“规格”不高，但在陈宪仁先生的长期精心经营下，一直保持着相当高的品位和质素，在台湾青少年和文学新人中很有影响力。作者选择这个刊物、从这个角度作硕士论文，显示了不俗的识力，很是难得。

至于眷村文学、家族小说、生态文学、女同志小说、新世代都市小说、新世代诗歌、新世代散文、佛教散文、现代后现代写作、外省第二代、乡愁诗、底层叙事、家国书写、性别论述乃至当代台湾文艺美学、“张腔”余韵、大众文化生产体制……林林总总，台湾文学中的很多次文类与现象，都有关注，视野之开阔，是应该予以肯定的，但欠缺也是明显的，如台湾戏剧和文学批评的选题就很少见，日据时代文学研究还缺乏必要的投入，各个历史时期、各种文体的关注度还有些不平衡。

学位论文不同于一般的期刊论文，学术规范有更严格的要求，不得抄袭是最起码的了，引用他人的论述一定得注明出处（“注释”），包括著作的书名，作者名、何出版社（冠以所在城市名）、何年何月出版，引用部分见于该书的第几页到第几页；如是杂志，则要注明是哪一年的第几期或出版的年月；若是报纸，还要具体到日期。此外，“参考文献”也是论文正文之外的必要部分，硕士论文列出个三四十种就可以，十万字的博士论文，一般总要列到一百种上下的文献（要求按一定的次序排列），其中最好还应该有些是外文的。做台湾文学的论文，台版的文献书目自然是不可缺少的，不然难免会落个隔靴搔痒之讥。有些研究生还会挖空心思上台湾的网站搜索到不少台湾同学的学位论文或期刊论文，常会因此得到老师和答辩委员的首肯，得一句学风扎实、资料丰赡的赞语。论文要求前有“绪论”后有“结语”，正文前面附有“内容摘要”“关键词”（中、英双语），硕士论文的摘要千把字就可以，而博士论文除这1000字上下的摘要外，还要求有6000~7000字的“详细摘要”，以活页形式提交。内容摘要应能以高度精炼的语言概括全文的精华，凸显论文的独创性，使人能由此把握论文的主要内容和学术价值。“关键词”5~7个即可，对于全文来说，它们应是最具有核心意涵的词语，最需要选择精准。

一篇学位论文选题固然重要，学术规范也不能马虎，但最要紧的应该是它的学术水平，特别是论文的学术见解、观点，是否新颖，是否能发他人所未发见他人所未见，是否有作者个人的独到之见，总之一句话，是否有原创性。有原创性就是有学术价值，否则就是白做，就是重复劳动、无用功。但原创不是件容易事。西哲早有所谓“月光之下无新事”之叹，要说出两三句前人没有说过的话，别人心中有而笔下无的话，谈何容易！“两句三年得，一吟双泪流”，用在此时此处，倒也不算夸张。真正投身于学术之旅的青年学人，很快就认知，没有人能不花心血就手到擒来地摘得学术的硕果。学术之路无坦途。新手永远需要凭开创性的工作开始自己的事业。

学术见解的创新意识来源于问题意识。台湾文学研究中老的新的问题不少。新世代作家的评价就是棘手的一个。台湾新世代诗人群自80年代在文坛崭露头角以来，褒贬不一，但他们的研究价值应无可置疑，真正面对那种另类的创作，就是选择了勇于面对挑战甚或就是冒险，必须有足够的勇气和底气。大而无当的肯定或不着边际的贬斥，都是不得要领的。王金城（北京师范大学）在他的博士学位论文《台湾新世代诗歌研究》中认为，新世代诗歌“取得了超越前行代的突破性成就”：新型“都市观”孕生的“都市诗”以及后现代诗歌的理论倡导和具体实践，他们以大众感性消费文化的变形面目出现，其创作表现为庸常的生活美学和身体的欲望修辞，具体的呈现则是“生活诗”和“身体诗”的盛行。这种见解固然建基于对大量此类诗歌文本的深入解读，更立足于对台湾几十年新诗发展流变的宏观把握，是切中肯綮、言之成理的。论文对颜艾琳、江文瑜、夏宇等女诗人诗作的分析尤见功力和识见。

台湾现代派文学的研究在祖国大陆本也已有不少的成果，但杨学民（复旦大学）、赵小琪（武汉大学）、朱立立（福建师范大学）的博论在这一领域中的研究都展示出新的进路与个人的独到见解。对于朱立立博论的观感，请参阅本书中的《触摸历史的细部》一文，此处不赘。杨学民在借由对《现代文学》小说的分析而勘探台湾现代文学思潮的内涵和衍变时认为：《现代文学》与战后台湾五种现代性文学潮流有莫大的关系。在与它们的对话中或取或舍、或认同或超越，而成就了自己的独特性。就主要倾向而言，《现代文学》小说对现代主义和自由主义文学思潮的认同多于拒斥，而对左翼现代性和右翼现代性文学潮流以及通俗文学潮流则拒斥多于认同。正是在与五种文学潮流的对抗和认同过程中，它在文学思潮的层面上确立了自身思想艺术特征和存在的价值。与中外叙事传统的对话性交流是《现代文学》小说生成的更直接依据之一。它们与中外叙事传统对话性关系是整体的、多层面的。最常见的互文性方式有引用、仿拟、转换和改造等四种基本类型。杨学民通过《现代文学》杂志上的作品对台湾文学的五种思潮及其与中外叙事传统的对话性关系所呈现的四种互文性方式的分析，使长期以来笼而统之的现代主义论述走进了更清晰更具学理性的境地，是他的一种个人贡献。赵小琪（武汉大学）的博士学位论文《台湾现代诗与西方现代主义》，对台湾现代诗主要是现代、蓝星、创世纪三大诗社的研究，集中在其与西方现代主义文学思潮的关系上。台湾新文学的各时期、各流派社团乃至不少作家与西方文学其实有着相当深的关联，但两岸学界在这方面的研究却还显得相当滞后，并没有铺开，更无深入。赵小琪的专业是比较文学，他的研究带入了比较文学学者的专业眼光，对于一些诗人的文学观念和创作与西方文学思潮与西方作家创作的深层因缘有着具体细腻的申论。我以为这个面向（台湾文学与外国文学的关系）还大有用武之地，值得有志者去探宝。

艾尤（苏州大学）的《在欲望与审美之间——论20世纪80年代以降台湾女性小说的欲望书写》同样面对着一种挑战。80年代以来，台湾女性文学创作的走向发生了巨大的异变。欲望书写成了一种潮流甚至时尚，这些作品对于阅读市场和学术研究所形成的冲击，几乎是同时而至的。艾尤的博士论文，梳理了20多年间台湾女性作家（包括李昂、苏伟贞、朱天文、平路、邱妙津、陈雪、洪凌等）欲望书写的不少文本，从欲望追寻、欲望解构、欲望越界三个层面，对女性生存中的“物化”与“反物化”的身体悖论、女性身体欲望的困厄与反叛、女性服饰变换中的身体哲学作出了富有理论思辨色彩的解读，从而勾勒出女性欲望书写从“私我”、“公我”到“去我”的女性主体性的建构走势，论述显得顺理成章，具有很强的说服力。作者并没有一味地赞赏肯定欲望书写的文化审美价值，也对某些作品过于沉溺于女性欲望的展示所带来的审美偏执、陷入身体快感的审美误区、并有可能使女性欲望书写在某种程度上沦为迎合消费社会阅读趣味的“媚俗式”写作提出了警示。

赵园在评论黎湘萍的博士论文《台湾的忧郁》时，曾肯定他“于此证明了他的良好的形式感觉，细腻的审美体验，和将文学方法的演进始终展示为台湾知识者的精神历史的能力。这部著作也由此达到了浑厚与凝重。”并且认为“台湾文学研究，是要经由这样的成果，才有可能充分‘学术化’，获得尊重的”。（《一个“知识人”对另一个“知识人”的读解》）当下的新世代学人们也正在向着这样的目标努力和奋进。综观这些博硕士学位论文，可以说，问题意识、原创意识、精品意识已成为绝大部分研究生（特别是博士生）的自觉追求，他们正在努力形塑这个学术群体求深务新、锐意精进的鲜明学术品格和人文影像，同时也以自己的“学术化”成果为台湾文学研究获得了更多的尊重。毋庸讳言，这些新世代学人在治学之途上毕竟还刚刚起步，他们还需要接受更多的挑战和更严峻的考验，需要养成更坚执的治学立场、更沉潜的治学风范。

我深信，假以时日，积之既久，新世代学人对于台湾文学研究的贡献将会越来越多，分量也会越来越重。前辈学者对他们寄予的厚望当不会落空。

（原载香港《文学评论》双月刊2012年2月）

走向前沿

——有关香港文学的博士论文读后

香港回归前，祖国大陆没有一篇香港文学的博士论文。香港回归后的十年，祖国大陆的香港文学研究有相当大的变化与进展，重要征象之一，是以香港文学为研究对象的博士论文陆续出现。这些论文的一个共同长处，就是富于学术的想象力与穿透力，显示出走向学术前沿的精进姿态。

就笔者有限的阅读而言，赵稀方大约是祖国大陆青年学人中最早（1998 年）以香港文学研究获得博士学位的。自此迄今，在南北各大学中，先后以香港文学撰写博士论文并获得博士学位的，已不少于十位。这些论文让人们看到青年学人的坚实脚印和扎实努力。

赵稀方的博士论文本不是做香港文学的，“这一领域原是大陆研究者不太屑于有所为的”，但导师杨义为他定了题目后，他却“发现了这里有为人所忽略了的空间”以及“大陆研究者论述视野的缺陷”，“其实就创作成就而言，台港作家毫不逊色于大陆”，“从现代性的角度说……台港文学都较大陆更为重要”，正因为有这样的认知，不囿于成见的赵稀方获得了可贵的学术“发现”。他的问学之路在新生代学人中颇具代表性。

和前行代学者拓荒型的研究相比，赵稀方的博士论文《小说香港》以视角与方法的创新、见解的透辟而赢得好评。他常常能放开视野，既能入其内又能出其外。在剑桥大学访学期间，他从图书馆看到英文版有关资料，受到触动，而衍生出“西方人的香港想象”这一考察切口，把香港文学“与生俱来”的殖民文化背景置于论述框架，另辟蹊径地解读了香港文学的身世之“谜”，在小说中见证历史想象，在“小说”、“历史”和“香港”的互动中建立了观察香港文学的视角。赵稀方虽有理论的偏嗜，但他并不凌虚蹈空地侈谈东方主义或后殖民理论，而是立足于文本，展开他“香港想象”的学术之旅，在灵动中得其深邃。赵稀方以务实的姿态，在香港文学研究中发出了自己的声音。

与赵稀方不同，蔡益怀（《想象香港的方法》）看待香港文学似乎不是赵式的从外向里看，而是从里向外看。身在当地的经验和大量感性积累使他的“想象香港”自有感同身受的介入。他把战后25年香港小说归为“虾球”模式和“香江浪子”的看法，固可延伸讨论，却从某一基本面抓住了香港小说的精魂所在，由此展开的对于香港小说本土性、都市性、悲剧性、平民性、现代性的阐释，也能自圆其说，成一家之言。白杨的《文化想象与身份探寻——当代香港文学意识的嬗变》，着力于对“香港意识”作理论与创作相结合的剖解，多有拓展新见。王瑞华的《殖民与先锋：中国痛苦——三位女性对香港的文学解读》巧妙地选择了三位长期居住于不同地域的女性作家（张爱玲——上海、施叔青——台北、西西——香港）的香港背景作品为资源，以“女性解读”诠释“女性香港”，也颇有个人心得。章妮的《三城文学：“都市乡土”的空间想象》，则把香港、上海、台北三座城市并置考察，目光飘移至空间、地域的审视，呈现出“都市乡土”的别样研究理路。

如果说赵、蔡、白、王、章程度不同地带有史论探索的取向，那么另一些博士则更多地关注作家群乃至作家个案及其文本的具体研读。此中，周福如（《香港现代派小说论》）、计红芳（《跨界书写——香港南来作家的身份建构》）及王艳芳的博士后出站报告（《身份书写及其差异——香港女性小说研究》）分别考察了香港现代派作家、南来作家、女性作家的创作，同取作家群（流派）研究视角；唐丽芳（《香港城市精神观照下的景致——论二十世纪八九十年代李碧华的中长篇小说创作》）、凌逾（《跨文化、跨艺术的创作视野——

论西西小说的文体创新》）、刘宇（《李昂施叔青合论》）则分别深入作家的个案探析。这类论文切入口小，探索力度却很大，常能在他人未言处，说出自己经细读深析而得的见解，极富新意。如凌逾摒弃面面俱到的架构而独取“文体创新”一端，提出了诸如“反线性的性别叙事”、“蝉联衔接的增殖法”、“蝉联网结体”等自创新词，独出机杼地凸显了西西的文体创意，令人耳目一新，把研究推进到一个更深的层面。刘宇选择了一对文学姐妹（与王瑞华、章妮的“三人”、“三城”不同），从文学家族谱系学、文学地理学的角度打开了李施文学研究的新天地，围绕“鹿港经验”、“原乡的想象与还原”、“穿出来的身份”等概念的论述颇具穿透性的力量，彰显出施叔青的审美个体性。唐丽芳则以“城市精神塑造文本、文本重塑城市精神”为核心意念解读李碧华的小说，清晰地梳理了“地域”与“文学”之间的互动共生关系。刘宇、唐丽芳与章妮的博士论文都以“空间”意识统贯作家与文本研究，不失为一种文学研究的新进路。

周福如、计红芳、王艳芳对现代派作家、南来作家、女性作家的考察，介于宏观微观之间，在认定其共同倾向之际，又绝不抹杀个体的独特性与原创性。计红芳对“南来作家”的整体考察，紧扣“身份建构”这一中心命意，借鉴文化研究中的“身份”理论和存在主义哲学、精神分析学中的“存在”、“焦虑”论述，提出了“双重边缘人”、“异质化和人间化”、“难民—移民—属民”等分析概念，在平实中表现出功力。王艳芳以祖国大陆新时期女作家研究为前期准备，凭借清醒的“参差对照”意识，介入香港女作家研究，准确把握二者的区别变异，由西西、黄碧云、李碧华、陈宝珍、钟晓阳、钟玲等作家的身份书写，洞见其隐喻和象征意蕴，用“异度时空”的概念论析了她们的建构企图与解构尝试，达到了对香港女作家的深度认知。

就整体而言，十年来的香港文学研究无疑正拓开新局，其中，以香港文学为学术主攻方向的博士群新生代学者的贡献，亦是不争的事实。他们接受严格规范的学术训练，就某一个专题，进行独立研究，正昭告着祖国大陆学院派香港文学研究体制化的渐趋成形。议题的多元与具体、方法的丰富与适切，构成了新生代研究的醒目特征。无论是史论型、群体型、还是个案型，无论是上世纪40年代南下香港的祖国大陆作家，还是八九十年代的流行作家，无论是现代派作家、南来作家，还是女性作家、本土作家，也无论是“香港意识”、“香港身份”，还是“香港形象”、“香港叙述”……都进入了博士们的视野，覆盖既广，钻探亦深，“撰史情结”也在此取向中渐趋消解。除了普遍重视第一手的原始资料的搜集，极为重视文本的解读（甚至细读），也根据对象的差异，选择丰富而适切的研究方法，举凡社会学、心理分析、文化研究、主题研究、形象研究、文本批评、文学地理学、女性主义批评、后殖民批评……在此一场域都找到了相当契合的用武之地。议题的具体，方法的多元，激活了研究的想象力与穿透力，其突出表现之一是善于提出自创的论说概念，建构自足的论述框架。与坚实的史料梳理、深入的文本解读与适切的方法相伴生的，是见解的新颖与独到。基于此，研究水准的提升、研究局面的拓新，也就显现出水到渠成之势。

当然，就已有的研究来看，论题多集中在小说上，诗歌、散文等选题暂付阙如；30年代文学尚未引起应有的关注；香港与外国文学（特别是英语文学）、世界华文文学的深层关系的考察，有待展开；本土作家（如黄谷柳、侣伦等）、文学杂志与副刊、文学与影视的互动，也都存在巨大的研究空间，尤其是对于香港文学“香港性（港味）”、艺术成就独特性的研究，还需深化、强化。新生代的博士群学者还有很长的路要走。

［原载《文艺报》（北京）2007年7月3日］

华语文学的学科边界与名称再议

——兼与几位同行对话

日前，接连读到《当代作家评论》2013 年第 3 期陈思和教授（复旦大学）接受颜敏博士的访谈《有行有思，境界乃大》与香港《文学评论》2013 年第 4 期黄维樑教授（澳门大学）的论文《学科正名论："华语语系文学"与"汉语新文学"》，谈论的话题都涉及世界华文文学（暂且用此名）这一"学科"及其"命名"问题。读后颇有所感，很有些话想说，姑且直言陋见，写在这里，或许也算是与同行朋友的一种对话吧。

陈思和教授说，世界华文文学"可以成为独立的学科"，但"不要成为孤立的学科"；在谈到台湾文学研究的时候，他还认为："你没有到过台湾，最好不要研究台湾文学。"

黄维樑教授则对哈佛大学王德威教授提出的"华语语系文学"的概念提出明确的质疑，而力赞澳门大学朱寿桐教授提倡的命名："汉语新文学 "。

"世界华文文学"能不能、或可不可以成为一门独立的学科？如何独立？倘若可以独立，这一学科该怎样命名？其实，这些都不是一个新问题。十数年来，论者甚伙，见解歧出，众说纷纭，莫衷一是。似为悬案，近乎无解。

本文不欲求解，更无关褒贬，只想就个人以为"解题"的讨论前提发表一点浅见，以期建构探讨此一话题的基本理念，也对学科边界问题和学科的命名，从"技术操作"的角度谈点看法，以就正于方家。

一、一种学问，能否成为一门学科，是必须具备一些条件的。十几年前，我曾在一篇文章中对这些必备条件，发表过这样的看法：1. 有相当丰富的研究资源（作家、作品）；2. 有相应的理论支持；3. 有相对稳定的一批研究人员；4. 有相关的一批较为成熟的研究成果；5. 有相当数量的高校开设相关的课程。今天，我仍然坚持原先的这些看法，——现在看来，或许还要加上一条：相关学科学者的普遍认可？

从1979年至今，在祖国大陆，世界华文文学（从1980年代之交开始时称“台港文学”，后称“台港澳暨海外华文文学”再到90年代称“世界华文文学”）的研究已有了三十五年的历史——已过了而立之年。是否成了一个独立的学科，却还是个争论不休的话题，可见问题有其特殊的复杂性。在我看来，独立不独立，对于一门学问而言，其实并不是必须的，成不成为一门独立的学科，绝对与研究对象是否具有研究价值无关，大可不必把成为一门独立的学科看得很重。对于一个真正将其作为“志业”（而非职业）的“从业者”来说，还是要有点“只问耕耘，不问收获”的心态才好——不管这收获是关乎“名”，还是关乎“利”，均“不问”可也。虽云“名者实之宾”，名为宾为表，实为主为质，求名不如务实，务实无疑才是第一重要的；但先贤孔子早就说过：“必也，正名乎？”何况，“名不正则言不顺，言不顺则事不成”呢！为了名正言顺地讨论问题，立名之举，也真是有其必要的。

二、命名固然是必需的，但方式、答案不必定于一尊，可以多元共生、互补并存。但某种在一定时代社会背景下或在一定地域内使用的概念，某种由意识形态派生或带有特定价值判断的概念（如新、旧、解放区、解放后、建国后、十七年、新时期乃至现代、当代、现当代等等），须认识其暂时性与某种不规范性，注意其适用性，而应逐渐调适，采用在大的历史时段和国际性的空间中具有学理性、普适性的确切的概念与语词。

三、命名的冲动，新概念的提出，依然吸引着很多学者，这并不值得忧虑，甚至是可喜的现象，但需察其利弊得失，同时，应力避刻意对抗、故意标新乃至唯我独尊的倾向。翻译巨擘严复有言——“一名之立，旬月踟躇”（《〈天演论〉译例言》)，既道出了命名之不易，也表明了他对于立名一事的审慎与严谨。

20 多年来，学界（包括海外华人学界、汉学界）提出的与“世界华文文学”有关的新概念（且不说离散文学、流散文学、流亡文学之属)，就有新移民文学（潘凯雄)、新华侨文学（日本莫邦富)、① 新华人文学（钱超英)、② 新华文文学（陈涵平)、③ 新海外文学（英国赵毅衡)、④ 海外中国文学（赵毅衡)、海外汉语文学（朱大可)、跨区域华文文学（刘俊)、华美族文学（美国李友宁)、⑤ 乃至唐人街文学（朱大可)、⑥ 洋插队文学、洋打工文学（这类命名似有某种调侃或自嘲的意味，不能算是规范严肃的学术研讨吧?）等等，直至近年引起广泛关注与讨论的华语语系文学（美国史书美、王德威)；而近百年来，与“中国现代文学”相关的概念与提法，也有新文学（周作人、朱自清、王瑶)、中国现当代文学、中华现代文学（ 余光中)、20 世纪中国文学（黄子平、陈平原、钱理群)、现代中文文学（梁锡华)、民国文学（张福贵、汤溢泽)、汉语新文学（朱寿桐）等等，可

---

① 此称谓见于移民日本的莫邦富 90 年代中期在东京创办的《新华侨》杂志、2002 年出版的《这就是我爱的日本吗——新华侨 30 年的履历书》，引自廖赤阳、王维：《“日华文学”：一座漂泊中的孤岛》，见黄万华主编：《多元文化语境中的华文文学》，山东文艺出版社，2004 年 9 月版。

② 此称谓见于钱超英：《澳大利亚：英语世界中的新华人文学》，《华文文学》，2001 年第 1 期。

③ 见陈涵平：《北美新华文文学的研究价值》，《中国比较文学》，2006 年第 3 期。

④ 赵毅衡：《新海外文学》，《羊城晚报》，1998 年 11 月 20 日。

⑤ 此称谓是美国圣约翰大学终身教授李又宁在 1990 年代提出的，详见李又宁：《华美族文学的回顾与前瞻》，《华文文学》，2006 年第 1 期。

⑥ 朱大可：《唐人街作家及其盲肠话语——关于海外汉语文学的历史纪要》，《花城》，1996 年第 5 期。

谓林林总总，不胜枚举。这些概念都需要进一步的阐释说明和斟酌权衡，更需要具体的文学史操作实践。

一个新的学术概念的出现，并不意味着研究范式的必然更新，但也往往能够起到开启新思维、引发新意念的作用。中外学术研究史告诉我们，正是在阐释和质疑的往返论辩驳诘中，学术理念与构想方得以明确，学术研究方得以深入。

四、学科与学科之间的联系是客观存在的，是历史形成的；孤立的学科不可能存在，却可能有或划地自限、或以邻为壑、或孤芳自赏的学者，也可能有与相邻学科（如中国现当代文学学科、世界文学与比较文学学科、文艺学学科等）“鸡犬之声相闻而老死不相往来”、关起门来称老大的学者。笔者的理解，陈思和教授所谓“孤立的学科”，是否是批评某些学者划地自限、以邻为壑的作派、学风？若是，则实与学科是独立还是孤立无关。事实上，近年来由各级各类华文文学学会团体或院校研究机构召开的会议，就都有其他学科的学者参与，华文文学研究者也曾被邀参与其他学科的会议乃至组织专场（如2011 年 8 月在复旦大学举行的中国比较文学学会第 10 届年会暨国际研讨会分设多个专场，其中就有海外华文文学专场，可称佳例），彼此互动良好。华文文学学科并无孤立之虞。但陈思和先生的话不失为一种警示，或可借以自省。

五、不同的学科本无高下优劣之分。“人类学”与“动物学”就都有互相无法替代的价值。“一流”的学科里也未见得尽都是“一流”的学者。——如同小儿科未见得比脑外科低一档次，二者的学术价值、学术地位是平等的，小儿科同样能出名医；同理，脑外科里未必就个个都是良医，也可能有不上档次的庸医。所谓“一流学者如何如何、二流学者如何如何、三流学者如何如何”的说法，只不过是此类话语的发明者和信奉者的偏见，而“偏见比无知离真理更远”。在学术问题上人人平等，妄自尊大与妄自菲薄都不必要、更不可取。去除学科的隔阂与偏见，鼓励打破传统的学科藩篱，褒扬跨学科意识及相关著述与学术交流、学术争鸣、学术活动等等，对于我国各学科的发展，实具有其毋庸置疑的迫切性和现实意义。

六、祖国大陆较为正式、较为广泛地使用“世界华文文学”这一概念，始自1993年在庐山召开的第六届有关学术会议。（无独有偶，此前不久的1992年，在台北成立了“世界华文作家协会”——值得玩味的是，二者同用了“世界”和“华文”二语，似是互为呼应？）但实际上，“世界华文文学”这一概念有相当含糊的地方，在祖国大陆学界，不少学者在具体处理学术问题时，基本不把中国（大陆）文学归于其名下（相似处是，台北的“世界华文作家协会”在全世界各大洲有几十个分会，却独无祖国大陆分会——当然这与两岸分隔的政治现状有关，此节当另论），而另一些学者又执着地要求，既称“世界”，就应包含祖国大陆在内，不然何以成“世界”？笔者认为，如若“世界华文文学”是指中国本土以外的国家和地区的华文写作，那或许还是有成为一门学科的可能的，毕竟它研究的范围有其特定的对象，毕竟它有其越界跨国跨文化的内涵，还涉及移民、族裔、身份、国家认同、文化认同等问题，这些都是作为国别文学的中国文学研究中所无（或并不突出）的，需要另外的新的理论支撑；但是，如果这个“世界华文文学”的概念里包含着中国本土——指祖国大陆、台湾、香港、澳门，那么，这个意义上的“世界华文文学”是断断不可能成为一门独立学科的——道理很简单：台港澳文学是中国文学这个学科的不可分割的组成部分。

这又涉及高校有关课程的设置问题。据了解，全国高校中所有的中文系都没有像开“中国现（当）代文学”课那样普遍开设“世界华文文学”（或台港澳文学）的课程——事实上，那是绝不可能的：前者是中文系必修课，故高校凡有中文系者必开；后者本就位列选修课系列，故有条件的——特别是有教师自愿开，才有开设，没开的主要原因是师资，可能倒不是院、校、系管理方面的原因，学生方面肯定是很欢迎开此类课程（尤其是台港澳文学）的，而倘若“世界华文文学”这一门课程还包括台港澳文学的话，内容就未免太过庞杂，选修课的课时又有限制，故此，即使是作为选修课来开，用“世界华文文学”这个名称的也为数很少，症结正在于此。

七、为研究对象寻找并确定其适宜的位置，是学科成熟与否的最基本也是最重要的标志之一。

有学者大力呼吁或企望“世界华文文学”学科“走向成熟”。笔者以为，在还没理清学科边界的情况下，一味地把属于中国文学的台港澳文学与不属于中国文学的海外华文文学扭结在一起作为一个学科，这样的焦虑难免会陷入一种误区或迷思，势必会陷入逻辑上无法说清的困境，这也正是一种不成熟的表症。真正要走向成熟，首先应做的是，就台港澳文学与中国文学的关系来说，前者要归位，要认真去研究其如何与祖国大陆文学整合的问题；就台港澳文学与海外华语文学的关系来说，二者要区隔，要认真去研究海外华语文学的独特性，自洽地周延地进行其作为一门独立学科应有的学科体系论述，那才是走向成熟！

八、倘若我们现在所谈论的这门学问，确乎可以成为一个“独立的学科”，那又该怎样命名？

1. 首先必须达成这样的共识：命名的概念既要精短，又要有充分的概括力；作为一个名词性词组的概念，其中的语素所指要明确、要确定，且其内涵不可互相包含、交叉、重叠；态度应严谨，标准应严格，界定应严密。否则，鸡同鸭讲缠夹不清的情形将难以改观。

2. 在这一概念中，其他并非必要或易生误读、误解的修饰性与限定性的语词（“新”、“语系”等）皆可省略，遑论不确切有争议者。如“语系”一词，论者在当下具体语境中赋予的含义，就和语言学通常的“语系”（family of languages）概念与用法有异，王德威教授接受李凤亮教授访谈，解释他所提概念中的“语系”时说：“我宁可把语系这个词当成一个像‘family tree’（系谱）这样一个观念。”①

在这一概念中，用“汉”，还是“华”——“华”的涵盖面较

① 见李凤亮：《彼岸的现代性》，桂林：广西师范大学出版社，2011年10月版，第43页。

“汉”为广，且在东南亚和北美华人社会中，凡涉及华人之事物概以“华”冠称，多年来一直沿用至今，已约定俗成，而用“汉”字，可能被误读为只指汉族人民，许多少数民族就没被包括在内。史书美教授在论及她的“华语语系”这个概念时，就特别明确强调，“它包括严格意义上的中国地缘政治之外的华语群体……也包括中国域内的那些非汉族群体”，从而“构成一种跨越国族边界的多语言的‘华语语系’世界”。①（顺便提及，饶宗颐先生早在1995年主编过一种大型国际学术刊物，舍沿用已久的“汉学”、“国学”之名而选用的是《华学》[1995年8月广州中山大学出版社出版创刊号]；近时也有学者，或许是考虑到“汉学”一词中的“汉”字可能有的拘限而在倡扬“中国学”之名，可作参证。）

在这一概念中，用“语”，还是“文”——通行的说法称“英（法、德、俄、日、西班牙、葡萄牙、阿拉伯等）语文学”，而不称或极少称“英（法、德、俄、日、西班牙、葡萄牙、阿拉伯等）文文学”，故宜概称“华语文学”，但“语”与“文”此二者之间的差异不及前二者（“汉”与“华”）之大，故，续用“华文文学”的概念也无不可。

在这一概念中，用“世界”，还是“海外”——这涉及此处之“世界”是否包含“祖国大陆”在内，有论者认为既用“世界”一词，就理应包含“祖国大陆”；而目前大陆学界使用“世界华文文学”这一概念时，却是不包括的，因此颇遭诟病。这让笔者想起两个近似的情形：1952年始创，1959年定名，北京的重要研究机构（先是中国作协，后转中国社科院外国文学研究所）就出版有名刊《世界文学》，这是80年代以前，我国唯一一家介绍外国文学作品与理论的刊物，至今仍用此名出版。此处的“世界”也并不包括中国，而专指中国以外的“外国”文学；现在通用的“世界文学与比较文学”

① 史书美：《反离散：华语语系作为文化生产的场域》，《华文文学》，2011年第6期。

这个经由国家行政部门确定的学科名称里的“世界”，也是不包括中国而是指外国的文学——如此使用“世界”一语而把中国“包括在外”，却并未遭非议，两相对比，颇堪玩味。前已说明，若包括，则无法成为独立之学科，而不包括祖国大陆及台港澳的“海外华语文学”概念，倒足以有理由成为一独立学科。考虑双方的见解，兼顾协商的原则，或许用“海外”比用“世界”来得明确，且可避免两个概念在逻辑上互相包含之弊。

九、基于以上种种考虑，笔者主张称用“海外华语文学”一词，在称用这一概念时，如约定俗成地省略“海外”一语，可径称“华语文学”。具体地说来，包括以下几层意思：

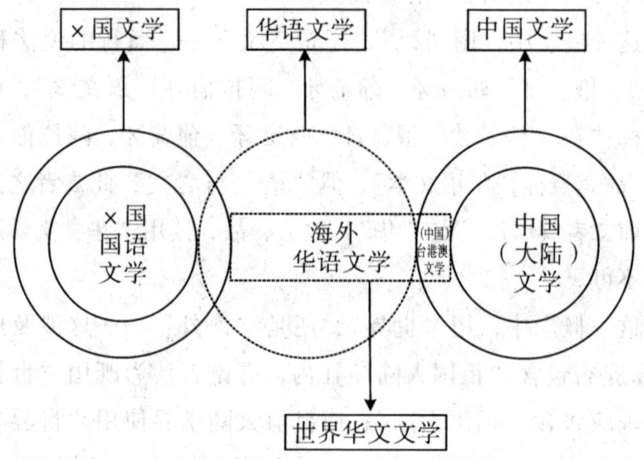

1. 台湾文学、香港文学、澳门文学必须归位——还原其在中国文学史中的位置（1920年以后的台湾新文学归入中国现代文学之中，之前的明清时期台湾文学归入中国古近代文学之中，港澳文学亦可作如是观），而不应、也不宜再与海外华文文学放在一起组构一个学科。台港澳文学属于中国文学这一点，除了台湾少数分离主义分子，已无学者否认或无视，问题只在如何进行文学的整合式的书写 。

2. 包含着台港澳文学（或如某些人主张的进而还包含祖国大陆文学）在内的“世界华文文学”不能成为独立的学科。

3．海外华语（华文）文学可以、也能够成为一门独立的学科，它的研究范畴应限于中国本土（含祖国大陆、台湾、香港、澳门四地）以外其他国家和地区的华语（华文）文学；它是从语种角度立论立名的一种可行的学术探索，并不在国别文学的名称序列之内，自然也不意味着与国别文学的相提并论。

4．海外华人华裔的非华语写作，属于所在国的少数族裔文学，不应与华语（华文）写作在“华人文学”的名义下混为一谈，应有所区隔，但在“世界文学与比较文学”学科的意义上，海外华人华裔的非华语写作，可与海外华人的华语写作互成参照甚至并置研究。

十、顺便说说如何研究的问题。在与颜敏博士的访谈中，陈思和教授还有个这样的看法。他认为：“你没有到过台湾，最好不要研究台湾文学”。这个看法涉及研究一门学问，研究者是否必须“在场”的问题。

笔者以为，研究一门学问，研究者能否人在现场，不是从事此类研究的必要条件或前提（更非充要条件或前提）。能到现场，自然更好，如一时条件不具备，无法到现场，也不能因此而剥夺其研究的自由和话语权。要不然，现在的人都不可以研究历史了——因为现代人根本不可能回到古代（现场）。

被陈映真誉为大陆“研究台湾文学第一人”的范泉，当年（40年代）人在上海，并没到过台湾，却能写出那样让台湾作家认可的评论文章，就有力证明，没有去过台湾，并不一定写不出好文章，并不一定就研究不了台湾文学。“最好不要研究”这种导引，如果在学界成为一道门槛或一条不成文的规限，就很可能使原本有意研究台湾文学的人望而却步，孰知是否因此而埋没了几多可造之材！因此，即使是尚未涉足台湾者，只要有心，应当一概受到鼓励。在研究过程中再努力创造条件，亲到台湾现场，搜集资料乃至躬身田调，掌握在祖国大陆无法得到的第一手材料，那无疑是研究环境的上佳之境！事实上，陈思和教授就身体力行，他曾帮助自己的博硕士生和青年学者多人赴台访学，为他们从事高水准的研究提供了有力的帮助。这样的学者在国内华文文学学界也还有一些。

陈思和、黄维樑、王德威、朱寿桐诸教授在中国文学（主要是20世纪文学）与海外华语文学的研究方面，建树良多，成果丰硕，在台、港、澳和祖国大陆乃至海外中国文学研究界有相当大的学术影响。黄、朱二位在台、港、澳和祖国大陆多所大学执过教，陈、王二位的研究评论笔涉中国港澳台地区、东南亚、北美多地的华语文学创作，都是具有国际视野的资深学者。他们对于华语文学研究发表的看法固有其一定的学理创意，也难免不带有个人学术背景和当下语境的因素或可能有的某种偏颇。但不管从哪一个角度来说，为了探寻一名之立更好更适切的方案，学界有不同的声音，毕竟是件值得庆幸的好事。

我相信，一种论前不带偏见、论中不争输赢、论后不存芥蒂、更绝对摒弃人身攻击甚而闻异则喜、开阔兼容的学者气度风范，必将日渐成为学术界的主导倾向，因为那是真正意义上的现代学者所应具有的基本素养和可贵气质。

2013 年 12 月

（原载香港《文学评论》双月刊 2014 年 6 月）

附　录

大视野会带来大气象

——读《多元共生的现代中华文学》

黄万华

面对20世纪的华文文学，研究者常常如同面对极其难以应付的对话者。百年历史风云所裹挟的巨大冲击力，将文学打碎、切割，抛撒到社会风俗、政治制度、语言环境迥然有异的多个空间生存繁衍。现今祖国大陆、台湾地区、海外社会华文文学的同中之异，其情味色调质感，决非“设身处地”便能体味；其题旨形象体式，更决非一把批评尺度就能衡量。近年来，只有大陆学者雄心勃勃要将几大板块的华文文学统揽笔下，但有时对话并未进入双向交流的佳境，甚至成了“独白”。去年一次华文文学的国际学术会议上，就有国外华文作家拒绝大陆研究者研究他的作品，反映出沟通上的困难。但近读曹惠民教授的新著《多元共生的现代中华文学》，感到此书不仅提供了研究华文文学的一种大视野，而且在研究者同研究对象的对话语境上构筑了一条双向通道，从而开始容纳华文文学的万千气象。

曹著开宗明义地将“该选择什么样的叙述策略来圆满地整合分隔已久，看起来各行其是的地域空间与审美空间”作为全书论述的基点，反映出作者面临研究对象时敏锐深刻的“问题”意识，他既不会以拼合式的架构罗列不同地区华文文学的异同，也不会局限于某一时空的特殊文学形态来揭示缘于同一母体的失衡、相隔，他努力以“20世纪”的时间向度、“世界华文文学”的空间维度来拓展考察中华现代文学的学术视野。虽然他提出的“现代中华文学”的界定可能还会引起质疑，研究过程中恐怕也需要警惕以中华文化圈的核心自居的“霸权”心理，但他的大视野不仅时时跃动着睿智，而且处处渗透出治学的扎实。他的新文学和通俗文学从对峙到并存的解剖，不仅闪现出对文学消费的现代意义的敏锐审视（这种审视无疑具有前驱性），而且有着对个案的精彩独到的把握和展现。他对“20世纪中国文学”与世界华文文学的关系的阐述周全严密，吐纳百川的胸襟和探幽析微的眼光开始在这一问题上融合。

面对多元共生的华文文学，批评尺度的选择和把握至关重要。前不久，台湾文史哲出版社出了本《马华当代散文选》，主编钟怡雯博士生于马来西亚，学成于台湾。她在《序》中直言：“我们不需要任何批评的优惠，马华散文必须在公正严苛的，与中国和台湾相等的标准下，接受研究与批评。这才是马华文学加速成长的最佳途径。”应该承认“批评的优惠”在某些研究者笔下成了廉价的人情券，有篇文章啼笑皆非地把一位经商卓然有成，而写作即便在其国度华文界也显得平平的菲律宾华人同巴金相提并论。对这种文风的不满便是钟怡雯声明的背景。但即便将祖国大陆同台湾地区文学置于同一“公正严苛”的标准下也已构成对研究者学术品格、功力的考验，若扩展到海外华文文学更有其难度了。而曹著的叙述视角和策略在这一问题上取得了成功的突破。首先作者将“中华文化源远流长的传统与千姿百态的现实呈现”作为考察不同地区华文文学的基本参照系，侧重从汇纳百川、有容乃大的民族文化性格的自然表现和历史脉络去整合华文文学，从而呈现出符合历史发展方向的“多元、杂色、众声喧哗、百花齐放”。其次，作者强调在世界文学的总体格局中来展开语种文学考察的视角，从汉字话语所引发的意象体系、所具有的音韵之美、所蕴涵的民族文化心理的沉淀、繁复多变的方言俗语的特殊魅力等方面展开其殊相共相的研究，来深探切近华文文学散中见聚的本质内涵。再次，在批判具体作家、作品、社团、运动时，作者提出以“现代化”和“民族化”作为基本尺度。他认为，鲁迅、郁达夫、余光中、白先勇、金庸、刘以鬯等作家在政治态度、文学概念、写作题材、艺术风格上各各相异，但其创作追求在“现代化”和“民族化”的结合上都足以获得较高的文学史定位和审美评价。自然，上述尺度的事实是一种艰难的学术跋涉，众口一词的历史文化环境磨钝了我们的判断力和感受力，如何用曹著提出的批评尺度呈现学术个性将是重要的，否则好的批评尺度也会沦落为遮蔽历史的阴翳。曹著的“现代文学面面观”、“现代中华文学流派选论”、“通俗文学作家选评”、“台湾作家选评”、“香港作家选评”等部分展开的论述虽只是开始，却是富有个性的，显示了作者今后更深入地整合现代华文文学的潜力。

整合20世纪华文文学，充分注意到各个地区文学的特殊性也是重要的。20世纪的华文文学有着它的主流形态，也提供了几种特殊形态的文学，而后者负载的信息可能更多，更有意义。曹惠民教授在长期从事“中国现代文学”研究的同时，又较早地介入了“中国近现代通俗文学”、“台港海外华文文学”的研究，因此在论述台湾文学同祖国大陆文学的分流、通俗文学同新文学的对峙时，并不把“分流”、“对峙”看作是消极的文学现象，而以兼容的眼光探询其互补互动，这样就可能呈现出特殊文学形态中的历史和现实意义。

20世纪的华文文学气象万千，20世纪华文文学史的科学构建正取决于能否真正容纳万千气象。《多元共生的现代中华文学》确乎启迪着后来者如何建构出视野开阔、气象恢弘的“现代中华文学史”。

1998 年 8 月 29 日于山大

（原载《世界华文文学论坛》1998 年第 4 期）

（黄万华，男，现为山东大学二级教授、博士生导师、现当代文学学科学术带头人，有著述十多种，获省部级以上奖多项）

曹惠民学术年表

1946 年 5 月，出生于江苏省南通县（现为南通市通州区）二甲镇头甲一个耕读之家。

1952 年 9 月—1964 年 6 月，在二甲完成小学、中学教育。

1964 年 9 月，考入北京师范大学中文系（5 年制）求学，1969 年毕业后仍留校待正式分配。

1972 年 4 月，分配回家乡南通，在县教育局工作半年后，主动要求到学校任教。

1977 年 3—4 月，由陆文蔚先生（后任南通师专中文科主任）推荐，赴南京参加南大中文系主办的“鲁迅《集外集拾遗》编校注释审稿会”，历时 24 天。

1979 年 9 月，考入华东师范大学中文系，攻读中国现代文学硕士研究生，导师为许杰教授和钱谷融先生。1982 年 6 月毕业，获文学硕士学位。

1982 年 9 月—1986 年 1 月，任教于苏州教育学院中文系，其间得萧正宇院长多方支持，多次参加全省或全国性会议。

1986 年 2 月，由范伯群教授（时任苏州大学中文系主任）力荐，调入苏州大学中文系，历任讲师、副教授、硕士生导师、教授、博士生导师，曾兼任现代文学教研室主任、苏州大学世界华文文学研究中心主任等职。

1988 年 4 月，参编的《中国现代文学史指要》，由华东师范大学出版社出版。后还曾参编《中国现代文学史 1917—1987》（武大版）、《中国现代文学史 1917—1997》（高教版）、《中国现代文学史》（武大版）、《二十世纪中国文学史》（台湾文史哲版）、《东西方文学比较史》（北大版）、《中国现代文学史 1917—2000》（北大版）、《海外华文文学教程》（暨大版）、《中国 20 世纪文学理论批评教程》（华中师大版）、《中国现当代文学史》（武大版）等多种国家级教材。

5 月，被教育部高教自考中文专业指导委员会聘为《中国现代文学史》编写组成员。

9 月，开始在苏州大学中文系开设“台港文学研究”选修课。

1991年7月，参加在广东中山召开的“第5届台港澳暨海外华文文学国际研讨会”，提交论文《陶然的“散文现代化”探索》并作发言。

1992年，开始招收硕士研究生。

1994年4月，江苏省台港澳暨海外华文文学研究会在南京成立，当选为研究会理事，后历任副会长、会长、名誉会长。

6月，出席苏大与香港岭南大学合办的“当代华文散文国际学术研讨会”（苏州），后还出席苏大与韩国全北大学合办的“中国人文学的现状与瞻望”国际研讨会（2002，苏州）、苏大与美国哈佛大学合办的“第三届国际青年学者汉学会议”（2005，苏州），作大会发言或任大会讲评人。

10月，编校的《现代通俗文学“幽默大师”——程瞻庐》（范伯群主编《中国近现代通俗文学作家评传丛书》之五）由南京出版社出版。

1995年9月，应邀出席中国人民大学主办的“面向21世纪的华人文化国际学术研讨会”（北京），作大会发言。

是年，应邀为香港《新晚报》写专栏，发表系列港台文学研究论文。

1996年3月—1997年2月，应韩国国立全北大学校总长张明洙教授之聘赴韩，任该校专任客座教授，其间曾应邀参加“韩国小说学会”、“韩国中国人文学会”年会。

1997年4月，《散淡情怀　清明文章——钱谷融先生的人生态度和文学信念》一文，被收入张堂錡等主编之《印象大师》（台湾业强出版社），后又被收入为庆贺钱谷融先生90华诞而出版之《钱谷融研究资料选》（华东师大版，2008年5月）。

11月，专著《多元共生的现代中华文学》由中国华侨出版社出版。

1999年4月，应香港中文大学之邀，赴港出席“香港文学国际学术研讨会”，发表论文并任大会研讨讲评人。

9月，开始指导第一届博士生。主编《1898—1999百年中华文学史论》（与陈辽合署，华东师大版）出版。后还主编《台港澳文学教程》（上海汉语大词典版）、《阅读陶然》（北师大版）、《台港澳文学教程新编》（复旦版）。

2000年6月，应香港大学之邀赴港出席“90年代的中国港澳台地区文学国际研讨会”，作讲评。

9月，应台湾中央大学之邀，赴台北出席首届“两岸文学研讨会”，作大会发言。

2002年4月，应日本东京大学和新加坡国立大学之邀，赴新加坡出席“第一届中国现代文学亚洲学者会议”，作大会发言。会后访马来西亚。

5月，出席在广州举行的中国世界华文文学学会成立大会，被选为中国世界华文文学学会理事兼学术委员会主任委员（第一届），后任副会长（第二、三届）。

是年起，被香港《香江文坛》杂志社聘为顾问。

2003年2—3月，应新加坡作协之邀，出席在新加坡举行的“东南亚华文文学国际学术研讨会”，作大会发言。会后访泰国。

2004年9月—2005年1月，应台湾东吴大学刘源俊校长之聘，赴该校任专任客座教授。

2005年8月，论文集《他者的声音》由江苏人民出版社出版。

10月，应台湾佛光大学之邀，赴台北出席“第二届两岸文学研讨会”，提交论文。

2006年11月，应邀出席中国社科院在庐山举办的“两岸学者论坛”，作大会发言。应邀赴文莱出席“世界华文微型小说国际研讨会”，发表论文。

12月，应新加坡孔子学院、新加坡作协之邀，出席在新加坡召开的“华文教育论坛”，并作主题报告。

2007年1月，出席在澳门科技大学举行的“新移民文学与文化高层论坛”，作大会发言。

11月，被中国现代文学馆柏杨研究中心聘为特约研究员。

12月，赴广州出席“曾敏之与世界华文文学”学术研讨会并发言。参加饶芃子教授从教五十周年庆祝会。

是年起，被美国《文心社》聘为顾问。

2008年2月—7月，应台湾东吴大学刘兆玄校长约聘，再度赴东吴大学任专任客座教授。

2009年1月，应邀出席复旦大学、哈佛大学、马来西亚拉曼大学主办的“马华文学研究与教学国际研讨会”（上海），并作大会发言。

5—6月应邀访美，出席“第二届美中华文文学论坛”（洛杉矶），作主题报告；被北美华文作家协会聘为荣誉会员；访问哈佛、耶鲁等校。

8月，出席祝贺范伯群教授80寿辰的“多元共生的中国现代文学史学术研讨会”（苏州）。

2010年10月，应邀赴加拿大出席“加美华人英语文学国际学术研讨会”，发表论文。专著《出走的夏娃—— 一位大陆学人的台湾文学观》由台北秀威资讯公司出版。

2011年8月，应邀出席在复旦大学召开的“中国比较文学学会第10届年会暨国际研讨会”，在海外华文文学分论坛发言并任讲评。

9月，出席上海市侨办主办的全球华文作家首届“品味上海”国际笔会，次年参加第二届笔会。

11月，出席中国世界华文文学学会、（台湾）世界华文作家协会联合主办的“共享文学时空——世界华文文学研讨会”（广州），担任大会研讨讲评人。

12月，应聘担任日本华文文学笔会特邀顾问。

2012年8月，应邀赴马来西亚担任首届“拿督林庆金JP出版奖”终评委，次年又赴马来西亚任第二届终评委。

10月，应邀出席中国社科院在北京主办的两岸“白先勇文学创作与文化实践学术研讨会”并发言；会后应清华大学新人文系列讲座之邀，在清华大礼堂演讲《白先勇小说与台湾同志文学的性别想象》。

2013年6月，应台湾文学馆李瑞腾馆长与扬州鉴真图书馆之邀，与陈思和等出席“扬州讲坛”对谈两岸历史小说等（为全球华文文学星云奖活动之组成部分）。

10月，应邀出席广东省侨办主办的全球华文作家“品读广东（潮汕）”国际笔会。

后记　所以坚守　因为感恩

编这本自选集的过程，半是小结，半是反思。十八年前我在个人论著《多元共生的现代中华文学》一书的“写在前面”中这样说：“在我看来，在二十世纪，通俗文学与纯文学（这里指我们过去所称的‘中国现代文学’）由对峙到并存，台港文学与祖国大陆文学由分流到整合，既是一种趋势和格局，也凸现了其多元共生共存的突出特征，或者这也只是我对‘二十世纪中国文学’时空观的一种个人理解”，又说：“十多年来，在阅读和思考的过程中积储的一些心得，虽没有什么了不得的‘发现’，真是‘卑之无甚高论’，不过，贯以兼容雅俗、整合两岸的同一视角，倒是‘念念不忘’的。”

今日回眸，这些年来，凡有所作，也还是力图将“兼容整合”、“多元共生”的学术理念一以贯之，而形之于文，则力图将理性的思考，加以感性的表达。当年读研时最为心仪的评论，就是刘西渭先生和钱谷融师的一手漂亮文章，即便日后历经西方现代文论新术语的数度冲击，也还是初衷不改。一向以来，我都服膺一位哲人的一句名言：理论是灰色的，而生命之树长青。

在具体的研究中，“文学史书写”、“宏大叙事”之类是我力所不逮的，但也试图从大的视界（两岸的、全球的、比较的、整体的、文学史的、学术史的）出发，来解析文学史上的某些“点”（作家作品个案，如华严与庐隐许地山、李昂与苏青的比较，某个作家之于某国华语文学的独到贡献）或某个“面”（如对某些文学新现象的整体观察及对其流变的追踪，某些散文家的创作对于现代散文整体发展的建树或价值，某作家的创作对于某种文体——如微型小说的意义，或者择取老中青三代学人中有某种代表性的个体，展开学术史层面上的再批评等等），大略都不脱由小见大或见微知著的理路。初衷如此，至于成效如何，唯有请读者诸君不吝指正。

收入本集的几十篇论文是从我二十六年来从事华语文学研究的成果中选录的，大都在海内外的报刊上发表过（文后已注明出处），除了少数几篇中对文字错讹或统计数字小有必要的订正外，行文及观点没有改变。长长短短，零星杂陈，说不上什么系统性和建树，然皆有感而发的个人真言。

眼见世风日下，道德滑坡，学界杏坛环境愈趋恶劣，非学术因素对学术以及学术共同体构成了巨大的侵蚀与干扰，学术权力化、商品化日显，令有识清正之士不禁痛心疾首、焦虑无已。本人自知并无力挽狂澜的本领，又欠缺钻营"公关"的能耐，无法"与时俱进"、左右逢源，既不愿随俗浮沉，也不想攀高结贵。知我者谓我心忧，不知我者谓我何求。

面对出版发表的巨大经济压力，为了有效地进行真正的研究，申领接受点适当的科研经费资助，本也无可厚非。但是，为了拿项目拿奖而不择手段、到处钻营，或假学术之名而大搞旁门左道、权钱交易，或巧取豪夺、牟利争名，或剽窃抄袭、弄虚作假……实在是对学术和人格的无情糟践。十二年前，我在《却顾所来径　苍苍横翠微——我与华文文学》一文中说过这样的话："从事一种学术研究（华文文学研究也不例外）应该是高质量的，这'高质量'，不仅是指研究的成果应该是高质量的，也是指其研究的过程、研究进行的方式（非指具体方法）应该是高质量的"。今天我还愿重申此一愚见：做学问，出成果当然重要，但更重要的是，出什么样的成果，怎样出的成果。在当下的学界杏坛，学人、师者最要有的，还是对神圣学术的敬畏与独立支持的定力，须有"为"，亦须有"不为"。对外部流俗的改变，或许也非个人之力所能达致，但至少可以坚守自我拒绝沉沦，若能如此，最终也便是坚守了学术的尊严、人格的尊严。

之所以要坚守，大抵是因为感恩。

一路行来，得到了太多的关爱、帮助、指点与支持。

该做的一切，就是不要让那些扶持过我们的他们失望。

自北京毕业、南通从教始（而后到上海读研、苏州执教），至今已四十余年。回望来时路，涌起的是深深的感恩之情：特别感谢父母双亲（已故）和导师许杰先生（已故）、钱谷融先生，家严家慈的清竣、勤谨，许师钱师的温厚、散淡，是他们赐予我的宝贵财富与精神力量，影响我的立身为人至深且巨，助我淡定面对纷纭世事、冷暖人情；感谢求学、从教各个时期先后拜识、给过我不少指点帮助的师长——杨占陞、严迪昌、陆文蔚、姬仰曾、吴宏聪、吴奔星、潘旭澜、芮和师、许志英（上列先生已故；我深深地怀念已然仙逝的双亲和上列先生！）以及萧正宇、范伯群、徐斯年、王信、陈辽、吴周文、陆士清、曾敏之、饶芃子、刘登翰、张炯等诸位先生；感谢给过我各种帮助支持的陶然、李元洛、金宏达、马新国、朱蕊，戴翊（已故）、王晓明、许子东、戴光宗、吴俊等北师大、华师大同窗、校友；感谢仔细阅读本人拙著、先后撰写过书评的黄万华、吴义勤、温潘亚、阮桃园、曾一果、陈家洋、甄乐、李跃、甘滢、赵庆庆、赵小琪、徐旭、陈绪明、易明皇等几代学友的厚爱；感谢海内外其他学者、作家朋友（约百余人，限于篇幅，恕未能一一列名）曾经给予的多方襄助（包括邀访讲学等）；感谢助我刊文出书的海内外几十家报刊和多家出版社的编辑朋友们……

对一直默默站在我身后，支持我关爱我理解我，给我充裕的时间和自由的空间，为让我全身心地投入事业而付出很多的家人，也说一声：谢谢！

一直以来，我的自我定位是“师者”（不敢自诩为“学者”），传道、授业、解惑，教书育人，是我的职守（研究只是为更好教学的必须），做一个问心无愧的老师是我的目标，培养学生成才是我人生主要的乐趣。我也从与风华正茂的学生们的互动切磋中得益多多，朋友常说我葆有年轻的心态，重要原因或在于此。故而，也要感谢给我以各种协助的、我的学生陈小明、王蔚、计红芳、刘宇、司方维等，以及帮助我处理电子文档或收集部分资料的苏州大学文学院众多研究生。

本书的出版得到了中国世界华文文学学会的资助，谨对以王列耀教授为会长的学会诸位同仁和以张炯先生为主编的文库编委会诸位师友的关照、苏大文学院王尧院长等诸位同事的支持，深表感谢。对詹秀敏社长的精心策划，对责编们的出色编辑，对花城出版社，表示真挚的谢意。

承曾敏之先生慨允，将他题赠我的一首诗作为代序，置于全书的首页，使拙著大为增色，吾当特别感谢！

曹惠民

农历甲午年4月16日

于姑苏觅渡桥畔